Arthur Schnitzler · Die großen Erzählungen

Arthur Schnitzler

Die großen Erzählungen

Herausgegeben von
Michael Scheffel

Philipp Reclam jun. Stuttgart

RECLAM TASCHENBUCH Nr. 20254
Alle Rechte vorbehalten
© 2006, 2012 Philipp Reclam jun. GmbH & Co. KG, Stuttgart
Reihengestaltung: büroecco!, Augsburg
Umschlagabbildung: Gustav Klimt, *Dame mit Muff*, Öl auf Leinwand
Gesamtherstellung: Reclam, Ditzingen
Printed in Germany 2012
RECLAM ist eine eingetragene Marke
der Philipp Reclam jun. GmbH & Co. KG, Stuttgart
ISBN 978-3-15-020254-8

www.reclam.de

Inhalt

Anhang

Lieutenant Gustl

(1900/01)

Wie lang wird denn das noch dauern? Ich muß auf die Uhr schauen ... schickt sich wahrscheinlich nicht in einem so ernsten Konzert. Aber wer sieht's denn? Wenn's einer sieht, so paßt er gerade so wenig auf, wie ich, und vor dem brauch' ich mich nicht zu genieren ... Erst viertel auf Zehn? ... Mir kommt vor, ich sitz' schon drei Stunden in dem Konzert. Ich bin's halt nicht gewohnt ... Was ist es denn eigentlich? Ich muß das Programm anschauen ... Ja, richtig: Oratorium! Ich hab' gemeint: Messe. Solche Sachen gehören doch nur in die Kirche! Die Kirche hat auch das Gute, daß man jeden Augenblick fortgehen kann. – Wenn ich wenigstens einen Ecksitz hätt'! – Also Geduld, Geduld! Auch Oratorien nehmen ein End'! Vielleicht ist es sehr schön, und ich bin nur nicht in der Laune. Woher sollt' mir auch die Laune kommen? Wenn ich denke, daß ich hergekommen bin, um mich zu zerstreuen ... Hätt' ich die Karte lieber dem Benedek geschenkt, dem machen solche Sachen Spaß; er spielt ja selber Violine. Aber da wär' der Kopetzky beleidigt gewesen. Es war ja sehr lieb von ihm, wenigstens gut gemeint. Ein braver Kerl, der Kopetzky! Der einzige, auf den man sich verlassen kann ... Seine Schwester singt ja mit unter denen da oben. Mindestens hundert Jungfrauen, alle schwarz gekleidet; wie soll ich sie da herausfinden? Weil sie mitsingt, hat er auch das Billet gehabt, der Kopetzky ... Warum ist er denn nicht selber gegangen? – Sie singen übrigens sehr schön. Es ist sehr erhebend – sicher! Bravo! bravo! ... Ja, applaudieren wir mit. Der neben mir klatscht wie verrückt. Ob's ihm wirklich so gut gefällt? – Das Mädel drüben in der Loge ist sehr hübsch. Sieht sie mich an oder den Herrn dort mit dem blonden Vollbart? ...

Ah, ein Solo! Wer ist das? Alt: Fräulein Walker, Sopran: Fräulein Michalek ... das ist wahrscheinlich Sopran ... Lang' war ich schon nicht in der Oper. In der Oper unterhalt' ich mich immer, auch wenn's langweilig ist. Übermorgen könnt' ich eigentlich wieder hineingeh'n, zur »Traviata«. Ja, übermorgen bin ich vielleicht schon eine tote Leiche! Ah, Unsinn, das glaub' ich selber nicht! Warten S' nur, Herr Doktor, Ihnen wird's vergeh'n, solche Bemerkungen zu machen! Das Nasenspitzel hau' ich Ihnen herunter ...

Wenn ich die in der Loge nur genau sehen könnt'! Ich möcht' mir den Operngucker von dem Herrn neben mir ausleih'n, aber der frißt mich ja auf, wenn ich ihn in seiner Andacht stör' ... In welcher Gegend die Schwester vom Kopetzky steht? Ob ich sie erkennen möcht'? Ich hab' sie ja nur zwei oder drei Mal gesehen, das letzte Mal im Offizierskasino ... Ob das lauter anständige Mädeln sind, alle hundert? O jeh! ... »Unter Mitwirkung des Singvereins«! – Singverein ... komisch! Ich hab' mir darunter eigentlich immer so was Ähnliches vorgestellt, wie die Wiener Tanzsängerinnen, das heißt, ich hab' schon gewußt, daß es was anderes ist! ... Schöne Erinnerungen! Damals beim »Grünen Tor« ... Wie hat sie nur geheißen? Und dann hat sie mir einmal eine Ansichtskarte aus Belgrad geschickt ... auch eine schöne Gegend! – Der Kopetzky hat's gut, der sitzt jetzt längst im Wirtshaus und raucht seine Virginia! ...

Was guckt mich denn der Kerl dort immer an? Mir scheint, der merkt, daß ich mich langweil' und nicht herg'hör ... Ich möcht' Ihnen raten, ein etwas weniger freches Gesicht zu machen, sonst stell' ich Sie mir nachher im Foyer! – Schaut schon weg! ... Daß sie alle vor meinem Blick so eine Angst hab'n ... »Du hast die schönsten Augen, die mir je vorgekommen sind!« hat neulich die Steffi gesagt ... O Steffi, Steffi, Steffi! – Die Steffi ist eigentlich schuld, daß ich dasitz' und mir stundenlang vorlamentieren lassen muß. – Ah, diese ewige Abschreiberei von der Steffi geht mir wirklich schon auf die Nerven! Wie schön hätt' der heutige Abend sein können. Ich hätt' große Lust, das Brieferl von der Steffi zu lesen. Da hab' ich's ja. Aber wenn ich die Brieftasche herausnehm', frißt mich der Kerl daneben auf! – Ich weiß ja, was drinsteht ... sie kann nicht kommen, weil sie mit »ihm« nachtmahlen gehen muß. ... Ah, das war komisch vor acht Tagen, wie sie, mit ihm in der Gartenbaugesellschaft gewesen ist, und ich vis-à-vis mit'm Kopetzky; und sie hat mir immer die Zeichen gemacht mit den Augerln, die verabredeten. Er hat nichts gemerkt – unglaublich! Muß übrigens ein Jud' sein! Freilich, in einer Bank ist er, und der schwarze Schnurrbart ... Reservelieutenant soll er auch sein! Na, in mein Regiment sollt' er nicht zur Waffenübung kommen! Überhaupt, daß sie noch immer so viel Juden zu Offizieren machen – da pfeif ich auf'n ganzen Antisemitismus! Neulich in der Gesellschaft, wo die G'schicht' mit dem Doktor passiert ist bei den Mannheimers ... die Mannheimer selber sollen ja auch Juden sein, getauft natürlich ... denen merkt man's aber gar nicht an – besonders die Frau ... so blond, bildhübsch die Figur ... War sehr amüsant im ganzen. Famoses Essen, großartige Zigarren ... Na ja, wer hat's Geld? ...

Bravo, bravo! Jetzt wird's doch bald aus sein? – Ja, jetzt steht die ganze G'sellschaft da droben auf ... sieht sehr gut aus – imposant! – Orgel auch? ... Orgel hab' ich sehr gern ... So, das lass' ich mir g'falln – sehr schön! Es ist wirklich wahr, man sollt' öfter in Konzerte gehen ... Wunderschön ist's g'wesen, werd' ich dem Kopetzky sagen ... Werd' ich ihn heut' im Kaffeehaus treffen? – Ah, ich hab' gar keine Lust, in's Kaffeehaus zu geh'n; hab' mich gestern so gegiftet! Hundertsechzig Gulden auf einem Sitz verspielt – zu dumm! Und wer hat alles gewonnen? Der Ballert, grad' der, der's nicht notwendig hat ... Der Ballert ist eigentlich

schuld, daß ich in das blöde Konzert hab' geh'n müssen ...
Na ja, sonst hätt' ich heut' wieder spielen können, vielleicht
doch was zurückgewonnen. Aber es ist ganz gut, daß ich mir
selber das Ehrenwort gegeben hab', einen Monat lang keine
Karte anzurühren ... Die Mama wird wieder ein G'sicht machen, wenn sie meinen Brief bekommt! – Ah, sie soll zum
Onkel geh'n, der hat Geld wie Mist; auf die paar hundert
Gulden kommt's ihm nicht an. Wenn ich's nur durchsetzen
könnt', daß er mir eine regelmäßige Sustentation giebt ...
aber nein, um jeden Kreuzer muß man extra betteln. Dann
heißt's wieder: Im vorigen Jahr war die Ernte schlecht! ...
Ob ich heuer im Sommer wieder zum Onkel fahren soll auf
vierzehn Tag'? Eigentlich langweilt man sich dort zum Sterben ... Wenn ich die ... wie hat sie nur geheißen? ... Es ist
merkwürdig, ich kann mir keinen Namen merken! ... Ah, ja:
Etelka! ... Kein Wort deutsch hat sie verstanden, aber das
war auch nicht notwendig ... hab' gar nichts zu reden brauchen! ... Ja, es wird ganz gut sein, vierzehn Tage Landluft
und vierzehn Nächt' Etelka oder sonstwer ... Aber acht Tag'
sollt' ich doch auch wieder beim Papa und bei der Mama
sein ... Schlecht hat sie ausg'seh'n heuer zu Weihnachten ...
Na, jetzt wird die Kränkung schon überwunden sein. Ich an
ihrer Stelle wär' froh, daß der Papa in Pension gegangen ist.
– Und die Klara wird schon noch einen Mann kriegen ...
Der Onkel kann schon was hergeben ... Achtundzwanzig
Jahr', das ist doch nicht so alt ... Die Steffi ist sicher nicht
jünger ... Aber es ist merkwürdig: d i e Frauenzimmer erhalten sich länger jung. Wenn man so bedenkt: die Maretti
neulich in der »Madame Sans-Gêne« – siebenunddreißig
Jahr ist sie sicher, und sieht aus ... Na, ich hätt' nicht nein
g'sagt! – Schad', daß sie mich nicht g'fragt hat ...

Heiß wird's! Noch immer nicht aus? Ah, ich freu' mich
so auf die frische Luft! Werd' ein bißl spazieren geh'n,
über'n Ring ... Heut' heißt's: früh in's Bett, morgen Nach-

mittag frisch sein! Komisch, wie wenig ich daran denk', so egal ist mir das! Das erste Mal hat's mich doch ein bißl aufgeregt. Nicht, daß ich Angst g'habt hätt'; aber nervos bin ich gewesen in der Nacht vorher ... Freilich, der Oberlieutenant Bisanz war ein ernster Gegner. – Und doch, nichts ist mir g'scheh'n! ... Auch schon anderthalb Jahr' her. Wie die Zeit vergeht! Und wenn mir der Bisanz nichts getan hat, der Doktor wird mir schon gewiß nichts tun! Obzwar, gerade diese ungeschulten Fechter sind manchmal die gefährlichsten. Der Doschintzky hat mir erzählt, daß ihn ein Kerl, der das erste Mal einen Säbel in der Hand gehabt hat, auf ein Haar abgestochen hätt'; und der Doschintzky ist heut' Fechtlehrer bei der Landwehr. Freilich – ob er damals schon soviel können hat ... Das Wichtigste ist: kaltes Blut. Nicht einmal einen rechten Zorn hab' ich mehr in mir, und es war doch eine Frechheit – unglaublich! Sicher hätt' er sich's nicht getraut, wenn er nicht Champagner getrunken hätt' vorher ... So eine Frechheit! Gewiß ein Sozialist! Die Rechtsverdreher sind doch heutzutag' alle Sozialisten! Eine Bande ... am liebsten möchten sie gleich 's ganze Militär abschaffen; aber wer ihnen dann helfen möcht', wenn die Chinesen über sie kommen, daran denken sie nicht. Blödisten! – Man muß gelegentlich ein Exempel statuieren. Ganz recht hab' ich g'habt. Ich bin froh, daß ich ihn nimmer auslassen hab' nach der Bemerkung. Wenn ich dran denk', werd' ich ganz wild! Aber ich hab' mich famos benommen; der Oberst sagt auch, es war absolut korrekt. Wird mir überhaupt nützen, die Sache. Ich kenn' manche, die den Burschen hätten durchschlüpfen lassen. Der Müller sicher, der wär' wieder objektiv gewesen oder so was. Mit dem Objektivsein hat sich noch jeder blamiert ... »Herr Lieutenant!« ... schon die Art, wie er »Herr Lieutenant« gesagt hat, war unverschämt! ... »Sie werden mir doch zugeben müssen« ... – Wie sind wir denn nur d'rauf gekommen?

Wieso hab' ich mich mit dem Sozialisten in ein Gespräch eingelassen? Wie hat's denn nur angefangen? ... Mir scheint, die schwarze Frau, die ich zum Buffet geführt hab', ist auch dabei gewesen ... und dann dieser junge Mensch, der die Jagdbilder malt – wie heißt er denn nur? ... Meiner Seel', der ist an der ganzen Geschichte schuld gewesen! Der hat von den Manövern geredet; und dann erst ist dieser Doktor dazugekommen und hat irgendwas g'sagt, was mir nicht gepaßt hat, von Kriegsspielerei oder so was – aber wo ich noch nichts hab' reden können ... Ja, und dann ist von den Kadettenschulen gesprochen worden ... ja, so war's ... und ich hab' von einem patriotischen Fest erzählt ... und dann hat der Doktor gesagt – nicht gleich, aber aus dem Fest hat es sich entwickelt – »Herr Lieutenant, Sie werden mir doch zugeben, daß nicht alle Ihre Kameraden zum Militär gegangen sind, ausschließlich um das Vaterland zu verteidigen!« So eine Frechheit! Das wagt so ein Mensch einem Offizier in's Gesicht zu sagen! Wenn ich mich nur erinnern könnt', was ich d'rauf geantwortet hab'? ... Ah ja, etwas von Leuten, die sich in Dinge dreinmengen, von denen sie nichts versteh'n ... Ja, richtig ... und dann war einer da, der hat die Sache gütlich beilegen wollen, ein älterer Herr mit einem Stockschnupfen ... Aber ich war zu wütend! Der Doktor hat das absolut in dem Ton gesagt, als wenn er direkt mich gemeint hätt'. Er hätt' nur noch sagen müssen, daß sie mich aus dem Gymnasium hinausg'schmissen haben und daß ich deswegen in die Kadettenschul' gesteckt worden bin ... Die Leut' können eben unserein'n nicht versteh'n, sie sind zu dumm dazu ... Wenn ich mich so erinner', wie ich das erste Mal den Rock angehabt hab', sowas erlebt eben nicht ein jeder ... Im vorigen Jahr' bei den Manövern – ich hätt' was drum gegeben, wenn's plötzlich Ernst gewesen wär' ... Und der Mirovic hat mir g'sagt, es ist ihm ebenso gegangen. Und dann, wie Seine Hoheit

die Front abgeritten sind, und die Ansprache vom Obersten – da muß Einer schon ein ordentlicher Lump sein,
wenn ihm das Herz nicht höher schlägt ... Und da kommt
so ein Tintenfisch daher, der sein Lebtag nichts getan hat,
als hinter den Büchern gesessen, und erlaubt sich eine fre-
che Bemerkung! ... Ah, wart' nur, mein Lieber – bis zur
Kampfunfähigkeit ... jawohl, Du sollst so kampfunfähig
werden ...

Ja, was ist denn? Jetzt muß es doch bald aus sein? ...
»Ihr, seine Engel, lobet den Herrn« ... – Freilich, das ist der
Schlußchor ... Wunderschön, da kann man gar nichts sagen. Wunderschön! – Jetzt hab' ich ganz die aus der Loge
vergessen, die früher zu kokettieren angefangen hat. Wo ist
sie denn? ... Schon fortgegangen ... Die dort scheint auch
sehr nett zu sein ... Zu dumm, daß ich keinen Operngucker
bei mir hab'! Der Brunnthaler ist ganz gescheit, der hat sein
Glas immer im Kaffeehaus bei der Kassa liegen, da kann einem nichts g'scheh'n ... Wenn sich die Kleine da vor mir
nur e i n mal umdreh'n möcht'! So brav sitzt s' alleweil da.
Das neben ihr ist sicher die Mama. – Ob ich nicht doch einmal ernstlich an's Heiraten denken soll? Der Willy war
nicht älter als ich, wie er hineingesprungen ist. Hat schon
was für sich, so immer gleich ein hübsches Weiberl zu Haus
vorrätig zu haben ... Zu dumm, daß die Steffi grad heut'
keine Zeit hat! Wenn ich wenigstens wüßte, wo sie ist,
möcht' ich mich wieder vis-à-vis von ihr hinsetzen. Das
wär' eine schöne G'schicht', wenn ihr der d'raufkommen
möcht', da hätt' i c h sie am Hals ... Wenn ich so denk',
was dem Fließ sein Verhältnis mit der Winterfeld kostet!
Und dabei betrügt sie ihn hinten und vorn. Das nimmt
noch einmal ein Ende mit Schrecken ... Bravo, bravo! Ah,
aus! ... So, das tut wohl, aufsteh'n können, sich rühren ...
Na, vielleicht! Wie lang' wird der da noch brauchen, um
sein Glas in's Futteral zu stecken? ...

»Pardon, pardon, wollen mich nicht hinauslassen?« ...
Ist das ein Gedränge! Lassen wir die Leut' lieber vorbei-
passieren ... Elegante Person ... ob das echte Brillanten
sind? ... Die da ist nett ... Wie sie mich anschaut! ... O ja,
mein Fräulein, ich möcht' schon! ... O, die Nase! – Jüdin ...
Noch eine ... Es ist doch fabelhaft, da sind auch die Hälfte
Juden ... nicht einmal ein Oratorium kann man mehr in
Ruhe genießen ... So, jetzt schließen wir uns an ... Warum
drängt denn der Idiot hinter mir? Das werd' ich ihm abge-
wöhnen ... Ah, ein älterer Herr! ... Wer grüßt mich denn
dort von drüben? ... Habe die Ehre, habe die Ehre! Keine
Ahnung hab' ich, wer das ist ... Das Einfachste wär', ich
ging gleich zum Leidinger hinüber nachtmahlen ... oder soll
ich in die Gartenbaugesellschaft? Am End' ist die Steffi
auch dort? Warum hat sie mir eigentlich nicht geschrieben,
wohin sie mit ihm geht? Sie wird's selber noch nicht gewußt
haben. Eigentlich schrecklich, so eine abhängige Existenz ...
Armes Ding! – So, da ist der Ausgang ... Ah, die ist aber
bildschön! Ganz allein? Wie sie mich anlacht. Das wär' eine
Idee, der geh' ich nach! ... So, jetzt die Treppen hinunter ...
Oh, ein Major von Fünfundneunzig ... Sehr liebenswürdig
hat er gedankt ... Bin doch nicht der einzige Offizier herin
gewesen ... Wo ist denn das hübsche Mädel? Ah, dort ... am
Geländer steht sie ... So, jetzt heißt's noch zur Garderobe ...
Daß mir die Kleine nicht auskommt ... Hat ihm schon! So
ein elender Fratz! Laßt sich da von einem Herrn abholen,
und jetzt lacht sie noch auf mich herüber! – Es ist doch keine was wert ... Herrgott, ist das ein Gedränge bei der Garderobe! ... Warten wir lieber noch ein bisserl ... So! Ob der
Blödist meine Nummer nehmen möcht'? ...
»Sie, zweihundertvierundzwanzig! Da hängt er! Na,
hab'n Sie keine Augen? Da hängt er! Na, Gott sei Dank! ...
Also bitte!« ... Der Dicke da verstellt einem schier die ganze Garderobe ... »Bitte sehr!« ...

»»Geduld, Geduld!««

Was sagt der Kerl?

»»Nur ein bisserl Geduld!««

Dem muß ich doch antworten … »Machen Sie doch Platz!«

»»Na, Sie werden's auch nicht versäumen!««

Was sagt er da? Sagt er das zu mir? Das ist doch stark! Das kann ich mir nicht gefallen lassen! »Ruhig!«

»»Was meinen Sie?««

Ah, so ein Ton! Da hört sich doch alles auf!

»»Stoßen Sie nicht!««

»Sie, halten Sie das Maul!« Das hätt' ich nicht sagen sollen, ich war zu grob … Na, jetzt ist's schon g'scheh'n!

»»Wie meinen?««

Jetzt dreht er sich um … Den kenn' ich ja! – Donnerwetter, das ist ja der Bäckermeister, der immer in's Kaffeehaus kommt … Was macht denn der da? Hat sicher auch eine Tochter oder so was bei der Singakademie … Ja, was ist denn das? Ja, was macht er denn? Mir scheint gar … ja, meiner Seel', er hat den Griff von meinem Säbel in der Hand … Ja, ist der Kerl verrückt? … »Sie, Herr …«

»»Sie, Herr Lieutenant, sein S' jetzt ganz stad.««

Was sagt er da? Um Gotteswillen, es hat's doch keiner gehört? Nein, er red't ganz leise … Ja, warum laßt er denn meinen Säbel net aus? … Herrgott noch einmal … Ah, da heißt's rabiat sein … ich bring' seine Hand vom Griff nicht weg … nur keinen Skandal jetzt! … Ist nicht am End' der Major hinter mir? … Bemerkt's nur niemand, daß er den Griff von meinem Säbel hält? Er red't ja zu mir! Was red't er denn?

»»Herr Lieutenant, wenn Sie das geringste Aufsehen machen, so zieh' ich den Säbel aus der Scheide, zerbrech' ihn und schick' die Stück' an Ihr Regimentskommando. Versteh'n Sie mich, Sie dummer Bub?««

Was hat er g'sagt? Mir scheint, ich träum'! Red't er wirklich zu mir? Ich sollt' was antworten ... Aber der Kerl macht ja Ernst – der zieht wirklich den Säbel heraus. Herrgott – er tut's! ... Ich spür's, er reißt schon dran! Was red't er denn? ... Um Gotteswillen, nur kein' Skandal – – Was red't er denn noch immer?

»»Aber ich will Ihnen die Karriere nicht verderben ... Also, schön brav sein! ... So, hab'n S' keine Angst, 's hat niemand was gehört ... es ist schon alles gut ... so! Und damit keiner glaubt, daß wir uns gestritten haben, werd' ich jetzt sehr freundlich mit Ihnen sein! – Habe die Ehre, Herr Lieutenant, hat mich sehr gefreut – habe die Ehre!««

Um Gotteswillen, hab' ich geträumt? ... Hat er das wirklich gesagt? ... Wo ist er denn? ... Da geht er ... Ich müßt' ja den Säbel ziehen und ihn zusammenhauen – – Um Gotteswillen, es hat's doch niemand gehört? ... Nein, er hat ja nur ganz leise geredet, mir in's Ohr ... Warum geh' ich denn nicht hin und hau' ihm den Schädel auseinander? ... Nein, es geht ja nicht, es geht ja nicht ... gleich hätt' ich's tun müssen ... Warum hab' ich's denn nicht gleich getan? ... Ich hab's ja nicht können ... er hat ja den Griff nicht auslassen, und er ist zehnmal stärker als ich ... Wenn ich noch ein Wort gesagt hätt', hätt' er mir wirklich den Säbel zerbrochen ... Ich muß ja noch froh sein, daß er nicht laut geredet hat! Wenn's ein Mensch gehört hätt', so müßt' ich mich ja stante pede erschießen ... Vielleicht ist es doch ein Traum gewesen ... Warum schaut mich denn der Herr dort an der Säule so an? – hat der am End' was gehört? ... Ich werd' ihn fragen ... Fragen? – Ich bin ja verrückt! – Wie schau' ich denn aus? – Merkt man mir was an? – Ich muß ganz blaß sein. – Wo ist der Hund? ... Ich muß ihn umbringen! ... Fort ist er ... Überhaupt schon ganz leer ... Wo ist denn mein Mantel? ... Ich hab' ihn ja schon angezogen ... Ich hab's gar nicht gemerkt ... Wer hat mir denn gehol-

fen? ... Ah, der da ... dem muß ich ein Sechserl geben ...
So! ... Aber was ist denn das? Ist es denn wirklich gescheh'n? Hat wirklich einer so zu mir geredet? Hat mir
wirklich einer »dummer Bub« gesagt? Und ich hab' ihn
nicht auf der Stelle zusammengehauen? ... Aber ich hab' ja
nicht können ... er hat ja eine Faust gehabt wie Eisen ... ich
bin ja dagestanden wie angenagelt ... Nein, ich muß den
Verstand verloren gehabt haben, sonst hätt' ich mit der anderen Hand ... Aber da hätt' er ja meinen Säbel herausge-
zogen und zerbrochen, und aus wär's gewesen – Alles wär'
aus gewesen! Und nachher, wie er fortgegangen ist, war's
zu spät ... ich hab' ihm doch nicht den Säbel von hinten in
den Leib rennen können ...

Was, ich bin schon auf der Straße? Wie bin ich denn da
herausgekommen? – So kühl ist es ... ah, der Wind, der ist
gut ... Wer ist denn das da drüben? Warum schau'n denn
die zu mir herüber? Am End' haben die was gehört ...
Nein, es kann niemand was gehört haben ... ich weiß ja, ich
hab' mich gleich nachher umgeschaut! Keiner hat sich um
mich gekümmert, niemand hat was gehört ... Aber gesagt
hat er's, wenn's auch niemand gehört hat; gesagt hat er's
doch. Und ich bin dagestanden und hab' mir's gefallen lassen, wie wenn mich einer vor den Kopf geschlagen hätt'! ...
Aber ich hab' ja nichts sagen können, nichts tun können; es
war ja noch das einzige, was mir übrig geblieben ist: stad
sein, stad sein! ... 's ist fürchterlich, es ist nicht zum Aushalten; ich muß ihn totschlagen, wo ich ihn treff'! ... Mir
sagt das einer! Mir sagt das so ein Kerl, so ein Hund! Und
er kennt mich ... Herrgott noch einmal, er kennt mich, er
weiß, wer ich bin! ... Er kann jedem Menschen erzählen,
daß er mir das g'sagt hat! ... Nein, nein, das wird er ja nicht
tun, sonst hätt' er auch nicht so leise geredet ... er hat auch
nur wollen, daß ich es allein hör'! ... Aber wer garantiert
mir, daß er's nicht doch erzählt, heut' oder morgen, seiner

Frau, seiner Tochter, seinen Bekannten im Kaffeehaus. – –
Um Gotteswillen, morgen seh' ich ihn ja wieder! Wenn ich
morgen in's Kaffeehaus komm', sitzt er wieder dort wie alle
Tag' und spielt seinen Tapper mit dem Herrn Schlesinger
und mit dem Kunstblumenhändler ... Nein, nein, das geht
ja nicht, das geht ja nicht ... Wenn ich ihn seh', so hau' ich
ihn zusammen ... Nein, das darf ich ja nicht ... gleich hätt'
ich's tun müssen, gleich! ... Wenn's nur gegangen wär'! ...
Ich werd' zum Obersten gehn und ihm die Sache melden ...
ja, zum Obersten ... Der Oberst ist immer sehr freundlich
– und ich werd' ihm sagen: Herr Oberst, ich melde gehorsamst, er hat den Griff gehalten, er hat ihn nicht aus'lassen;
es war genau so, als wenn ich ohne Waffe gewesen wäre ...
– Was wird der Oberst sagen? – Was er sagen wird? – Aber
da giebt's ja nur eins: quittieren mit Schimpf und Schand' –
quittieren! ... Sind das Freiwillige da drüben? ... Ekelhaft,
bei der Nacht schau'n sie aus, wie Offiziere ... sie salutie-
ren! – Wenn die wüßten – wenn die wüßten! ... – Da ist das
Café Hochleitner ... Sind jetzt gewiß ein paar Kameraden
drin ... vielleicht auch einer oder der andere, den ich
kenn' ... Wenn ich's dem ersten Besten erzählen möcht',
aber so, als wär's einem andern passiert? ... – Ich bin ja
schon ganz irrsinnig ... Wo lauf' ich denn da herum? Was
tu' ich denn auf der Straße? – Ja, aber wo soll ich denn hin?
Hab' ich nicht zum Leidinger wollen? Haha, unter Menschen mich niedersetzen ... ich glaub', ein jeder müßt mir's
anseh'n ... Ja, aber irgendwas muß doch gescheh'n ... Was
soll denn gescheh'n? ... Nichts, nichts – es hat ja niemand
was gehört ... es weiß ja niemand was ... in dem Moment
weiß niemand was ... Wenn ich jetzt zu ihm in die Wohnung ginge und ihn beschwören möchte, daß er's niemandem erzählt? ... – Ah, lieber gleich eine Kugel vor den
Kopf, als sowas! ... Wär' so das Gescheiteste! ... Das Gescheiteste? Das Gescheiteste? – Giebt ja überhaupt nichts

anderes … giebt nichts anderes … Wenn ich den Oberst fragen möcht', oder den Kopetzky – oder den Blany – oder den Friedmaier – Jeder möcht' sagen: Es bleibt Dir nichts anderes übrig! … Wie wär's, wenn ich mit dem Kopetzky spräch'? … Ja, es wär' doch das Vernünftigste … schon wegen morgen … Ja, natürlich – wegen morgen … um vier in der Reiterkasern' … ich soll mich ja morgen um vier Uhr schlagen … und ich darf's ja nimmer, ich bin satisfaktionsunfähig … Unsinn! Unsinn! Kein Mensch weiß was, kein Mensch weiß was! – Es laufen viele herum, denen ärgere Sachen passiert sind, als mir … Was hat man nicht alles von dem Deckener erzählt, wie er sich mit dem Rederow geschossen hat … und der Ehrenrat hat entschieden, das Duell darf stattfinden … Aber wie möcht' der Ehrenrat bei mir entscheiden? – Dummer Bub – dummer Bub … und ich bin dagestanden –! heiliger Himmel, es ist doch ganz egal, ob ein anderer was weiß! … I c h weiß es doch, und das ist die Hauptsache! I c h spür', daß ich jetzt wer anderer bin, als vor einer Stunde – i c h weiß, daß ich satisfaktionsunfähig bin, und darum muß ich mich totschießen … Keine ruhige Minute hätt' ich mehr im Leben … immer hätt' ich die Angst, daß es doch einer erfahren könnt', so oder so … und daß mir's einer einmal in's Gesicht sagt, was heut' Abend gescheh'n ist! – Was für ein glücklicher Mensch bin ich vor einer Stund' gewesen … Muß mir der Kopetzky die Karte schenken – und die Steffi muß mir absagen, das Mensch! – Von sowas hängt man ab … Nachmittag war noch alles gut und schön, und jetzt bin ich ein verlorener Mensch und muß mich totschießen … Warum renn' ich denn so? Es lauft mir ja nichts davon … Wieviel schlagt's denn? … 1, 2, 3, 4, 5, 6, 7, 8, 9, 10, 11 … elf, elf … ich sollt' doch nachtmahlen geh'n! Irgendwo muß ich doch schließlich hingeh'n … ich könnt' mich ja in irgend ein Beisl setzen, wo mich kein Mensch kennt – schließlich, es-

sen muß der Mensch, auch wenn er sich nachher gleich totschießt ... Haha, der Tod ist ja kein Kinderspiel ... wer hat
das nur neulich gesagt? ... Aber das ist ja ganz egal ...
    Ich möcht' wissen, wer sich am meisten kränken
möcht'? ... die Mama, oder die Steffi? ... die Steffi ... Gott,
die Steffi ... die dürft' sich ja nicht einmal was anmerken
lassen, sonst giebt »er« ihr den Abschied ... Arme Person!
– Beim Regiment – kein Mensch hätt' eine Ahnung, warum
ich's getan hab' ... sie täten sich alle den Kopf zerbrechen ...
warum hat sich denn der Gustl umgebracht? – Darauf
möcht' keiner kommen, daß ich mich hab' totschießen
müssen, weil ein elender Bäckermeister, so ein niederträchtiger, der zufällig stärkere Fäust' hat ... es ist ja zu dumm,
zu dumm! – Deswegen soll ein Kerl wie ich, so ein junger,
fescher Mensch ... Ja, nachher möchten's gewiß alle sagen:
das hätt' er doch nicht tun müssen, wegen so einer Dummheit; ist doch schad'! ... Aber wenn ich jetzt wen immer
fragen tät', jeder möcht' mir die gleiche Antwort geben ...
und ich selber, wenn ich mich frag' ... das ist doch zum
Teufelholen ... ganz wehrlos sind wir gegen die Zivilisten ...
Da meinen die Leut', wir sind besser dran, weil wir einen
Säbel haben ... und wenn schon einmal einer von der Waffe
Gebrauch macht, geht's über uns her, als wenn wir alle die
geborenen Mörder wären ... In der Zeitung möcht's auch
stehn: ... »Selbstmord eines jungen Offiziers« ... Wie
schreiben sie nur immer? ... »Die Motive sind in Dunkel
gehüllt« ... Haha! ... »An seinem Sarge trauern« ... – Aber
es ist ja wahr ... mir ist immer, als wenn ich mir eine Geschichte erzählen möcht' ... aber es ist wahr ... ich muß
mich umbringen, es bleibt mir ja nichts anderes übrig – ich
kann's ja nicht d'rauf ankommen lassen, daß morgen früh
der Kopetzky und der Blany mir ihr Mandat zurückgeben
und mir sagen: wir können Dir nicht sekundieren! ... Ich
wär' ja ein Schuft, wenn ich's ihnen zumuten möcht' ... So

ein Kerl wie ich, der dasteht und sich einen dummen Buben heißen läßt ... morgen wissen's ja alle Leut' ... das ist zu dumm, daß ich mir einen Moment einbilde, so ein Mensch erzählt's nicht weiter ... überall wird er's erzählen ... seine Frau weiß's jetzt schon ... morgen weiß es das ganze Kaffeehaus ... die Kellner werd'n's wissen ... der Herr Schlesinger – die Kassierin – – Und selbst, wenn er sich vorgenommen hat, er red't nicht davon, so sagt er's übermorgen ... und wenn er's übermorgen nicht sagt, in einer Woche ... Und wenn ihn heut' Nacht der Schlag trifft, so weiß ich's ... ich weiß es ... und ich bin nicht der Mensch, der weiter den Rock trägt und den Säbel, wenn ein solcher Schimpf auf ihm sitzt! ... So, ich muß es tun, und Schluß! – Was ist weiter dabei? – Morgen Nachmittag könnt' mich der Doktor mit'm Säbel erschlagen ... sowas ist schon einmal dagewesen ... und der Bauer, der arme Kerl, der hat eine Gehirnentzündung 'kriegt und war in drei Tagen hin ... und der Brenitsch ist vom Pferd gestürzt und hat sich's Genick gebrochen ... und schließlich und endlich: es giebt nichts anderes – für mich nicht, für mich nicht! – Es giebt ja Leut', die's leichter nähmen ... Gott, was giebt's für Menschen! ... Dem Ringeimer hat ein Fleischselcher, wie er ihn mit seiner Frau erwischt hat, eine Ohrfeige gegeben, und er hat quittiert und sitzt irgendwo auf'm Land und hat geheiratet ... Daß es Weiber giebt, die so einen Menschen heiraten! ... – Meiner Seel', ich gäb' ihm nicht die Hand, wenn er wieder nach Wien käm' ... Also, hast's gehört, Gustl: – aus, aus, abgeschlossen mit dem Leben! Punktum und Streusand drauf! ... So, jetzt weiß ich's, die Geschichte ist ganz einfach ... So! Ich bin eigentlich ganz ruhig ... Das hab' ich übrigens immer gewußt: wenn's einmal dazu kommt, werd' ich ruhig sein, ganz ruhig ... aber daß es so dazu kommt, das hab' ich doch nicht gedacht ... daß ich mich umbringen muß, weil so ein ... Vielleicht hab' ich ihn doch nicht recht verstanden ... am End' hat er ganz was anderes gesagt ... Ich war ja ganz blöd von der Singerei und der Hitz' ... vielleicht bin ich verrückt gewesen, und es ist alles gar nicht wahr? ... Nicht wahr, haha, nicht wahr! – Ich hör's ja noch ... es klingt mir noch immer im Ohr ... und ich spür's in den Fingern, wie ich seine Hand vom Säbelgriff hab' wegbringen wollen ... Ein Kraftmensch ist er, ein Jagendorfer ... Ich bin doch auch kein Schwächling ... der Franziski ist der einzige im Regiment, der stärker ist als ich ...

Die Aspernbrücke ... Wie weit renn' ich denn noch? – Wenn ich so weiterrenn', bin ich um Mitternacht in Kagran ... Haha! – Herrgott, froh sind wir gewesen, wie wir im vorigen September dort eingerückt sind. Noch zwei Stunden, und Wien ... totmüd' war ich, wie wir angekommen sind ... den ganzen Nachmittag hab' ich geschlafen wie ein Stock, und am Abend waren wir schon beim Ronacher ... der Kopetzky, der Ladinser und ... wer war denn nur noch mit uns? – Ja, richtig, der Freiwillige, der uns auf dem Marsch die jüdischen Anekdoten erzählt hat ... Manchmal sind's ganz nette Burschen, die Einjährigen ... aber sie sollten alle nur Stellvertreter werden – denn was hat das für einen Sinn? Wir müssen uns jahrelang plagen, und so ein Kerl dient ein Jahr und hat genau dieselbe Distinktion wie wir ... es ist eine Ungerechtigkeit! – Aber was geht mich denn das alles an? – Was scheer' ich mich denn um solche Sachen? – Ein Gemeiner von der Verpflegsbranche ist ja jetzt mehr als ich ... ich bin ja überhaupt nicht mehr auf der Welt ... es ist ja aus mit mir ... Ehre verloren, alles verloren! ... Ich hab' ja nichts anderes zu tun, als meinen Revolver zu laden und ... Gustl, Gustl, mir scheint, Du glaubst noch immer nicht recht dran? Komm' nur zur Besinnung ... es giebt nichts anderes ... wenn Du auch Dein Gehirn zermarterst, es giebt nichts anderes! – Jetzt heißt's nur mehr, im letzten Moment sich anständig benehmen, ein Mann sein, ein Offizier sein, so daß der Oberst sagt: Er ist ein braver Kerl gewesen, wir werden ihm ein treues Angedenken bewahren! ... Wieviel Kompagnieen rücken denn aus beim Leichenbegängnis von einem Lieutenant? ... Das müßt' ich eigentlich wissen ... Haha! wenn das ganze Bataillon ausrückt, oder die ganze Garnison, und sie feuern zwanzig Salven ab, davon wach' ich doch nimmer auf! – Vor dem Kaffeehaus, da bin ich im vorigen Sommer einmal mit dem Herrn von Engel gesessen, nach der Armee-Steeple-Chase ... Komisch, den Menschen hab' ich seitdem nie wieder geseh'n ... Warum hat er denn das linke Aug' verbunden gehabt? Ich hab' ihn immer drum fragen wollen, aber es hätt' sich nicht gehört ... Da geh'n zwei Artilleristen ... die denken gewiß, ich steig' der Person nach ... Muß sie mir übrigens anseh'n ... O schrecklich! – ich möcht' nur wissen, wie sich so eine ihr Brot verdient ... da möcht' ich doch eher ... Obzwar, in der Not frißt der Teufel Fliegen ... in Przemysl – mir hat's nachher so gegraut, daß ich gemeint hab', nie wieder rühr' ich ein Frauenzimmer an ... Das war eine gräßliche Zeit da oben in Galizien ... eigentlich ein Mordsglück, daß wir nach Wien gekommen sind. Der Bokorny sitzt noch immer in Sambor und kann noch zehn Jahr' dort sitzen und alt und grau werden ... Aber wenn ich dort geblieben wär', wär' mir das nicht passiert, was mir heut' passiert ist ... und ich möcht' lieber in Galizien alt und grau werden, als daß ... als was? als was? – Ja, was ist denn? was ist denn? – Bin ich denn wahnsinnig, daß ich das immer vergess'? – Ja, meiner Seel', vergessen tu' ich's jeden Moment ... ist das schon je erhört worden, daß sich einer in ein paar Stunden eine Kugel durch'n Kopf jagen muß, und er denkt an alle möglichen Sachen, die ihn gar nichts mehr angeh'n? Meiner Seel', mir ist gerade so, als wenn ich einen Rausch hätt'! Haha! ein

schöner Rausch! ein Mordsrausch! ein Selbstmordsrausch!
– Ha! Witze mach' ich, das ist sehr gut! – Ja, ganz gut aufgelegt bin ich – sowas muß doch angeboren sein ... Wahrhaftig, wenn ich's einem erzählen möcht', er würd' es nicht
glauben. – Mir scheint, wenn ich das Ding bei mir hätt' ...
jetzt würd' ich abdrücken – in einer Sekunde ist alles vorbei ... Nicht jeder hat's so gut – andere müssen sich monatelang plagen ... meine arme Cousin', zwei Jahr' ist sie gelegen, hat sich nicht rühren können, hat die gräßlichsten
Schmerzen g'habt – so ein Jammer! ... Ist es nicht besser,
wenn man das selber besorgt? Nur Obacht geben heißt's,
gut zielen, daß einem nicht am End' das Malheur passiert,
wie dem Kadett-Stellvertreter im vorigen Jahr ... Der arme
Teufel, gestorben ist er nicht, aber blind ist er geworden ...
Was mit dem nur geschehen ist? Wo er jetzt lebt? –
Schrecklich, so herumlaufen, wie der – das heißt: herumlaufen kann er nicht, g'führt muß er werden – so ein junger
Mensch, kann heut' noch keine Zwanzig sein ... seine Geliebte hat er besser getroffen ... gleich war sie tot ... Unglaublich, weswegen sich die Leut' totschießen! Wie kann
man überhaupt nur eifersüchtig sein? ... Mein Lebtag hab'
ich sowas nicht gekannt. ... Die Steffi ist jetzt gemütlich in
der Gartenbaugesellschaft; dann geht sie mit »ihm« nach
Haus ... Nichts liegt mir dran, gar nichts! Hübsche Ein-
richtung hat sie – das kleine Badezimmer mit der roten La-
tern'. – Wie sie neulich in dem grünseidenen Schlafrock
hereingekommen ist ... den grünen Schlafrock werd' ich
auch nimmer seh'n – und die ganze Steffi auch nicht ... und
die schöne, breite Treppe in der Gußhausstraße werd' ich
auch nimmer hinaufgeh'n ... Das Fräulein Steffi wird sich
weiter amüsieren, als wenn gar nichts gescheh'n wär' ...
nicht einmal erzählen darf sie's wem, daß ihr lieber Gustl
sich umgebracht hat ... Aber weinen wird s' schon – ah ja,
weinen wird s' ... Überhaupt, weinen werden gar viele

Leut' … Um Gotteswillen, die Mama! – Nein, nein, daran
darf ich nicht denken. – Ah, nein, daran darf absolut nicht
gedacht werden … An Zuhaus wird nicht gedacht, Gustl,
verstanden ? – nicht mit dem allerleisesten Gedanken …
   Das ist nicht schlecht, jetzt bin ich gar im Prater … mitten in der Nacht … das hätt' ich mir auch nicht gedacht in
der Früh, daß ich heut' Nacht im Prater spazieren gehn
werd' … Was sich der Sicherheitswachmann dort denkt? …
Na, geh'n wir nur weiter … es ist ganz schön … Mit'm
Nachtmahlen ist 's eh' nichts, mit dem Kaffeehaus auch
nichts; die Luft ist angenehm, und ruhig ist es … sehr …
Zwar, ruhig werd' ich's jetzt bald haben, so ruhig, als ich's
mir nur wünschen kann. Haha! – aber ich bin ja ganz außer
Atem … ich bin ja gerannt wie nicht g'scheit … langsamer,
langsamer, Gustl, versäumst nichts, hast gar nichts mehr zu
tun – gar nichts, aber absolut nichts mehr! – Mir scheint
gar, ich fröstel'? – Es wird halt doch die Aufregung sein …
dann hab' ich ja nichts gegessen … Was riecht denn da so
eigentümlich? … es kann doch noch nichts blühen? … Was
haben wir denn heut'? – den vierten April … freilich, es hat
viel geregnet in den letzten Tagen … aber die Bäume sind
beinah' noch ganz kahl … und dunkel ist es, hu! man
könnt' schier Angst kriegen … Das ist eigentlich das einzige Mal in meinem Leben, daß ich Furcht gehabt hab', als
kleiner Bub, damals im Wald … aber ich war ja gar nicht so
klein … vierzehn oder fünfzehn … Wie lang' ist das jetzt
her? – neun Jahr' … freilich – mit achtzehn war ich Stellvertreter, mit zwanzig Lieutenant … und im nächsten Jahr
werd' ich … Was werd' ich im nächsten Jahr? Was heißt das
überhaupt: nächstes Jahr? Was heißt das: in der nächsten
Woche? Was heißt das: übermorgen? … Wie? Zähneklap-
pern? Oho! – Na, lassen wir's nur ein bißl klappern …
Herr Lieutenant, Sie sind jetzt allein, brauchen niemandem
einen Pflanz vorzumachen … es ist bitter, es ist bitter …

Ich will mich auf die Bank setzen ... Ah! – wie weit bin ich denn da? – So eine Dunkelheit! Das da hinter mir, das muß das zweite Kaffeehaus sein ... bin ich im vorigen Sommer auch einmal gewesen, wie unsere Kapelle konzertiert hat ... mit'm Kopetzky und mit'm Rüttner – noch ein paar waren dabei ... – Ich bin aber müd' ... nein, ich bin müd', als wenn ich einen Marsch von zehn Stunden gemacht hätt' ... Ja, das wär' sowas, da einschlafen. – Ha! ein obdachloser Lieutenant ... Ja, ich sollt' doch eigentlich nach Haus ... was tu' ich denn zu Haus? aber was tu' ich denn im Prater? – Ah, mir wär' am liebsten, ich müßt' gar nicht aufstehn – da einschlafen und nimmer aufwachen ... ja, das wär' halt bequem! – Nein, so bequem wird's Ihnen nicht gemacht, Herr Lieutenant ... Aber wie und wann? – Jetzt könnt' ich mir doch endlich einmal die Geschichte ordentlich überlegen ... überlegt muß ja alles werden ... so ist es schon einmal im Leben ... Also überlegen wir ... Was denn? ... – Nein, ist die Luft gut ... man sollt öfters bei der Nacht in' Prater gehn ... Ja, das hätt' mir eben früher einfallen müssen, jetzt ist's aus mit'm Prater, mit der Luft und mit'm Spazierengehn ... Ja, also was ist denn? – Ah, fort mit dem Kappl; mir scheint, das drückt mir auf's Gehirn ... ich kann ja gar nicht ordentlich denken ... Ah ... so! ... also jetzt Verstand zusammennehmen, Gustl ... letzte Verfügungen treffen! Also morgen früh wird Schluß gemacht ... morgen früh um sieben Uhr ... sieben Uhr ist eine schöne Stund'. Haha! – also um acht, wenn die Schul' anfangt, ist alles vorbei ... der Kopetzky wird aber keine Schul' halten können, weil er zu sehr erschüttert sein wird ... Aber vielleicht weiß er's noch gar nicht ... man braucht ja nichts zu hören ... Den Max Lippay haben sie auch erst am Nachmittag gefunden, und in der Früh' hat er sich erschossen, und kein Mensch hat was davon gehört ... Aber was geht mich das an, ob der Kopetzky Schul' halten

wird oder nicht? ... Ha! – also um sieben Uhr! – Ja ... na,
was denn noch? ... Weiter ist ja nichts zu überlegen. Im
Zimmer schieß' ich mich tot, und dann is basta! Montag ist
die Leich' ... Einen kenn' ich, der wird eine Freud' haben:
das ist der Doktor ... Duell kann nicht stattfinden wegen
Selbstmord des einen Kombattanten ... Was sie bei Mannheimers sagen werden? – Na, er wird sich nicht viel draus
machen ... aber die Frau, die hübsche, blonde ... mit der
war was zu machen ... O ja, mir scheint, bei der hätt' ich
Chance gehabt, wenn ich mich nur ein bißl zusammenge-
nommen hätt' ... ja, das wär' doch was anders gewesen, als
die Steffi, dieses Mensch ... Aber faul darf man halt nicht
sein ... da heißt's: Kour machen, Blumen schicken, vernünftig reden ... das geht nicht so, daß man sagt: Komm'
morgen Nachmittag zu mir in die Kasern'! ... Ja, so eine
anständige Frau, das wär' halt was g'wesen ... Die Frau von
meinem Hauptmann in Przemysl, das war ja doch keine
anständige Frau ... ich könnt' schwören: der Libitzky und
der Wermutek und der schäbige Stellvertreter, der hat sie
auch g'habt ... Aber die Frau Mannheimer ... ja, das wär'
was anders, das wär' doch auch ein Umgang gewesen, das
hätt' einen beinah' zu einem andern Menschen gemacht –
da hätt' man doch noch einen andern Schliff gekriegt – da
hätt' man einen Respekt vor sich selber haben dürfen. – –
Aber ewig diese Menscher ... und so jung hab' ich ang'fangen – ein Bub war ich ja noch, wie ich damals den ersten
Urlaub gehabt hab' und in Graz bei den Eltern zu Haus
war ... der Riedl war auch dabei – eine Böhmin ist es gewesen ... die muß doppelt so alt gewesen sein, wie ich – in der
Früh bin ich erst nach Haus gekommen ... Wie mich der
Vater ang'schaut hat ... und die Klara ... Vor der Klara hab'
ich mich am meisten g'schämt ... Damals war sie verlobt ...
warum ist denn nichts draus geworden? Ich hab' mich eigentlich nicht viel drum gekümmert ... Armes Hascherl,

hat auch nie Glück gehabt – und jetzt verliert sie noch den einzigen Bruder ... Ja, wirst mich nimmer seh'n, Klara – aus! Was, das hast Du Dir nicht gedacht, Schwesterl, wie Du mich am Neujahrstag zur Bahn begleitet hast, daß Du mich nie wieder seh'n wirst? – Und die Mama ... Herrgott, die Mama ... nein, ich darf daran nicht denken ... wenn ich daran denk', bin ich imstand, eine Gemeinheit zu begehen. ... Ah ... wenn ich zuerst noch nach Haus fahren möcht' ... sagen, es ist ein Urlaub auf einen Tag ... noch einmal den Papa, die Mama, die Klara seh'n, bevor ich einen Schluß mach' ... Ja, mit dem ersten Zug um sieben kann ich nach Graz fahren, um eins bin ich dort ... Grüß' Dich Gott, Mama ... Servus, Klara! Na, wie geht's Euch denn? ... Nein, das ist eine Überraschung! ... Aber sie möchten was merken ... wenn niemand anders ... die Klara ... die Klara gewiß ... Die Klara ist ein so gescheites Mädel ... Wie lieb sie mir neulich geschrieben hat, und ich bin ihr noch immer die Antwort schuldig – und die guten Ratschläge, die sie mir immer giebt ... ein so seelengutes Geschöpf ... Ob nicht alles ganz anders geworden wär', wenn ich zu Haus geblieben wär'? Ich hätt' Ökonomie studiert, wär' zum Onkel gegangen ... sie haben's ja alle wollen, wie ich noch ein Bub war ... Jetzt wär' ich am End' schon verheiratet, ein liebes, gutes Mädel ... vielleicht die Anna, die hat mich so gern gehabt ... auch jetzt hab' ich's noch gemerkt, wie ich das letzte Mal zu Haus war, obzwar sie schon einen Mann hat und zwei Kinder ... ich hab's g'seh'n, wie sie mich ang'schaut hat ... Und noch immer sagt sie mir »Gustl« wie früher ... Der wird's ordentlich in die Glieder fahren, wenn sie erfährt, was es mit mir für ein End' genommen hat – aber ihr Mann wird sagen: Das hab' ich vorausgesehen – so ein Lump! – Alle werden meinen, es ist, weil ich Schulden gehabt hab' ... und es ist doch gar nicht wahr, es ist doch alles gezahlt ... nur die letzten hundertsechzig Gulden – na, und die sind morgen da ... Ja, dafür muß ich auch noch sorgen, daß der Ballert die hundertsechzig Gulden kriegt ... das muß ich niederschreiben, bevor ich mich erschieß' ... Es ist schrecklich, es ist schrecklich! ... Wenn ich lieber auf und davon fahren möcht! – nach Amerika, wo mich niemand kennt ... In Amerika weiß kein Mensch davon, was hier heut' Abend gescheh'n ist ... da kümmert sich kein Mensch drum ... Neulich ist in der Zeitung gestanden von einem Grafen Runge, der hat fortmüssen wegen einer schmutzigen Geschichte, und jetzt hat er drüben ein Hotel und pfeift auf den ganzen Schwindel ... Und in ein paar Jahren könnt' man ja wieder zurück ... nicht nach Wien natürlich ... auch nicht nach Graz ... aber auf's Gut könnt' ich ... und der Mama und dem Papa und der Klara möcht's doch tausendmal lieber sein, wenn ich nur lebendig blieb' ... Und was geh'n mich denn die andern Leut' an? Wer meint's denn sonst gut mit mir? – Außer'm Kopetzky könnt' ich allen gestohlen werden ... der Kopetzky ist doch der einzige ... Und grad der hat mir heut' das Billet geben müssen ... und das Billet ist an allem schuld ... ohne das Billet wär' ich nicht in's Konzert gegangen, und alles das wär' nicht passiert ... Was ist denn nur passiert? ... Es ist grad, als wenn hundert Jahr' seitdem vergangen wären, und es kann noch keine zwei Stunden sein ... Vor zwei Stunden hat mir einer »dummer Bub« gesagt und hat meinen Säbel zerbrechen wollen ... Herrgott, ich fang' noch zu schreien an mitten in der Nacht! Warum ist denn das alles gescheh'n? Hätt' ich nicht länger warten können, bis ganz leer wird in der Garderobe? Und warum hab' ich ihm denn nur gesagt: »Halten Sie's Maul!« Wie ist mir denn das nur ausgerutscht? Ich bin doch sonst ein höflicher Mensch ... nicht einmal mit meinem Burschen bin ich sonst so grob ... aber natürlich, nervos bin ich gewesen – alle die Sachen, die da zusammengekommen sind ... das Pech im Spiel und die ewige Absagerei von der Steffi – und das Duell morgen Nachmittag – und zu wenig schlafen tu' ich in der letzten Zeit – und die Rakkerei in der Kasern' – das halt' man auf die Dauer nicht aus! ... Ja, über kurz oder lang wär' ich krank geworden – hätt' um einen Urlaub einkommen müssen ... Jetzt ist es nicht mehr notwendig – jetzt kommt ein langer Urlaub – mit Karenz der Gebühren – haha! ...

Wie lang werd' ich denn da noch sitzen bleiben? Es muß Mitternacht vorbei sein ... hab' ich's nicht früher schlagen hören? – Was ist denn das ... ein Wagen fährt da? Um die Zeit? Gummiradler – kann mir schon denken ... Die haben's besser wie ich – vielleicht ist es der Ballert mit der Bertha ... Warum soll's grad der Ballert sein? – Fahr' nur zu! – Ein hübsches Zeug'l hat Seine Hoheit in Przemysl gehabt ... mit dem ist er immer in die Stadt hinunterg'fahren zu der Rosenberg ... Sehr leutselig war Seine Hoheit – ein echter Kamerad, mit allen auf Du und Du ... War doch eine schöne Zeit ... obzwar ... die Gegend war trostlos und im Sommer zum verschmachten ... an einem Nachmittag sind einmal drei vom Sonnenstich getroffen worden ... auch der Korporal von meinem Zug – ein so verwendbarer Mensch ... Nachmittag haben wir uns nackt auf's Bett hingelegt. – Einmal ist plötzlich der Wiesner zu mir hereingekommen; ich muß grad geträumt haben und steh' auf und zieh' den Säbel, der neben mir liegt ... muß gut ausg'schaut haben ... der Wiesner hat sich halbtot gelacht – der ist jetzt schon Rittmeister ... – Schad', daß ich nicht zur Kavallerie gegangen bin ... aber das hat der Alte nicht wollen – wär' ein zu teurer Spaß gewesen – jetzt ist es ja doch alles eins ... Warum denn? – Ja, ich weiß schon: sterben muß ich, darum ist es alles eins – sterben muß ich ... Also wie? – Schau, Gustl, Du bist doch extra da herunter in den Prater gegangen, mitten in der Nacht, wo Dich keine Menschenseele

stört – jetzt kannst Du Dir alles ruhig überlegen … Das ist
ja lauter Unsinn mit Amerika und quittieren, und Du bist
ja viel zu dumm, um was anderes anzufangen – und wenn
Du hundert Jahr' alt wirst, und Du denkst dran, daß Dir einer hat den Säbel zerbrechen wollen und Dich einen dummen Buben g'heißen, und Du bist dag'standen und hast
nichts tun können – nein, zu überlegen ist da gar nichts –
gescheh'n ist gescheh'n – auch das mit der Mama und mit
der Klara ist ein Unsinn – die werden's schon verschmerzen
– man verschmerzt alles … Wie hat die Mama gejammert,
wie ihr Bruder gestorben ist – und nach vier Wochen hat
sie kaum mehr dran gedacht … auf den Friedhof ist sie hin-
ausgefahren … zuerst alle Wochen, dann alle Monat – und
jetzt nur mehr am Todestag. – – Morgen ist mein Todestag
– fünfter April. – – Ob sie mich nach Graz überführen?
Haha! da werden die Würmer in Graz eine Freud' haben! –
Aber das geht mich nichts an – darüber sollen sich die andern den Kopf zerbrechen … Also, was geht mich denn eigentlich an? … Ja, die hundertsechzig Gulden für den Ballert – das ist alles – weiter brauch' ich keine Verfügungen
zu treffen. – Briefe schreiben? Wozu denn? An wen
denn? … Abschied nehmen? – Ja, zum Teufel hinein, das ist
doch deutlich genug, wenn man sich totschießt! – Dann
merken's die andern schon, daß man Abschied genommen
hat … Wenn die Leut' wüßten, wie egal mir die ganze Geschichte ist, möchten sie mich gar nicht bedauern – ist eh'
nicht schad' um mich … Und was hab' ich denn vom ganzen Leben gehabt? – Etwas hätt' ich gern noch mitgemacht:
einen Krieg – aber da hätt' ich lang' warten können … Und
alles übrige kenn' ich … Ob so ein Mensch Steffi oder Ku-
nigunde heißt, bleibt sich gleich. – – Und die schönsten
Operetten kenn' ich auch – und im Lohengrin bin ich
zwölf Mal drin gewesen – und heut' Abend war ich sogar
bei einem Oratorium – und ein Bäckermeister hat mich ei-

nen dummen Buben geheißen – meiner Seel', es ist grad genug! – Und ich bin gar nimmer neugierig ... – Also gehn
wir nach Haus, langsam, ganz langsam ... Eile hab' ich ja
wirklich keine. – Noch ein paar Minuten ausruhen da im
Prater, auf einer Bank – obdachlos. – In's Bett leg' ich mich
ja doch nimmer – hab' ja genug Zeit zum Ausschlafen. – –
Ah, die Luft! – Die wird mir abgehn ...

Was ist denn? – He, Johann, bringen S' mir ein frisches
Glas Wasser ... Was ist? ... Wo ... Ja, träum' ich denn? ...
Mein Schädel ... o, Donnerwetter ... Fischamend ... Ich
bring' die Augen nicht auf! – Ich bin ja angezogen! – Wo
sitz' ich denn? – Heiliger Himmel, eingeschlafen bin ich!
Wie hab' ich denn nur schlafen können; es dämmert ja
schon! – Wie lang' hab' ich denn geschlafen? – Muß auf die
Uhr schau'n ... Ich seh' nichts ... Wo sind denn meine
Zündhölzeln? ... Na, brennt eins an? ... Drei ... und ich
soll mich um vier duellieren – nein, nicht duellieren – totschießen soll ich mich! – Es ist gar nichts mit dem Duell;
ich muß mich totschießen, weil ein Bäckermeister mich einen dummen Buben genannt hat ... Ja, ist es denn wirklich
g'scheh'n? – Mir ist im Kopf so merkwürdig ... wie in einem Schraubstock ist mein Hals – ich kann mich gar nicht
rühren – das rechte Bein ist eingeschlafen. – Aufstehn! Aufstehn! ... Ah, so ist es besser! – Es wird schon lichter ...
Und die Luft ... ganz wie damals in der Früh, wie ich auf
Vorposten war und im Wald kampiert hab' ... Das war ein
anderes Aufwachen – da war ein anderer Tag vor mir ...
Mir scheint, ich glaub's noch nicht recht – Da liegt die Straße, grau, leer – ich bin jetzt sicher der einzige Mensch im
Prater. – Um vier Uhr früh war ich schon einmal herunten,
mit'm Pausinger – geritten sind wir – ich auf dem Pferd

vom Hauptmann Mirovic und der Pausinger auf seinem eigenen Krampen – das war im Mai, im vorigen Jahr – da hat
schon alles geblüht – alles war grün. – Jetzt ist's noch kahl –
aber der Frühling kommt bald – in ein paar Tagen ist er
schon da. – Maiglöckerln, Veigerln – schad', daß ich nichts
mehr davon haben werd' – jeder Schubiak hat was davon,
und ich muß sterben! Es ist ein Elend! Und die andern
werden im Weingartl sitzen beim Nachtmahl, als wenn gar
nichts g'wesen wär' – so wie wir alle im Weingartl g'sessen
sind, noch am Abend nach dem Tag, wo sie den Lippay
hinausgetragen haben … Und der Lippay war so beliebt …
sie haben ihn lieber g'habt, als mich, beim Regiment – warum sollen sie denn nicht im Weingartl sitzen, wenn ich ab-
kratz'? – Ganz warm ist es – viel wärmer als gestern – und
so ein Duft – es muß doch schon blühen … Ob die Steffi
mir Blumen bringen wird? – Aber fallt ihr ja gar nicht ein!
Die wird grad hinausfahren … Ja, wenn's noch die Adel'
wär' … Nein, die Adel'! – Mir scheint, seit zwei Jahren
hab' ich an die nicht mehr gedacht. … Was die für
G'schichten gemacht hat, wie's aus war … mein Lebtag
hab' ich kein Frauenzimmer so weinen geseh'n … Das war
doch eigentlich das Hübscheste, was ich erlebt hab' … So
bescheiden, so anspruchslos, wie die war – die hat mich
gern gehabt, da könnt' ich drauf schwören. – War doch was
ganz anderes, als die Steffi … Ich möcht' nur wissen, warum ich die aufgegeben hab' … so eine Eselei! Zu fad ist es
mir geworden, ja, das war das Ganze … So jeden Abend
mit ein und derselben ausgehn … Dann hab' ich eine Angst
g'habt, daß ich überhaupt nimmer loskomm' – eine solche
Raunzen – – Na, Gustl, hätt'st schon noch warten können
– war doch die einzige, die Dich gern gehabt hat … Was sie
jetzt macht? Na, was wird s' machen? – Jetzt wird s' halt
einen andern haben. … Freilich, das mit der Steffi ist bequemer – wenn man nur gelegentlich engagiert ist und ein

anderer hat die ganzen Unannehmlichkeiten, und ich hab'
nur das Vergnügen ... Ja, da kann man auch nicht verlangen, daß sie auf den Friedhof hinauskommt ... Wer ging
denn überhaupt mit, wenn er nicht müßt'! – Vielleicht der
Kopetzky, und dann wär' Rest! – Ist doch traurig, so gar
niemanden zu haben ...

Aber so ein Unsinn! der Papa und die Mama und die
Klara ... Ja, ich bin halt der Sohn, der Bruder ... aber was
ist denn weiter zwischen uns? gern haben sie mich ja – aber
was wissen sie denn von mir? – Daß ich meinen Dienst
mach', daß ich Karten spiel' und daß ich mit Menschern
herumlauf' ... aber sonst? – Daß mich manchmal selber vor
mir graust, das hab' ich ihnen ja doch nicht geschrieben –
na, mir scheint, ich hab's auch selber gar nicht recht gewußt
– – Ah was, kommst Du jetzt mit solchen Sachen, Gustl?
Fehlt nur noch, daß Du zum Weinen anfangst ... pfui Teufel! – Ordentlichen Schritt ... so! Ob man zu einem Rendez-vous geht oder auf Posten oder in die Schlacht ... wer
hat das nur gesagt? ... ah ja, der Major Lederer, in der Kan-
tin', wie man von dem Wingleder erzählt hat, der so blaß
geworden ist vor seinem ersten Duell – und gespieben
hat ... Ja: ob man zu einem Rendez-vous geht oder in den
sichern Tod, am Gang und am G'sicht läßt sich das der
richtige Offizier nicht anerkennen! – Also, Gustl – der Major Lederer hat's g'sagt! ha! –

Immer lichter ... man könnt' schon lesen ... Was pfeift
denn da? ... Ah, drüben ist der Nordbahnhof ... Die Tegetthoffsäule ... so lang hat sie noch nie ausg'schaut ... Da
drüben stehen Wagen ... Aber nichts als Straßenkehrer auf
der Straße ... meine letzten Straßenkehrer – ha! ich muß
immer lachen, wenn ich dran denk' ... das versteh' ich garnicht ... Ob das bei allen Leuten so ist, wenn sie's einmal
ganz sicher wissen? Halb vier auf der Nordbahnuhr ...
jetzt ist nur die Frage, ob ich mich um sieben nach Bahn-

zeit oder nach Wiener Zeit erschieß'? ... Sieben ... ja, warum grad sieben? ... Als wenn's garnicht anders sein könnt' ... Hunger hab' ich – meiner Seel', ich hab' Hunger – kein Wunder ... seit wann hab' ich denn nichts gegessen? ... Seit – seit gestern sechs Uhr abends im Kaffeehaus ... ja! Wie mir der Kopetzky das Billet gegeben hat – eine Melange und zwei Kipfel. – Was der Bäckermeister sagen wird, wenn er's erfahrt? ... der verfluchte Hund! – Ah, der wird wissen, warum – dem wird der Knopf aufgehn – der wird draufkommen, was es heißt: Offizier! – So ein Kerl kann sich auf offener Straße prügeln lassen, und es hat keine Folgen, und unsereiner wird unter vier Augen insultiert und ist ein toter Mann ... Wenn sich so ein Fallot wenigstens schlagen möcht' – aber nein, da wär' er ja vorsichtiger, da möcht' er sowas nicht riskieren ... Und der Kerl lebt weiter, ruhig weiter, während ich – krepieren muß! – Der hat mich doch umgebracht ... Ja, Gustl, merkst D' was? – der ist es, der Dich umbringt! Aber so glatt soll's ihm doch nicht ausgeh'n! – Nein, nein, nein! Ich werd' dem Kopetzky einen Brief schreiben, wo alles drinsteht, die ganze G'schicht' schreib' ich auf ... oder noch besser: ich schreib's dem Obersten, ich mach' eine Meldung an's Regimentskommando ... ganz wie eine dienstliche Meldung ... Ja, wart', Du glaubst, daß sowas geheim bleiben kann? – Du irrst Dich – aufgeschrieben wird's zum ewigen Gedächtnis, und dann möcht' ich sehen, ob Du Dich noch in's Kaffeehaus traust! – Ha! – »das möcht' ich sehen«, ist gut! ... Ich möcht' noch manches gern seh'n, wird nur leider nicht möglich sein – aus is! –

Jetzt kommt der Johann in mein Zimmer, jetzt merkt er, daß der Herr Lieutenant nicht zu Haus geschlafen hat. – Na, alles mögliche wird er sich denken; aber daß der Herr Lieutenant im Prater übernachtet hat, das, meiner Seel', das nicht ... Ah, die Vierundvierziger! zur Schießstätte mar-

schieren s' – lassen wir sie vorübergehn ... so, stellen wir
uns daher ... – Da oben wird ein Fenster aufgemacht –
hübsche Person – na, ich möcht' mir wenigstens ein Tüchel
umnehmen, wenn ich zum Fenster geh' ... Vorigen Sonntag
war's zum letzten Mal ... Daß grad die Steffi die letzte sein
wird, hab' ich mir nicht träumen lassen. – Ach Gott, das ist
doch das einzige reelle Vergnügen. ... Na ja, der Herr
Oberst wird in zwei Stunden nobel nachreiten ... die Herren haben's gut – ja, ja, rechts g'schaut! – Ist schon gut ...
Wenn Ihr wüßtet, wie ich auf Euch pfeif'! – Ah, das ist
nicht schlecht: der Katzer ... seit wann ist denn der zu den
Vierundvierzigern übersetzt? – Servus, servus! – Was der
für ein G'sicht macht? ... Warum deut' er denn auf seinen
Kopf? – Mein Lieber, Dein Schädel interessiert mich sehr
wenig ... Ah, so! Nein, mein Lieber, Du irrst Dich: im Prater hab' ich übernachtet ... wirst schon heut' im Abendblatt lesen. – »Nicht möglich!« wird er sagen; »heut' früh,
wie wir zur Schießstätte ausgerückt sind, hab' ich ihn noch
auf der Praterstraße getroffen!« – Wer wird denn meinen
Zug kriegen? – Ob sie ihn dem Walterer geben werden? –
Na, da wird was Schönes herauskommen – ein Kerl ohne
Schneid, der hätt' auch lieber Schuster werden sollen ...
Was, geht schon die Sonne auf? – Das wird heut' ein schöner Tag – so ein rechter Frühlingstag ... Ist doch eigentlich
zum Teufelholen! – der Komfortabelkutscher wird noch
um achte in der Früh auf der Welt sein, und ich ... na, was
ist denn das? He, das wär' sowas – noch im letzten Moment die Kontenance verlieren wegen einem Komfortabelkutscher ... Was ist denn das, daß ich auf einmal so ein blödes Herzklopfen krieg'? – Das wird doch nicht deswegen
sein ... Nein, o nein ... es ist, weil ich so lang' nichts gegese-
sen hab'. – – Aber Gustl, sei doch aufrichtig mit Dir selber:
– Angst hast Du – Angst, weil Du's noch nie probiert
hast ... Aber das hilft Dir ja nichts, die Angst hat noch kei-

nem was geholfen, jeder muß es einmal durchmachen, der eine früher, der andere später, und Du kommst halt früher dran ... Viel wert bist Du ja nie gewesen, so benimm Dich wenigstens anständig zu guter Letzt, das verlang' ich von Dir! – So, jetzt heißt's nur überlegen – aber was denn? ... Immer will ich mir was überlegen ... ist doch ganz einfach: – im Nachtkastelladel liegt er, geladen ist er auch, heißt's nur: losdrucken – das wird doch keine Kunst sein! – –

Die geht schon in's G'schäft ... die armen Mädeln! – Die Adel' war auch in einem G'schäft – ein paar Mal hab' ich sie am Abend abg'holt ... Wenn sie in einem G'schäft sind, werd'n sie doch keine solchen Menscher ... Wenn die Steffi mir allein g'hören möcht', ich ließ sie Modistin werden oder sowas ... Wie wird sie's denn erfahren? – Aus der Zeitung! ... Sie wird sich ärgern, daß ich ihr's nicht geschrieben hab' ... Mir scheint, ich schnapp' doch noch über ... Was geht denn das mich an, ob sie sich ärgert ... Wie lang' hat denn die ganze G'schicht' gedauert? ... Seit'm Jänner? ... Ah nein, es muß doch schon vor Weihnachten gewesen sein ... ich hab' ihr ja aus Graz Zuckerln mitgebracht, und zu Neujahr hat sie mir ein Brieferl g'schickt ... Richtig, die Briefe, die ich zu Haus hab' – sind keine da, die ich verbrennen sollt'? ... Hm, der vom Fallsteiner – wenn man den Brief findet ... der Bursch könnt' Unannehmlichkeiten haben ... Was mir das schon aufliegt! – Na, es ist ja keine große Anstrengung ... aber hervorsuchen kann ich den Wisch nicht ... Das beste ist, ich verbrenn' alles zusammen ... wer braucht's denn? Ist lauter Makulatur. – – Und meine paar Bücher könnt' ich dem Blany vermachen. – »Durch Nacht und Eis« ... schad', daß ich's nimmer auslesen kann ... bin wenig zum Lesen gekommen in der letzten Zeit ... Orgel – ah, aus der Kirche ... Frühmesse – bin schon lang' bei keiner gewesen ... das letzte Mal im Feber, wie mein Zug dazu kommandiert war ... Aber das gilt nichts – ich hab' auf meine Leut' aufgepaßt, ob sie andächtig sind und sich ordentlich benehmen ... – Möcht' in die Kirche hineingehn ... am End' ist doch was dran ... – Na, heut' nach Tisch werd' ich's schon genau wissen ... Ah, »nach Tisch« ist sehr gut! ... Also, was ist, soll ich hineingeh'n? – Ich glaub', der Mama wär's ein Trost, wenn sie das wüßt'! ... Die Klara giebt weniger drauf ... Na, gehn wir hinein – schaden kann's ja nicht!

Orgel – Gesang – hm! – was ist denn das? – Mir ist ganz schwindlig ... O Gott, o Gott, o Gott! ich möcht' einen Menschen haben, mit dem ich ein Wort reden könnt' vorher! – Das wär' sowas – zur Beicht' gehn! Der möcht' Augen machen, der Pfaff', wenn ich zum Schluß sagen möcht': Habe die Ehre, Hochwürden, jetzt geh' ich mich umbringen! ... – Am liebsten läg' ich da auf dem Steinboden und tät' heulen ... Ah nein, das darf man nicht tun! Aber weinen tut manchmal so gut. ... Setzen wir uns einen Moment – aber nicht wieder einschlafen wie im Prater! ... – Die Leut', die eine Religion haben, sind doch besser dran ... Na, jetzt fangen mir gar die Händ' zu zittern an! ... Wenn's so weitergeht, werd' ich mir selber auf die Letzt' so ekelhaft, daß ich mich vor lauter Schand' umbring'! – Das alte Weib da – um was betet denn die noch? ... Wär' eine Idee, wenn ich ihr sagen möcht': Sie, schließen Sie mich auch ein ... ich hab' das nicht ordentlich gelernt, wie man das macht ... Ha! mir scheint, das Sterben macht blöd'! – Aufstehn! – Woran erinnert mich denn nur die Melodie? – Heiliger Himmel! gestern Abend! – Fort, fort! das halt' ich gar nicht aus! ... Pst! keinen solchen Lärm, nicht mit dem Säbel scheppern – die Leut' nicht in der Andacht stören – so! – doch besser im Freien ... Licht ... Ah, es kommt immer näher – wenn es lieber schon vorbei wär'! – Ich hätt's gleich tun sollen – im Prater ... man sollt' nie ohne Revolver ausgeh'n ... Hätt' ich gestern Abend einen gehabt ... Herrgott

noch einmal! – In das Kaffeehaus könnt' ich geh'n frühstücken ... Hunger hab' ich ... Früher ist's mir immer sonderbar vorgekommen, daß die Leut', die verurteilt sind, in
der Früh noch ihren Kaffee trinken und ihr Zigarrl rauchen ... Donnerwetter, geraucht hab' ich gar nicht! gar keine Lust zum Rauchen! – Es ist komisch: ich hätt' Lust, in
mein Kaffeehaus zu geh'n ... Ja, aufgesperrt ist schon, und
von uns ist jetzt doch keiner dort – und wenn schon ... ist
höchstens ein Zeichen von Kaltblütigkeit. »Um sechs hat er
noch im Kaffeehaus gefrühstückt, und um sieben hat er
sich erschossen« ... – Ganz ruhig bin ich wieder ... das Gehen ist so angenehm – und das schönste ist, daß mich keiner zwingt. – Wenn ich wollt', könnt' ich noch immer den
ganzen Krempel hinschmeißen ... Amerika ... Was ist das:
»Krempel«? Was ist ein »Krempel«? Mir scheint, ich hab'
den Sonnenstich! ... Oho, bin ich vielleicht deshalb so ruhig, weil ich mir noch immer einbild', ich muß nicht? ...
Ich muß! Ich muß! Nein, ich will! – Kannst Du Dir denn
überhaupt vorstellen, Gustl, daß Du Dir die Uniform aus-
ziehst und durchgehst? Und der verfluchte Hund lacht sich
den Buckel voll – und der Kopetzky selbst möcht' Dir
nicht mehr die Hand geben ... Mir kommt vor, ich bin jetzt
ganz rot geworden. – ... Der Wachmann salutiert mir ...
ich muß danken ... »Servus!« – Jetzt hab' ich gar »Servus«
gesagt! ... Das freut so einen armen Teufel immer ... Na,
über mich hat sich keiner zu beklagen gehabt – außer
Dienst war ich immer gemütlich. – Wie wir auf Manöver
waren, hab' ich den Chargen von der Kompagnie Britannikas geschenkt; – einmal hab' ich gehört, wie ein Mann hinter mir bei den Gewehrgriffen was von »verfluchter Racke-
rei« g'sagt hat, und ich hab' ihn nicht zum Rapport geschickt – ich hab' ihm nur gesagt: »Sie, passen S' auf,
das könnt' einmal wer anderer hören – da ging's Ihnen
schlecht!« ... Der Burghof ... Wer ist denn heut' auf

Wach'? – Die Bosniaken – schau'n gut aus – der Oberstleutnant hat neulich g'sagt: Wie wir im 78er Jahr unten waren, hätt' keiner geglaubt, daß uns die einmal so parieren
werden! … Herrgott, bei sowas hätt' ich dabei sein mögen!
– Da stehn sie alle auf von der Bank. – Servus, servus! –
Das ist halt zuwider, daß unsereiner nicht dazu kommt. –
Wär' doch schöner gewesen, auf dem Feld der Ehre, für's
Vaterland, als so … Ja, Herr Doktor, Sie kommen eigentlich
gut weg! … Ob das nicht einer für mich übernehmen
könnt'? – Meiner Seel', das sollt' ich hinterlassen, daß sich
der Kopetzky oder der Wymetal an meiner Statt mit dem
Kerl schlagen. … Ah, so leicht sollt' der doch nicht davon-
kommen! – Ah, was! Ist das nicht egal, was nachher geschieht? Ich erfahr's ja doch nimmer! – Da schlagen die
Bäume aus … Im Volksgarten hab' ich einmal eine ange-
sprochen – ein rotes Kleid hat sie angehabt – in der Strozzigasse hat sie gewohnt – nachher hat sie der Rochlitz übernommen … Mir scheint, er hat sie noch immer, aber er
red't nichts mehr davon – er schämt sich vielleicht … Jetzt
schlaft die Steffi noch … so lieb sieht sie aus, wenn sie
schlaft … als wenn sie nicht bis fünf zählen könnt'! – Na,
wenn sie schlafen, schau'n sie alle so aus! – Ich sollt' ihr
doch noch ein Wort schreiben … warum denn nicht? Es
tut's ja doch ein jeder, daß er vorher noch Briefe schreibt. –
Auch der Klara sollt' ich schreiben, daß sie den Papa und
die Mama tröstet – und was man halt so schreibt! – und
dem Kopetzky doch auch … Meiner Seel', mir kommt vor,
es wär' viel leichter, wenn man ein paar Leuten Adieu gesagt hätt' … Und die Anzeige an das Regimentskommando
– und die hundertsechzig Gulden für den Ballert … eigentlich noch viel zu tun … Na, es hat's mir ja keiner g'schafft,
daß ich's um sieben tu' … von acht an ist noch immer Zeit
genug zum Totsein! … Totsein, ja – so heißt 's – da kann
man nichts machen …

Ringstraße – jetzt bin ich ja bald in meinem Kaffee-haus ... Mir scheint gar, ich freu' mich auf's Frühstück ... es ist nicht zum glauben. – – Ja, nach dem Frühstück zünd' ich mir eine Zigarr' an, und dann geh' ich nach Haus und schreib' ... Ja, vor allem mach' ich die Anzeige an's Kommando; dann kommt der Brief an die Klara – dann an den Kopetzky – dann an die Steffi ... Was soll ich denn dem Luder schreiben? ... »Mein liebes Kind, Du hast wohl nicht gedacht« ... – Ah, was, Unsinn! – »Mein liebes Kind, ich danke Dir sehr« ... – »Mein liebes Kind, bevor ich von hinnen gehe, will ich es nicht verabsäumen« ... – Na, Brief-schreiben war auch nie meine starke Seite ... »Mein liebes Kind, ein letztes Lebewohl von Deinem Gustl« ... – Die Augen, die sie machen wird! Ist doch ein Glück, daß ich nicht in sie verliebt war ... das muß traurig sein, wenn man eine gern hat und so ... Na, Gustl, sei gut: so ist es auch traurig genug ... Nach der Steffi wär' ja noch manche ande-re gekommen, und am End' auch eine, die was wert ist – junges Mädel aus guter Familie mit Kaution – es wär' ganz schön gewesen ... – Der Klara muß ich ausführlich schreiben, daß ich nicht hab' anders können ... »Du mußt mir verzeihen, liebste Schwester, und bitte, tröste auch die lieben Eltern. Ich weiß, daß ich Euch allen manche Sorge ge-macht habe und manchen Schmerz bereitet; aber glaube mir, ich habe Euch alle immer sehr lieb gehabt, und ich hoffe, Du wirst noch einmal glücklich werden, meine liebe Klara, und Deinen unglücklichen Bruder nicht ganz verges-sen« ... – Ah, ich schreib' ihr lieber gar nicht! ... Nein, da wird mir zum Weinen ... es beißt mich ja schon in den Au-gen, wenn ich dran denk' ... Höchstens dem Kopetzky schreib' ich – ein kameradschaftliches Lebewohl, und er soll's den andern ausrichten ... – Ist's schon sechs? – Ah, nein: halb – dreiviertel. – Ist das ein liebes G'sichtel! ... der kleine Fratz mit den schwarzen Augen, den ich so oft in der Florianigasse treff'! – was die sagen wird? – Aber die weiß ja gar nicht, wer ich bin – die wird sich nur wundern, daß sie mich nimmer sieht ... Vorgestern hab' ich mir vorgenommen, das nächste Mal sprech' ich sie an. – Kokettiert hat sie genug ... so jung war die – am End' war die gar noch eine Unschuld! ... Ja, Gustl! Was Du heute kannst besorgen, das verschiebe nicht auf morgen! ... Der da hat sicher auch die ganze Nacht nicht geschlafen. – Na, jetzt wird er schön nach Haus gehn und sich niederlegen – ich auch! – Haha! jetzt wird's ernst, Gustl, ja! ... Na, wenn nicht einmal das bißl Grausen wär', so wär' ja schon gar nichts dran – und im Ganzen, ich muß's schon selber sagen, halt' ich mich brav ... Ah, wohin denn noch? Da ist ja schon mein Kaffeehaus ... auskehren tun sie noch ... Na, geh'n wir hinein ...

Da hinten ist der Tisch, wo die immer Tarok spielen ... Merkwürdig, ich kann mir's gar nicht vorstellen, daß der Kerl, der immer da hinten sitzt an der Wand, derselbe sein soll, der mich ... – Kein Mensch ist noch da ... Wo ist denn der Kellner? ... He! Da kommt er aus der Küche ... er schlieft schnell in den Frack hinein ... Ist wirklich nimmer notwendig! ... ah, für ihn schon ... er muß heut' noch andere Leut' bedienen! –

»»Habe die Ehre, Herr Lieutenant!««

»Guten Morgen.«

»»So früh heute, Herr Lieutenant?««

»Ah, lassen S' nur – ich hab' nicht viel Zeit, ich kann mit'm Mantel dasitzen.«

»»Was befehlen Herr Lieutenant?««

»Eine Melange mit Haut.«

»»Bitte gleich, Herr Lieutenant!««

Ah, da liegen ja Zeitungen ... schon heutige Zeitungen? ... Ob schon was drinsteht? ... Was denn? – Mir scheint, ich will nachsehn, ob drinsteht, daß ich mich umgebracht hab'!

Haha! – Warum steh' ich denn noch immer? ... Setzen wir uns da zum Fenster ... Er hat mir ja schon die Melange hingestellt ... So, den Vorhang zieh' ich zu; es ist mir zuwider, wenn die Leut' hereingucken ... Es geht zwar noch keiner vorüber ... Ah, gut schmeckt der Kaffee – doch kein leerer Wahn, das Frühstücken! ... Ah, ein ganz anderer Mensch wird man – der ganze Blödsinn ist, daß ich nicht genachtmahlt hab' ... Was steht denn der Kerl schon wieder da? – Ah, die Semmeln hat er mir gebracht ...

»»Haben Herr Lieutenant schon gehört?«« ...

»Was denn?« Ja, um Gotteswillen, weiß der schon was? ... Aber Unsinn, es ist ja nicht möglich!

»»Den Herrn Habetswallner ...««

Was? So heißt ja der Bäckermeister ... was wird der jetzt sagen? ... Ist der am End' schon dagewesen? Ist er am End' gestern noch dagewesen und hat's erzählt? ... Warum red't er denn nicht weiter? ... Aber, er red't ja ...

»»... hat heut' Nacht um zwölf der Schlag getroffen.««

»Was?« ... Ich darf nicht so schreien ... nein, ich darf mir nichts anmerken lassen ... aber vielleicht träum' ich ... ich muß ihn noch einmal fragen ... »Wen hat der Schlag getroffen?« – Famos, famos! – ganz harmlos hab' ich das g'sagt! –

»»Den Bäckermeister, Herr Lieutenant! ... Herr Lieutenant werd'n ihn ja kennen ... na, den Dicken, der jeden Nachmittag neben die Herren Offiziere seine Tarokpartie hat ... mit'n Herrn Schlesinger und 'n Herrn Wasner von der Kunstblumenhandlung vis-à-vis!««

Ich bin ganz wach – stimmt alles – und doch kann ich's noch nicht recht glauben – ich muß ihn noch einmal fragen ... aber ganz harmlos ...

»Der Schlag hat ihn getroffen? ... Ja, wieso denn? Woher wissen S' denn das?«

»»Aber, Herr Lieutenant, wer soll's denn früher wissen, als unsereiner – die Semmel, die der Herr Lieutenant da essen, ist ja auch vom Herrn Habetswallner. Der Bub, der uns das Gebäck um halber fünfe in der Früh bringt, hat's uns erzählt.«»

Um Himmelswillen, ich darf mich nicht verraten ... ich möcht' ja schreien ... ich möcht' ja lachen ... ich möcht' ja dem Rudolf ein Bussel geben ... Aber ich muß ihn noch was fragen! ... Vom Schlag getroffen werden, heißt noch nicht: tot sein ... ich muß fragen, ob er tot ist ... aber ganz ruhig, denn was geht mich der Bäckermeister an – ich muß in die Zeitung schau'n, während ich den Kellner frag' ...

»Ist er tot?«

»»Na, freilich, Herr Lieutenant; auf'm Fleck ist er tot geblieben.«»

O, herrlich, herrlich! – Am End' ist das Alles, weil ich in der Kirchen g'wesen bin ...

»»Er ist am Abend im Theater g'wesen; auf der Stiegen ist er umg'fallen – der Hausmeister hat den Krach g'hört ... na, und dann haben s' ihn in die Wohnung getragen, und wie der Doktor gekommen ist, war's schon lang' aus.«»

»Ist aber traurig. Er war doch noch in den besten Jahren.« – Das hab' ich jetzt famos gesagt – kein Mensch könnt' mir was anmerken ... und ich muß mich wirklich zurückhalten, daß ich nicht schrei' oder auf 's Billard spring' ...

»»Ja, Herr Lieutenant, sehr traurig; war ein so lieber Herr, und zwanzig Jahr' ist er schon zu uns kommen – war ein guter Freund von unserm Herrn. Und die arme Frau ...«»

Ich glaub', so froh bin ich in meinem ganzen Leben nicht gewesen ... Tot ist er – tot ist er! Keiner weiß was, und nichts ist g'schehn! – Und das Mordsglück, daß ich in das Kaffeehaus gegangen bin ... sonst hätt' ich mich ja ganz umsonst erschossen – es ist doch wie eine Fügung des Schicksals ... Wo ist denn der Rudolf? – Ah, mit dem

Feuerburschen red't er ... – Also, tot ist er – tot ist er – ich kann's noch gar nicht glauben! Am liebsten möcht' ich hingehn, um's zu sehn. – – Am End' hat ihn der Schlag getroffen aus Wut, aus verhaltenem Zorn ... Ah, warum, ist mir ganz egal! Die Hauptsach' ist: er ist tot, und ich darf leben, und alles g'hört wieder mein! ... Komisch, wie ich mir da immerfort die Semmel einbrock', die mir der Herr Habetswallner gebacken hat! Schmeckt mir ganz gut, Herr von Habetswallner! Famos! – So, jetzt möcht' ich noch ein Zigarrl rauchen ...

»Rudolf! Sie, Rudolf! Sie, lassen S' mir den Feuerburschen dort in Ruh'!«

»»Bitte, Herr Lieutenant!««

»Trabucco« ... – Ich bin so froh, so froh! ... Was mach' ich denn nur? ... Was mach' ich denn nur? ... Es muß ja was geschehn, sonst trifft mich auch noch der Schlag vor lauter Freud'! ... In einer Viertelstund' geh' ich hinüber in die Kasern' und laß mich vom Johann kalt abreiben ... um halb acht sind die Gewehrgriff', und um halb Zehn ist Exerzieren. – Und der Steffi schreib' ich, sie muß sich für heut' Abend frei machen, und wenn's Graz gilt! Und Nachmittag um vier ... na wart', mein Lieber, wart', mein Lieber! Ich bin grad gut aufgelegt ... Dich hau' ich zu Krenfleisch!

Reichenau, 13.–17. Juli 1900.

Fräulein Else

(1924)

»*Du willst wirklich nicht mehr weiterspielen, Else?*« – »Nein, Paul, ich kann nicht mehr. Adieu. – Auf Wiedersehen, gnädige Frau.« – »*Aber, Else, sagen Sie mir doch: Frau Cissy. – Oder lieber noch: Cissy, ganz einfach.*« – »Auf Wiedersehen, Frau Cissy.« – »*Aber warum gehen Sie denn schon, Else? Es sind noch volle zwei Stunden bis zum Dinner.*« – »Spielen Sie nur Ihr Single mit Paul, Frau Cissy, mit mir ist's doch heut wahrhaftig kein Vergnügen.« – »*Lassen Sie sie, gnädige Frau, sie hat heut ihren ungnädigen Tag. – Steht dir übrigens ausgezeichnet zu Gesicht, das Ungnädigsein, Else. – Und der rote Sweater noch besser.*« – »Bei Blau wirst du hoffentlich mehr Gnade finden, Paul. Adieu.«

Das war ein ganz guter Abgang. Hoffentlich glauben die zwei nicht, daß ich eifersüchtig bin. – Daß sie was miteinander haben, Cousin Paul und Cissy Mohr, darauf schwör ich. Nichts auf der Welt ist mir gleichgültiger. – Nun wende ich mich noch einmal um und winke ihnen zu. Winke und lächle. Sehe ich nun gnädig aus? – Ach Gott, sie spielen schon wieder. Eigentlich spiele ich besser als Cissy Mohr; und Paul ist auch nicht gerade ein Matador. Aber gut sieht er aus – mit dem offenen Kragen und dem Bösen-Jungen-Gesicht. Wenn er nur weniger affektiert wäre. Brauchst keine Angst zu haben, Tante Emma …

Was für ein wundervoller Abend! Heut wär das richtige Wetter gewesen für die Tour auf die Rosetta-Hütte. Wie herrlich der Cimone in den Himmel ragt! – Um fünf Uhr früh wär man aufgebrochen. Anfangs wär mir natürlich übel gewesen, wie gewöhnlich. Aber das verliert sich. – Nichts köstlicher als das Wandern im Morgengrauen. – Der einäugige Amerikaner auf der Rosetta hat ausgesehen wie ein Boxkämpfer. Vielleicht hat ihn beim Boxen wer das Aug ausgeschlagen. Nach Amerika würd ich ganz gern heiraten, aber keinen Amerikaner. Oder ich heirat einen Amerikaner und wir leben in Europa. Villa an der Riviera. Marmorstufen ins Meer. Ich liege nackt auf dem Marmor. – Wie lang ist's her, daß wir in Mentone waren? Sieben oder acht Jahre. Ich war dreizehn oder vierzehn. Ach ja, damals waren wir noch in besseren Verhältnissen. – Es war eigentlich ein Unsinn die Partie aufzuschieben. Jetzt wären wir jedenfalls schon zurück. – Um vier, wie ich zum Tennis gegangen bin, war der telegraphisch angekündigte Expreßbrief von Mama noch nicht da. Wer weiß, ob jetzt. Ich hätt noch ganz gut ein Set spielen können. – Warum grüßen mich diese zwei jungen Leute? Ich kenn sie gar nicht. Seit gestern wohnen sie im Hotel, sitzen beim Essen links am Fenster, wo früher die Holländer gesessen sind. Hab ich ungnädig gedankt? Oder gar hochmütig? Ich bin's ja gar nicht. Wie sagte Fred auf dem Weg vom ›Coriolan‹ nach Hause? Frohgemut. Nein, hochgemut. Hochgemut sind Sie, nicht hochmütig, Else. – Ein schönes Wort. Er findet immer schöne Worte. – Warum geh ich so langsam? Fürcht ich mich am Ende vor Mamas Brief? Nun, Angenehmes wird er wohl nicht enthalten. Expreß! Vielleicht muß ich wieder zurückfahren. O weh. Was für ein Leben – trotz rotem Seidensweater und Seidenstrümpfen. Drei Paar! Die arme Verwandte, von der reichen Tante eingeladen. Sicher bereut sie's schon. Soll ich's dir schriftlich geben, teuere Tante, daß ich an Paul nicht im Traum denke? Ach, an niemanden denke ich. Ich bin nicht verliebt. In niemanden. Und war noch nie verliebt. Auch in Albert bin ich's nicht gewesen, obwohl ich es mir acht Tage lang eingebildet habe. Ich glaube, ich kann mich nicht verlieben. Eigentlich merkwürdig. Denn sinnlich bin ich gewiß. Aber auch hochgemut und ungnädig Gott sei Dank. Mit dreizehn war ich vielleicht das einzige Mal wirklich verliebt. In den Van Dyck – oder vielmehr in den Abbé Des Grieux, und in die Renard auch. Und wie ich sechzehn war, am Wörthersee. – Ach nein, das war nichts. Wozu nachdenken, ich schreibe ja keine Memoiren. Nicht einmal ein Tagebuch wie die Bertha. Fred ist mir sympathisch, nicht mehr. Vielleicht, wenn er eleganter wäre. Ich bin ja doch ein Snob. Der Papa findet's auch und lacht mich aus. Ach, lieber Papa, du machst mir viel Sorgen. Ob er die Mama einmal betrogen hat? Sicher. Öfters. Mama ist ziemlich dumm. Von mir hat sie keine Ahnung. Andere Menschen auch nicht. Fred? – Aber eben nur eine Ahnung. – Himmlischer Abend. Wie festlich das Hotel aussieht. Man spürt: Lauter Leute, denen es gut geht und die keine Sorgen haben. Ich zum Beispiel. Haha! Schad. Ich wär zu einem sorgenlosen Leben geboren. Es könnt so schön sein. Schad. – Auf dem Cimone liegt ein roter Glanz. Paul würde sagen: Alpenglühen. Das ist noch lang kein Alpenglühen. Es ist zum Weinen schön. Ach, warum muß man wieder zurück in die Stadt!

»*Guten Abend, Fräulein Else.*« – »Küß die Hand gnädige Frau.« – »*Vom Tennis?*« – Sie sieht's doch, warum fragt sie? »Ja, gnädige Frau. Beinah drei Stunden lang haben wir gespielt. – Und gnädige Frau machen noch einen Spaziergang?« – »*Ja, meinen gewohnten Abendspaziergang. Den Rolleweg. Der geht so schön zwischen den Wiesen, bei Tag ist er beinahe zu sonnig.*« – »Ja, die Wiesen hier sind herrlich. Besonders im Mondenschein von meinem Fenster aus.« –

»*Guten Abend, Fräulein Else. – Küß die Hand, gnädige Frau.*« – »Guten Abend, Herr von Dorsday.« – »*Vom Tennis, Fräulein Else?*« – »Was für ein Scharfblick, Herr von Dorsday.« – »*Spotten Sie nicht, Else.*« – Warum sagt er nicht ›Fräulein Else‹? – »*Wenn man mit dem Rakett so gut ausschaut, darf man es gewissermaßen auch als Schmuck tragen.«* – Esel, darauf antworte ich gar nicht. »Den ganzen Nachmittag haben wir gespielt. Wir waren leider nur drei. Paul, Frau Mohr und ich.« – »*Ich war früher ein enragierter Tennisspieler.*« – »Und jetzt nicht mehr?« – »*Jetzt bin ich zu alt dazu.*« – »Ach, alt, in Marienlyst, da war ein fünfundsechzigjähriger Schwede, der spielte jeden Abend von sechs bis acht Uhr. Und im Jahr vorher hat er sogar noch bei einem Turnier mitgespielt.« – »*Nun, fünfundsechzig bin ich Gott sei Dank noch nicht, aber leider auch kein Schwede.*« – Warum leider? Das hält er wohl für einen Witz. Das Beste, ich lächle höflich und gehe. »Küß die Hand, gnädige Frau. Adieu, Herr von Dorsday«. Wie tief er sich verbeugt und was für Augen er macht. Kalbsaugen. Hab ich ihn am Ende verletzt mit dem fünfundsechzigjährigen Schweden? Schad't auch nichts. Frau Winawer muß eine unglückliche Frau sein. Gewiß schon nah an fünfzig. Diese Tränensäcke, – als wenn sie viel geweint hätte. Ach wie furchtbar, so alt zu sein. Herr von Dorsday nimmt sich ihrer an. Da geht er an ihrer Seite. Er sieht noch immer ganz gut aus mit dem graumelierten Spitzbart. Aber sympathisch ist er nicht. Schraubt sich künstlich hinauf. Was hilft Ihnen Ihr erster Schneider, Herr von Dorsday? Dorsday! Sie haben sicher einmal anders geheißen. – Da kommt das süße kleine Mädel von Cissy mit ihrem Fräulein. – »Grüß dich Gott, Fritzi. Bon soir, Mademoiselle. Vous allez bien?« – »*Merci, Mademoiselle. Et vous?*« – »Was seh ich, Fritzi, du hast ja einen Bergstock. Willst du am End den Cimone besteigen?« – »*Aber nein, so hoch hinauf darf ich noch nicht.*« – »Im nächsten Jahr wirst du es schon dürfen. Pah, Fritzi. A bientôt, Mademoiselle.« – »*Bon soir, Mademoiselle.*«

Eine hübsche Person. Warum ist sie eigentlich Bonne? Noch dazu bei Cissy. Ein bitteres Los. Ach Gott, kann mir auch noch blühen. Nein, ich wüßte mir jedesfalls was Besseres. Besseres? – Köstlicher Abend. ›Die Luft ist wie Champagner‹, sagte gestern Doktor Waldberg. Vorgestern hat es auch einer gesagt. – Warum die Leute bei dem wundervollen Wetter in der Halle sitzen? Unbegreiflich. Oder wartet jeder auf einen Expreßbrief? Der Portier hat mich schon gesehen; – wenn ein Expreßbrief für mich da wäre, hätte er mir ihn sofort hergebracht. Also keiner da. Gott sei Dank. Ich werde mich noch ein bißl hinlegen vor dem Diner. Warum sagt Cissy ›Dinner‹? Dumme Affektation. Passen zusammen, Cissy und Paul. – Ach, wär der Brief lieber schon da. Am Ende kommt er während des ›Dinner‹. Und wenn er nicht kommt, hab ich eine unruhige Nacht. Auch die vorige Nacht hab ich so miserabel geschlafen. Freilich, es sind gerade diese Tage. Drum hab ich auch das Ziehen in den Beinen. Dritter September ist heute. Also wahrscheinlich am sechsten. Ich werde heute Veronal nehmen. O, ich werde mich nicht daran gewöhnen. Nein, lieber Fred, du mußt nicht besorgt sein. In Gedanken bin ich immer per Du mit ihm. – Versuchen sollte man alles, – auch Haschisch. Der Marinefähnrich Brandel hat sich aus China, glaub ich, Haschisch mitgebracht. Trinkt man oder raucht man Haschisch? Man soll prachtvolle Visionen haben. Brandel hat mich eingeladen mit ihm Haschisch zu trinken oder – zu rauchen – Frecher Kerl. Aber hübsch. –

»Bitte sehr, Fräulein, ein Brief.« – Der Portier! Also doch! – Ich wende mich ganz unbefangen um. Es könnte auch ein Brief von der Karoline sein oder von der Bertha oder von Fred oder Miß Jackson? »Danke schön.« Doch von Mama. Expreß. Warum sagt er nicht gleich: ein Expreßbrief? »O, ein Expreß!« Ich mach ihn erst auf dem Zimmer auf und les ihn in aller Ruhe. – Die Marchesa. Wie jung sie im Halbdunkel aussieht. Sicher fünfundvierzig. Wo werd ich mit fünfundvierzig sein? Vielleicht schon tot. Hoffentlich. Sie lächelt mich so nett an, wie immer. Ich lasse sie vorbei, nicke ein wenig, – nicht als wenn ich mir eine besondere Ehre daraus machte, daß mich eine Marchesa anlächelt. – »*Buona sera.*« – Sie sagt mir buona sera. Jetzt muß ich mich doch wenigstens verneigen. War das zu tief? Sie ist ja um so viel älter. Was für einen herrlichen Gang sie hat. Ist sie geschieden? Mein Gang ist auch schön. Aber – ich weiß es. Ja, das ist der Unterschied. – Ein Italiener könnte mir gefährlich werden. Schade, daß der schöne Schwarze mit dem Römerkopf schon wieder fort ist. ›Er sieht aus wie ein Filou‹, sagte Paul. Ach Gott, ich hab nichts gegen Filous, im Gegenteil. – So, da wär ich. Nummer siebenundsiebzig. Eigentlich eine Glücksnummer. Hübsches Zimmer. Zirbelholz. Dort steht mein jungfräuliches Bett. – Nun ist es richtig ein Alpenglühen geworden. Aber Paul gegenüber werde ich es abstreiten. Eigentlich ist Paul schüchtern. Ein Arzt, ein Frauenarzt! Vielleicht gerade deshalb. Vorgestern im Wald, wie wir so weit voraus waren, hätt er schon etwas unternehmender sein dürfen. Aber dann wäre es ihm übel ergangen. Wirklich unternehmend war eigentlich mir gegenüber noch niemand. Höchstens am Wörthersee vor drei Jahren im Bad. Unternehmend? Nein, unanständig war er ganz einfach. Aber schön. Apoll von Belvedere. Ich hab es ja eigentlich nicht ganz verstanden damals. Nun ja mit – sechzehn Jahren. Meine himmlische Wiese! Meine –! Wenn man sich die nach Wien mitnehmen könnte. Zarte Nebel. Herbst? Nun ja, dritter September, Hochgebirge.

Nun, Fräulein Else, möchten Sie sich nicht doch entschließen, den Brief zu lesen? Er muß sich ja gar nicht auf den Papa beziehen. Könnte es nicht auch etwas mit meinem Bruder sein? Vielleicht hat er sich verlobt mit einer seiner Flammen? Mit einer Choristin oder einem Handschuhmädel. Ach nein, dazu ist er wohl doch zu gescheit. Eigentlich weiß ich ja nicht viel von ihm. Wie ich sechzehn war und er einundzwanzig, da waren wir eine Zeitlang geradezu befreundet. Von einer gewissen Lotte hat er mir viel erzählt. Dann hat er plötzlich aufgehört. Diese Lotte muß ihm irgend etwas angetan haben. Und seitdem erzählt er mir nichts mehr. – Nun ist er offen, der Brief, und ich hab gar nicht bemerkt, daß ich ihn aufgemacht habe. Ich setze mich aufs Fensterbrett und lese ihn. Achtgeben, daß ich nicht hinunterstürze. Wie uns aus San Martino gemeldet wird, hat sich dort im Hotel Fratazza ein beklagenswerter Unfall ereignet. Fräulein Else T., ein neunzehnjähriges bildschönes Mädchen, Tochter des bekannten Advokaten ... Natürlich würde es heißen, ich hätte mich umgebracht aus unglücklicher Liebe oder weil ich in der Hoffnung war. Unglückliche Liebe, ah nein.

›Mein liebes Kind‹ – Ich will mir vor allem den Schluß anschaun. – ›Also nochmals, sei uns nicht böse, mein liebes gutes Kind und sei tausendmal‹ – Um Gottes willen, sie werden sich doch nicht umgebracht haben! Nein, – in dem Fall wär ein Telegramm von Rudi da. – ›Mein liebes Kind, du kannst mir glauben, wie leid es mir tut, daß ich dir in deine schönen Ferialwochen‹ – Als wenn ich nicht immer Ferien hätt, leider – ›mit einer so unangenehmen Nachricht hineinplatze.‹ – Einen furchtbaren Stil schreibt Mama – ›Aber nach reiflicher Überlegung bleibt mir wirklich nichts anderes übrig. Also, kurz und gut, die Sache mit Papa ist akut geworden. Ich weiß mir nicht zu raten, noch zu helfen.‹ – Wozu die vielen Worte? – ›Es handelt sich um eine verhältnismäßig lächerliche Summe – dreißigtausend Gulden‹, lächerlich? –, ›die in drei Tagen herbeigeschafft sein müssen, sonst ist alles verloren.‹ Um Gottes willen, was heißt das? – ›Denk dir, mein geliebtes Kind, daß der Baron Höning‹, – wie, der Staatsanwalt? – ›sich heut früh den Papa hat kommen lassen. Du weißt ja, wie der Baron den Papa hochschätzt, ja geradezu liebt. Vor anderthalb Jahren,

damals, wie es auch an einem Haar gehangen hat, hat er
persönlich mit den Hauptgläubigern gesprochen und die
Sache noch im letzten Moment in Ordnung gebracht. Aber
diesmal ist absolut nichts zu machen, wenn das Geld nicht
beschafft wird. Und abgesehen davon, daß wir alle ruiniert
sind, wird es ein Skandal, wie er noch nicht da war. Denk
dir, ein Advokat, ein berühmter Advokat, – der, – nein, ich
kann es gar nicht niederschreiben. Ich kämpfe immer mit
den Tränen. Du weißt ja, Kind, du bist ja klug, wir waren
ja, Gott sei's geklagt, schon ein paar Mal in einer ähnlichen
Situation und die Familie hat immer herausgeholfen. Zuletzt hat es sich gar um hundertzwanzigtausend gehandelt.
Aber damals hat der Papa einen Revers unterschreiben
müssen, daß er niemals wieder an die Verwandten, speziell
an den Onkel Bernhard, herantreten wird.‹ – Na weiter,
weiter, wo will denn das hin? Was kann denn ich dabei tun?
– ›Der einzige, an den man eventuell noch denken könnte,
wäre der Onkel Viktor, der befindet sich aber unglücklicherweise auf einer Reise zum Nordkap oder nach Schott-
land‹ – Ja, der hat's gut, der ekelhafte Kerl – ›und ist absolut
unerreichbar, wenigstens für den Moment. An den Kollegen, speziell Dr. Sch., der Papa schon öfter ausgeholfen hat‹
– Herrgott, wie stehn wir da – ›ist nicht mehr zu denken,
seit er sich wieder verheiratet hat‹ – also was denn, was
denn, was wollt ihr denn von mir? – ›Und da ist nun dein
Brief gekommen, mein liebes Kind, wo du unter andern
Dorsday erwähnst, der sich auch im Fratazza aufhält, und
das ist uns wie ein Schicksalswink erschienen. Du weißt ja,
wie oft Dorsday in früheren Jahren zu uns gekommen ist‹ –
na, gar so oft – ›es ist der reine Zufall, daß er sich seit zwei,
drei Jahren seltener blicken läßt; er soll in ziemlich festen
Banden sein – unter uns, nichts sehr Feines‹ – warum ›unter
uns?‹ – ›Im Residenzklub hat Papa jeden Donnerstag noch
immer seine Whistpartie mit ihm, und im verflossenen

Winter hat er ihm im Prozeß gegen einen andern Kunsthändler ein hübsches Stück Geld gerettet. Im übrigen, warum sollst du es nicht wissen, er ist schon früher einmal dem
Papa beigesprungen.‹ – Hab ich mir gedacht – ›Es hat sich
damals um eine Bagatelle gehandelt, achttausend Gulden, –
aber schließlich – dreißig bedeuten für Dorsday auch keinen Betrag. Darum hab ich mir gedacht, ob du uns nicht
die Liebe erweisen und mit Dorsday reden könntest‹ –
Was? – ›Dich hat er ja immer besonders gern gehabt‹ – Hab
nichts davon gemerkt. Die Wange hat er mir gestreichelt,
wie ich zwölf oder dreizehn Jahre alt war. ›Schon ein ganzes Fräulein‹. – ›Und da Papa seit den achttausend glücklicherweise nicht mehr an ihn herangetreten ist, so wird er
ihm diesen Liebesdienst nicht verweigern. Neulich soll er
an einem Rubens, den er nach Amerika verkauft hat, allein
achtzigtausend verdient haben. Das darfst du selbstverständlich nicht erwähnen.‹ – Hältst du mich für eine Gans,
Mama? – ›Aber im übrigen kannst du ganz aufrichtig zu
ihm reden. Auch, daß der Baron Höning sich den Papa hat
kommen lassen, kannst du erwähnen, wenn es sich so ergeben sollte. Und daß mit den dreißigtausend tatsächlich das
Schlimmste abgewendet ist, nicht nur für den Moment,
sondern, so Gott will, für immer.‹ – Glaubst du wirklich,
Mama? – ›Denn der Prozeß Erbesheimer, der glänzend
steht, trägt dem Papa sicher hunderttausend, aber selbstverständlich kann er gerade in diesem Stadium von den Erbesheimers nichts verlangen. Also, ich bitte dich, Kind, sprich
mit Dorsday. Ich versichere dich, es ist nichts dabei. Papa
hätte ihm ja einfach telegraphieren können, wir haben es
ernstlich überlegt, aber es ist doch etwas ganz anderes,
Kind, wenn man mit einem Menschen persönlich spricht.
Am Sechsten um zwölf muß das Geld da sein, Doktor F.‹ –
Wer ist Doktor F.? Ach ja, Fiala. – ›ist unerbittlich. Natürlich ist da auch persönliche Rancune dabei. Aber da es sich

unglücklicherweise um Mündelgelder handelt‹ – Um Gottes willen! Papa, was hast du getan? – ›kann man nichts machen. Und wenn das Geld am Fünften um zwölf Uhr mittags nicht in Fialas Händen ist, wird der Haftbefehl erlassen, vielmehr so lange hält der Baron Höning ihn noch zurück. Also Dorsday müßte die Summe telegraphisch durch seine Bank an Doktor F. überweisen lassen. Dann sind wir gerettet. Im andern Fall weiß Gott was geschieht. Glaub mir, du vergibst dir nicht das Geringste, mein geliebtes Kind. Papa hatte ja anfangs Bedenken gehabt. Er hat sogar noch Versuche gemacht auf zwei verschiedenen Seiten. Aber er ist ganz verzweifelt nach Hause gekommen.‹ – Kann Papa überhaupt verzweifelt sein? – ›Vielleicht nicht einmal so sehr wegen des Geldes, als darum, weil die Leute sich so schändlich gegen ihn benehmen. Der eine von ihnen war einmal Papas bester Freund. Du kannst dir denken, wen ich meine.‹ – Ich kann mir gar nichts denken. Papa hat so viel beste Freunde gehabt und in Wirklichkeit keinen. Warnsdorf vielleicht? – ›Um ein Uhr ist Papa nach Hause gekommen, und jetzt ist es vier Uhr früh. Jetzt schläft er endlich, Gott sei Dank.‹ – Wenn er lieber nicht aufwachte, das wär das beste für ihn. – ›Ich gebe den Brief in aller Früh selbst auf die Post, expreß, da mußt du ihn Vormittag am Dritten haben.‹ – Wie hat sich Mama das vorgestellt? Sie kennt sich doch in diesen Dingen nie aus. – ›Also sprich sofort mit Dorsday, ich beschwöre dich und telegraphiere sofort, wie es ausgefallen ist. Vor Tante Emma laß dir um Gottes willen nichts merken, es ist ja traurig genug, daß man sich in einem solchen Fall an die eigene Schwester nicht wenden kann, aber da könnte man ja ebensogut zu einem Stein reden. Mein liebes, liebes Kind, mir tut es ja so leid, daß du in deinen jungen Jahren solche Dinge mitmachen mußt, aber glaub mir, der Papa ist zum geringsten Teil selber daran schuld.‹ – Wer denn, Mama? – ›Nun, hoffen

wir zu Gott, daß der Prozeß Erbesheimer in jeder Hinsicht
einen Abschnitt in unserer Existenz bedeutet. Nur über
diese paar Wochen müssen wir hinaus sein. Es wäre doch
ein wahrer Hohn, wenn wegen der dreißigtausend Gulden
ein Unglück geschähe?‹ – Sie meint doch nicht im Ernst,
daß Papa sich selber … Aber wäre – das andere nicht noch
schlimmer? – ›Nun schließe ich, mein Kind, ich hoffe, du
wirst unter allen Umständen‹ – Unter allen Umständen? –
›noch über die Feiertage, wenigstens bis Neunten oder
Zehnten in San Martino bleiben können. Unseretwegen
mußt du keineswegs zurück. Grüße die Tante, sei nur weiter nett mit ihr. Also nochmals, sei uns nicht böse, mein liebes gutes Kind, und sei tausendmal‹ – ja, das weiß ich
schon.

Also, ich soll Herrn Dorsday anpumpen … Irrsinnig.
Wie stellt sich Mama das vor? Warum hat sich Papa nicht
einfach auf die Bahn gesetzt und ist hergefahren? – Wär
grad so geschwind gegangen wie der Expreßbrief. Aber
vielleicht hätten sie ihn auf dem Bahnhof wegen Fluchtver-
dacht – – Furchtbar, furchtbar! Auch mit den dreißigtausend wird uns ja nicht geholfen sein. Immer diese Geschichten! Seit sieben Jahren! Nein – länger. Wer möcht mir
das ansehen? Niemand sieht mir was an, auch dem Papa
nicht. Und doch wissen es alle Leute. Rätselhaft, daß wir
uns immer noch halten. Wie man alles gewöhnt! Dabei
leben wir eigentlich ganz gut. Mama ist wirklich eine
Künstlerin. Das Souper am letzten Neujahrstag für vierzehn Personen – unbegreiflich. Aber dafür meine zwei Paar
Ballhandschuhe, die waren eine Affäre. Und wie der Rudi
neulich dreihundert Gulden gebraucht hat, da hat die
Mama beinah geweint. Und der Papa ist dabei immer gut
aufgelegt. Immer? Nein. O nein. In der Oper neulich bei
Figaro sein Blick, – plötzlich ganz leer – ich bin erschrok-
ken. Da war er wie ein ganz anderer Mensch. Aber dann

haben wir im Grand Hotel soupiert und er war so glänzend aufgelegt wie nur je.

Und da halte ich den Brief in der Hand. Der Brief ist ja irrsinnig. Ich soll mit Dorsday sprechen? Zu Tod würde ich mich schämen. – – Schämen, ich mich? Warum? Ich bin ja nicht schuld. – Wenn ich doch mit Tante Emma spräche? Unsinn. Sie hat wahrscheinlich gar nicht so viel Geld zur Verfügung. Der Onkel ist ja ein Geizkragen. Ach Gott, warum habe ich kein Geld? Warum hab ich mir noch nichts verdient? Warum habe ich nichts gelernt? O, ich habe was gelernt! Wer darf sagen, daß ich nichts gelernt habe? Ich spiele Klavier, ich kann Französisch, Englisch, auch ein bißl Italienisch, habe kunstgeschichtliche Vorlesungen besucht – Haha! Und wenn ich schon was Gescheiteres gelernt hätte, was hülfe es mir? Dreißigtausend Gulden hätte ich mir keineswegs erspart. – –

Aus ist es mit dem Alpenglühen. Der Abend ist nicht mehr wunderbar. Traurig ist die Gegend. Nein, nicht die Gegend, aber das Leben ist traurig. Und ich sitz da ruhig auf dem Fensterbrett. Und der Papa soll eingesperrt werden. Nein. Nie und nimmer. Es darf nicht sein. Ich werde ihn retten. Ja, Papa, ich werde dich retten. Es ist ja ganz einfach. Ein paar Worte ganz nonchalant, das ist ja mein Fall, ›hochgemut‹, – haha, ich werde Herrn Dorsday behandeln, als wenn es eine Ehre für ihn wäre, uns Geld zu leihen. Es ist ja auch eine. – Herr von Dorsday, haben Sie vielleicht einen Moment Zeit für mich? Ich bekomme da eben einen Brief von Mama, sie ist in augenblicklicher Verlegenheit, – vielmehr der Papa – – ›Aber selbstverständlich, mein Fräulein, mit dem größten Vergnügen. Um wieviel handelt es sich denn?‹ – Wenn er mir nur nicht so unsympathisch wäre. Auch die Art, wie er mich ansieht. Nein, Herr Dorsday, ich glaube Ihnen Ihre Eleganz nicht und nicht Ihr Monokel und nicht Ihre Noblesse. Sie könnten ebensogut mit alten Kleidern handeln wie mit alten Bildern. – Aber Else! Else, was fällt dir denn ein. – O, ich kann mir das erlauben. Mir sieht's niemand an. Ich bin sogar blond, rötlichblond, und Rudi sieht absolut aus wie ein Aristokrat. Bei der Mama merkt man es freilich gleich, wenigstens im Reden. Beim Papa wieder gar nicht. Übrigens sollen sie es merken. Ich verleugne es durchaus nicht und Rudi erst recht nicht. Im Gegenteil. Was täte der Rudi, wenn der Papa eingesperrt würde? Würde er sich erschießen? Aber Unsinn! Erschießen und Kriminal, all die Sachen gibt's ja gar nicht, die stehn nur in der Zeitung.

Die Luft ist wie Champagner. In einer Stunde ist das Diner, das ›Dinner‹. Ich kann die Cissy nicht leiden. Um ihr Mäderl kümmert sie sich überhaupt nicht. Was zieh ich an? Das Blaue oder das Schwarze? Heut wär vielleicht das Schwarze richtiger. Zu dekolletiert? Toilette de circonstance heißt es in den französischen Romanen. Jedesfalls muß ich berückend aussehen, wenn ich mit Dorsday rede. Nach dem Dinner, nonchalant. Seine Augen werden sich in meinen Ausschnitt bohren. Widerlicher Kerl. Ich hasse ihn. Alle Menschen hasse ich. Muß es gerade Dorsday sein? Gibt es denn wirklich nur diesen Dorsday auf der Welt, der dreißigtausend Gulden hat? Wenn ich mit Paul spräche? Wenn er der Tante sagte, er hat Spielschulden, – da würde sie sich das Geld sicher verschaffen können. –

Beinah schon dunkel. Nacht. Grabesnacht. Am liebsten möcht ich tot sein. – Es ist ja gar nicht wahr. Wenn ich jetzt gleich hinunterginge, Dorsday noch vor dem Diner spräche? Ah, wie entsetzlich! – Paul, wenn du mir die dreißigtausend verschaffst, kannst du von mir haben, was du willst. Das ist ja schon wieder aus einem Roman. Die edle Tochter verkauft sich für den geliebten Vater, und hat am End noch ein Vergnügen davon. Pfui Teufel! Nein, Paul, auch für dreißigtausend kannst du von mir nichts haben.

Niemand. Aber für eine Million? – Für ein Palais? Für eine
Perlenschnur? Wenn ich einmal heirate, werde ich es wahrscheinlich billiger tun. Ist es denn gar so schlimm? Die
Fanny hat sich am Ende auch verkauft. Sie hat mir selber
gesagt, daß sie sich vor ihrem Manne graust. Nun, wie
wär's, Papa, wenn ich mich heute abend versteigerte? Um
dich vor dem Zuchthaus zu retten. Sensation –! Ich habe
Fieber, ganz gewiß. Oder bin ich schon unwohl? Nein, Fieber habe ich. Vielleicht von der Luft. Wie Champagner. –
Wenn Fred hier wäre, könnte er mir raten? Ich brauche keinen Rat. Es gibt ja auch nichts zu raten. Ich werde mit
Herrn Dorsday aus Eperies sprechen, werde ihn anpumpen, ich die Hochgemute, die Aristokratin, die Marchesa,
die Bettlerin, die Tochter des Defraudanten. Wie komm ich
dazu? Wie komm ich dazu? Keine klettert so gut wie ich,
keine hat so viel Schneid, – sporting girl, in England hätte
ich auf die Welt kommen sollen, oder als Gräfin.

Da hängen die Kleider im Kasten! Ist das grüne Loden
überhaupt schon bezahlt, Mama? Ich glaube nur eine An-
zahlung. Das Schwarze zieh ich an. Sie haben mich gestern
alle angestarrt. Auch der blasse kleine Herr mit dem goldenen Zwicker. Schön bin ich eigentlich nicht, aber interessant. Zur Bühne hätte ich gehen sollen. Bertha hat schon
drei Liebhaber, keiner nimmt es ihr übel ... In Düsseldorf
war es der Direktor. Mit einem verheirateten Manne war
sie in Hamburg und hat im Atlantic gewohnt, Appartement
mit Badezimmer. Ich glaub gar, sie ist stolz darauf. Dumm
sind sie alle. Ich werde hundert Geliebte haben, tausend,
warum nicht? Der Ausschnitt ist nicht tief genug; wenn ich
verheiratet wäre, dürfte er tiefer sein. – Gut, daß ich Sie
treffe, Herr von Dorsday, ich bekomme da eben einen Brief
aus Wien ... Den Brief stecke ich für alle Fälle zu mir. Soll
ich dem Stubenmädchen läuten? Nein, ich mache mich allein fertig. Zu dem schwarzen Kleid brauche ich nieman-

den. Wäre ich reich, würde ich nie ohne Kammerjungfer reisen.

Ich muß Licht machen. Kühl wird es. Fenster zu. Vorhang herunter? – Überflüssig. Steht keiner auf dem Berg drüben mit einem Fernrohr. Schade. – Ich bekomme da eben einen Brief, Herr von Dorsday. – Nach dem Dinner wäre es doch vielleicht besser. Man ist in leichterer Stimmung. Auch Dorsday – ich könnt ja ein Glas Wein vorher trinken. Aber wenn die Sache vor dem Diner abgetan wäre, würde mir das Essen besser schmecken. Pudding à la merveille, fromage et fruits divers. Und wenn Herr von Dorsday Nein sagt? – Oder wenn er gar frech wird? Ah nein, mit mir ist noch keiner frech gewesen. Das heißt, der Marineleutnant Brandl, aber es war nicht bös gemeint. – Ich bin wieder etwas schlanker geworden. Das steht mir gut. – Die Dämmerung starrt herein. Wie ein Gespenst starrt sie herein. Wie hundert Gespenster. Aus meiner Wiese herauf steigen die Gespenster. Wie weit ist Wien? Wie lange bin ich schon fort? Wie allein bin ich da! Ich habe keine Freundin, ich habe auch keinen Freund. Wo sind sie alle? Wen werd ich heiraten? Wer heiratet die Tochter eines Defraudanten? – Eben erhalte ich einen Brief, Herr von Dorsday. – ›Aber es ist doch gar nicht der Rede wert, Fräulein Else, gestern erst habe ich einen Rembrandt verkauft, Sie beschämen mich, Fräulein Else.‹ Und jetzt reißt er ein Blatt aus seinem Scheckbuch und unterschreibt mit seiner goldenen Füllfeder; und morgen früh fahr ich mit dem Scheck nach Wien. Jedenfalls; auch ohne Scheck. Ich bleibe nicht mehr hier. Ich könnte ja gar nicht, ich dürfte ja gar nicht. Ich lebe hier als elegante junge Dame und Papa steht mit einem Fuß im Grab – nein im Kriminal. Das vorletzte Paar Seidenstrümpfe. Den kleinen Riß grad unterm Knie merkt niemand. Niemand? Wer weiß. Nicht frivol sein, Else. – Bertha ist einfach ein Luder. Aber ist die Christine um ein Haar besser?

Ihr künftiger Mann kann sich freuen. Mama war gewiß immer eine treue Gattin. Ich werde nicht treu sein. Ich bin hochgemut, aber ich werde nicht treu sein. Die Filous sind mir gefährlich. Die Marchesa hat gewiß einen Filou zum Liebhaber. Wenn Fred mich wirklich kennte, dann wäre es aus mit seiner Verehrung. – ›Aus Ihnen hätte alles Mögliche werden können, Fräulein, eine Pianistin, eine Buchhalterin, eine Schauspielerin, es stecken so viele Möglichkeiten in Ihnen. Aber es ist Ihnen immer zu gut gegangen.‹ Zu gut gegangen. Haha. Fred überschätzt mich. Ich hab ja eigentlich zu nichts Talent. – Wer weiß? So weit wie Bertha hätte ich es auch noch gebracht. Aber mir fehlt es an Energie. Junge Dame aus guter Familie. Ha, gute Familie. Der Vater veruntreut Mündelgelder. Warum tust du mir das an, Papa? Wenn du noch etwas davon hättest! Aber an der Börse verspielt! Ist das der Mühe wert? Und die dreißigtausend werden dir auch nichts helfen. Für ein Vierteljahr vielleicht. Endlich wird er doch durchgehen müssen. Vor anderthalb Jahren war es ja fast schon so weit. Da kam noch Hilfe. Aber einmal wird sie nicht kommen – und was geschieht dann mit uns? Rudi wird nach Rotterdam gehen zu Vanderhulst in die Bank. Aber ich? Reiche Partie. O, wenn ich es darauf anlegte! Ich bin heute wirklich schön. Das macht wahrscheinlich die Aufregung. Für wen bin ich schön? Wäre ich froher, wenn Fred hier wäre? Ach Fred ist im Grunde nichts für mich. Kein Filou! Aber ich nähme ihn, wenn er Geld hätte. Und dann käme ein Filou – und das Malheur wäre fertig. – Sie möchten wohl gern ein Filou sein, Herr von Dorsday? – Von weitem sehen Sie manchmal auch so aus. Wie ein verlebter Vicomte, wie ein Don Juan – mit Ihrem blöden Monocle und Ihrem weißen Flanellanzug. Aber ein Filou sind Sie noch lange nicht. – Habe ich alles? Fertig zum ›Dinner‹? – Was tue ich aber eine Stunde lang, wenn ich Dorsday nicht treffe? Wenn er mit der unglücklichen Frau Winawer spazierengeht? Ach, sie ist gar nicht unglücklich, sie braucht keine dreißigtausend Gulden. Also ich werde mich in die Halle setzen, großartig in einen Fauteuil, schau mir die Illustrated News an und die Vie parisienne, schlage die Beine übereinander, – den Riß unter dem Knie wird man nicht sehen. Vielleicht ist gerade ein Milliardär angekommen. – Sie oder keine. – Ich nehme den weißen Schal, der steht mir gut. Ganz ungezwungen lege ich ihn um meine herrlichen Schultern. Für wen habe ich sie denn, die herrlichen Schultern? Ich könnte einen Mann sehr glücklich machen. Wäre nur der rechte Mann da. Aber Kind will ich keines haben. Ich bin nicht mütterlich. Marie Weil ist mütterlich. Mama ist mütterlich, Tante Irene ist mütterlich. Ich habe eine edle Stirn und eine schöne Figur. – ›Wenn ich Sie malen dürfte, wie ich wollte, Fräulein Else.‹ – Ja, das möchte Ihnen passen. Ich weiß nicht einmal seinen Namen mehr. Tizian hat er keineswegs geheißen, also war es eine Frechheit. – Eben erhalte ich einen Brief, Herr von Dorsday. – Noch etwas Puder auf den Nacken und Hals, einen Tropfen Verveine ins Taschentuch, Kasten zusperren, Fenster wieder auf, ah, wie wunderbar! Zum Weinen. Ich bin nervös. Ach, soll man nicht unter solchen Umständen nervös sein. Die Schachtel mit dem Veronal hab ich bei den Hemden. Auch neue Hemden brauchte ich. Das wird wieder eine Affäre sein. Ach Gott.

Unheimlich, riesig der Cimone, als wenn er auf mich herunterfallen wollte! Noch kein Stern am Himmel. Die Luft ist wie Champagner. Und der Duft von den Wiesen! Ich werde auf dem Land leben. Einen Gutsbesitzer werde ich heiraten und Kinder werde ich haben. Doktor Froriep war vielleicht der einzige, mit dem ich glücklich geworden wäre. Wie schön waren die beiden Abende hintereinander, der erste bei Kniep, und dann der auf dem Künstlerball. Warum ist er plötzlich verschwunden – wenigstens für

mich? Wegen Papa vielleicht? Wahrscheinlich. Ich möchte
einen Gruß in die Luft hinausrufen, ehe ich wieder hinun-
tersteige unter das Gesindel. Aber zu wem soll der Gruß
gehen? Ich bin ja ganz allein. Ich bin ja so furchtbar allein,
wie es sich niemand vorstellen kann. Sei gegrüßt, mein Geliebter. Wer? Sei gegrüßt, mein Bräutigam! Wer? Sei gegrüßt, mein Freund! Wer? – Fred? – Aber keine Spur. So,
das Fenster bleibt offen. Wenn's auch kühl wird. Licht ab-
drehen. So. – Ja richtig, den Brief. Ich muß ihn zu mir nehmen für alle Fälle. Das Buch aufs Nachtkastel, ich lese heut
nacht noch weiter in ›Notre Cœur‹, unbedingt, was immer
geschieht. Guten Abend, schönstes Fräulein im Spiegel, behalten Sie mich in gutem Angedenken, auf Wiedersehen …
     Warum sperre ich die Tür zu? Hier wird nichts gestohlen.
Ob Cissy in der Nacht ihre Türe offen läßt? Oder sperrt sie
ihm erst auf, wenn er klopft? Ist es denn ganz sicher? Aber
natürlich. Dann liegen sie zusammen im Bett. Unappetitlich. Ich werde kein gemeinsames Schlafzimmer haben mit
meinem Mann und mit meinen tausend Geliebten. – Leer ist
das ganze Stiegenhaus! Immer um diese Zeit. Meine Schritte
hallen. Drei Wochen bin ich jetzt da. Am zwölften August
bin ich von Gmunden abgereist. Gmunden war langweilig.
Woher hat der Papa das Geld gehabt, Mama und mich aufs
Land zu schicken? Und Rudi war sogar vier Wochen auf
Reisen. Weiß Gott wo. Nicht zweimal hat er geschrieben in
der Zeit. Nie werde ich unsere Existenz verstehen. Schmuck
hat die Mama freilich keinen mehr. – Warum war Fred nur
zwei Tage in Gmunden? Hat sicher auch eine Geliebte!
Vorstellen kann ich es mir zwar nicht. Ich kann mir überhaupt gar nichts vorstellen. Acht Tage sind es, daß er mir
nicht geschrieben hat. Er schreibt schöne Briefe. – Wer sitzt
denn dort an dem kleinen Tisch? Nein, Dorsday ist es nicht.
Gott sei Dank. Jetzt vor dem Diner wäre es doch unmöglich, ihm etwas zu sagen. – Warum schaut mich der Portier

so merkwürdig an? Hat er am Ende den Expreßbrief von
der Mama gelesen? Mir scheint, ich bin verrückt. Ich muß
ihm nächstens wieder ein Trinkgeld geben. – Die Blonde da
ist auch schon zum Diner angezogen. Wie kann man so dick
sein! – Ich werde noch vors Hotel hinaus und ein bißchen
auf und ab gehen. Oder ins Musikzimmer? Spielt da nicht
wer? Eine Beethovensonate! Wie kann man hier eine Beethovensonate spielen! Ich vernachlässige mein Klavierspiel.
In Wien werde ich wieder regelmäßig üben. Überhaupt ein
anderes Leben anfangen. Das müssen wir alle. So darf es
nicht weitergehen. Ich werde einmal ernsthaft mit Papa
sprechen – wenn noch Zeit dazu sein sollte. Es wird, es
wird. Warum habe ich es noch nie getan? Alles in unserem
Haus wird mit Scherzen erledigt, und keinem ist scherzhaft
zumut. Jeder hat eigentlich Angst vor dem andern, jeder ist
allein. Die Mama ist allein, weil sie nicht gescheit genug ist
und von niemandem was weiß, nicht von mir, nicht von
Rudi und nicht vom Papa. Aber sie spürt es nicht und Rudi
spürt es auch nicht. Er ist ja ein netter eleganter Kerl, aber
mit einundzwanzig hat er mehr versprochen. Es wird gut
für ihn sein, wenn er nach Holland geht. Aber wo werde ich
hingehen? Ich möchte fortreisen und tun können was ich
will. Wenn Papa nach Amerika durchgeht, begleite ich ihn.
Ich bin schon ganz konfus … Der Portier wird mich für
wahnsinnig halten, wie ich da auf der Lehne sitze und in die
Luft starre. Ich werde mir eine Zigarette anzünden. Wo ist
meine Zigarettendose? Oben. Wo nur? Das Veronal habe
ich bei der Wäsche. Aber wo habe ich die Dose? Da kommen Cissy und Paul. Ja, sie muß sich endlich umkleiden
zum ›Dinner‹, sonst hätten sie noch im Dunkeln weiterge-
spielt. – Sie sehen mich nicht. Was sagt er ihr denn? Warum
lacht sie so blitzdumm? Wär lustig, ihrem Gatten einen anonymen Brief nach Wien zu schreiben. Wäre ich so was imstande? Nie. Wer weiß? Jetzt haben sie mich gesehen. Ich

nicke ihnen zu. Sie ärgert sich, daß ich so hübsch aussehe. Wie verlegen sie ist.

»*Wie, Else, Sie sind schon fertig zum Diner?*« – Warum sagt sie jetzt Diner und nicht Dinner. Nicht einmal konsequent ist sie. – »Wie Sie sehen, Frau Cissy.« – »*Du siehst wirklich entzückend aus, Else, ich hätte große Lust, dir den Hof zu machen.*« – »Erspar dir die Mühe, Paul, gib mir lieber eine Zigarette.« – »*Aber mit Wonne.*« – »Dank schön. Wie ist das Single ausgefallen?« – »*Frau Cissy hat mich dreimal hintereinander geschlagen.*« – »*Er war nämlich zerstreut. Wissen Sie übrigens, Else, daß morgen der Kronprinz von Griechenland hier ankommt?*« – Was kümmert mich der Kronprinz von Griechenland? »So, wirklich?« O Gott, – Dorsday mit Frau Winawer! Sie grüßen. Sie gehen weiter. Ich habe zu höflich zurückgegrüßt. Ja, ganz anders als sonst. O, was bin ich für eine Person. – »*Deine Zigarette brennt ja nicht, Else?*« – »Also, gib mir noch einmal Feuer. Danke.« – »*Ihr Schal ist sehr hübsch, Else, zu dem schwarzen Kleid steht er Ihnen fabelhaft. Übrigens muß ich mich jetzt auch umziehen.*« – Sie soll lieber nicht weggehen, ich habe Angst vor Dorsday. – »*Und für sieben habe ich mir die Friseurin bestellt, sie ist famos. Im Winter ist sie in Mailand. Also adieu, Else, adieu, Paul.*« – »*Küß die Hand, gnädige Frau.*« »Adieu, Frau Cissy.« – Fort ist sie. Gut, daß Paul wenigstens dableibt. »*Darf ich mich einen Moment zu dir setzen, Else, oder stör ich dich in deinen Träumen?*« – »Warum in meinen Träumen? Vielleicht in meinen Wirklichkeiten.« Das heißt eigentlich gar nichts. Er soll lieber fortgehen. Ich muß ja doch mit Dorsday sprechen. Dort steht er noch immer mit der unglücklichen Frau Winawer, er langweilt sich, ich seh es ihm an, er möchte zu mir herüberkommen. – »*Gibt es denn solche Wirklichkeiten, in denen du nicht gestört sein willst?*« – Was sagt er da? Er soll zum Teufel gehen. Warum lächle ich ihn so kokett

an? Ich mein ihn ja gar nicht. Dorsday schielt herüber. Wo
bin ich? Wo bin ich? »*Was hast du denn heute, Else?*« –
»Was soll ich denn haben?« – »*Du bist geheimnisvoll, dä-
monisch, verführerisch.*« – »Red keinen Unsinn, Paul.«
»*Man könnte geradezu toll werden, wenn man dich ansieht.*« – Was fällt ihm denn ein? Wie redet er denn zu mir?
Hübsch ist er. Der Rauch meiner Zigarette verfängt sich in
seinen Haaren. Aber ich kann ihn jetzt nicht brauchen. –
»*Du siehst so über mich hinweg. Warum denn, Else?*« – Ich
antworte gar nichts. Ich kann ihn jetzt nicht brauchen. Ich
mache mein unausstehlichstes Gesicht. Nur keine Konversation jetzt. – »*Du bist mit deinen Gedanken ganz woanders.*« – »Das dürfte stimmen.« Er ist Luft für mich. Merkt
Dorsday, daß ich ihn erwarte? Ich sehe nicht hin, aber ich
weiß, daß er hersieht. – »*Also, leb wohl, Else.*« – Gott sei
Dank. Er küßt mir die Hand. Das tut er sonst nie. »Adieu,
Paul.« Wo hab ich die schmelzende Stimme her? Er geht,
der Schwindler. Wahrscheinlich muß er noch etwas abma-
chen mit Cissy wegen heute nacht. Wünsche viel Vergnügen. Ich ziehe den Schal um meine Schulter und stehe auf
und geh vors Hotel hinaus. Wird freilich schon etwas kühl
sein. Schad, daß ich meinen Mantel – Ah, ich habe ihn ja
heute früh in die Portierloge hineingehängt. Ich fühle den
Blick von Dorsday auf meinem Nacken, durch den Schal.
Frau Winawer geht jetzt hinauf in ihr Zimmer. Wieso weiß
ich denn das? Telepathie. »Ich bitte Sie, Herr Portier –«
»*Fräulein wünschen den Mantel?*« – »Ja, bitte.« – »*Schon
etwas kühl die Abende, Fräulein. Das kommt bei uns so
plötzlich.*« – »Danke.« Soll ich wirklich vors Hotel? Gewiß,
was denn? Jedesfalls zur Türe hin. Jetzt kommt einer nach
dem andern. Der Herr mit dem goldenen Zwicker. Der lange Blonde mit der grünen Weste. Alle sehen sie mich an.
Hübsch ist diese kleine Genferin. Nein, aus Lausanne ist
sie. Es ist eigentlich gar nicht so kühl.

»*Guten Abend, Fräulein Else.*« – Um Gottes willen, er ist es. Ich sage nichts von Papa. Kein Wort. Erst nach dem Essen. Oder ich reise morgen nach Wien. Ich gehe persönlich zu Doktor Fiala. Warum ist mir das nicht gleich eingefallen? Ich wende mich um mit einem Gesicht, als wüßte ich nicht, wer hinter mir steht. »*Ah, Herr von Dorsday.*« – »*Sie wollen noch einen Spaziergang machen, Fräulein Else?*« – »Ach, nicht gerade einen Spaziergang, ein bißchen auf und ab gehen vor dem Diner.« – »*Es ist fast noch eine Stunde bis dahin.*« – »Wirklich?« Es ist gar nicht so kühl. Blau sind die Berge. Lustig wär's, wenn er plötzlich um meine Hand anhielte. – »*Es gibt doch auf der Welt keinen schöneren Fleck als diesen hier.*« – »Finden Sie, Herr von Dorsday? Aber bitte, sagen Sie nicht, daß die Luft hier wie Champagner ist.« – »*Nein, Fräulein Else, das sage ich erst von zweitausend Metern an. Und hier stehen wir kaum sechzehnhundertfünfzig über dem Meeresspiegel.*« – »Macht das einen solchen Unterschied?« – »*Aber selbstverständlich. Waren Sie schon einmal im Engadin?*« – »Nein, noch nie. Also dort ist die Luft wirklich wie Champagner?« – »*Man könnte es beinah sagen. Aber Champagner ist nicht mein Lieblingsgetränk. Ich ziehe diese Gegend vor. Schon wegen der wundervollen Wälder.*« – Wie langweilig er ist. Merkt er das nicht? Er weiß offenbar nicht recht, was er mit mir reden soll. Mit einer verheirateten Frau wäre es einfacher. Man sagt eine kleine Unanständigkeit und die Konversation geht weiter. – »*Bleiben Sie noch längere Zeit hier in San Martino, Fräulein Else?*« – Idiotisch. Warum schau ich ihn so kokett an? Und schon lächelt er in der gewissen Weise. Nein, wie dumm die Männer sind. »Das hängt zum Teil von den Dispositionen meiner Tante ab.« Ist ja gar nicht wahr. Ich kann ja allein nach Wien fahren. »Wahrscheinlich bis zum Zehnten.« – »*Die Mama ist wohl noch in Gmunden?*« – »Nein, Herr von Dorsday. Sie ist schon in Wien.

Schon seit drei Wochen. Papa ist auch in Wien. Er hat sich heuer kaum acht Tage Urlaub genommen. Ich glaube, der Prozeß Erbesheimer macht ihm sehr viel Arbeit.« – »*Das kann ich mir denken. Aber Ihr Papa ist wohl der einzige, der Erbesheimer herausreißen kann ... Es bedeutet ja schon einen Erfolg, daß es überhaupt eine Zivilsache geworden ist.*« – Das ist gut, das ist gut. »Es ist mir angenehm zu hören, daß auch Sie ein so günstiges Vorgefühl haben.« – »*Vorgefühl? Inwiefern?*« – »Ja, daß der Papa den Prozeß für Erbesheimer gewinnen wird.« – »*Das will ich nicht einmal mit Bestimmtheit behauptet haben.*« – Wie, weicht er schon zurück? Das soll ihm nicht gelingen. »O, ich halte etwas von Vorgefühlen und von Ahnungen. Denken Sie, Herr von Dorsday, gerade heute habe ich einen Brief von zu Hause bekommen.« Das war nicht sehr geschickt. Er macht ein etwas verblüfftes Gesicht. Nur weiter, nicht schlucken. Er ist ein guter alter Freund von Papa. Vorwärts. Vorwärts. Jetzt oder nie. »Herr von Dorsday, Sie haben eben so lieb von Papa gesprochen, es wäre geradezu häßlich von mir, wenn ich nicht ganz aufrichtig zu Ihnen wäre.« Was macht er denn für Kalbsaugen? O weh, er merkt was. Weiter, weiter. »Nämlich in dem Brief ist auch von Ihnen die Rede, Herr von Dorsday. Es ist nämlich ein Brief von Mama.« – »*So.*« – »Eigentlich ein sehr trauriger Brief. Sie kennen ja die Verhältnisse in unserem Haus, Herr von Dorsday.« – Um Himmels willen, ich habe ja Tränen in der Stimme. Vorwärts, vorwärts, jetzt gibt es kein Zurück mehr. Gott sei Dank. »Kurz und gut, Herr von Dorsday, wir wären wieder einmal so weit.« – Jetzt möchte er am liebsten verschwinden. »Es handelt sich – um eine Bagatelle. Wirklich nur um eine Bagatelle, Herr von Dorsday. Und doch, wie Mama schreibt, steht alles auf dem Spiel.« Ich rede so blöd daher wie eine Kuh. – »*Aber beruhigen Sie sich doch, Fräulein Else.*« – Das hat er nett gesagt. Aber meinen Arm brauchte er darum nicht zu berühren. – »*Also, was gibt's denn eigentlich, Fräulein Else? Was steht denn in dem traurigen Brief von Mama!*« – »Herr von Dorsday, der Papa« – Mir zittern die Knie. »Die Mama schreibt mir, daß der Papa« – »*Aber um Gottes willen, Else, was ist Ihnen denn? Wollen Sie nicht lieber – hier ist eine Bank. Darf ich Ihnen den Mantel umgeben? Es ist etwas kühl.*« – »Danke, Herr von Dorsday, o, es ist nichts, gar nichts Besonderes.« So, da sitze ich nun plötzlich auf der Bank. Wer ist die Dame, die da vorüber kommt? Kenn ich gar nicht. Wenn ich nur nicht weiterreden müßte. Wie er mich ansieht! Wie konntest du das von mir verlangen, Papa? Das war nicht recht von dir, Papa. Nun ist es einmal geschehen. Ich hätte bis nach dem Diner warten sollen. – »*Nun, Fräulein Else?*« – Sein Monokel baumelt. Dumm sieht das aus. Soll ich ihm antworten? Ich muß ja. Also geschwind, damit ich es hinter mir habe. Was kann mir denn passieren? Er ist ein Freund von Papa. »Ach Gott, Herr von Dorsday, Sie sind ja ein alter Freund unseres Hauses.« Das habe ich sehr gut gesagt. »Und es wird Sie wahrscheinlich nicht wundern, wenn ich Ihnen erzähle, daß Papa sich wieder einmal in einer recht fatalen Situation befindet.« Wie merkwürdig meine Stimme klingt. Bin das ich, die da redet? Träume ich vielleicht? Ich habe gewiß jetzt auch ein ganz anderes Gesicht als sonst. – »*Es wundert mich allerdings nicht übermäßig. Da haben Sie schon recht, liebes Fräulein Else, – wenn ich es auch lebhaft bedauere.*« – Warum sehe ich denn so flehend zu ihm auf? Lächeln, lächeln. Geht schon. – »*Ich empfinde für Ihren Papa eine so aufrichtige Freundschaft, für Sie alle.*« – Er soll mich nicht so ansehen, es ist unanständig. Ich will anders zu ihm reden und nicht lächeln. Ich muß mich würdiger benehmen. »Nun, Herr von Dorsday, jetzt hätten Sie Gelegenheit, Ihre Freundschaft für meinen Vater zu beweisen.« Gott sei Dank, ich habe meine alte Stimme wieder.

»Es scheint nämlich, Herr von Dorsday, daß alle unsere Verwandten und Bekannten – die Mehrzahl ist noch nicht in Wien – sonst wäre Mama wohl nicht auf die Idee gekommen. – Neulich habe ich nämlich zufällig in einem Brief an Mama Ihrer Anwesenheit hier in Martino Erwähnung getan – unter anderem natürlich.« »*Ich vermutete gleich, Fräulein Else, daß ich nicht das einzige Thema Ihrer Korrespondenz mit Mama vorstelle.*« – Warum drückt er seine Knie an meine, während er da vor mir steht. Ach, ich lasse es mir gefallen. Was tut's! Wenn man einmal so tief gesunken ist. – »Die Sache verhält sich nämlich so. Doktor Fiala ist es, der diesmal dem Papa besondere Schwierigkeiten zu bereiten scheint.« – »*Ach, Doktor Fiala.*« – Er weiß offenbar auch, was er von diesem Fiala zu halten hat. »Ja, Doktor Fiala. Und die Summe, um die es sich handelt, soll am Fünften, das ist übermorgen um zwölf Uhr mittag, – vielmehr, sie muß in seinen Händen sein, wenn nicht der Baron Höning – ja, denken Sie, der Baron hat Papa zu sich bitten lassen, privat, er liebt ihn nämlich sehr.« Warum red ich denn von Höning, das wär ja gar nicht notwendig gewesen. – »*Sie wollen sagen, Else, daß andernfalls eine Verhaftung unausbleiblich wäre?*« – Warum sagt er das so hart? Ich antworte nicht, ich nicke nur. »Ja.« Nun habe ich doch Ja gesagt. – »*Hm, das ist ja – schlimm, das ist ja wirklich sehr – dieser hochbegabte geniale Mensch. – Und um welchen Betrag handelt es sich denn eigentlich, Fräulein Else?*« – Warum lächelt er denn? Er findet es schlimm und er lächelt. Was meint er mit seinem Lächeln? Daß es gleichgültig ist wieviel? Und wenn er Nein sagt! Ich bring mich um, wenn er Nein sagt. Also, ich soll die Summe nennen. »Wie, Herr von Dorsday, ich habe noch nicht gesagt, wieviel? Eine Million.« Warum sag ich das? Es ist doch jetzt nicht der Moment zum Spaßen? Aber wenn ich ihm dann sage, um wieviel weniger es in Wirklichkeit ist, wird er sich freuen.

Wie er die Augen aufreißt? Hält er es am Ende wirklich für
möglich, daß ihn der Papa um eine Million – »Entschuldigen Sie, Herr von Dorsday, daß ich in diesem Augenblick
scherze. Es ist mir wahrhaftig nicht scherzhaft zumute.« –
Ja, ja, drück die Knie nur an, du darfst es dir ja erlauben.
»Es handelt sich natürlich nicht um eine Million, es handelt
sich im ganzen um dreißigtausend Gulden, Herr von Dorsday, die bis übermorgen mittag um zwölf Uhr in den Händen des Herrn Doktor Fiala sein müssen. Ja. Mama schreibt
mir, daß Papa alle möglichen Versuche gemacht hat, aber
wie gesagt, die Verwandten, die in Betracht kämen, befinden sich nicht in Wien.« – O, Gott, wie ich mich erniedrige.
– »Sonst wäre es dem Papa natürlich nicht eingefallen, sich
an Sie zu wenden, Herr von Dorsday, respektive mich zu
bitten –« Warum schweigt er? Warum bewegt er keine Miene? Warum sagt er nicht Ja? Wo ist das Scheckbuch und die
Füllfeder? Er wird doch um Himmels willen nicht Nein sagen? Soll ich mich auf die Knie vor ihm werfen? O Gott! O
Gott –
    »Am Fünften sagten Sie, Fräulein Else?« – Gott sei Dank,
er spricht. »Jawohl übermorgen, Herr von Dorsday, um
zwölf Uhr mittags. Es wäre also nötig – ich glaube, brief-
lich ließe sich das kaum mehr erledigen.« – »Natürlich
nicht, Fräulein Else, das müßten wir wohl auf telegraphi-
schem Wege« – ›Wir‹, das ist gut, das ist sehr gut. – »Nun,
das wäre das wenigste. Wieviel sagten Sie, Else?« – Aber er
hat es ja gehört, warum quält er mich denn? »Dreißigtausend, Herr von Dorsday. Eigentlich eine lächerliche Summe.« Warum habe ich das gesagt? Wie dumm. Aber er lächelt. Dummes Mädel, denkt er. Er lächelt ganz liebenswürdig. Papa ist gerettet. Er hätte ihm auch fünfzigtausend
geliehen, und wir hätten uns allerlei anschaffen können. Ich
hätte mir neue Hemden gekauft. Wie gemein ich bin. So
wird man. – »Nicht ganz so lächerlich, liebes Kind« – War-

um sagt er ›liebes Kind‹? Ist das gut oder schlecht? – »*wie
Sie sich das vorstellen. Auch dreißigtausend Gulden wollen
verdient sein.*« – »Entschuldigen Sie, Herr von Dorsday,
nicht so habe ich es gemeint. Ich dachte nur, wie traurig es
ist, daß Papa wegen einer solchen Summe, wegen einer solchen Bagatelle« – Ach Gott, ich verhasple mich ja schon
wieder. »Sie können sich gar nicht denken, Herr von Dorsday, – wenn Sie auch einen gewissen Einblick in unsere
Verhältnisse haben, wie furchtbar es für mich und besonders für Mama ist« – Er stellt den einen Fuß auf die Bank.
Soll das elegant sein – oder was? – »*O, ich kann mir schon
denken, liebe Else.*« – Wie seine Stimme klingt, ganz anders, merkwürdig. – »*Und ich habe mir selbst schon man-
chesmal gedacht: schade, schade um diesen genialen Menschen.*« – Warum sagt er ›schade‹? Will er das Geld nicht
hergeben? Nein, er meint es nur im allgemeinen. Warum
sagt er nicht endlich Ja? Oder nimmt er das als selbstverständlich an? Wie er mich ansieht! Warum spricht er nicht
weiter? Ah, weil die zwei Ungarinnen vorbeigehen. Nun
steht er wenigstens wieder anständig da, nicht mehr mit
dem Fuß auf der Bank. Die Krawatte ist zu grell für einen
älteren Herrn. Sucht ihm die seine Geliebte aus? Nichts besonders Feines ›unter uns‹, schreibt Mama. Dreißigtausend
Gulden! Aber ich lächle ihn ja an. Warum lächle ich denn?
O, ich bin feig. – »*Und wenn man wenigstens annehmen
dürfte, mein liebes Fräulein Else, daß mit dieser Summe
wirklich etwas getan wäre? Aber – Sie sind doch ein so klu-
ges Geschöpf, Else, was wären diese dreißigtausend Gulden? Ein Tropfen auf einen heißen Stein.*« – Um Gottes
willen, er will das Geld nicht hergeben? Ich darf kein so erschrockenes Gesicht machen. Alles steht auf dem Spiel.
Jetzt muß ich etwas Vernünftiges sagen und energisch. »O
nein, Herr von Dorsday, diesmal wäre es kein Tropfen auf
einen heißen Stein. Der Prozeß Erbesheimer steht bevor,

vergessen Sie das nicht, Herr von Dorsday, und der ist schon heute so gut wie gewonnen. Sie hatten ja selbst diese Empfindung, Herr von Dorsday. Und Papa hat auch noch andere Prozesse. Und außerdem habe ich die Absicht, Sie dürfen nicht lachen, Herr von Dorsday, mit Papa zu sprechen, sehr ernsthaft. Er hält etwas auf mich. Ich darf sagen, wenn jemand einen gewissen Einfluß auf ihn zu nehmen imstande ist, so bin es noch am ehesten ich« – »*Sie sind ja ein rührendes, ein entzückendes Geschöpf, Fräulein Else.*« – Seine Stimme klingt schon wieder. Wie zuwider ist mir das, wenn es so zu klingen anfängt bei den Männern. Auch bei Fred mag ich es nicht. – »*Ein entzückendes Geschöpf in der Tat.*« – Warum sagt er ›in der Tat‹? Das ist abgeschmackt. Das sagt man doch nur im Burgtheater. – »*Aber so gern ich Ihren Optimismus teilen möchte – wenn der Karren einmal so verfahren ist.*« – »Das ist es nicht, Herr von Dorsday. Wenn ich an Papa nicht glauben würde, wenn ich nicht ganz überzeugt wäre, daß diese dreißigtausend Gulden« – Ich weiß nicht, was ich weiter sagen soll. Ich kann ihn doch nicht geradezu anbetteln. Er überlegt. Offenbar. Vielleicht weiß er die Adresse von Fiala nicht? Unsinn. Die Situation ist unmöglich. Ich sitze da wie eine arme Sünderin. Er steht vor mir und bohrt mir das Monokel in die Stirn und schweigt. Ich werde jetzt aufstehen, das ist das beste. Ich lasse mich nicht so behandeln. Papa soll sich umbringen. Ich werde mich auch umbringen. Eine Schande dieses Leben. Am besten wär's, sich dort von dem Felsen hinunterzustürzen und aus wär's. Geschähe euch recht, allen. Ich stehe auf. – »*Fräulein Else*« – »Entschuldigen Sie, Herr von Dorsday, daß ich Sie unter diesen Umständen überhaupt bemüht habe. Ich kann Ihr ablehnendes Verhalten natürlich vollkommen verstehen« – So, aus, ich gehe. – »*Bleiben Sie, Fräulein Else.*« – Bleiben Sie, sagt er? Warum soll ich bleiben? Er gibt das Geld her. Ja. Ganz bestimmt. Er muß ja.

Aber ich setze mich nicht noch einmal nieder. Ich bleibe stehen, als wär es nur für eine halbe Sekunde. Ich bin ein bißchen größer als er. – *»Sie haben meine Antwort noch nicht abgewartet, Else. Ich war ja schon einmal, verzeihen Sie, Else, daß ich das in diesem Zusammenhang erwähne« –* Er müßte nicht so oft Else sagen – *»in der Lage, dem Papa aus einer Verlegenheit zu helfen. Allerdings mit einer – noch lächerlicheren Summe als diesmal, und schmeichelte mir keineswegs mit der Hoffnung, diesen Betrag jemals wiedersehen zu dürfen, – und so wäre eigentlich kein Grund vorhanden, meine Hilfe diesmal zu verweigern. Und gar wenn ein junges Mädchen wie Sie, Else, wenn Sie selbst als Fürbitterin vor mich hintreten –«* – Worauf will er hinaus? Seine Stimme ›klingt‹ nicht mehr. Oder anders! Wie sieht er mich denn an? Er soll achtgeben!! – *»Also, Else, ich bin bereit – Doktor Fiala soll übermorgen um zwölf Uhr mittags die dreißigtausend Gulden haben – unter einer Bedingung«* – Er soll nicht weiterreden, er soll nicht. »Herr von Dorsday, ich, ich persönlich übernehme die Garantie, daß mein Vater diese Summe zurückerstatten wird, sobald er das Honorar von Erbesheimer erhalten hat. Erbesheimers haben bisher überhaupt noch nichts gezahlt. Noch nicht einmal einen Vorschuß – Mama selbst schreibt mir« – *»Lassen Sie doch, Else, man soll niemals eine Garantie für einen anderen Menschen übernehmen, – nicht einmal für sich selbst.«* – Was will er? Seine Stimme klingt schon wieder. Nie hat mich ein Mensch so angeschaut. Ich ahne, wo er hinaus will. Wehe ihm! – *»Hätte ich es vor einer Stunde für möglich gehalten, daß ich in einem solchen Falle überhaupt mir jemals einfallen lassen würde, eine Bedingung zu stellen? Und nun tue ich es doch. Ja, Else, man ist eben nur ein Mann, und es ist nicht meine Schuld, daß Sie so schön sind, Else.«* – Was will er? Was will er –? – *»Vielleicht hätte ich heute oder morgen das Gleiche von Ihnen erbeten, was*

ich jetzt erbitten will, auch wenn Sie nicht eine Million, par-
don – dreißigtausend Gulden von mir gewünscht hätten.
Aber freilich, unter anderen Umständen hätten Sie mir
wohl kaum Gelegenheit vergönnt, so lange Zeit unter vier
Augen mit Ihnen zu reden« – »O, ich habe Sie wirklich allzu lange in Anspruch genommen, Herr von Dorsday.« Das
habe ich gut gesagt. Fred wäre zufrieden. Was ist das? Er
faßt nach meiner Hand? Was fällt ihm denn ein? – *»Wissen*
Sie es denn nicht schon lange, Else.« – Er soll meine Hand
loslassen! Nun, Gott sei Dank, er läßt sie los. Nicht so nah,
nicht so nah. – *»Sie müßten keine Frau sein, Else, wenn Sie*
es nicht gemerkt hätten. Je vous désire.« – Er hätte es auch
deutsch sagen können, der Herr Vicomte. – *»Muß ich noch*
mehr sagen?« – »Sie haben schon zu viel gesagt, Herr
Dorsday.« Und ich stehe noch da. Warum denn? Ich gehe,
ich gehe ohne Gruß. – *»Else! Else!«* – Nun ist er wieder neben mir. – *»Verzeihen Sie mir, Else. Auch ich habe nur ei-*
nen Scherz gemacht, geradeso wie Sie vorher mit der Milli-
on. Auch meine Forderung stelle ich nicht so hoch – als Sie
gefürchtet haben, wie ich leider sagen muß, – so daß die ge-
ringere Sie vielleicht angenehm überraschen wird. Bitte,
bleiben Sie doch stehen, Else.« – Ich bleibe wirklich stehen.
Warum denn? Da stehen wir uns gegenüber. Hätte ich ihm
nicht einfach ins Gesicht schlagen sollen? Wäre nicht noch
jetzt Zeit dazu? Die zwei Engländer kommen vorbei. Jetzt
wäre der Moment. Gerade darum. Warum tu ich es denn
nicht? Ich bin feig, ich bin zerbrochen, ich bin erniedrigt.
Was wird er nun wollen statt der Million? Einen Kuß vielleicht? Darüber ließe sich reden. Eine Million zu dreißigtausend verhält sich wie – – Komische Gleichungen gibt es.
– *»Wenn Sie wirklich einmal eine Million brauchen sollten,*
Else, – ich bin zwar kein reicher Mann, dann wollen wir se-
hen. Aber für diesmal will ich genügsam sein, wie Sie. Und
für diesmal will ich nichts anderes, Else, als – Sie sehen.« –

Ist er verrückt? Er sieht mich doch. – Ah, so meint er das,
so! Warum schlage ich ihm nicht ins Gesicht, dem Schuften! Bin ich rot geworden oder blaß? Nackt willst du mich
sehen? Das möchte mancher. Ich bin schön, wenn ich nackt
bin. Warum schlage ich ihm nicht ins Gesicht? Riesengroß
ist sein Gesicht. Warum so nah, du Schuft? Ich will deinen
Atem nicht auf meinen Wangen. Warum lasse ich ihn nicht
einfach stehen? Bannt mich sein Blick? Wir schauen uns
ins Auge wie Todfeinde. Ich möchte ihm Schuft sagen, aber
ich kann nicht. Oder will ich nicht? – »*Sie sehen mich an,
Else, als wenn ich verrückt wäre. Ich bin es vielleicht ein
wenig, denn es geht ein Zauber von Ihnen aus, Else, den Sie
selbst wohl nicht ahnen. Sie müssen fühlen, Else, daß meine
Bitte keine Beleidigung bedeutet. Ja, ›Bitte‹ sage ich, wenn
sie auch einer Erpressung zum Verzweifeln ähnlich sieht.
Aber ich bin kein Erpresser, ich bin nur ein Mensch, der
mancherlei Erfahrungen gemacht hat, – unter andern die,
daß alles auf der Welt seinen Preis hat und daß einer, der
sein Geld verschenkt, wenn er in der Lage ist, einen Gegen-
wert dafür zu bekommen, ein ausgemachter Narr ist. Und
– was ich mir diesmal kaufen will, Else, so viel es auch ist,
Sie werden nicht ärmer dadurch, daß Sie es verkaufen. Und
daß es ein Geheimnis bleiben würde zwischen Ihnen und
mir, das schwöre ich Ihnen, Else, bei – bei all den Reizen,
durch deren Enthüllung Sie mich beglücken würden.*« – Wo
hat er so reden gelernt? Es klingt wie aus einem Buch. –
»*Und ich schwöre Ihnen auch, daß ich – von der Situation
keinen Gebrauch machen werde, der in unserem Vertrag
nicht vorgesehen war. Nichts anderes verlange ich von Ihnen, als eine Viertelstunde dastehen dürfen in Andacht vor
Ihrer Schönheit. Mein Zimmer liegt im gleichen Stockwerk
wie das Ihre, Else, Nummer fünfundsechzig, leicht zu merken. Der schwedische Tennisspieler, von dem Sie heut sprachen, war doch gerade fünfundsechzig Jahre alt?*« – Er ist

verrückt! Warum lasse ich ihn weiterreden? Ich bin ge-
lähmt. – *»Aber wenn es Ihnen aus irgendeinem Grunde
nicht paßt, mich auf Zimmer Nummer fünfundsechzig zu
besuchen, Else, so schlage ich Ihnen einen kleinen Spaziergang nach dem Diner vor. Es gibt eine Lichtung im Walde,
ich habe sie neulich ganz zufällig entdeckt, kaum fünf Minuten weit von unserem Hotel. – Es wird eine wundervolle
Sommernacht heute, beinahe warm, und das Sternenlicht
wird Sie herrlich kleiden.«* – Wie zu einer Sklavin spricht er.
Ich spucke ihm ins Gesicht. – *»Sie sollen mir nicht gleich
antworten, Else. Überlegen Sie. Nach dem Diner werden
Sie mir gütigst Ihre Entscheidung kundtun.«* – Warum sagt
er denn ›kundtun‹. Was für ein blödes Wort: kundtun. –
*»Überlegen Sie in aller Ruhe. Sie werden vielleicht spüren,
daß es nicht einfach ein Handel ist, den ich Ihnen vorschlage.«* – Was denn, du klingender Schuft! – *»Sie werden möglicherweise ahnen, daß ein Mann zu Ihnen spricht, der
ziemlich einsam und nicht besonders glücklich ist und der
vielleicht einige Nachsicht verdient.«* – Affektierter Schuft.
Spricht wie ein schlechter Schauspieler. Seine gepflegten
Finger sehen aus wie Krallen. Nein, nein, ich will nicht.
Warum sag ich es denn nicht. Bring dich um, Papa! Was
will er denn mit meiner Hand? Ganz schlaff ist mein Arm.
Er führt meine Hand an seine Lippen. Heiße Lippen. Pfui!
Meine Hand ist kalt. Ich hätte Lust, ihm den Hut herunter
zu blasen. Ha, wie komisch wär das. Bald ausgeküßt, du
Schuft? – Die Bogenlampen vor dem Hotel brennen schon.
Zwei Fenster stehen offen im dritten Stock. Das, wo sich
der Vorhang bewegt, ist meines. Oben auf dem Schrank
glänzt etwas. Nichts liegt oben, es ist nur der Messingbe-
schlag. – *»Also auf Wiedersehen, Else.«* – Ich antworte
nichts. Regungslos stehe ich da. Er sieht mir ins Auge.
Mein Gesicht ist undurchdringlich. Er weiß gar nichts. Er
weiß nicht, ob ich kommen werde oder nicht. Ich weiß es

auch nicht. Ich weiß nur, daß alles aus ist. Ich bin halbtot.
Da geht er. Ein wenig gebückt. Schuft! Er fühlt meinen
Blick auf seinem Nacken. Wen grüßt er denn? Zwei Damen. Als wäre er ein Graf, so grüßt er. Paul soll ihn fordern
und ihn totschießen. Oder Rudi. Was glaubt er denn eigentlich? Unverschämter Kerl! Nie und nimmer. Es wird
dir nichts anderes übrig bleiben, Papa, du mußt dich umbringen. – Die zwei kommen offenbar von einer Tour. Beide hübsch, er und sie. Haben sie noch Zeit, sich vor dem
Diner umzukleiden? Sind gewiß auf der Hochzeitsreise
oder vielleicht gar nicht verheiratet. Ich werde nie auf einer
Hochzeitsreise sein. Dreißigtausend Gulden. Nein, nein,
nein! Gibt es keine dreißigtausend Gulden auf der Welt?
Ich fahre zu Fiala. Ich komme noch zurecht. Gnade, Gnade, Herr Doktor Fiala. Mit Vergnügen, mein Fräulein. Bemühen Sie sich in mein Schlafzimmer. – Tu mir doch den
Gefallen, Paul, verlange dreißigtausend Gulden von deinem
Vater. Sage, du hast Spielschulden, du mußt dich sonst erschießen. Gern, liebe Kusine. Ich habe Zimmer Nummer
soundsoviel, um Mitternacht erwarte ich dich. O, Herr von
Dorsday, wie bescheiden sind Sie. Vorläufig. Jetzt kleidet
er sich um. Smoking. Also entscheiden wir uns. Wiese
im Mondenschein oder Zimmer Nummer fünfundsechzig?
Wird er mich im Smoking in den Wald begleiten?

Es ist noch Zeit bis zum Diner. Ein bißchen spazierengehen und die Sache in Ruhe überlegen. Ich bin ein einsamer
alter Mann, haha. Himmlische Luft, wie Champagner. Gar
nicht mehr kühl – dreißigtausend … dreißigtausend … Ich
muß mich jetzt sehr hübsch ausnehmen in der weiten
Landschaft. Schade, daß keine Leute mehr im Freien sind.
Dem Herrn dort am Waldesrand gefalle ich offenbar sehr
gut. O, mein Herr, nackt bin ich noch viel schöner, und es
kostet einen Spottpreis, dreißigtausend Gulden. Vielleicht
bringen Sie Ihre Freunde mit, dann kommt es billiger. Hof-

fentlich haben Sie lauter hübsche Freunde, hübschere und jüngere als Herr von Dorsday? Kennen Sie Herrn von Dorsday? Ein Schuft ist er – ein klingender Schuft ...

Also überlegen, überlegen ... Ein Menschenleben steht auf dem Spiel. Das Leben von Papa. Aber nein, er bringt sich nicht um, er wird sich lieber einsperren lassen. Drei Jahre schwerer Kerker oder fünf. In dieser ewigen Angst lebt er schon fünf oder zehn Jahre ... Mündelgelder ... Und Mama geradeso. Und ich doch auch. – Vor wem werde ich mich das nächste Mal nackt ausziehen müssen? Oder bleiben wir der Einfachheit wegen bei Herrn Dorsday? Seine jetzige Geliebte ist ja nichts Feines ›unter uns gesagt‹. Ich wäre ihm gewiß lieber. Es ist gar nicht so ausgemacht, ob ich viel feiner bin. Tun Sie nicht vornehm, Fräulein Else, ich könnte Geschichten von Ihnen erzählen ... einen gewissen Traum zum Beispiel, den Sie schon dreimal gehabt haben – von dem haben Sie nicht einmal Ihrer Freundin Bertha erzählt. Und die verträgt doch was. Und wie war denn das heuer in Gmunden in der Früh um sechs auf dem Balkon, mein vornehmes Fräulein Else? Haben Sie die zwei jungen Leute im Kahn vielleicht gar nicht bemerkt, die Sie angestarrt haben? Mein Gesicht haben sie vom See aus freilich nicht genau ausnehmen können, aber daß ich im Hemd war, das haben sie schon bemerkt. Und ich hab mich gefreut. Ah, mehr als gefreut. Ich war wie berauscht. Mit beiden Händen hab ich mich über die Hüften gestrichen und vor mir selber hab ich getan, als wüßte ich nicht, daß man mich sieht. Und der Kahn hat sich nicht vom Fleck bewegt. Ja, so bin ich, so bin ich. Ein Luder, ja. Sie spüren es ja alle. Auch Paul spürt es. Natürlich, er ist ja Frauenarzt. Und der Marineleutnant hat es ja auch gespürt und der Maler auch. Nur Fred, der dumme Kerl spürt es nicht. Darum liebt er mich ja. Aber gerade vor ihm möchte ich nicht nackt sein, nie und nimmer. Ich hätte gar keine Freude davon. Ich möchte mich schämen. Aber vor dem Filou mit dem Römerkopf – wie gern. Am allerliebsten vor dem. Und wenn ich gleich nachher sterben müßte. Aber es ist ja nicht notwendig gleich nachher zu sterben. Man überlebt es. Die Bertha hat mehr überlebt. Cissy liegt sicher auch nackt da, wenn Paul zu ihr schleicht durch die Hotelgänge, wie ich heute nacht zu Herrn von Dorsday schleichen werde.

Nein, nein. Ich will nicht. Zu jedem andern – aber nicht zu ihm. Zu Paul meinetwegen. Oder ich such mir einen aus heute abend beim Diner. Es ist ja alles egal. Aber ich kann doch nicht jedem sagen, daß ich dreißigtausend Gulden dafür haben will! Da wäre ich ja wie ein Frauenzimmer von der Kärntnerstraße. Nein, ich verkaufe mich nicht. Niemals. Nie werde ich mich verkaufen. Ich schenke mich her. Ja, wenn ich einmal den Rechten finde, schenke ich mich her. Aber ich verkaufe mich nicht. Ein Luder will ich sein, aber nicht eine Dirne. Sie haben sich verrechnet, Herr von Dorsday. Und der Papa auch. Ja, verrechnet hat er sich. Er muß es ja vorher gesehen haben. Er kennt ja die Menschen. Er kennt doch den Herrn von Dorsday. Er hat sich doch denken können, daß der Herr von Dorsday nicht für nichts und wieder nichts. – Sonst hätte er doch telegraphieren oder selber herreisen können. Aber so war es bequemer und sicherer, nicht wahr, Papa? Wenn man eine so hübsche Tochter hat, wozu braucht man ins Zuchthaus zu spazieren? Und die Mama, dumm wie sie ist, setzt sich hin und schreibt den Brief. Der Papa hat sich nicht getraut. Da hätte ich es ja gleich merken müssen. Aber es soll euch nicht glücken. Nein, du hast zu sicher auf meine kindliche Zärtlichkeit spekuliert, Papa, zu sicher darauf gerechnet, daß ich lieber jede Gemeinheit erdulden würde als dich die Folgen deines verbrecherischen Leichtsinns tragen zu lassen. Ein Genie bist du ja. Herr von Dorsday sagt es, alle Leute sagen es. Aber was hilft mir das. Fiala ist eine Null, aber er unterschlägt keine Mündelgelder, sogar Waldheim ist nicht in einem Atem mit dir zu nennen ... Wer hat das nur gesagt? Der Doktor Froriep. Ein Genie ist Ihr Papa. – Und ich hab ihn erst einmal reden gehört! – Im vorigen Jahr im Schwurgerichtssaal – – zum ersten- und letztenmal! Herrlich! Die Tränen sind mir über die Wangen gelaufen. Und der elende Kerl, den er verteidigt hat, ist freigesprochen worden. Er war vielleicht gar kein so elender Kerl. Er hat jedenfalls nur gestohlen, keine Mündelgelder veruntreut, um Bakkarat zu spielen und auf der Börse zu spekulieren. Und jetzt wird der Papa selber vor den Geschworenen stehen. In allen Zeitungen wird man es lesen. Zweiter Verhandlungstag, dritter Verhandlungstag; der Verteidiger erhob sich zu einer Replik. Wer wird denn sein Verteidiger sein? Kein Genie. Nichts wird ihm helfen. Einstimmig schuldig. Verurteilt auf fünf Jahre. Stein, Sträflingskleid, geschorene Haare. Einmal im Monat darf man ihn besuchen. Ich fahre mit Mama hinaus, dritter Klasse. Wir haben ja kein Geld. Keiner leiht uns was. Kleine Wohnung in der Lerchenfelderstraße, so wie die, wo ich die Nähterin besucht habe vor zehn Jahren. Wir bringen ihm etwas zu essen mit. Woher denn? Wir haben ja selber nichts. Onkel Viktor wird uns eine Rente aussetzen. Dreihundert Gulden monatlich. Rudi wird in Holland sein bei Vanderhulst – wenn man noch auf ihn reflektiert. Die Kinder des Sträflings! Roman von Temme in drei Bänden. Der Papa empfängt uns im gestreiften Sträflingsanzug. Er schaut nicht bös drein, nur traurig. Er kann ja gar nicht bös dreinschauen. – Else, wenn du mir damals das Geld verschafft hättest, das wird er sich denken, aber er wird nichts sagen. Er wird nicht das Herz haben, mir Vorwürfe zu machen. Er ist ja seelengut, nur leichtsinnig ist er. Sein Verhängnis ist die Spielleidenschaft. Er kann ja nichts dafür, es ist eine Art von Wahnsinn. Vielleicht spricht man ihn frei, weil er wahnsinnig ist. Auch den Brief hat er vorher nicht überlegt. Es ist ihm vielleicht gar nicht eingefallen, daß Dorsday die Gelegenheit benützen könnte, und so eine Gemeinheit von mir verlangen wird. Er ist ein guter Freund unseres Hauses, er hat dem Papa schon einmal achttausend Gulden geliehen. Wie soll man so was von einem Menschen denken. Zuerst hat der Papa sicher alles andere versucht. Was muß er durchgemacht haben, ehe er die Mama veranlaßt hat, diesen Brief zu schreiben? Von einem zum andern ist er gelaufen, von Warsdorf zu Burin, von Burin zu Wertheimstein und weiß Gott noch zu wem. Bei Onkel Karl war er gewiß auch. Und alle haben sie ihn im Stich gelassen. Alle die sogenannten Freunde. Und nun ist Dorsday seine Hoffnung, seine letzte Hoffnung. Und wenn das Geld nicht kommt, so bringt er sich um. Natürlich bringt er sich um. Er wird sich doch nicht einsperren lassen. Untersuchungshaft, Verhandlung, Schwurgericht, Kerker, Sträflingsgewand. Nein, nein! Wenn der Haftbefehlt kommt, erschießt er sich oder hängt sich auf. Am Fensterkreuz wird er hängen. Man wird herüberschicken vom Haus vis-à-vis, der Schlosser wird aufsperren müssen und ich bin schuld gewesen. Und jetzt sitzt er zusammen mit Mama im selben Zimmer, wo er übermorgen hängen wird, und raucht eine Havannazigarre. Woher hat er immer noch Havannazigarren? Ich höre ihn sprechen, wie er die Mama beruhigt. Verlaß dich darauf, Dorsday weist das Geld an. Bedenke doch, ich habe ihm heuer im Winter eine große Summe durch meine Intervention gerettet. Und dann kommt der Prozeß Erbesheimer ... – Wahrhaftig. – Ich höre ihn sprechen. Telepathie! Merkwürdig. Auch Fred seh ich in diesem Moment. Er geht mit einem Mädel im Stadtpark am Kursalon vorbei. Sie hat eine hellblaue Bluse und lichte Schuhe und ein bißl heiser ist sie. Das weiß ich alles ganz bestimmt. Wenn ich nach Wien komme, werde ich Fred fragen, ob er am dritten

September zwischen halb acht und acht Uhr abends mit seiner Geliebten im Stadtpark war.

Wohin denn noch? Was ist denn mit mir? Beinahe ganz dunkel. Wie schön und ruhig. Weit und breit kein Mensch. Nun sitzen sie alle schon beim Diner. Telepathie? Nein, das ist noch keine Telepathie. Ich habe ja früher das Tamtam gehört. Wo ist die Else? wird sich Paul denken. Es wird allen auffallen, wenn ich zur Vorspeise noch nicht da bin. Sie werden zu mir heraufschicken. Was ist das mit Else? Sie ist doch sonst so pünktlich? Auch die zwei Herren am Fenster werden denken: Wo ist denn heute das schöne junge Mädel mit dem rötlichblonden Haar? Und Herr von Dorsday wird Angst bekommen. Er ist sicher feig. Beruhigen Sie sich, Herr von Dorsday, es wird Ihnen nichts geschehen. Ich verachte Sie ja so sehr. Wenn ich wollte, morgen abend wären Sie ein toter Mann. – Ich bin überzeugt, Paul würde ihn fordern, wenn ich ihm die Sache erzählte. Ich schenke Ihnen das Leben, Herr von Dorsday.

Wie ungeheuer weit die Wiesen und wie riesig schwarz die Berge. Keine Sterne beinahe. Ja doch, drei, vier, – es werden schon mehr. Und so still der Wald hinter mir. Schön hier auf der Bank am Waldesrand zu sitzen. So fern, so fern das Hotel und so märchenhaft leuchtet es her. Und was für Schufte sitzen drin. Ach nein, Menschen, arme Menschen, sie tun mir alle so leid. Auch die Marchesa tut mir leid, ich weiß nicht warum, und die Frau Winawer und die Bonne von Cissys kleinem Mädel. Sie sitzt nicht an der Table d'hôtes, sie hat schon früher mit Fritzi gegessen. Was ist das nur mit Else, fragt Cissy. Wie, auf ihrem Zimmer ist sie auch nicht? Alle haben sie Angst um mich, ganz gewiß. Nur ich habe keine Angst. Ja, da bin ich in Martino di Castrozza, sitze auf einer Bank am Waldesrand und die Luft ist wie Champagner und mir scheint gar, ich weine. Ja, warum weine ich denn? Es ist doch kein Grund zu weinen. Das sind die Nerven. Ich muß mich beherrschen. Ich darf mich nicht so gehen lassen. Aber das Weinen ist gar nicht unangenehm. Das Weinen tut mir immer wohl. Wie ich unsere alte Französin besucht habe im Krankenhaus, die dann gestorben ist, habe ich auch geweint. Und beim Begräbnis von der Großmama, und wie die Bertha nach Nürnberg gereist ist, und wie das Kleine von der Agathe gestorben ist, und im Theater bei der Kameliendame hab ich auch geweint. Wer wird weinen, wenn ich tot bin? O, wie schön wäre das tot zu sein. Aufgebahrt liege ich im Salon, die Kerzen brennen. Lange Kerzen. Zwölf lange Kerzen. Unten steht schon der Leichenwagen. Vor dem Haustor stehen Leute. Wie alt war sie denn? Erst neunzehn. Wirklich erst neunzehn? – Denken Sie sich, ihr Papa ist im Zuchthaus. Warum hat sie sich denn umgebracht? Aus unglücklicher Liebe zu einem Filou. Aber was fällt Ihnen denn ein? Sie hätte ein Kind kriegen sollen. Nein, sie ist vom Cimone heruntergestürzt. Es ist ein Unglücksfall. Guten Tag, Herr Dorsday, Sie erweisen der kleinen Else auch die letzte Ehre? Kleine Else, sagt das alte Weib. – Warum denn? Natürlich, ich muß ihr die letzte Ehre erweisen. Ich habe ihr ja auch die erste Schande erwiesen. O, es war der Mühe wert, Frau Winawer, ich habe noch nie einen so schönen Körper gesehen. Es hat mich nur dreißig Millionen gekostet. Ein Rubens kostet dreimal soviel. Mit Haschisch hat sie sich vergiftet. Sie wollte nur schöne Visionen haben, aber sie hat zu viel genommen und ist nicht mehr aufgewacht. Warum hat er denn ein rotes Monokel der Herr Dorsday? Wem winkt er denn mit dem Taschentuch? Die Mama kommt die Treppe herunter und küßt ihm die Hand. Pfui, pfui. Jetzt flüstern sie miteinander. Ich kann nichts verstehen, weil ich aufgebahrt bin. Der Veilchenkranz um meine Stirn ist von Paul. Die Schleifen fallen bis auf den Boden. Kein Mensch traut sich ins Zimmer. Ich stehe lieber auf und schaue zum

Fenster hinaus. Was für ein großer blauer See! Hundert
Schiffe mit gelben Segeln –. Die Wellen glitzern. So viel Sonne. Regatta. Die Herren haben alle Ruderleibchen. Die Damen sind im Schwimmkostüm. Das ist unanständig. Sie bilden sich ein, ich bin nackt. Wie dumm sie sind. Ich habe ja
schwarze Trauerkleider an, weil ich tot bin. Ich werde es
euch beweisen. Ich lege mich gleich wieder auf die Bahre
hin. Wo ist sie denn? Fort ist sie. Man hat sie davongetragen.
Man hat sie unterschlagen. Darum ist der Papa im Zuchthaus. Und sie haben ihn doch freigesprochen auf drei Jahre.
Die Geschworenen sind alle bestochen von Fiala. Ich werde
jetzt zu Fuß auf den Friedhof gehen, da erspart die Mama
das Begräbnis. Wir müssen uns einschränken. Ich gehe so
schnell, daß mir keiner nachkommt. Ah, wie schnell ich
gehen kann. Da bleiben sie alle auf den Straßen stehen und
wundern sich. Wie darf man jemanden so anschaun, der tot
ist! Das ist zudringlich. Ich gehe lieber übers Feld, das ist
ganz blau von Vergißmeinnicht und Veilchen. Die Marine-
offiziere stehen Spalier. Guten Morgen, meine Herren. Öffnen Sie das Tor, Herr Matador. Erkennen Sie mich nicht? Ich
bin ja die Tote … Sie müssen mir darum nicht die Hand küssen … Wo ist denn meine Gruft? Hat man die auch unterschlagen? Gott sei Dank, es ist gar nicht der Friedhof. Das
ist ja der Park in Mentone. Der Papa wird sich freuen, daß
ich nicht begraben bin. Vor den Schlangen habe ich keine
Angst. Wenn mich nur keine in den Fuß beißt. O weh.

Was ist denn? Wo bin ich denn? Habe ich geschlafen? Ja.
Geschlafen habe ich. Ich muß sogar geträumt haben. Mir
ist so kalt in den Füßen. Im rechten Fuß ist mir kalt. Wieso
denn? Da ist am Knöchel ein kleiner Riß im Strumpf. Warum sitze ich denn noch im Wald? Es muß ja längst geläutet
haben zum Diner. Dinner.

O Gott, wo war ich denn? So weit war ich fort. Was hab
ich denn geträumt? Ich glaube ich war schon tot. Und kei-

ne Sorgen habe ich gehabt und mir nicht den Kopf zerbrechen müssen. Dreißigtausend, dreißigtausend … ich habe sie noch nicht. Ich muß sie mir erst verdienen. Und da sitz ich allein am Waldesrand. Das Hotel leuchtet bis her. Ich muß zurück. Es ist schrecklich, daß ich zurück muß. Aber es ist keine Zeit mehr zu verlieren. Herr von Dorsday erwartet meine Entscheidung. Entscheidung. Entscheidung! Nein. Nein, Herr von Dorsday, kurz und gut, nein. Sie haben gescherzt, Herr von Dorsday, selbstverständlich. Ja, das werde ich ihm sagen. O, das ist ausgezeichnet. Ihr Scherz war nicht sehr vornehm, Herr von Dorsday, aber ich will Ihnen verzeihen. Ich telegraphiere morgen früh an Papa, Herr von Dorsday, daß das Geld pünktlich in Doktor Fialas Händen sein wird. Wunderbar. Das sage ich ihm. Da bleibt ihm nichts übrig, er muß das Geld abschicken. Muß? Muß er? Warum muß er denn? Und wenn er's täte, so würde er sich dann rächen irgendwie. Er würde es so einrichten, daß das Geld zu spät kommt. Oder er würde das Geld schicken und dann überall erzählen, daß er mich gehabt hat. Aber er schickt ja das Geld gar nicht ab. Nein, Fräulein Else, so haben wir nicht gewettet. Telegraphieren Sie dem Papa, was Ihnen beliebt, ich schicke das Geld nicht ab. Sie sollen nicht glauben, Fräulein Else, daß ich mich von so einem kleinen Mädel übertölpeln lasse, ich der Vicomte von Eperies.

Ich muß vorsichtig gehen. Der Weg ist ganz dunkel. Sonderbar, es ist mir wohler als vorher. Es hat sich doch gar nichts geändert und mir ist wohler. Was habe ich denn nur geträumt? Von einem Matador? Was war denn das für ein Matador? Es ist doch weiter zum Hotel, als ich gedacht habe. Sie sitzen gewiß noch alle beim Diner. Ich werde mich ruhig an den Tisch setzen und sagen, daß ich Migräne gehabt habe und lasse mir nachservieren. Herr von Dorsday wird am Ende selbst zu mir kommen und mir sagen, daß das Ganze nur ein Scherz war. Entschuldigen Sie, Fräulein Else, entschuldigen Sie den schlechten Spaß, ich habe schon an meine Bank telegraphiert. Aber er wird es nicht sagen. Er hat nicht telegraphiert. Es ist alles noch genau so wie früher. Er wartet. Herr von Dorsday wartet. Nein, ich will ihn nicht sehen. Ich kann ihn nicht mehr sehen. Ich will niemanden mehr sehen. Ich will nicht mehr ins Hotel, ich will nicht mehr nach Hause, ich will nicht nach Wien, zu niemandem will ich, zu keinem Menschen, nicht zu Papa und nicht zu Mama, nicht zu Rudi und nicht zu Fred, nicht zu Bertha und nicht zu Tante Irene. Die ist noch die Beste, die würde alles verstehen. Aber ich habe nichts mehr mit ihr zu tun und mit niemandem mehr. Wenn ich zaubern könnte, wäre ich ganz woanders in der Welt. Auf irgendeinem herrlichen Schiff im Mittelländischen Meer, aber nicht allein. Mit Paul zum Beispiel. Ja, das könnte ich mir ganz gut vorstellen. Oder ich wohnte in einer Villa am Meer, und wir lägen auf den Marmorstufen, die ins Wasser führen, und er hielte mich fest in seinen Armen und bisse mich in die Lippen, wie es Albert vor zwei Jahren getan hat beim Klavier, der unverschämte Kerl. Nein. Allein möchte ich am Meer liegen auf den Marmorstufen und warten. Und endlich käme einer oder mehrere, und ich hätte die Wahl und die andern, die ich verschmähe, die stürzen sich aus Verzweiflung alle ins Meer. Oder sie müßten Geduld haben bis zum nächsten Tag. Ach, was wäre das für ein köstliches Leben. Wozu habe ich denn meine herrlichen Schultern und meine schönen schlanken Beine? Und wozu bin ich denn überhaupt auf der Welt? Und es geschähe ihnen ganz recht, ihnen allen, sie haben mich ja doch nur daraufhin erzogen, daß ich mich verkaufe, so oder so. Vom Theaterspielen haben sie nichts wissen wollen. Da haben sie mich ausgelacht. Und es wäre ihnen ganz recht gewesen im vorigen Jahr, wenn ich den Direktor Wilomitzer geheiratet hätte,

der bald fünfzig ist. Nur daß sie mir nicht zugeredet haben.
Da hat sich der Papa doch geniert. Aber die Mama hat ganz
deutliche Anspielungen gemacht.

Wie riesig es dasteht das Hotel, wie eine ungeheuere beleuchtete Zauberburg. Alles ist so riesig. Die Berge auch.
Man könnte sich fürchten. Noch nie waren sie so schwarz.
Der Mond ist noch nicht da. Der geht erst zur Vorstellung
auf, zur großen Vorstellung auf der Wiese, wenn der Herr
von Dorsday seine Sklavin nackt tanzen läßt. Was geht
mich denn der Herr Dorsday an? Nun, Mademoiselle Else,
was machen Sie denn für Geschichten? Sie waren doch
schon bereit auf und davon zu gehen, die Geliebte von
fremden Männern zu werden, von einem nach dem andern.
Und auf die Kleinigkeit, die Herr von Dorsday von Ihnen
verlangt, kommt es Ihnen an? Für einen Perlenschmuck,
für schöne Kleider, für eine Villa am Meer sind Sie bereit
sich zu verkaufen? Und das Leben Ihres Vaters ist Ihnen
nicht so viel wert? Es wäre gerade der richtige Anfang. Es
wäre dann gleich die Rechtfertigung für alles andere. Ihr
wart es, könnt ich sagen, Ihr habt mich dazu gemacht, Ihr
alle seid schuld, daß ich so geworden bin, nicht nur Papa
und Mama. Auch der Rudi ist schuld und der Fred und
alle, alle, weil sich ja niemand um einen kümmert. Ein bißchen Zärtlichkeit, wenn man hübsch aussieht, und ein bißl
Besorgtheit, wenn man Fieber hat, und in die Schule schik-
ken sie einen, und zu Hause lernt man Klavier und Französisch, und im Sommer geht man aufs Land und zum Ge-
burtstag kriegt man Geschenke und bei Tisch reden sie
über allerlei. Aber was in mir vorgeht und was in mir wühlt
und Angst hat, habt ihr euch darum je gekümmert? Manchmal im Blick von Papa war eine Ahnung davon, aber ganz
flüchtig. Und dann war gleich wieder der Beruf da, und die
Sorgen und das Börsenspiel – und wahrscheinlich irgendein
Frauenzimmer ganz im geheimen, ›nichts sehr Feines unter

uns‹, – und ich war wieder allein. Nun, was tätst du Papa,
was tätst du heute, wenn ich nicht da wäre?

Da stehe ich, ja da stehe ich vor dem Hotel. – Furchtbar
da hineingehen zu müssen, alle die Leute sehen, den Herrn
von Dorsday, die Tante, Cissy. Wie schön war das früher
auf der Bank am Waldesrand, wie ich schon tot war. Matador – wenn ich nur drauf käm, was – eine Regatta war es,
richtig und ich habe vom Fenster aus zugesehen. Aber wer
war der Matador? – Wenn ich nur nicht so müd wäre, so
furchtbar müde. Und da soll ich bis Mitternacht aufbleiben
und mich dann ins Zimmer von Herrn von Dorsday schleichen? Vielleicht begegne ich der Cissy auf dem Gang. Hat
sie was an unter dem Schlafrock, wenn sie zu ihm kommt?
Es ist schwer, wenn man in solchen Dingen nicht geübt ist.
Soll ich sie nicht um Rat fragen, die Cissy? Natürlich würde ich nicht sagen, daß es sich um Dorsday handelt, sondern sie müßte sich denken, ich habe ein nächtliches Ren-
dezvous mit einem von den hübschen jungen Leuten hier
im Hotel. Zum Beispiel mit dem langen blonden Menschen, der die leuchtenden Augen hat. Aber der ist ja nicht
mehr da. Plötzlich war er verschwunden. Ich habe doch gar
nicht an ihn gedacht bis zu diesem Augenblick. Aber es ist
leider nicht der lange blonde Mensch mit den leuchtenden
Augen, auch der Paul ist es nicht, es ist der Herr von Dorsday. Also wie mach ich es denn? Was sage ich ihm? Einfach
Ja? Ich kann doch nicht zu Herrn Dorsday ins Zimmer
kommen. Er hat sicher lauter elegante Flakons auf dem
Waschtisch, und das Zimmer riecht nach französischem
Parfüm. Nein, nicht um die Welt zu ihm. Lieber im Freien.
Da geht er mich nichts an. Der Himmel ist so hoch und die
Wiese ist so groß. Ich muß gar nicht an den Herrn Dorsday
denken. Ich muß ihn nicht einmal anschauen. Und wenn er
es wagen würde, mich anzurühren, einen Tritt bekäme er
mit meinen nackten Füßen. Ach, wenn es doch ein anderer

wäre, irgendein anderer. Alles, alles könnte er von mir haben heute nacht, jeder andere, nur Dorsday nicht. Und gerade der! Gerade der! Wie seine Augen stechen und bohren werden. Mit dem Monokel wird er dastehen und grinsen. Aber nein, er wird nicht grinsen. Er wird ein vornehmes Gesicht schneiden. Elegant. Er ist ja solche Dinge gewohnt. Wie viele hat er schon so gesehen? Hundert oder tausend? Aber war schon eine darunter wie ich? Nein, gewiß nicht. Ich werde ihm sagen, daß er nicht der erste ist, der mich so sieht. Ich werde ihm sagen, daß ich einen Geliebten habe. Aber erst, wenn die dreißigtausend Gulden an Fiala abgesandt sind. Dann werde ich ihm sagen, daß er ein Narr war, daß er mich auch hätte haben können um dasselbe Geld. – Daß ich schon zehn Liebhaber gehabt habe, zwanzig, hundert. – Aber das wird er mir ja alles nicht glauben. – Und wenn er es mir glaubt, was hilft es mir? – Wenn ich ihm nur irgendwie die Freude verderben könnte. Wenn noch einer dabei wäre? Warum nicht? Er hat ja nicht gesagt, daß er mit mir allein sein muß. Ach, Herr von Dorsday, ich habe solche Angst vor Ihnen. Wollen Sie mir nicht freundlichst gestatten, einen guten Bekannten mitzubringen? O, das ist keineswegs gegen die Abrede, Herr von Dorsday. Wenn es mir beliebte, dürfte ich das ganze Hotel dazu einladen, und Sie wären trotzdem verpflichtet, die dreißigtausend Gulden abzuschicken. Aber ich begnüge mich damit, meinen Vetter Paul mitzubringen. Oder ziehen Sie etwa einen andern vor? Der lange blonde Mensch ist leider nicht mehr da und der Filou mit dem Römerkopf leider auch nicht. Aber ich find schon noch wen andern. Sie fürchten Indiskretion? Darauf kommt es ja nicht an. Ich lege keinen Wert auf Diskretion. Wenn man einmal so weit ist wie ich, dann ist alles ganz egal. Das ist heute ja nur der Anfang. Oder denken Sie, aus diesem Abenteuer fahre ich wieder nach Hause als anständiges Mädchen aus guter Familie? Nein, weder gute Familie noch anständiges junges Mädchen. Das wäre erledigt. Ich stelle mich jetzt auf meine eigenen Beine. Ich habe schöne Beine, Herr von Dorsday, wie Sie und die übrigen Teilnehmer des Festes bald zu bemerken Gelegenheit haben werden. Also die Sache ist in Ordnung, Herr von Dorsday. Um zehn Uhr, während alles noch in der Halle sitzt, wandern wir im Mondenschein über die Wiese, durch den Wald nach Ihrer berühmten selbstentdeckten Lichtung. Das Telegramm an die Bank bringen Sie für alle Fälle gleich mit. Denn eine Sicherheit darf ich doch wohl verlangen von einem solchen Spitzbuben wie Sie. Und um Mitternacht können Sie wieder nach Hause gehen, und ich bleibe mit meinem Vetter oder sonst wem auf der Wiese im Mondenschein. Sie haben doch nichts dagegen, Herr von Dorsday? Das dürfen Sie gar nicht. Und wenn ich morgen früh zufällig tot sein sollte, so wundern Sie sich weiter nicht. Dann wird eben Paul das Telegramm aufgeben. Dafür wird schon gesorgt sein. Aber bilden Sie sich dann um Gottes willen nicht ein, daß Sie, elender Kerl, mich in den Tod getrieben haben. Ich weiß ja schon lange, daß es so mit mir enden wird. Fragen Sie doch nur meinen Freund Fred, ob ich es ihm nicht schon öfters gesagt habe. Fred, das ist nämlich Herr Friedrich Wenkheim, nebstbei der einzige anständige Mensch, den ich in meinem Leben kennengelernt habe. Der einzige, den ich geliebt hätte, wenn er nicht ein gar so anständiger Mensch wäre. Ja, ein so verworfenes Geschöpf bin ich. Bin nicht geschaffen für eine bürgerliche Existenz, und Talent habe ich auch keines. Für unsere Familie wäre es sowieso das Beste, sie stürbe aus. Mit dem Rudi wird auch schon irgendein Malheur geschehen. Der wird sich in Schulden stürzen für eine holländische Chansonette und bei Vanderhulst defraudieren. Das ist schon so in unserer Familie. Und der jüngste Bruder von meinem Vater, der hat sich erschossen, wie er fünfzehn Jahre alt war. Kein

Mensch weiß warum. Ich habe ihn nicht gekannt. Lassen
Sie sich die Photographie zeigen, Herr von Dorsday. Wir
haben sie in einem Album ... Ich soll ihm ähnlich sehen.
Kein Mensch weiß, warum er sich umgebracht hat. Und
von mir wird es auch keiner wissen. Ihretwegen keinesfalls,
Herr von Dorsday. Die Ehre tue ich Ihnen nicht an. Ob
mit neunzehn oder einundzwanzig, das ist doch egal. Oder
soll ich Bonne werden oder Telephonistin oder einen Herrn
Wilomitzer heiraten oder mich von Ihnen aushalten lassen?
Es ist alles gleich ekelhaft, und ich komme überhaupt gar
nicht mit Ihnen auf die Wiese. Nein, das ist alles viel zu
anstrengend und zu dumm und zu widerwärtig. Wenn ich
tot bin, werden Sie schon die Güte haben und die paar
tausend Gulden für den Papa absenden, denn es wäre doch
zu traurig, wenn er gerade an dem Tage verhaftet würde, an
dem man meine Leiche nach Wien bringt. Aber ich werde
einen Brief hinterlassen mit testamentarischer Verfügung:
Herr von Dorsday hat das Recht, meinen Leichnam zu
sehen. Meinen schönen nackten Mädchenleichnam. So
können Sie sich nicht beklagen, Herr von Dorsday, daß ich
Sie übers Ohr gehaut habe. Sie haben doch was für Ihr
Geld. Daß ich noch lebendig sein muß, das steht nicht in
unserem Kontrakt. O nein. Das steht nirgends geschrieben.
Also den Anblick meines Leichnams vermache ich dem
Kunsthändler Dorsday, und Herrn Fred Wenkheim vermache ich mein Tagebuch aus meinem siebzehnten Lebens-
jahr – weiter habe ich nicht geschrieben – und dem Fräulein
bei Cissy vermache ich die fünf Zwanzigfranks-Stücke,
die ich vor Jahren aus der Schweiz mitgebracht habe. Sie
liegen im Schreibtisch neben den Briefen. Und Bertha vermache ich das schwarze Abendkleid. Und Agathe meine
Bücher. Und meinem Vetter Paul, dem vermache ich einen
Kuß auf meine blassen Lippen. Und der Cissy vermache
ich mein Rakett, weil ich edel bin. Und man soll mich

gleich hier begraben in San Martino di Castrozza auf dem schönen kleinen Friedhof. Ich will nicht mehr zurück nach Hause. Auch als Tote will ich nicht mehr zurück. Und Papa und Mama sollen sich nicht kränken, mir geht es besser als ihnen. Und ich verzeihe ihnen. Es ist nicht schade um mich. – Haha, was für ein komisches Testament. Ich bin wirklich gerührt. Wenn ich denke, daß ich morgen um die Zeit, während die andern beim Diner sitzen, schon tot bin? – Die Tante Emma wird natürlich nicht zum Diner herunterkommen und Paul auch nicht. Sie werden sich auf dem Zimmer servieren lassen. Neugierig bin ich, wie sich Cissy benehmen wird. Nur werde ich es leider nicht erfahren. Gar nichts mehr werde ich erfahren. Oder vielleicht weiß man noch alles, solange man nicht begraben ist? Und am Ende bin ich nur scheintot. Und wenn der Herr von Dorsday an meinen Leichnam tritt, so erwache ich und schlage die Augen auf, da läßt er vor Schreck das Monokel fallen.

Aber es ist ja leider alles nicht wahr. Ich werde nicht scheintot sein und tot auch nicht. Ich werde mich überhaupt gar nicht umbringen, ich bin ja viel zu feig. Wenn ich auch eine couragierte Kletterin bin, feig bin ich doch. Und vielleicht habe ich nicht einmal genug Veronal. Wieviel Pulver braucht man denn? Sechs glaube ich. Aber zehn ist sicherer. Ich glaube, es sind noch zehn. Ja, das werden genug sein.

Zum wievielten Mal lauf ich jetzt eigentlich um das Hotel herum? Also was jetzt? Da steh ich vor dem Tor. In der Halle ist noch niemand. Natürlich – sie sitzen ja noch alle beim Diner. Seltsam sieht die Halle aus so ganz ohne Menschen. Auf dem Sessel dort liegt ein Hut, ein Touristenhut, ganz fesch. Hübscher Gemsbart. Dort im Fauteuil sitzt ein alter Herr. Hat wahrscheinlich keinen Appetit mehr. Liest Zeitung. Dem geht's gut. Er hat keine Sorgen. Er liest ruhig

Zeitung, und ich muß mir den Kopf zerbrechen, wie ich dem Papa dreißigtausend Gulden verschaffen soll. Aber nein. Ich weiß ja wie. Es ist ja so furchtbar einfach. Was will ich denn? Was will ich denn? Was tu ich denn da in der Halle? Gleich werden sie alle kommen vom Diner. Was soll ich denn tun? Herr von Dorsday sitzt gewiß auf Nadeln. Wo bleibt sie, denkt er sich. Hat sie sich am Ende umgebracht? Oder engagiert sie jemanden, daß er mich umbringt? Oder hetzt sie ihren Vetter Paul auf mich? Haben Sie keine Angst, Herr von Dorsday, ich bin keine so gefährliche Person. Ein kleines Luder bin ich, weiter nichts. Für die Angst, die Sie ausgestanden haben, sollen Sie auch Ihren Lohn haben. Zwölf Uhr, Zimmer Nummer fünfundsechzig. Im Freien wäre es mir doch zu kühl. Und von Ihnen aus, Herr von Dorsday, begebe ich mich direkt zu meinem Vetter Paul. Sie haben doch nichts dagegen, Herr von Dorsday?

»Else! Else!«

Wie? Was? Das ist ja Pauls Stimme. Das Diner schon aus? – *»Else!«* – »Ach, Paul, was gibt's denn, Paul?« – Ich stell mich ganz unschuldig. – *»Ja, wo steckst du denn, Else?«* – »Wo soll ich denn stecken? Ich bin spazierengegangen.« – *»Jetzt, während des Diners?«* – »Na, wann denn? Es ist doch die schönste Zeit dazu.« Ich red Blödsinn. – *»Die Mama hat sich schon alles Mögliche eingebildet. Ich war an deiner Zimmertür, hab geklopft.«* – »Hab nichts gehört.« – *»Aber im Ernst, Else, wie kannst du uns in eine solche Unruhe versetzen! Du hättest Mama doch wenigstens verständigen können, daß du nicht zum Diner kommst.«* – »Du hast ja recht, Paul, aber wenn du eine Ahnung hättest, was ich für Kopfschmerzen gehabt habe.« Ganz schmelzend red ich. O, ich Luder. – *»Ist dir jetzt wenigstens besser?«* – »Könnt ich eigentlich nicht sagen.« – *»Ich will vor allem der Mama«* – »Halt Paul, noch nicht.

Entschuldige mich bei der Tante, ich will nur für ein paar Minuten auf mein Zimmer, mich ein bißl herrichten. Dann komme ich gleich herunter und werde mir eine Kleinigkeit nachservieren lassen.« – »*Du bist so blaß, Else? – Soll ich dir die Mama hinaufschicken?*« – »Aber mach doch keine solchen Geschichten mit mir, Paul, und schau mich nicht so an. Hast du noch nie ein weibliches Wesen mit Kopfschmerzen gesehen? Ich komme bestimmt noch herunter. In zehn Minuten spätestens. Grüß dich Gott, Paul.« – »*Also auf Wiedersehen, Else.*« – Gott sei Dank, daß er geht. Dummer Bub, aber lieb. Was will denn der Portier von mir? Wie, ein Telegramm? »Danke. Wann ist denn die Depesche gekommen, Herr Portier?« – »*Vor einer Viertelstunde, Fräulein.*« – Warum schaut er mich denn so an, so – bedauernd. Um Himmels willen, was wird denn da drin stehn? Ich mach sie erst oben auf, sonst fall ich vielleicht in Ohnmacht. Am Ende hat sich der Papa – Wenn der Papa tot ist, dann ist ja alles in Ordnung, dann muß ich nicht mehr mit Herrn von Dorsday auf die Wiese gehn … O, ich elende Person. Lieber Gott, mach, daß in der Depesche nichts Böses steht. Lieber Gott, mach, daß der Papa lebt. Verhaftet meinetwegen, nur nicht tot. Wenn nichts Böses drin steht, dann will ich ein Opfer bringen. Ich werde Bonne, ich nehme eine Stellung in einem Bureau an. Sei nicht tot, Papa. Ich bin ja bereit. Ich tue ja alles, was du willst …

Gott sei Dank, daß ich oben bin. Licht gemacht, Licht gemacht. Kühl ist es geworden. Das Fenster war zu lange offen. Courage, Courage. Ha, vielleicht steht drin, daß die Sache geordnet ist. Vielleicht hat der Onkel Bernhard das Geld hergegeben und sie telegraphieren mir: Nicht mit Dorsday reden. Ich werde es ja gleich sehen. Aber wenn ich auf den Plafond schaue, kann ich natürlich nicht lesen, was in der Depesche steht. Trala, trala, Courage. Es muß ja sein. ›Wiederhole flehentliche Bitte mit Dorsday reden. Summe nicht dreißig, sondern fünfzig. Sonst alles vergeblich. Adresse bleibt Fiala.‹ – Sondern fünfzig. Sonst alles vergeblich. Trala, trala. Fünfzig. Adresse bleibt Fiala. Aber gewiß, ob fünfzig oder dreißig, darauf kommt es ja nicht an. Auch dem Herrn von Dorsday nicht. Das Veronal liegt unter der Wäsche, für alle Fälle. Warum habe ich nicht gleich gesagt: fünfzig. Ich habe doch daran gedacht! Sonst alles vergeblich. Also hinunter, geschwind, nicht da auf dem Bett sitzen bleiben. Ein kleiner Irrtum, Herr von Dorsday, verzeihen Sie. Nicht dreißig, sondern fünfzig, sonst alles vergeblich. Adresse bleibt Fiala. – ›Sie halten mich wohl für einen Narren, Fräulein Else?‹ Keineswegs, Herr Vicomte, wie sollte ich. Für fünfzig müßte ich jedesfalls entsprechend mehr fordern, Fräulein. Sonst alles vergeblich, Adresse bleibt Fiala. Wie Sie wünschen, Herr von Dorsday. Bitte, befehlen Sie nur. Vor allem aber, schreiben Sie die Depesche an Ihr Bankhaus, natürlich, sonst habe ich ja keine Sicherheit. –

Ja, so mach ich es. Ich komme zu ihm ins Zimmer und erst, wenn er vor meinen Augen die Depesche geschrieben – ziehe ich mich aus. Und die Depesche behalte ich in der Hand. Ha, wie unappetitlich. Und wo soll ich denn meine Kleider hinlegen? Nein, nein, ich ziehe mich schon hier aus und nehme den großen schwarzen Mantel um, der mich ganz einhüllt. So ist es am bequemsten. Für beide Teile. Adresse bleibt Fiala. Mir klappern die Zähne. Das Fenster ist noch offen. Zugemacht. Im Freien? Den Tod hätte ich davon haben können. Schuft! Fünfzigtausend. Er kann nicht Nein sagen. Zimmer fünfundsechzig. Aber vorher sag ich Paul, er soll in seinem Zimmer auf mich warten. Von Dorsday geh ich direkt zu Paul und erzähle ihm alles. Und dann soll Paul ihn ohrfeigen. Ja, noch heute nacht. Ein reichhaltiges Programm. Und dann kommt das Veronal. Nein, wozu denn? Warum denn sterben? Keine Spur. Lustig, lustig, jetzt fängt ja das Leben erst an. Ihr sollt euere

Freude haben. Ihr sollt stolz werden auf euer Töchterlein.
Ein Luder will ich werden, wie es die Welt noch nicht gesehen hat. Adresse bleibt Fiala. Du sollst deine fünfzigtausend Gulden haben, Papa. Aber die nächsten, die ich mir
verdiene, um die kaufe ich mir neue Nachthemden mit
Spitzen besetzt, ganz durchsichtig und köstliche Seidenstrümpfe. Man lebt nur einmal. Wozu schaut man denn so
aus wie ich. Licht gemacht, – die Lampe über dem Spiegel
schalt ich ein. Wie schön meine blondroten Haare sind, und
meine Schultern; meine Augen sind auch nicht übel. Hu,
wie groß sie sind. Es wär schad um mich. Zum Veronal ist
immer noch Zeit. – Aber ich muß ja hinunter. Tief hinunter. Herr Dorsday wartet, und er weiß noch nicht einmal,
daß es indes fünfzigtausend geworden sind. Ja, ich bin im
Preis gestiegen, Herr von Dorsday. Ich muß ihm das Telegramm zeigen, sonst glaubt er mir am Ende nicht und
denkt, ich will ein Geschäft bei der Sache machen. Ich werde die Depesche auf sein Zimmer schicken und etwas dazu
schreiben. Zu meinem lebhaften Bedauern sind es nun fünfzigtausend geworden, Herr von Dorsday, das kann Ihnen ja
ganz egal sein. Und ich bin überzeugt, Ihre Gegenforde-
rung war gar nicht ernst gemeint. Denn Sie sind ein Vicomte und ein Gentleman. Morgen früh werden Sie die
fünfzigtausend, an denen das Leben meines Vaters hängt,
ohne weiters an Fiala senden. Ich rechne darauf. – ›Selbstverständlich, mein Fräulein, ich sende für alle Fälle gleich
hunderttausend, ohne jede Gegenleistung und verpflichte
mich überdies, von heute an für den Lebensunterhalt Ihrer
ganzen Familie zu sorgen, die Börsenschulden Ihres Herrn
Papas zu zahlen und sämtliche veruntreute Mündelgelder
zu ersetzen.‹ Adresse bleibt Fiala. Hahaha! Ja, genau so ist
der Vicomte von Eperies. Das ist ja alles Unsinn. Was bleibt
mir denn übrig? Es muß ja sein, ich muß es ja tun, alles, alles muß ich tun, was Herr von Dorsday verlangt, damit der

Papa morgen das Geld hat, – damit er nicht eingesperrt
wird, damit er sich nicht umbringt. Und ich werde es auch
tun. Ja, ich werde es tun, obzwar doch alles für die Katz ist.
In einem halben Jahr sind wir wieder gerade so weit wie
heute! In vier Wochen! – Aber dann geht es mich nichts
mehr an. Das eine Opfer bringe ich – und dann keines
mehr. Nie, nie, niemals wieder. Ja, das sage ich dem Papa,
sobald ich nach Wien komme. Und dann fort aus dem
Haus, wo immer hin. Ich werde mich mit Fred beraten. Er
ist der einzige, der mich wirklich gern hat. Aber so weit bin
ich ja noch nicht. Ich bin nicht in Wien, ich bin noch in
Martino di Castrozza. Noch nichts ist geschehen. Also wie,
wie, was? Da ist das Telegramm. Was tue ich denn mit dem
Telegramm? Ich habe es ja schon gewußt. Ich muß es ihm
auf sein Zimmer schicken. Aber was sonst? Ich muß ihm
etwas dazu schreiben. Nun ja, was soll ich ihm schreiben?
Erwarten Sie mich um zwölf. Nein, nein, nein! Den Triumph soll er nicht haben. Ich will nicht, will nicht, will
nicht. Gott sei Dank, daß ich die Pulver da habe. Das ist die
einzige Rettung. Wo sind sie denn? Um Gottes willen, man
wird sie mir doch nicht gestohlen haben. Aber nein, da sind
sie ja. Da in der Schachtel. Sind sie noch alle da? Ja, da sind
sie. Eins, zwei, drei, vier, fünf, sechs. Ich will sie ja nur ansehen, die lieben Pulver. Es verpflichtet ja zu nichts. Auch
daß ich sie ins Glas schütte, verpflichtet ja zu nichts. Eins,
zwei, – aber ich bringe mich ja sicher nicht um. Fällt mir
gar nicht ein. Drei, vier, fünf – davon stirbt man auch noch
lange nicht. Es wäre schrecklich, wenn ich das Veronal
nicht mit hätte. Da müßte ich mich zum Fenster hinunter-
stürzen und dazu hätt ich doch nicht den Mut. Aber das
Veronal, – man schläft langsam ein, wacht nicht mehr auf,
keine Qual, kein Schmerz. Man legt sich ins Bett; in einem
Zuge trinkt man es aus, träumt, und alles ist vorbei. Vorgestern habe ich auch ein Pulver genommen und neulich so-

gar zwei. Pst, niemandem sagen. Heut werden es halt ein
bißl mehr sein. Es ist ja nur für alle Fälle. Wenn es mich gar
gar zu sehr grausen sollte. Aber warum soll es mich denn
grausen? Wenn er mich anrührt, so spucke ich ihm ins Gesicht. Ganz einfach.

Aber wie soll ich ihm denn den Brief zukommen lassen?
Ich kann doch nicht dem Herrn von Dorsday durch das
Stubenmädchen einen Brief schicken. Das Beste, ich gehe
hinunter und rede mit ihm und zeige ihm das Telegramm.
Hinunter muß ich ja jedenfalls. Ich kann doch nicht da her-
oben im Zimmer bleiben. Ich hielte es ja gar nicht aus, drei
Stunden lang – bis der Moment kommt. Auch wegen der
Tante muß ich hinunter. Ha, was geht mich denn die Tante
an. Was gehen mich die Leute an? Sehen Sie, meine Herrschaften, da steht das Glas mit dem Veronal. So, jetzt nehme ich es in die Hand. So, jetzt führe ich es an die Lippen.
Ja, jeden Moment kann ich drüben sein, wo es keine Tanten
gibt und keinen Dorsday und keinen Vater, der Mündelgelder defraudiert …

Aber ich werde mich nicht umbringen. Das habe ich
nicht notwendig. Ich werde auch nicht zu Herrn von Dorsday ins Zimmer gehen. Fällt mir gar nicht ein. Ich werde
mich doch nicht um fünfzigtausend Gulden nackt hinstel-
len vor einen alten Lebemann, um einen Lumpen vor dem
Kriminal zu retten. Nein, nein, entweder oder. Wie kommt
denn der Herr von Dorsday dazu? Gerade der? Wenn einer
mich sieht, dann sollen mich auch andere sehen. Ja! – Herr-
licher Gedanke! – Alle sollen sie mich sehen. Die ganze
Welt soll mich sehen. Und dann kommt das Veronal. Nein,
nicht das Veronal, – wozu denn?! dann kommt die Villa mit
den Marmorstufen und die schönen Jünglinge und die Freiheit und die weite Welt! Guten Abend, Fräulein Else, so
gefallen Sie mir. Haha. Da unten werden sie meinen, ich bin
verrückt geworden. Aber ich war noch nie so vernünftig.

Zum erstenmal in meinem Leben bin ich wirklich vernünftig. Alle, alle sollen sie mich sehen! – Dann gibt es kein Zurück, kein nach Hause zu Papa und Mama, zu den Onkeln
und Tanten. Dann bin ich nicht mehr das Fräulein Else,
das man an irgendeinen Direktor Wilomitzer verkuppeln
möchte; alle hab ich sie so zum Narren; – den Schuften
Dorsday vor allem – und komme zum zweitenmal auf die
Welt … sonst alles vergeblich – Adresse bleibt Fiala. Haha!
Keine Zeit mehr verlieren, nicht wieder feig werden.
Herunter das Kleid. Wer wird der erste sein? Wirst du es
sein, Vetter Paul? Dein Glück, daß der Römerkopf nicht
mehr da ist. Wirst du diese schönen Brüste küssen heute
nacht? Ah, wie bin ich schön. Bertha hat ein schwarzes Sei-
denhemd. Raffiniert. Ich werde noch viel raffinierter sein.
Herrliches Leben. Fort mit den Strümpfen, das wäre unanständig. Nackt, ganz nackt. Wie wird mich Cissy beneiden!
Und andere auch. Aber sie trauen sich nicht. Sie möchten ja
alle so gern. Nehmt euch ein Beispiel. Ich, die Jungfrau, ich
traue mich. Ich werde mich ja zu Tod lachen über Dorsday.
Da bin ich, Herr von Dorsday. Rasch auf die Post. Fünfzigtausend. So viel ist es doch wert?
Schön, schön bin ich! Schau mich an, Nacht! Berge
schaut mich an! Himmel schau mich an, wie schön ich bin.
Aber ihr seid ja blind. Was habe ich von euch. Die da unten
haben Augen. Soll ich mir die Haare lösen? Nein. Da säh
ich aus wie eine Verrückte. Aber ihr sollt mich nicht für verrückt halten. Nur für schamlos sollt ihr mich halten. Für
eine Kanaille. Wo ist das Telegramm? Um Gottes willen, wo
habe ich denn das Telegramm? Da liegt es ja, friedlich neben
dem Veronal. ›Wiederhole flehentlich – fünfzigtausend –
sonst alles vergeblich. Adresse bleibt Fiala.‹ Ja, das ist das
Telegramm. Das ist ein Stück Papier und da stehen Worte
darauf. Aufgegeben in Wien vier Uhr dreißig. Nein, ich
träume nicht, es ist alles wahr. Und zu Hause warten sie auf

die fünfzigtausend Gulden. Und Herr von Dorsday wartet auch. Er soll nur warten. Wir haben ja Zeit. Ah, wie hübsch ist es, so nackt im Zimmer auf und ab zu spazieren. Bin ich wirklich so schön wie im Spiegel? Ach, kommen Sie doch näher, schönes Fräulein. Ich will Ihre blutroten Lippen küssen. Ich will Ihre Brüste an meine Brüste pressen. Wie schade, daß das Glas zwischen uns ist, das kalte Glas. Wie gut würden wir uns miteinander vertragen. Nicht wahr? Wir brauchten gar niemanden andern. Es gibt vielleicht gar keine andern Menschen. Es gibt Telegramme und Hotels und Berge und Bahnhöfe und Wälder, aber Menschen gibt es nicht. Die träumen wir nur. Nur der Doktor Fiala existiert mit der Adresse. Es bleibt immer dieselbe. O, ich bin keineswegs verrückt. Ich bin nur ein wenig erregt. Das ist doch ganz selbstverständlich, bevor man zum zweitenmal auf die Welt kommt. Denn die frühere Else ist schon gestorben. Ja, ganz bestimmt bin ich tot. Da braucht man kein Veronal dazu. Soll ich es nicht weggießen? Das Stubenmädel könnte es aus Versehen trinken. Ich werde einen Zettel hinlegen und darauf schreiben: Gift; nein, lieber: Medizin, – damit dem Stubenmädel nichts geschieht. So edel bin ich. So. Medizin, zweimal unterstrichen und drei Ausrufungszeichen. Jetzt kann nichts passieren. Und wenn ich dann heraufkomme und keine Lust habe mich umzubringen und nur schlafen will, dann trinke ich eben nicht das ganze Glas aus, sondern nur ein Viertel davon oder noch weniger. Ganz einfach. Alles habe ich in meiner Hand. Am einfachsten wäre, ich liefe hinunter – so wie ich bin über Gang und Stiegen. Aber nein, da könnte ich aufgehalten werden, ehe ich unten bin – und ich muß doch die Sicherheit haben, daß der Herr von Dorsday dabei ist! Sonst schickt er natürlich das Geld nicht ab, der Schmutzian. – Aber ich muß ihm ja noch schreiben. Das ist doch das Wichtigste. O, kalt ist die Sessellehne, aber angenehm. Wenn ich meine Villa am italienischen See haben werde, dann werde ich in meinem Park immer nackt herumspazieren ... Die Füllfeder vermache ich Fred, wenn ich einmal sterbe. Aber vorläufig habe ich etwas Gescheiteres zu tun als zu sterben. ›Hochverehrter Herr Vicomte‹ – also vernünftig Else, keine Aufschrift, weder hochverehrt, noch hochverachtet. ›Ihre Bedingung, Herr von Dorsday, ist erfüllt‹ – – – ›In dem Augenblick, da Sie diese Zeilen lesen, Herr von Dorsday, ist Ihre Bedingung erfüllt, wenn auch nicht ganz in der von Ihnen vorgesehenen Weise.‹ – ›Nein, wie gut das Mädel schreibt‹, möcht der Papa sagen. – ›Und so rechne ich darauf, daß Sie Ihrerseits Ihr Wort halten und die fünfzigtausend Gulden telegraphisch an die bekannte Adresse unverzüglich anweisen lassen werden, Else.‹ Nein, nicht Else. Gar keine Unterschrift. So. Mein schönes gelbes Briefpapier! Hab ich zu Weihnachten bekommen. Schad drum. So – und jetzt Telegramm und Brief ins Kuvert. – ›Herrn von Dorsday‹, Zimmer Nummer fünfundsechzig. Wozu die Nummer? Ich lege ihm den Brief einfach vor die Tür im Vorbeigehen. Aber ich muß nicht. Ich muß überhaupt gar nichts. Wenn es mir beliebt, kann ich mich jetzt auch ins Bett legen und schlafen und mich um nichts mehr kümmern. Nicht um den Herrn von Dorsday und nicht um den Papa. Ein gestreifter Sträflingsanzug ist auch ganz elegant. Und erschossen haben sich schon viele. Und sterben müssen wir alle.

Aber du hast ja das alles vorläufig nicht nötig, Papa. Du hast ja deine herrlich gewachsene Tochter, und Adresse bleibt Fiala. Ich werde eine Sammlung einleiten. Mit dem Teller werde ich herumgehen. Warum sollte nur Herr von Dorsday zahlen? Das wäre ein Unrecht. Jeder nach seinen Verhältnissen. Wieviel wird Paul auf den Teller legen? Und wieviel der Herr mit dem goldenen Zwicker? Aber bildet euch nur ja nicht ein, daß das Vergnügen lange dauern wird. Gleich hülle ich mich wieder ein, laufe die Treppen

hinauf in mein Zimmer, sperre mich ein und, wenn es mir
beliebt, trinke ich das ganze Glas auf einen Zug. Aber es
wird mir nicht belieben. Es wäre nur eine Feigheit. Sie verdienen gar nicht so viel Respekt, die Schufte. Schämen vor
euch? Ich mich schämen vor irgendwem? Das habe ich
wirklich nicht nötig. Laß dir noch einmal in die Augen sehen, schöne Else. Was du für Riesenaugen hast, wenn man
näher kommt. Ich wollte, es küßte mich einer auf meine
Augen, auf meinen blutroten Mund. Kaum über die Knöchel reicht mein Mantel. Man wird sehen, daß meine Füße
nackt sind. Was tut's, man wird noch mehr sehen! Aber ich
bin nicht verpflichtet. Ich kann gleich wieder umkehren,
noch bevor ich unten bin. Im ersten Stock kann ich umkehren. Ich muß überhaupt nicht hinuntergehen. Aber ich will
ja. Ich freue mich drauf. Hab ich mir nicht mein ganzes Leben lang so was gewünscht?

Worauf warte ich denn noch? Ich bin ja bereit. Die Vorstellung kann beginnen. Den Brief nicht vergessen. Eine
aristokratische Schrift behauptet Fred. Auf Wiedersehen,
Else. Du bist schön mit dem Mantel. Florentinerinnen haben sich so malen lassen. In den Galerien hängen ihre Bilder und es ist eine Ehre für sie. – Man muß gar nichts bemerken, wenn ich den Mantel um habe. Nur die Füße, nur
die Füße. Ich nehme die schwarzen Lackschuhe, dann
denkt man, es sind fleischfarbene Strümpfe. So werde ich
durch die Halle gehen, und kein Mensch wird ahnen, daß
unter dem Mantel nichts ist, als ich, ich selber. Und dann
kann ich immer noch herauf … – Wer spielt denn da unten
so schön Klavier? Chopin? – Herr von Dorsday wird etwas
nervös sein. Vielleicht hat er Angst vor Paul. Nur Geduld,
Geduld, wird sich alles finden. Ich weiß noch gar nichts,
Herr von Dorsday, ich bin selber schrecklich gespannt.
Licht ausschalten! Ist alles in Ordnung in meinem Zimmer?
Leb wohl, Veronal, auf Wiedersehen. Leb wohl, mein heiß-

geliebtes Spiegelbild. Wie du im Dunkel leuchtest. Ich bin schon ganz gewohnt, unter dem Mantel nackt zu sein. Ganz angenehm. Wer weiß, ob nicht manche so in der Halle sitzen und keiner weiß es? Ob nicht manche Dame so ins Theater geht und so in ihrer Loge sitzt – zum Spaß oder aus anderen Gründen.

Soll ich zusperren? Wozu? Hier wird ja nichts gestohlen. Und wenn auch – ich brauche ja nichts mehr. Schluß ... Wo ist denn Nummer fünfundsechzig? Niemand ist auf dem Gang. Alles noch unten beim Diner. Einundsechzig ... zweiundsechzig ... das sind ja riesige Bergschuhe, die da vor der Türe stehen. Da hängt eine Hose am Haken. Wie unanständig. Vierundsechzig, fünfundsechzig. So. Da wohnt er, der Vicomte ... Da unten lehn ich den Brief hin, an die Tür. Da muß er ihn gleich sehen. Es wird ihn doch keiner stehlen? So, da liegt er ... Macht nichts ... Ich kann noch immer tun, was ich will. Hab ich ihn halt zum Narrn gehalten ... Wenn ich ihm nur jetzt nicht auf der Treppe begegne. Da kommt ja ... nein, das ist er nicht! ... Der ist viel hübscher als der Herr von Dorsday, sehr elegant, mit dem kleinen schwarzen Schnurrbart. Wann ist denn der angekommen? Ich könnte eine kleine Probe veranstalten – ein ganz klein wenig den Mantel lüften. Ich habe große Lust dazu. Schauen Sie mich nur an, mein Herr. Sie ahnen nicht, an wem Sie da vorübergehen. Schade, daß Sie gerade jetzt sich heraufbemühen. Warum bleiben Sie nicht in der Halle? Sie versäumen etwas. Große Vorstellung. Warum halten Sie mich nicht auf? Mein Schicksal liegt in Ihrer Hand. Wenn Sie mich grüßen, so kehre ich wieder um. So grüßen Sie mich doch. Ich sehe Sie doch so liebenswürdig an ... Er grüßt nicht. Vorbei ist er. Er wendet sich um, ich spüre es. Rufen Sie, grüßen Sie! Retten Sie mich! Vielleicht sind Sie an meinem Tode schuld, mein Herr! Aber Sie werden es nie erfahren. Adresse bleibt Fiala ...

Wo bin ich? Schon in der Halle? Wie bin ich daher gekommen? So wenig Leute und so viele Unbekannte. Oder
sehe ich so schlecht? Wo ist Dorsday? Er ist nicht da. Ist es
ein Wink des Schicksals? Ich will zurück. Ich will einen andern Brief an Dorsday schreiben. Ich erwarte Sie in meinem Zimmer um Mitternacht. Bringen Sie die Depesche an
Ihre Bank mit. Nein. Er könnte es für eine Falle halten.
Könnte auch eine sein. Ich könnte Paul bei mir versteckt
haben, und er könnte ihn mit dem Revolver zwingen, uns
die Depesche auszuliefern. Erpressung. Ein Verbrecherpaar.
Wo ist Dorsday? Dorsday, wo bist du? Hat er sich vielleicht umgebracht aus Reue über meinen Tod? Im Spielzimmer wird er sein. Gewiß. An einem Kartentisch wird er
sitzen. Dann will ich ihm von der Tür aus mit den Augen
ein Zeichen geben. Er wird sofort aufstehen. ›Hier bin ich,
mein Fräulein.‹ Seine Stimme wird klingen. ›Wollen wir ein
wenig promenieren, Herr Dorsday?‹ ›Wie es beliebt, Fräulein Else.‹ Wir gehen über den Marienweg zum Walde hin.
Wir sind allein. Ich schlage den Mantel auseinander. Die
fünfzigtausend sind fällig. Die Luft ist kalt, ich bekomme
eine Lungenentzündung und sterbe ... Warum sehen mich
die zwei Damen an? Merken sie was? Warum bin ich denn
da? Bin ich verrückt? Ich werde zurückgehen in mein Zimmer, mich geschwind ankleiden, das Blaue, drüber den
Mantel wie jetzt, aber offen, da kann niemand glauben, daß
ich vorher nichts angehabt habe ... Ich kann nicht zurück.
Ich will auch nicht zurück. Wo ist Paul? Wo ist Tante
Emma? Wo ist Cissy? Wo sind sie denn alle? Keiner wird
es merken ... Man kann es ja gar nicht merken. Wer spielt
so schön? Chopin? Nein, Schumann.

Ich irre in der Halle umher wie eine Fledermaus. Fünfzigtausend! Die Zeit vergeht. Ich muß diesen verfluchten
Herrn von Dorsday finden. Nein, ich muß in mein Zimmer
zurück ... Ich werde Veronal trinken. Nur einen kleinen

Schluck, dann werde ich gut schlafen ... Nach getaner Arbeit ist gut ruhen ... Aber die Arbeit ist noch nicht getan ... Wenn der Kellner den schwarzen Kaffee dem alten Herrn dort serviert, so geht alles gut aus. Und wenn er ihn dem jungen Ehepaar in der Ecke bringt, so ist alles verloren. Wieso? Was heißt das? Zu dem alten Herrn bringt er den Kaffee. Triumph! Alles geht gut aus. Ha, Cissy und Paul! Da draußen vor dem Hotel gehen sie auf und ab. Sie reden ganz vergnügt miteinander. Er regt sich nicht sonderlich auf wegen meiner Kopfschmerzen. Schwindler! ... Cissy hat keine so schönen Brüste wie ich. Freilich, sie hat ja ein Kind ... Was reden die zwei? Wenn man es hören könnte! Was geht es mich an, was sie reden? Aber ich könnte auch vors Hotel gehen, ihnen guten Abend wünschen und dann weiter, weiterflattern über die Wiese, in den Wald, hinaufsteigen, klettern, immer höher, bis auf den Cimone hinauf, mich hinlegen, einschlafen, erfrieren. Geheimnisvoller Selbstmord einer jungen Dame der Wiener Gesellschaft. Nur mit einem schwarzen Abendmantel bekleidet, wurde das schöne Mädchen an einer unzugänglichen Stelle des Cimone della Pala tot aufgefunden ... Aber vielleicht findet man mich nicht ... Oder erst im nächsten Jahr. Oder noch später. Verwest. Als Skelett. Doch besser, hier in der geheizten Halle sein und nicht erfrieren. Nun, Herr von Dorsday, wo stecken Sie denn eigentlich? Bin ich verpflichtet zu warten? Sie haben mich zu suchen, nicht ich Sie. Ich will noch im Spielsaal nachschauen. Wenn er dort nicht ist, hat er sein Recht verwirkt. Und ich schreibe ihm: Sie waren nicht zu finden, Herr von Dorsday, Sie haben freiwillig verzichtet; das entbindet Sie nicht von der Verpflichtung, das Geld sofort abzuschicken. Das Geld. Was für ein Geld denn? Was kümmert mich das? Es ist mir doch ganz gleichgültig, ob er das Geld abschickt oder nicht. Ich habe nicht das geringste Mitleid mehr mit Papa. Mit keinem Menschen habe ich Mitleid. Auch mit mir selber nicht. Mein Herz ist tot. Ich glaube, es schlägt gar nicht mehr. Vielleicht habe ich das Veronal schon getrunken ... Warum schaut mich die holländische Familie so an? Man kann doch unmöglich was merken. Der Portier sieht mich auch so verdächtig an. Ist vielleicht noch eine Depesche gekommen? Achtzigtausend? Hunderttausend? Adresse bleibt Fiala. Wenn eine Depesche da wäre, würde er es mir sagen. Er sieht mich hochachtungsvoll an. Er weiß nicht, daß ich unter dem Mantel nichts anhabe. Niemand weiß es. Ich gehe zurück in mein Zimmer. Zurück, zurück, zurück! Wenn ich über die Stufen stolperte, das wäre eine nette Geschichte. Vor drei Jahren auf dem Wörthersee ist eine Dame ganz nackt hinausgeschwommen. Aber noch am selben Nachmittag ist sie abgereist. Die Mama hat gesagt, es ist eine Operettensängerin aus Berlin. Schumann? Ja, Karneval. Die oder der spielt ganz schön. Das Kartenzimmer ist aber rechts. Letzte Möglichkeit, Herr von Dorsday. Wenn er dort ist, winke ich ihn mit den Augen zu mir her und sage ihm, um Mitternacht werde ich bei Ihnen sein, Sie Schuft. – Nein, Schuft sage ich ihm nicht. Aber nachher sage ich es ihm ... Irgendwer geht mir nach. Ich wende mich nicht um. Nein, nein. – »Else!« – Um Gottes willen die Tante. Weiter, weiter! »Else!« – Ich muß mich umdrehen, es hilft mir nichts. »O, guten Abend, Tante.« – »*Ja, Else, was ist denn mit dir? Grad wollte ich zu dir hinaufschauen. Paul hat mir gesagt – – Ja, wie schaust du denn aus?*« – »Wie schau ich denn aus, Tante? Es geht mir schon ganz gut. Ich habe auch eine Kleinigkeit gegessen.« Sie merkt was, sie merkt was. – »*Else – du hast ja – keine Strümpfe an!*« – »Was sagst du da, Tante? Meiner Seel, ich habe keine Strümpfe an. Nein –!« – »*Ist dir nicht wohl, Else? Deine Augen – du hast Fieber.*« – »Fieber? Ich glaub nicht. Ich hab nur so furchtbare Kopfschmerzen gehabt, wie nie in meinem Leben noch.« – »*Du mußt sofort zu Bett, Kind, du bist totenblaß.«* – »Das kommt von der Beleuchtung, Tante. Alle Leute sehen hier blaß aus in der Halle.« Sie schaut so sonderbar an mir herab. Sie kann doch nichts merken? Jetzt nur die Fassung bewahren. Papa ist verloren, wenn ich nicht die Fassung bewahre. Ich muß etwas reden. »Weißt du, Tante, was mir heuer in Wien passiert ist? Da bin ich einmal mit einem gelben und einem schwarzen Schuh auf die Straße gegangen.« Kein Wort ist wahr. Ich muß weiterreden. Was sag ich nur? »Weißt du, Tante, nach Migräneanfällen habe ich manchmal solche Anfälle von Zerstreutheit. Die Mama hat das auch früher gehabt.« Nicht ein Wort ist wahr. – *»Ich werde jedenfalls um den Doktor schicken.«* – »Aber ich bitte dich, Tante, es ist ja gar keiner im Hotel. Man müßt einen aus einer anderen Ortschaft holen. Der würde schön lachen, daß man ihn holen läßt, weil ich keine Strümpfe anhabe. Haha.« Ich sollte nicht so laut lachen. Das Gesicht von der Tante ist angstverzerrt. Die Sache ist ihr unheimlich. Die Augen fallen ihr heraus. – *»Sag, Else, hast du nicht zufällig Paul gesehen?«* – Ah, sie will sich Sukkurs verschaffen. Fassung, alles steht auf dem Spiel. »Ich glaube, er geht auf und ab vor dem Hotel mit Cissy Mohr, wenn ich nicht irre.« – *»Vor dem Hotel? Ich werde sie beide hereinholen. Wir wollen noch alle einen Tee trinken, nicht wahr?«* – »Gern.« Was für ein dummes Gesicht sie macht. Ich nicke ihr ganz freundlich und harmlos zu. Fort ist sie. Ich werde jetzt in mein Zimmer gehen. Nein, was soll ich denn in meinem Zimmer tun? Es ist höchste Zeit, höchste Zeit. Fünfzigtausend, fünfzigtausend. Warum laufe ich denn so? Nur langsam, langsam ... Was will ich denn? Wie heißt der Mann? Herr von Dorsday. Komischer Name ... Da ist ja das Spielzimmer. Grüner Vorhang vor der Tür. Man sieht nichts. Ich stelle mich auf die Zehenspitzen. Die Whistpartie. Die spielen jeden Abend. Dort spielen zwei Herren Schach. Herr von Dorsday ist nicht da. Viktoria. Gerettet! Wieso denn? Ich muß weiter suchen. Ich bin verdammt, Herrn von Dorsday zu suchen bis an mein Lebensende. Er sucht mich gewiß auch. Wir verfehlen uns immerfort. Vielleicht sucht er mich oben. Wir werden uns auf der Stiege treffen. Die Holländer sehen mich wieder an. Ganz hübsch die Tochter. Der alte Herr hat eine Brille, eine Brille, eine Brille … Fünfzigtausend. Es ist ja nicht so viel. Fünfzigtausend, Herr von Dorsday. Schumann? Ja, Karneval … Hab ich auch einmal studiert. Schön spielt sie. Warum denn sie?

Vielleicht ist es ein Er? Vielleicht ist es eine Virtuosin? Ich will einen Blick in den Musiksalon tun.

Da ist ja die Tür. – – Dorsday! Ich falle um. Dorsday! Dort steht er am Fenster und hört zu. Wie ist das möglich? Ich verzehre mich – ich werde verrückt – ich bin tot – und er hört einer fremden Dame Klavierspielen zu. Dort auf dem Diwan sitzen zwei Herren. Der Blonde ist erst heute angekommen. Ich hab ihn aus dem Wagen steigen sehen. Die Dame ist gar nicht mehr jung. Sie ist schon ein paar Tage lang hier. Ich habe nicht gewußt, daß sie so schön Klavier spielt. Sie hat es gut. Alle Menschen haben es gut …

nur ich bin verdammt ... Dorsday! Dorsday! Ist er das
wirklich? Er sieht mich nicht. Jetzt schaut er aus, wie ein
anständiger Mensch. Er hört zu. Fünfzigtausend! Jetzt oder
nie. Leise die Tür aufgemacht. Da bin ich, Herr von Dorsday! Er sieht mich nicht. Ich will ihm nur ein Zeichen mit
den Augen geben, dann werde ich den Mantel ein wenig
lüften, das ist genug. Ich bin ja ein junges Mädchen. Bin ein
anständiges junges Mädchen aus guter Familie. Bin ja keine
Dirne ... Ich will fort. Ich will Veronal nehmen und schlafen. Sie haben sich geirrt, Herr von Dorsday, ich bin keine
Dirne. Adieu, adieu! ... Ha, er schaut auf. Da bin ich, Herr
von Dorsday. Was für Augen er macht. Seine Lippen zittern. Er bohrt seine Augen in meine Stirn. Er ahnt nicht,
daß ich nackt bin unter dem Mantel. Lassen Sie mich fort,
lassen Sie mich fort! Seine Augen glühen. Seine Augen dro-
hen. Was wollen Sie von mir? Sie sind ein Schuft. Keiner
sieht mich als er. Sie hören zu. So kommen Sie doch, Herr
von Dorsday! Merken Sie nichts? Dort im Fauteuil – Herrgott, im Fauteuil – das ist ja der Filou! Himmel, ich danke
dir. Er ist wieder da, er ist wieder da. Er war nur auf einer
Tour! Jetzt ist er wieder da. Der Römerkopf ist wieder da.
Mein Bräutigam, mein Geliebter. Aber er sieht mich nicht.
Er soll mich auch nicht sehen. Was wollen Sie, Herr von
Dorsday? Sie schauen mich an, als wenn ich Ihre Sklavin
wäre. Ich bin nicht Ihre Sklavin. Fünfzigtausend! Bleibt es
bei unserer Abmachung, Herr von Dorsday? Ich bin bereit.
Da bin ich. Ich bin ganz ruhig. Ich lächle. Verstehen Sie
meinen Blick? Sein Auge spricht zu mir: komm! Sein Auge
spricht: ich will dich nackt sehen. Nun, du Schuft, ich bin
ja nackt. Was willst du denn noch? Schick die Depesche
ab ... Sofort ... Es rieselt durch meine Haut. Die Dame
spielt weiter. Köstlich rieselt es durch meine Haut. Wie
wundervoll ist es nackt zu sein. Die Dame spielt weiter, sie
weiß nicht, was hier geschieht. Niemand weiß es. Keiner

noch sieht mich. Filou, Filou! Nackt stehe ich da. Dorsday
reißt die Augen auf. Jetzt endlich glaubt er es. Der Filou
steht auf. Seine Augen leuchten. Du verstehst mich, schöner Jüngling. »Haha!« Die Dame spielt nicht mehr. Der
Papa ist gerettet. Fünfzigtausend! Adresse bleibt Fiala!
»Ha, ha, ha!« Wer lacht denn da? Ich selber? »Ha, ha, ha!«
Was sind denn das für Gesichter um mich? »Ha, ha, ha!«
Zu dumm, daß ich lache. Ich will nicht lachen, ich will
nicht. »Haha!« – »*Else!*« – Wer ruft Else? Das ist Paul. Er
muß hinter mir sein. Ich spüre einen Luftzug über meinen
nackten Rücken. Es saust in meinen Ohren. Vielleicht bin
ich schon tot? Was wollen Sie, Herr von Dorsday? Warum
sind Sie so groß und stürzen über mich her? »Ha, ha, ha!«

   Was habe ich denn getan? Was habe ich getan? Was habe
ich getan? Ich falle um. Alles ist vorbei. Warum ist denn
keine Musik mehr? Ein Arm schlingt sich um meinen Nak-
ken. Das ist Paul. Wo ist denn der Filou? Da lieg ich. »Ha,
ha, ha!« Der Mantel fliegt auf mich herab. Und ich liege da.
Die Leute halten mich für ohnmächtig. Nein, ich bin nicht
ohnmächtig. Ich bin bei vollem Bewußtsein. Ich bin hun-

dertmal wach, ich bin tausendmal wach. Ich muß nur im-
mer lachen. »Ha, ha, ha!« Jetzt haben Sie Ihren Willen,
Herr von Dorsday, Sie müssen das Geld für Papa schicken.
Sofort. »Haaaah!« Ich will nicht schreien, und ich muß immer schreien. Warum muß ich denn schreien. – Meine Augen sind zu. Niemand kann mich sehen. Papa ist gerettet. –
»*Else!*« – Das ist die Tante. – »*Else! Else!*« – »*Ein Arzt, ein
Arzt!*« – »*Geschwind zum Portier!*« – »*Was ist denn passiert?*« – »*Das ist ja nicht möglich.*« – »*Das arme Kind.*« –
Was reden sie denn da? Was murmeln sie denn da? Ich bin
kein armes Kind. Ich bin glücklich. Der Filou hat mich
nackt gesehen. O, ich schäme mich so. Was habe ich getan?
Nie wieder werde ich die Augen öffnen. – »*Bitte, die Türe
schließen.*« – Warum soll man die Türe schließen? Was für
Gemurmel. Tausend Leute sind um mich. Sie halten mich
alle für ohnmächtig. Ich bin nicht ohnmächtig. Ich träume
nur. – »*Beruhigen Sie sich doch, gnädige Frau.*« – »*Ist schon
um den Arzt geschickt?*« – »*Es ist ein Ohnmachtsanfall.*« –
Wie weit sie alle weg sind. Sie sprechen alle vom Cimone
herunter. – »*Man kann sie doch nicht auf dem Boden liegen
lassen.*« – »*Hier ist ein Plaid.*« – »*Eine Decke.*« – »*Decke
oder Plaid, das ist ja gleichgültig.*« – »*Bitte doch um Ruhe.*«
– »*Auf den Diwan.*« – »*Bitte doch endlich die Türe zu
schließen.*« – »*Nicht so nervös sein, sie ist ja geschlossen.*« –
»*Else! Else!*« – Wenn die Tante nur endlich still wär! –
»*Hörst du mich Else?*« – »*Du siehst doch, Mama, daß sie
ohnmächtig ist.*« – Ja, Gott sei Dank, für euch bin ich ohnmächtig. Und ich bleibe auch ohnmächtig. – »*Wir müssen
sie auf ihr Zimmer bringen.*« – »*Was ist denn da geschehen?
Um Gottes willen!*« – Cissy. Wie kommt denn Cissy auf die
Wiese. Ach, es ist ja nicht die Wiese. – »*Else!*« – »*Bitte um
Ruhe.*« – »*Bitte ein wenig zurückzutreten.*« – Hände, Hän-
de unter mir. Was wollen sie denn? Wie schwer ich bin.
Pauls Hände. Fort, fort. Der Filou ist in meiner Nähe, ich

spüre es. Und Dorsday ist fort. Man muß ihn suchen. Er darf sich nicht umbringen, ehe er die fünfzigtausend abgeschickt hat. Meine Herrschaften, er ist mir Geld schuldig. Verhaften Sie ihn. »*Hast du eine Ahnung, von wem die Depesche war, Paul?*« – »*Guten Abend, meine Herrschaften.*« – »*Else, hörst du mich?*« – »*Lassen Sie sie doch, Frau Cissy.*« –»*Ach Paul.*« – »*Der Direktor sagt, es kann vier Stunden dauern, bis der Doktor da ist.*« – »*Sie sieht aus, als wenn sie schliefe.*« – Ich liege auf dem Diwan, Paul hält meine Hand, er fühlt mir den Puls. Richtig, er ist ja Arzt. – »*Von Gefahr ist keine Rede, Mama. Ein – Anfall.*« – »*Keinen Tag länger bleibe ich im Hotel.*« – »*Bitte dich, Mama.*« – »*Morgen früh reisen wir ab.*« – »*Aber einfach über die Dienerschaftsstiege. Die Tragbahre wird sofort hier sein.*« – Bahre? Bin ich nicht heute schon auf einer Bahre gelegen? War ich nicht schon tot? Muß ich denn noch einmal sterben? – »*Wollen Sie nicht dafür sorgen, Herr Direktor, daß die Leute sich endlich von der Türe entfernen.*« – »*Rege dich doch nicht auf, Mama.*« – »*Es ist eine Rücksichtslosigkeit von den Leuten.*« – Warum flüstern sie denn alle? Wie in einem Sterbezimmer. Gleich wird die Bahre da sein. Mach auf das Tor, Herr Matador! – »*Der Gang ist frei.*« – »*Die Leute könnten doch wenigstens so viel Rücksicht haben.*« – »*Ich bitte dich, Mama, beruhige dich doch.*« – »*Bitte, gnädige Frau.*« – »*Wollen Sie sich nicht ein wenig meiner Mutter annehmen, Frau Cissy?*« – Sie ist seine Geliebte, aber sie ist nicht so schön wie ich. Was ist denn schon wieder? Was geschieht denn da? Sie bringen die Bahre. Ich sehe es mit geschlossenen Augen. Das ist die Bahre, auf der sie die Verunglückten tragen. Auf der ist auch der Doktor Zigmondi gelegen, der vom Cimone abgestürzt ist. Und jetzt werde ich auf der Bahre liegen. Ich bin auch abgestürzt. »*Ha!*« Nein, ich will nicht noch einmal schreien. Sie flüstern. Wer beugt sich über meinen Kopf? Es riecht gut nach Zigaretten. Seine Hand ist unter meinem

Kopf. Hände unter meinem Rücken, Hände unter meinen
Beinen. Fort, fort, rührt mich nicht an. Ich bin ja nackt.
Pfui, pfui. Was wollt ihr denn? Laßt mich in Ruhe. Es war
nur für Papa. – »*Bitte vorsichtig, so, langsam.*« – »*Der
Plaid?*« – »*Ja, danke, Frau Cissy.*« – Warum dankt er ihr?
Was hat sie denn getan? Was geschieht mit mir? Ah, wie
gut, wie gut. Ich schwebe. Ich schwebe. Ich schwebe hinüber. Man trägt mich, man trägt mich, man trägt mich zu
Grabe. – »*Aber mir sein das g'wohnt, Herr Doktor. Da sind
schon Schwerere darauf gelegen. Im vorigen Herbst einmal
zwei zugleich.*« – »*Pst, pst.*« – »*Vielleicht sind Sie so gut,
vorauszugehen, Frau Cissy und sehen, ob in Elses Zimmer
alles in Ordnung ist.*« – Was hat Cissy in meinem Zimmer
zu tun? Das Veronal, das Veronal! Wenn sie es nur nicht
weggießen. Dann müßte ich mich doch zum Fenster hinun-
terstürzen. – »*Danke sehr, Herr Direktor, bemühen Sie sich
nicht weiter.*« – »*Ich werde mir erlauben, später wieder
nachzufragen.*« – Die Treppe knarrt, die Träger haben
schwere Bergstiefel. Wo sind meine Lackschuhe? Im Musikzimmer geblieben. Man wird sie stehlen. Ich habe sie der
Agathe vermachen wollen. Fred kriegt meine Füllfeder. Sie
tragen mich, sie tragen mich. Trauerzug. Wo ist Dorsday,
der Mörder? Fort ist er. Auch der Filou ist fort. Er ist
gleich wieder auf die Wanderschaft gegangen. Er ist nur zurückgekommen, um einmal meine weißen Brüste zu sehen.
Und jetzt ist er wieder fort. Er geht einen schwindligen
Weg zwischen Felsen und Abgrund; – leb wohl, leb wohl. –
Ich schwebe, ich schwebe. Sie sollen mich nur hinauftragen,
immer weiter, bis zum Dach, bis zum Himmel. Das wäre so
bequem. – »*Ich habe es ja kommen gesehen, Paul.*« – Was
hat die Tante kommen gesehen? – »*Schon die ganzen letzten Tage habe ich so etwas kommen gesehen. Sie ist überhaupt nicht normal. Sie muß natürlich in eine Anstalt.*« –
»*Aber Mama, jetzt ist doch nicht der Moment davon zu re-*

den.« – Anstalt –? Anstalt –?! – »*Du denkst doch nicht,
Paul, daß ich in ein und demselben Coupé mit dieser Person
nach Wien fahren werde. Da könnte man schöne Sachen erleben.*« – »*Es wird nicht das Geringste passieren, Mama. Ich
garantiere dir, daß du keinerlei Ungelegenheiten haben
wirst.*« –»*Wie kannst du das garantieren?*« – Nein, Tante,
du sollst keine Ungelegenheiten haben. Niemand wird Ungelegenheiten haben. Nicht einmal Herr von Dorsday. Wo
sind wir denn? Wir bleiben stehen. Wir sind im zweiten
Stock. Ich werde blinzeln. Cissy steht in der Tür und
spricht mit Paul. – »*Hieher bitte. So. So. Hier. Danke.
Rücken Sie die Bahre ganz nah ans Bett heran.*« – Sie heben
die Bahre. Sie tragen mich. Wie gut. Nun bin ich wieder zu
Hause. Ah! – »*Danke. So, es ist schon recht. Bitte die Türe
zu schließen. – Wenn Sie so gut sein wollten mir zu helfen,
Cissy.*« – »*O, mit Vergnügen, Herr Doktor.*« – »*Langsam,
bitte. Hier, bitte, Cissy, fassen Sie sie an. Hier an den Bei-
nen. Vorsichtig. Und dann – – Else – –? Hörst du mich,
Else?*« – Aber natürlich höre ich dich, Paul. Ich höre alles.
Aber was geht euch das an. Es ist ja so schön, ohnmächtig
zu sein. Ach, macht, was ihr wollt. – »*Paul!*« – »*Gnädige
Frau?*« – »*Glaubst du wirklich, daß sie bewußtlos ist,
Paul?*« – Du? Sie sagt ihm du. Hab ich euch erwischt! Du
sagt sie ihm! – »*Ja, sie ist vollkommen bewußtlos. Das
kommt nach solchen Anfällen gewöhnlich vor.*« – »*Nein,
Paul, du bist zum Kranklachen, wenn du dich so erwachsen
als Doktor benimmst.*« – Hab ich euch, Schwindelbande!
Hab ich euch? – »*Still, Cissy.*« – »*Warum denn, wenn sie
nichts hört?!*« – Was ist denn geschehen? Nackt liege ich im
Bett unter der Decke. Wie haben sie das gemacht? – »*Nun,
wie geht's? Besser?*« – Das ist ja die Tante. Was will sie denn
da? – »*Noch immer ohnmächtig?*« – Auf den Zehenspitzen
schleicht sie heran. Sie soll zum Teufel gehen. Ich laß mich
in keine Anstalt bringen. Ich bin nicht irrsinnig. – »*Kann

man sie nicht zum Bewußtsein erwecken?« – »Sie wird bald
wieder zu sich kommen, Mama. Jetzt braucht sie nichts als
Ruhe. Übrigens du auch, Mama. Möchtest du nicht schlafen
gehen? Es besteht absolut keine Gefahr. Ich werde zusammen mit Frau Cissy bei Else Nachtwache halten.« – »Jawohl, gnädige Frau, ich bin die Gardedame. Oder Else, wie
man's nimmt.« – Elendes Frauenzimmer. Ich liege hier ohnmächtig und sie macht Späße. »Und ich kann mich darauf
verlassen, Paul, daß du mich wecken läßt, sobald der Arzt
kommt?« – »Aber Mama, der kommt nicht vor morgen
früh.« – »Sie sieht aus, als wenn sie schliefe. Ihr Atem geht
ganz ruhig.« – »Es ist ja auch eine Art von Schlaf, Mama.«
– »Ich kann mich noch immer nicht fassen, Paul, ein solcher
Skandal! – Du wirst sehen, es kommt in die Zeitung!« –
»Mama!« – »Aber sie kann doch nichts hören, wenn sie
ohnmächtig ist. Wir reden doch ganz leise.« – »In diesem
Zustand sind die Sinne manchmal unheimlich geschärft.« –
»Sie haben einen so gelehrten Sohn, gnädige Frau.« – »Bitte
dich, Mama, geh zu Bette.« – »Morgen reisen wir ab unter
jeder Bedingung. Und in Bozen nehmen wir eine Wärterin
für Else.« – Was? Eine Wärterin? Da werdet ihr euch aber
täuschen. – »Über all das reden wir morgen, Mama. Gute
Nacht, Mama.« – »Ich will mir einen Tee aufs Zimmer
bringen lassen und in einer Viertelstunde schau ich noch
einmal her.« – »Das ist doch absolut nicht notwendig,
Mama.« – Nein, notwendig ist es nicht. Du sollst überhaupt zum Teufel gehen. Wo ist das Veronal? Ich muß noch
warten. Sie begleiten die Tante zur Türe. Jetzt sieht mich
niemand. Auf dem Nachttisch muß es ja stehen, das Glas
mit dem Veronal. Wenn ich es austrinke ist alles vorbei.
Gleich werde ich es trinken. Die Tante ist fort. Paul und
Cissy stehen noch an der Tür. Ha. Sie küßt ihn. Sie küßt
ihn. Und ich liege nackt unter der Decke. Schämt ihr euch
denn gar nicht? Sie küßt ihn wieder. Schämt ihr euch nicht?

– »*Siehst du, Paul, jetzt weiß ich, daß sie ohnmächtig ist. Sonst wäre sie mir unbedingt an die Kehle gesprungen.*« »*Möchtest du mir nicht den Gefallen tun und schweigen, Cissy?*« – »*Aber was willst du denn, Paul? Entweder ist sie wirklich bewußtlos. Dann hört und sieht sie nichts. Oder sie hält uns zum Narren. Dann geschieht ihr ganz recht.*« – »*Es hat geklopft, Cissy.*« – »*Mir kam es auch so vor.*« –»*Ich will leise aufmachen und sehen wer es ist. – Guten Abend Herr von Dorsday.*« – »*Verzeihen Sie, ich wollte nur fragen, wie sich die Kranke*« – Dorsday! Dorsday! Wagt er es wirklich? Alle Bestien sind losgelassen. Wo ist er denn? Ich höre sie flüstern vor der Tür. Paul und Dorsday. Cissy stellt sich vor den Spiegel hin. Was machen Sie vor dem Spiegel dort? Mein Spiegel ist es. Ist nicht mein Bild noch drin? Was reden sie draußen vor der Tür, Paul und Dorsday? Ich fühle Cissys Blick. Vom Spiegel aus sieht sie zu mir her. Was will sie denn? Warum kommt sie denn näher? Hilfe! Hilfe! Ich schreie doch, und keiner hört mich. Was wollen Sie an meinem Bett, Cissy?! Warum beugen Sie sich herab? wollen Sie mich erwürgen? Ich kann mich nicht rühren. – »*Else!*« – Was will sie denn? –»*Else! Hören Sie mich, Else?*« – Ich höre, aber ich schweige. Ich bin ohnmächtig, ich muß schweigen. – »*Else, Sie haben uns in einen schönen Schreck versetzt.*« – Sie spricht zu mir. Sie spricht zu mir, als wenn ich wach wäre. Was will sie denn? – »*Wissen Sie, was Sie getan haben, Else? Denken Sie, nur mit dem Mantel bekleidet sind Sie ins Musikzimmer getreten, sind plötzlich nackt dagestanden vor allen Leuten und dann sind Sie ohnmächtig hingefallen. Ein hysterischer Anfall wird behauptet. Ich glaube kein Wort davon. Ich glaube auch nicht, daß Sie bewußtlos sind. Ich wette, Sie hören jedes Wort, das ich rede.*« – Ja, ich höre, ja, ja, ja. Aber sie hört mein Ja nicht. Warum denn nicht? Ich kann meine Lippen nicht bewegen. Darum hört sie mich nicht. Ich kann mich nicht rühren. Was ist

denn mit mir? Bin ich tot? Bin ich scheintot? Träume ich?
Wo ist das Veronal? Ich möchte mein Veronal trinken. Aber
ich kann den Arm nicht ausstrecken. Gehen Sie fort, Cissy.
Warum sind Sie über mich gebeugt? Fort, fort! Nie wird sie
wissen, daß ich sie gehört habe. Niemand wird es je wissen.
Nie wieder werde ich zu einem Menschen sprechen. Nie
wache ich wieder auf. Sie geht zur Türe. Sie wendet sich
noch einmal nach mir um. Sie öffnet die Türe. Dorsday!
Dort steht er. Ich habe ihn gesehen mit geschlossenen Augen. Nein, ich sehe ihn wirklich. Ich habe ja die Augen offen. Die Türe ist angelehnt. Cissy ist auch draußen. Nun
flüstern sie alle. Ich bin allein. Wenn ich mich jetzt rühren
könnte.

Ha, ich kann ja, kann ja. Ich bewege die Hand, ich rege
die Finger, ich strecke den Arm, ich sperre die Augen weit
auf. Ich sehe, ich sehe. Da steht mein Glas. Geschwind, ehe
sie wieder ins Zimmer kommen. Sind es nur Pulver genug?!
Nie wieder darf ich erwachen. Was ich zu tun hatte auf der
Welt, habe ich getan. Der Papa ist gerettet. Niemals könnte
ich wieder unter Menschen gehen. Paul guckt durch die
Türspalte herein. Er denkt, ich bin noch ohnmächtig. Er
sieht nicht, daß ich den Arm beinahe schon ausgestreckt
habe. Nun stehen sie wieder alle drei draußen vor der Tür,
die Mörder! – Alle sind sie Mörder. Dorsday und Cissy
und Paul, auch Fred ist ein Mörder und die Mama ist eine
Mörderin. Alle haben sie mich gemordet und machen sich
nichts wissen. Sie hat sich selber umgebracht, werden sie
sagen. Ihr habt mich umgebracht, ihr alle, ihr alle! Hab ich
es endlich? Geschwind, geschwind! Ich muß. Keinen Tropfen verschütten. So. Geschwind. Es schmeckt gut. Weiter,
weiter. Es ist gar kein Gift. Nie hat mir was so gut ge-
schmeckt. Wenn ihr wüßtet, wie gut der Tod schmeckt!
Gute Nacht, mein Glas. Klirr, klirr! Was ist denn das? Auf
dem Boden liegt das Glas. Unten liegt es. Gute Nacht. –

»Else! Else!« – Was wollt ihr denn? – *»Else!«* – Seid ihr wieder da? Guten Morgen. Da lieg ich bewußtlos mit geschlossenen Augen. Nie wieder sollt ihr meine Augen sehen. – *»Sie muß sich bewegt haben, Paul, wie hätte es sonst herunterfallen können?«* –*»Eine unwillkürliche Bewegung, das wäre schon möglich.«* – *»Wenn sie nicht wach ist.«* – *»Was fällt dir ein, Cissy. Sieh sie doch nur an.«* – Ich habe Veronal getrunken. Ich werde sterben. Aber es ist geradeso wie vorher. Vielleicht war es nicht genug … Paul faßt meine Hand. – *»Der Puls geht ruhig. Lach doch nicht, Cissy. Das arme Kind.«* – *»Ob du mich auch ein armes Kind nennen würdest, wenn ich mich im Musikzimmer nackt hingestellt hätte?«* –*»Schweig doch, Cissy.«* – *»Ganz nach Belieben, mein Herr. Vielleicht soll ich mich entfernen, dich mit dem nackten Fräulein allein lassen. Ach bitte, geniere dich nicht. Tu, als ob ich nicht da wäre.«* – Ich habe Veronal getrunken. Es ist gut. Ich werde sterben. Gott sei Dank. – *»Übrigens weißt du, was mir vorkommt. Daß dieser Herr von Dorsday in das nackte Fräulein verliebt ist. Er war so erregt, als ginge ihn die Sache persönlich an.«* – Dorsday, Dorsday! Das ist ja der – Fünfzigtausend! Wird er sie abschicken? Um Gottes willen, wenn er sie nicht abschickt? Ich muß es ihnen sagen. Sie müssen ihn zwingen. Um Gottes willen, wenn alles umsonst gewesen ist? Aber jetzt kann man mich noch retten. Paul! Cissy! Warum hört ihr mich denn nicht? Wißt ihr denn nicht, daß ich sterbe? Aber ich spüre nichts. Nur müde bin ich. Paul! Ich bin müde. Hörst du mich denn nicht? Ich bin müde, Paul. Ich kann die Lippen nicht öffnen. Ich kann die Zunge nicht bewegen, aber ich bin noch nicht tot. Das ist das Veronal. Wo seid ihr denn? Gleich schlafe ich ein. Dann wird es zu spät sein! Ich höre sie gar nicht reden. Sie reden und ich weiß nicht was. Ihre Stimmen brausen so. So hilf mir doch, Paul! die Zunge ist mir so schwer. – *»Ich glaube, Cissy, daß sie bald erwachen*

wird. Es ist, als wenn sie sich schon mühte, die Augen zu öffnen. Aber Cissy, was tust du denn?« – *»Nun, ich umarme dich. Warum denn nicht? Sie hat sich auch nicht geniert.«* – Nein, ich habe mich nicht geniert. Nackt bin ich dagestanden vor allen Leuten. Wenn ich nur reden könnte, so würdet ihr verstehen warum. Paul! Paul! Ich will, daß ihr mich hört. Ich habe Veronal getrunken, Paul, zehn Pulver, hundert. Ich hab es nicht tun wollen. Ich war verrückt. Ich will nicht sterben. Du sollst mich retten, Paul. Du bist ja Doktor. Rette mich! – *»Jetzt scheint sie wieder ganz ruhig geworden. Der Puls – der Puls ist ziemlich regelmäßig.«* – Rette mich, Paul. Ich beschwöre dich. Laß mich doch nicht sterben. Jetzt ist's noch Zeit. Aber dann werde ich einschlafen und ihr werdet es nicht wissen. Ich will nicht sterben. So rette mich doch. Es war nur wegen Papa. Dorsday hat es verlangt. Paul! Paul! – *»Schau mal her Cissy, scheint dir nicht, daß sie lächelt?«* – *»Wie sollte sie nicht lächeln, Paul, wenn du immerfort zärtlich ihre Hand hältst.«* – Cissy, Cissy, was habe ich dir denn getan, daß du so böse zu mir bist. Behalte deinen Paul – aber laßt mich nicht sterben. Ich bin noch so jung. Die Mama wird sich kränken. Ich will noch auf viele Berge klettern. Ich will noch tanzen. Ich will auch einmal heiraten. Ich will noch reisen. Morgen machen wir die Partie auf den Cimone. Morgen wird ein wunderschöner Tag sein. Der Filou soll mitkommen. Ich lade ihn ergebenst ein. Lauf ihm doch nach, Paul, er geht einen so schwindligen Weg. Er wird dem Papa begegnen. Adresse bleibt Fiala, vergiß nicht. Es sind nur fünfzigtausend, und dann ist alles in Ordnung. Da marschieren sie alle im Sträflingsgewand und singen. Mach auf das Tor, Herr Matador! Das ist ja alles nur ein Traum. Da geht auch Fred mit dem heiseren Fräulein und unter dem freien Himmel steht das Klavier. Der Klavierstimmer wohnt in der Bartensteinstraße, Mama! Warum hast du ihm denn nicht geschrieben,

Kind? Du vergißt aber alles. Sie sollten mehr Skalen üben,
Else. Ein Mädel mit dreizehn Jahren sollte fleißiger sein. –
Rudi war auf dem Maskenball und ist erst um acht Uhr
früh nach Hause gekommen. Was hast du mir mitgebracht,
Papa? Dreißigtausend Puppen. Da brauch ich ein eigenes
Haus dazu. Aber sie können auch im Garten spazierengehen. Oder auf den Maskenball mit Rudi. Grüß dich Gott,
Else. Ach Bertha, bist du wieder aus Neapel zurück? Ja, aus
Sizilien. Erlaube, daß ich dir meinen Mann vorstelle, Else.
Enchanté, Monsieur. – »*Else, hörst du mich, Else? Ich bin
es, Paul.*« – Haha, Paul. Warum sitzest du denn auf der Gi-
raffe im Ringelspiel? – »*Else, Else!*« – So reit mir doch nicht
davon. Du kannst mich doch nicht hören, wenn du so
schnell durch die Hauptallee reitest. Du sollst mich ja retten. Ich habe Veronalica genommen. Das läuft mir über die
Beine, rechts und links, wie Ameisen. Ja, fang ihn nur, den
Herrn von Dorsday. Dort läuft er. Siehst du ihn denn
nicht? Da springt er über den Teich. Er hat ja den Papa umgebracht. So lauf ihm doch nach. Ich laufe mit. Sie haben
mir die Bahre auf den Rücken geschnallt, aber ich laufe mit.
Meine Brüste zittern so. Aber ich laufe mit. Wo bist du
denn, Paul? Fred, wo bist du? Mama, wo bist du? Cissy?
Warum laßt ihr mich denn allein durch die Wüste laufen?
Ich habe ja Angst so allein. Ich werde lieber fliegen. Ich
habe ja gewußt, daß ich fliegen kann.

»*Else!*« ...

»*Else!*« ...

Wo seid ihr denn? Ich höre euch, aber ich sehe euch
nicht.

»*Else!*« ...

»*Else!*« ...

»*Else!*« ...

Was ist denn das? Ein ganzer Chor? Und Orgel auch?
Ich singe mit. Was ist es denn für ein Lied? Alle singen mit.

Die Wälder auch und die Berge und die Sterne. Nie habe ich etwas so Schönes gehört. Noch nie habe ich eine so helle Nacht gesehen. Gib mir die Hand, Papa. Wir fliegen zusammen. So schön ist die Welt, wenn man fliegen kann. Küß mir doch nicht die Hand. Ich bin ja dein Kind, Papa.

»Else! Else!«

Sie rufen von so weit! Was wollt ihr denn? Nicht wecken. Ich schlafe ja so gut. Morgen früh. Ich träume und fliege. Ich fliege ... fliege ... fliege ... schlafe und träume ... und fliege ... nicht wecken ... morgen früh ...

»El ...«

Ich fliege ... ich träume ... ich schlafe ... ich träu ... träu – ich flie ......

Ende

Traumnovelle

(1925/26)

»Vierundzwanzig braune Sklaven ruderten die prächtige Galeere, die den Prinzen Amgiad zu dem Palast des Kalifen bringen sollte. Der Prinz aber, in seinen Purpurmantel gehüllt, lag allein auf dem Verdeck unter dem dunkelblauen, sternbesäten Nachthimmel, und sein Blick –«

Bis hierher hatte die Kleine laut gelesen; jetzt, beinahe plötzlich, fielen ihr die Augen zu. Die Eltern sahen einander lächelnd an, Fridolin beugte sich zu ihr nieder, küßte sie auf das blonde Haar und klappte das Buch zu, das auf dem noch nicht abgeräumten Tische lag. Das Kind sah auf wie ertappt.

»Neun Uhr«, sagte der Vater, »es ist Zeit schlafen zu gehen.« Und da sich nun auch Albertine zu dem Kind herabgebeugt hatte, trafen sich die Hände der Eltern auf der geliebten Stirn, und mit zärtlichem Lächeln, das nun nicht mehr dem Kinde allein galt, begegneten sich ihre Blicke. Das Fräulein trat ein, mahnte die Kleine, den Eltern gute Nacht zu sagen; gehorsam erhob sie sich, reichte Vater und Mutter die Lippen zum Kuß und ließ sich von dem Fräulein ruhig aus dem Zimmer führen. Fridolin und Albertine aber, nun allein geblieben unter dem rötlichen Schein der Hängelampe, hatten es mit einemmal eilig, ihre vor dem Abendessen begonnene Unterhaltung über die Erlebnisse auf der gestrigen Redoute wiederaufzunehmen.

Es war in diesem Jahre ihr erstes Ballfest gewesen, an dem sie gerade noch vor Karnevalschluß teilzunehmen sich entschlossen hatten. Was Fridolin betraf, so war er gleich beim Eintritt in den Saal wie ein mit Ungeduld erwarteter

Freund von zwei roten Dominos begrüßt worden, über deren Person er sich nicht klar zu werden vermochte, obzwar sie über allerlei Geschichten aus seiner Studenten- und Spitalzeit auffallend genauen Bescheid wußten. Aus der Loge, in die sie ihn mit verheißungsvoller Freundlichkeit geladen, hatten sie sich mit dem Versprechen entfernt, sehr bald, und zwar unmaskiert, zurückzukommen, waren aber so lange fortgeblieben, daß er, ungeduldig geworden, vorzog, sich ins Parterre zu begeben, wo er den beiden fragwürdigen Erscheinungen wieder zu begegnen hoffte. So angestrengt er auch umherspähte, nirgends vermochte er sie zu erblicken; statt ihrer aber hing sich unversehens ein anderes weibliches Wesen in seinen Arm: seine Gattin, die sich eben jäh einem Unbekannten entzogen, dessen melancholisch-blasiertes Wesen und fremdländischer, anscheinend polnischer Akzent sie anfangs bestrickt, der sie aber plötzlich durch ein unerwartet hingeworfenes, häßlich-freches Wort verletzt, ja erschreckt hatte. Und so saßen Mann und Frau, im Grunde froh, einem enttäuschend banalen Maskenspiel entronnen zu sein, bald wie zwei Liebende, unter andern verliebten Paaren, im Büfettraum bei Austern und Champagner, plauderten sich vergnügt, als hätten sie eben erst Bekanntschaft miteinander geschlossen, in eine Komödie der Galanterie, des Widerstandes, der Verführung und des Gewährens hinein; und nach einer raschen Wagenfahrt durch die weiße Winternacht sanken sie einander daheim zu einem schon lange Zeit nicht mehr so heiß erlebten Liebesglück in die Arme. Ein grauer Morgen weckte sie allzubald. Den Gatten forderte sein Beruf schon in früher Stunde an die Betten seiner Kranken; Hausfrau- und Mutterpflichten ließen Albertine kaum länger ruhen. So waren die Stunden nüchtern und vorbestimmt in Alltagspflicht und Arbeit hingegangen, die vergangene Nacht, Anfang wie Ende, war verblaßt; und jetzt erst, da beider Tagewerk voll-

endet, das Kind schlafen gegangen und von nirgendher eine
Störung zu gewärtigen war, stiegen die Schattengestalten
von der Redoute, der melancholische Unbekannte und
die roten Dominos, wieder zur Wirklichkeit empor; und
jene unbeträchtlichen Erlebnisse waren mit einemmal vom
trügerischen Scheine versäumter Möglichkeiten zauberhaft
und schmerzlich umflossen. Harmlose und doch lauernde
Fragen, verschmitzte, doppeldeutige Antworten wechselten
hin und her; keinem von beiden entging, daß der andere es
an der letzten Aufrichtigkeit fehlen ließ, und so fühlten sich
beide zu gelinder Rache aufgelegt. Sie übertrieben das Maß
der Anziehung, das von ihren unbekannten Redoutenpart-
nern auf sie ausgestrahlt hätte, spotteten der eifersüchtigen
Regungen, die der andere merken ließ, und leugneten ihre
eigenen weg. Doch aus dem leichten Geplauder über die
nichtigen Abenteuer der verflossenen Nacht gerieten sie in
ein ernsteres Gespräch über jene verborgenen, kaum ge-
ahnten Wünsche, die auch in die klarste und reinste Seele
trübe und gefährliche Wirbel zu reißen vermögen, und sie
redeten von den geheimen Bezirken, nach denen sie kaum
Sehnsucht verspürten und wohin der unfaßbare Wind des
Schicksals sie doch einmal, und wär's auch nur im Traum,
verschlagen könnte. Denn so völlig sie einander in Gefühl
und Sinnen angehörten, sie wußten, daß gestern nicht zum
erstenmal ein Hauch von Abenteuer, Freiheit und Gefahr
sie angerührt; bang, selbstquälerisch, in unlauterer Neugier
versuchten sie eines aus dem andern Geständnisse hervor-
zulocken und, ängstlich näher zusammenrückend, forschte
jedes in sich nach irgendeiner Tatsache, so gleichgültig,
nach einem Erlebnis, so nichtig es sein mochte, das für das
Unsagbare als Ausdruck gelten, und dessen aufrichtige
Beichte sie vielleicht von einer Spannung und einem Miß-
trauen befreien könnte, das allmählich unerträglich zu werden anfing. Albertine, ob sie nun die Ungeduldigere, die

Ehrlichere oder die Gütigere von den beiden war, fand zuerst den Mut zu einer offenen Mitteilung; und mit etwas
schwankender Stimme fragte sie Fridolin, ob er sich des
jungen Mannes erinnere, der im letztverflossenen Sommer
am dänischen Strand eines Abends mit zwei Offizieren am
benachbarten Tisch gesessen, während des Abendessens ein
Telegramm erhalten und sich daraufhin eilig von seinen
Freunden verabschiedet hatte.

Fridolin nickte. »Was war's mit dem?« fragte er.

»Ich hatte ihn schon des Morgens gesehen«, erwiderte
Albertine, »als er eben mit seiner gelben Handtasche eilig
die Hoteltreppe hinanstieg. Er hatte mich flüchtig gemu-
stert, aber erst ein paar Stufen höher blieb er stehen, wandte sich nach mir um, und unsere Blicke mußten sich begegnen. Er lächelte nicht, ja, eher schien mir, daß sein Antlitz
sich verdüsterte, und mir erging es wohl ähnlich, denn ich
war bewegt wie noch nie. Den ganzen Tag lag ich traum-
verloren am Strand. Wenn er mich riefe – so meinte ich zu
wissen –, ich hätte nicht widerstehen können. Zu allem
glaubte ich mich bereit; dich, das Kind, meine Zukunft hin-
zugeben, glaubte ich mich so gut wie entschlossen, und zugleich – wirst du es verstehen? – warst du mir teurer als je.
Gerade an diesem Nachmittag, du mußt dich noch erinnern, fügte es sich, daß wir so vertraut über tausend Dinge,
auch über unsere gemeinsame Zukunft, auch über das Kind
plauderten, wie schon seit lange nicht mehr. Bei Sonnen-
untergang saßen wir auf dem Balkon, du und ich, da ging er
vorüber unten am Strand, ohne aufzublicken, und ich war
beglückt, ihn zu sehen. Dir aber strich ich über die Stirne
und küßte dich aufs Haar, und in meiner Liebe zu dir war
zugleich viel schmerzliches Mitleid. Am Abend war ich
sehr schön, du hast es mir selber gesagt, und trug eine weiße Rose im Gürtel. Es war vielleicht kein Zufall, daß der
Fremde mit seinen Freunden in unserer Nähe saß. Er blick-

te nicht zu mir her, ich aber spielte mit dem Gedanken, aufzustehen, an seinen Tisch zu treten und ihm zu sagen: Da bin ich, mein Erwarteter, mein Geliebter, – nimm mich hin. In diesem Augenblick brachte man ihm das Telegramm, er las, erblaßte, flüsterte dem jüngeren der beiden Offiziere einige Worte zu, und mit einem rätselhaften Blick mich streifend, verließ er den Saal.«

»Und?« fragte Fridolin trocken, als sie schwieg.

»Nichts weiter. Ich weiß nur, daß ich am nächsten Morgen mit einer gewissen Bangigkeit erwachte. Wovor mir mehr bangte – ob davor, daß er abgereist, oder davor, daß er noch da sein könnte –, das weiß ich nicht, das habe ich auch damals nicht gewußt. Doch als er auch mittags verschwunden blieb, atmete ich auf. Frage mich nicht weiter, Fridolin, ich habe dir die ganze Wahrheit gesagt. – Und auch du hast an jenem Strand irgend etwas erlebt, – ich weiß es.«

Fridolin erhob sich, ging ein paarmal im Zimmer auf und ab, dann sagte er: »Du hast recht.« Er stand am Fenster, das Antlitz im Dunkel. »Des Morgens«, begann er mit verschleierter, etwas feindseliger Stimme, »manchmal sehr früh noch, ehe du aufgestanden warst, pflegte ich längs des Ufers dahinzuwandern, über den Ort hinaus; und, so früh es war, immer lag schon die Sonne hell und stark über dem Meer. Da draußen am Strand gab es kleine Landhäuser, wie du weißt, die, jedes, dastanden, eine kleine Welt für sich, manche mit umplankten Gärten, manche auch nur von Wald umgeben, und die Badehütten waren von den Häusern durch die Landstraße und ein Stück Strand getrennt. Kaum daß ich je in so früher Stunde Menschen begegnete; und Badende waren überhaupt niemals zu sehen. Eines Morgens aber wurde ich ganz plötzlich einer weiblichen Gestalt gewahr, die, eben noch unsichtbar gewesen, auf der schmalen Terrasse einer in den Sand gepfählten Badehütte, einen Fuß vor den andern setzend, die Arme nach rückwärts an die Holzwand gespreitet, sich vorsichtig weiterbewegte. Es war ein ganz junges, vielleicht fünfzehnjähriges Mädchen mit aufgelöstem blonden Haar, das über die Schultern und auf der einen Seite über die zarte Brust herabfloß. Das Mädchen sah vor sich hin, ins Wasser hinab, langsam glitt es längs der Wand weiter, mit gesenktem Auge nach der andern Ecke hin, und plötzlich stand es mir gerade gegenüber; mit den Armen griff sie weit hinter sich, als wollte sie sich fester anklammern, sah auf und erblickte mich plötzlich. Ein Zittern ging durch ihren Leib, als müßte sie sinken oder fliehen. Doch da sie auf dem schmalen Brett sich doch nur ganz langsam hätte weiterbewegen können, entschloß sie sich innezuhalten, – und stand nun da, zuerst mit einem erschrockenen, dann mit einem zornigen, endlich mit einem verlegenen Gesicht. Mit einemmal aber lächelte sie, lächelte wunderbar; es war ein Grüßen, ja ein Winken in ihren Augen, – und zugleich ein leiser Spott, mit dem sie ganz flüchtig zu ihren Füßen das Wasser streifte, das mich von ihr trennte. Dann reckte sie den jungen schlanken Körper hoch, wie ihrer Schönheit froh, und, wie leicht zu merken war, durch den Glanz meines Blicks, den sie auf sich fühlte, stolz und süß erregt. So standen wir uns gegenüber, vielleicht zehn Sekunden lang, mit halboffenen Lippen und flimmernden Augen. Unwillkürlich breitete ich meine Arme nach ihr aus, Hingebung und Freude war in ihrem Blick. Mit einemmal aber schüttelte sie heftig den Kopf, löste einen Arm von der Wand, deutete gebieterisch, ich solle mich entfernen; und als ich es nicht gleich über mich brachte zu gehorchen, kam ein solches Bitten, ein solches Flehen in ihre Kinderaugen, daß mir nichts anderes übrigblieb, als mich abzuwenden. So rasch als möglich setzte ich meinen Weg wieder fort; ich sah mich kein einziges Mal nach ihr um, nicht eigentlich aus Rücksicht, aus

Gehorsam, aus Ritterlichkeit, sondern darum, weil ich unter ihrem letzten Blick eine solche, über alles je Erlebte hinausgehende Bewegung verspürt hatte, daß ich mich einer Ohnmacht nah fühlte.« Und er schwieg.

»Und wie oft«, fragte Albertine, vor sich hinsehend und ohne jede Betonung, »bist du nachher noch denselben Weg gegangen?«

»Was ich dir erzählt habe«, erwiderte Fridolin, »ereignete sich zufällig am letzten Tag unseres Aufenthalts in Dänemark. Auch ich weiß nicht, was unter anderen Umständen geworden wäre. Frag auch du nicht weiter, Albertine.«

Er stand immer noch am Fenster, unbeweglich. Albertine erhob sich, trat auf ihn zu, ihr Auge war feucht und dunkel, leicht gerunzelt die Stirn. »Wir wollen einander solche Dinge künftighin immer gleich erzählen«, sagte sie.

Er nickte stumm.

»Versprich's mir.«

Er zog sie an sich. »Weißt du das nicht?« fragte er; aber seine Stimme klang immer noch hart.

Sie nahm seine Hände, streichelte sie und sah zu ihm auf mit umflorten Augen, auf deren Grund er ihre Gedanken zu lesen vermochte. Jetzt dachte sie seiner andern, wirklicherer, dachte seiner Jünglingserlebnisse, in deren manche sie eingeweiht war, da er, ihrer eifersüchtigen Neugier allzu willig nachgebend, ihr in den ersten Ehejahren manches verraten, ja, wie ihm oftmals scheinen wollte, preisgegeben, was er lieber für sich hätte behalten sollen. In dieser Stunde, er wußte es, drängte manche Erinnerung sich ihr mit Notwendigkeit auf, und er wunderte sich kaum, als sie, wie aus einem Traum, den halbvergessenen Namen einer seiner Jugendgeliebten aussprach. Doch wie ein Vorwurf, ja wie eine leise Drohung klang er ihm entgegen.

Er zog ihre Hände an seine Lippen.

»In jedem Wesen – glaub es mir, wenn es auch wohlfeil

klingen mag, – in jedem Wesen, das ich zu lieben meinte, habe ich immer nur dich gesucht. Das weiß ich besser, als du es verstehen kannst, Albertine.«

Sie lächelte trüb. »Und wenn es auch mir beliebt hätte, zuerst auf die Suche zu gehen?« sagte sie. Ihr Blick veränderte sich, wurde kühl und undurchdringlich. Er ließ ihre Hände aus den seinen gleiten, als hätte er sie auf einer Unwahrheit, auf einem Verrat ertappt; sie aber sagte: »Ach, wenn ihr wüßtet«, und wieder schwieg sie.

»Wenn wir wüßten –? Was willst du damit sagen?«

Mit seltsamer Härte erwiderte sie: »Ungefähr, was du dir denkst, mein Lieber.«

»Albertine – so gibt es etwas, was du mir verschwiegen hast?«

Sie nickte und blickte mit einem sonderbaren Lächeln vor sich hin.

Unfaßbare, unsinnige Zweifel wachten in ihm auf.

»Ich verstehe nicht recht«, sagte er. »Du warst kaum siebzehn, als wir uns verlobten.«

»Sechzehn vorbei, ja, Fridolin. Und doch –« sie sah ihm hell in die Augen – »lag es nicht an mir, daß ich noch jungfräulich deine Gattin wurde.«

»Albertine –!«

Und sie erzählte:

»Es war am Wörthersee, ganz kurz vor unserer Verlobung, Fridolin, da stand an einem schönen Sommerabend ein sehr hübscher junger Mensch an meinem Fenster, das auf die große, weite Wiese hinaussah, wir plauderten miteinander, und ich dachte im Laufe dieser Unterhaltung, ja höre nur, was ich dachte: Was ist das doch für ein lieber, entzückender, junger Mensch, – er müßte jetzt nur ein Wort sprechen, freilich, das richtige müßte es sein, so käme ich zu ihm hinaus auf die Wiese und spazierte mit ihm, wohin es ihm beliebte, – in den Wald vielleicht; – oder schöner noch wäre es, wir führen im Kahn zusammen in den See hinaus – und er könnte von mir in dieser Nacht alles haben, was er nur verlangte. Ja, das dachte ich mir. – Aber er sprach das Wort nicht aus, der entzückende junge Mensch; er küßte nur zart meine Hand, – und am Morgen darauf fragte er mich – ob ich seine Frau werden wollte. Und ich sagte ja.«

Fridolin ließ unmutig ihre Hand los. »Und wenn an jenem Abend«, sagte er dann, »zufällig ein anderer an deinem Fenster gestanden hätte und ihm wäre das richtige Wort eingefallen, zum Beispiel – –« er dachte nach, welchen Namen er nennen sollte, da streckte sie schon wie abwehrend die Arme vor.

»Ein anderer, wer immer es gewesen wäre, er hätte sagen können, was er wollte, – es hätte ihm wenig geholfen. Und wärst nicht du es gewesen, der vor dem Fenster stand«, – sie lächelte zu ihm auf –, »dann wäre wohl auch der Sommerabend nicht so schön gewesen.«

Er verzog spöttisch den Mund. »So sagst du in diesem Augenblick, so glaubst du vielleicht in diesem Augenblick. Aber –«

Es klopfte. Das Dienstmädchen trat ein und meldete, die Hausbesorgerin aus der Schreyvogelgasse sei da, den Herrn Doktor zum Hofrat zu holen, dem es wieder sehr schlecht gehe. Fridolin begab sich ins Vorzimmer, erfuhr von der Botin, daß der Hofrat einen Herzanfall erlitten und sich sehr übel befinde; und er versprach, unverzüglich hinzukommen.

»Du willst fort –?« fragte ihn Albertine, als er sich rasch zum Fortgehen bereit machte, so ärgerlichen Tons, als füge er ihr mit Vorbedacht ein Unrecht zu.

Fridolin erwiderte, beinah verwundert: »Ich muß wohl.«
Sie seufzte leicht.

»Es wird hoffentlich nicht so schlimm sein«, sagte Fridolin, »bisher haben ihm drei Centi Morphin immer noch über den Anfall weggeholfen.«

Das Stubenmädchen hatte den Pelz gebracht, Fridolin küßte Albertine ziemlich zerstreut, als wäre das Gespräch der letzten Stunde aus seinem Gedächtnis schon weggewischt, auf Stirn und Mund und eilte davon.

II

Auf der Straße mußte er den Pelz öffnen. Es war plötzlich Tauwetter eingetreten, der Schnee auf dem Fußsteig beinahe weggeschmolzen, und in der Luft wehte ein Hauch des kommenden Frühlings. Von Fridolins Wohnung in der Josefstadt nahe dem Allgemeinen Krankenhaus, war es kaum eine Viertelstunde in die Schreyvogelgasse; und so stieg Fridolin bald die schlecht beleuchtete gewundene Treppe des alten Hauses in das zweite Stockwerk hinauf und zog an der Glocke; doch ehe der altväterische Klingelton sich vernehmen ließ, merkte er, daß die Türe nur angelehnt war; er trat durch den unbeleuchteten Vorraum in das Wohnzimmer und sah sofort, daß er zu spät gekommen war. Die grün verhängte Petroleumlampe, die von der niederen Decke herabhing, warf einen matten Schein über die Bettdecke, unter der regungslos ein schmaler Körper hingestreckt lag. Das Antlitz des Toten war überschattet, doch Fridolin kannte es so gut, daß er es in aller Deutlichkeit zu sehen vermeinte – hager, runzlig, hochgestirnt, mit dem weißen, kurzen Vollbart, den auffallend häßlichen weißbehaarten Ohren. Marianne, die Tochter des Hofrats, saß am Fußende des Bettes mit schlaff herabhängenden Armen, wie in tiefster Ermüdung. Es roch nach alten Möbeln, Medikamenten, Petroleum, Küche; auch ein wenig nach Kölnisch Wasser und Rosenseife, und irgendwie spürte Fridolin auch den süßlich faden Geruch dieses blassen Mädchens, das noch jung war und seit Monaten, seit Jahren in schwerer häuslicher Arbeit, anstrengender Krankenpflege und Nachtwachen langsam verblühte.

Als der Arzt eingetreten war, hatte sie den Blick zu ihm gewandt, doch in der kärglichen Beleuchtung sah er kaum, ob ihre Wangen sich röteten wie sonst, wenn er erschien. Sie wollte sich erheben, eine Handbewegung Fridolins verwehrte es ihr, sie nickte ihm mit großen, aber trüben Augen einen Gruß zu. Er trat an das Kopfende des Bettes, berührte mechanisch die Stirn des Toten, dessen Arme, die in weiten offenen Hemdärmeln über der Bettdecke lagen, dann senkte er mit leichtem Bedauern die Schultern, steckte die Hände in die Taschen seines Pelzrockes, ließ den Blick im Zimmer umherschweifen und endlich auf Marianne verweilen. Ihr Haar war reich und blond, aber trocken, der Hals wohlgeformt und schlank, doch nicht ganz faltenlos und von gelblicher Tönung, und die Lippen wie von vielen ungesagten Worten schmal.

»Nun ja«, sagte er flüsternd und fast verlegen, »mein liebes Fräulein, es trifft Sie wohl nicht unvorbereitet.«

Sie streckte ihm die Hand entgegen. Er nahm sie teilnahmsvoll, fragte pflichtgemäß nach dem Verlauf des letzten tödlichen Anfalls, sie berichtete sachlich und kurz und sprach dann von den letzten, verhältnismäßig guten Tagen, in denen Fridolin den Kranken nicht mehr gesehen hatte. Fridolin hatte einen Stuhl herangerückt, setzte sich Marianne gegenüber und gab ihr tröstend zu bedenken, daß ihr Vater in den letzten Stunden kaum gelitten haben dürfte; dann erkundigte er sich, ob Verwandte verständigt seien. Ja; die Hausbesorgerin sei schon auf dem Weg zum Onkel, und jedenfalls werde bald Herr Doktor Roediger erscheinen, »mein Verlobter«, setzte sie hinzu und blickte Fridolin auf die Stirn statt ins Auge.

Fridolin nickte nur. Er war Doktor Roediger im Verlaufe eines Jahres zwei- oder dreimal hier im Hause begegnet. Der überschlanke, blasse, junge Mensch mit kurzem, blondem Vollbart und Brille, Dozent für Geschichte an der Wiener Universität, hatte ihm recht gut gefallen, ohne weiter sein Interesse anzuregen. Marianne sähe sicher besser aus, dachte er, wenn sie seine Geliebte wäre. Ihr Haar wäre weniger trocken, ihre Lippen röter und voller. Wie alt mag sie sein? fragte er sich weiter. Als ich zum erstenmal zum Hofrat gerufen wurde, vor drei oder vier Jahren, war sie dreiundzwanzig. Damals lebte ihre Mutter noch. Sie war heiterer, als ihre Mutter noch lebte. Hat sie nicht eine kurze Zeit hindurch Gesangslektionen genommen? Also diesen Dozenten wird sie heiraten. Warum tut sie das? Verliebt ist sie gewiß nicht in ihn, und viel Geld dürfte er auch nicht haben. Was wird das für eine Ehe werden? Nun, eine Ehe wie tausend andere. Was kümmert's mich. Es ist wohl möglich, daß ich sie niemals wiedersehen werde, denn nun habe ich in diesem Hause nichts mehr zu tun. Ach, wie viele Menschen habe ich nie mehr wiedergesehen, die mir näher standen als sie.

Während ihm diese Gedanken durch den Kopf gingen, hatte Marianne von dem Verstorbenen zu reden begonnen, – mit einer gewissen Eindringlichkeit, als wäre er durch die einfache Tatsache seines Todes plötzlich ein merkwürdigerer Mensch geworden. Also wirklich erst vierundfünfzig Jahre war er alt gewesen? Freilich, die vielen Sorgen und Enttäuschungen, die Gattin immer leidend, – und der Sohn hatte ihm so viel Kummer bereitet! Wie, sie besaß einen Bruder? Gewiß. Sie hatte es dem Doktor doch schon einmal erzählt. Der Bruder lebte jetzt irgendwo im Auslande, da drin in Mariannens Kabinett hing ein Bild, das er im Alter von fünfzehn Jahren gemalt hatte. Es stellte einen Offizier dar, der einen Hügel hinuntersprengt. Der Vater hatte immer getan, als sähe er das Bild überhaupt nicht. Aber es war ein gutes Bild. Der Bruder hätte es schon weiterbringen können unter günstigern Umständen.

Wie erregt sie spricht, dachte Fridolin, und wie ihre Augen glänzen! Fieber? Wohl möglich. Sie ist magerer geworden in der letzten Zeit. Spitzenkatarrh vermutlich.

Sie sprach immer weiter, aber ihm schien, als wüßte sie gar nicht recht, zu wem sie sprach; oder als spräche sie zu sich selbst. Zwölf Jahre war der Bruder nun fort vom Haus, ja, sie war noch ein Kind gewesen, als er plötzlich verschwand. Vor vier oder fünf Jahren zu Weihnachten war die letzte Nachricht von ihm gekommen, aus einer kleinen italienischen Stadt. Sonderbar, sie hatte den Namen vergessen. So redete sie noch eine Weile gleichgültige Dinge, ohne Notwendigkeit, fast ohne Zusammenhang, bis sie mit einemmal schwieg und nun stumm dasaß, den Kopf in den Händen. Fridolin war müde und noch mehr gelangweilt, wartete sehnlich, daß jemand käme, die Verwandten oder der Verlobte. Das Schweigen im Raume lastete schwer. Es war ihm, als schwiege der Tote mit ihnen; nicht etwa weil er nun unmöglich mehr reden konnte, sondern absichtsvoll und mit Schadenfreude.

Und mit einem Seitenblick auf ihn sagte Fridolin: »Jedenfalls, wie die Dinge nun einmal liegen, ist es gut, Fräulein Marianne, daß Sie nicht mehr allzulange in dieser Wohnung bleiben müssen«, – und da sie den Kopf ein wenig hob, ohne aber zu Fridolin aufzuschauen – »Ihr Bräutigam wird wohl bald eine Professur erhalten; an der philosophischen Fakultät liegen ja die Verhältnisse in dieser Beziehung günstiger als bei uns.« – Er dachte daran, daß er vor Jahren auch eine akademische Laufbahn angestrebt, daß er aber bei seiner Neigung zu einer behaglicheren Existenz sich am Ende für die praktische Ausübung seines Berufes entschieden hatte; – und plötzlich kam er sich dem vortrefflichen Doktor Roediger gegenüber als der Geringere vor.

»Im Herbst werden wir übersiedeln«, sagte Marianne, ohne sich zu regen, »er hat eine Berufung nach Göttingen.«

»Ah«, sagte Fridolin und wollte eine Art Glückwunsch anbringen, aber das schien ihm wenig angemessen in diesem Augenblick und in dieser Umgebung. Er warf einen Blick nach dem geschlossenen Fenster und, ohne vorher um Erlaubnis zu fragen, wie in Ausübung eines ärztlichen Rechtes öffnete er beide Flügel und ließ die Luft herein, die, indes noch wärmer und frühlingshafter geworden, einen linden Duft aus den erwachenden fernen Wäldern mitzubringen schien. Als er sich wieder ins Zimmer wandte, sah er die Augen Mariannens wie fragend auf sich gerichtet. Er trat näher zu ihr hin und bemerkte: »Die frische Luft wird Ihnen hoffentlich wohl tun. Es ist geradezu warm geworden, und gestern nacht« – er wollte sagen: fuhren wir im Schneegestöber von der Redoute nach Hause, aber er formte rasch den Satz um und ergänzte: »Gestern abend lag der Schnee noch einen halben Meter hoch in den Straßen.«

Sie hörte kaum, was er sagte. Ihre Augen wurden feucht, große Tränen liefen ihr über die Wangen herab und wieder verbarg sie ihr Gesicht in den Händen. Unwillkürlich legte er seine Hand auf ihren Scheitel und strich ihr über die Stirn. Er fühlte, wie ihr Körper zu zittern begann, sie schluchzte in sich hinein, kaum hörbar zuerst, allmählich lauter, endlich ganz ungehemmt. Mit einemmal war sie vom Sessel herabgeglitten, lag Fridolin zu Füßen, umschlang seine Knie mit den Armen und preßte ihr Antlitz daran. Dann sah sie zu ihm auf mit weit offenen, schmerzlich-wilden Augen und flüsterte heiß: »Ich will nicht fort von hier. Auch wenn Sie niemals wiederkommen, wenn ich Sie niemals mehr sehen soll; ich will in Ihrer Nähe leben.«

Er war mehr ergriffen als erstaunt; denn er hatte es immer gewußt, daß sie in ihn verliebt war oder sich einbildete, es zu sein.

»Stehen Sie doch auf, Marianne«, sagte er leise, beugte sich zu ihr herab, richtete sie milde auf und dachte: natürlich ist auch Hysterie dabei. Er warf einen Seitenblick auf den toten Vater. Ob er nicht alles hört, dachte er. Vielleicht ist er scheintot? Vielleicht ist jeder Mensch in diesen ersten Stunden nach dem Verscheiden nur scheintot –? Er hielt Marianne in den Armen, aber zugleich etwas entfernt von sich, und drückte beinahe unwillkürlich einen Kuß auf ihre Stirn, was ihm selbst ein wenig lächerlich vorkam. Flüchtig erinnerte er sich eines Romans, den er vor Jahren gelesen und in dem es geschah, daß ein ganz junger Mensch, ein Knabe fast, am Totenbett der Mutter von ihrer Freundin verführt, eigentlich vergewaltigt wurde. Im selben Augenblick, er wußte nicht warum, mußte er seiner Gattin denken. Bitterkeit gegen sie stieg in ihm auf und ein dumpfer Groll gegen den Herrn in Dänemark mit der gelben Reisetasche auf der Hotelstiege. Er zog Marianne fester an sich, doch verspürte er nicht die geringste Erregung; eher flößte ihm der Anblick des glanzlos trockenen Haares, der süßlich-fade Geruch ihres ungelüfteten Kleides einen leichten Widerwillen ein. Nun ertönte die Glocke draußen, er fühlte sich wie erlöst, küßte Marianne die Hand rasch, gleichwie in Dankbarkeit, und ging öffnen. Es war Doktor Roediger, der in der Tür stand, in dunkelgrauem Havelock, mit Überschuhen, einen Regenschirm in der Hand, mit einem den Umständen angemessen ernsten Gesichtsausdruck. Die beiden Herren nickten einander zu, vertrauter, als es ihren tatsächlichen Beziehungen entsprach. Dann traten sie beide ins Zimmer, Roediger drückte Marianne nach einem befangenen Blick auf den Toten seine Teilnahme aus; Fridolin begab sich ins Nebenzimmer, um die ärztliche Todesanzeige abzufassen, drehte die Gasflamme über dem Schreibtisch

höher, und sein Blick fiel auf das Bildnis des weißuniformierten Offiziers, der mit geschwungenem Säbel den Hügel hinabsprengte, einem unsichtbaren Feind entgegen. Es
war in einen altgoldenen schmalen Rahmen gespannt und
wirkte nicht viel besser als ein bescheidener Öldruck.

Mit dem ausgefüllten Totenschein trat Fridolin wieder in
den Nebenraum, wo am Bett des Vaters, die Hände inein-
ander verschlungen, die Brautleute saßen.

Wieder ertönte die Türglocke, Doktor Roediger erhob
sich und ging öffnen; indessen sagte Marianne, unhörbar
fast, auf den Boden blickend: »Ich liebe dich.« Fridolin erwiderte nur, indem er, nicht ohne Zärtlichkeit, Mariannens
Namen aussprach. Roediger trat wieder ein mit einem älteren Ehepaar. Es waren der Onkel und die Tante Mariannens; einige Worte, den Umständen entsprechend, wurden
gewechselt, mit der Befangenheit, die die Anwesenheit eines eben Verstorbenen rings zu verbreiten pflegt. Das kleine Zimmer sah plötzlich wie von Trauergästen überfüllt
aus, Fridolin erschien sich überflüssig, empfahl sich und
wurde von Roediger zur Tür geleitet, der sich zu einigen
Dankesworten verpflichtet fühlte und die Hoffnung baldi-
ger Wiederbegegnung aussprach.

III

Fridolin, vor dem Haustor, sah zu dem Fenster auf, das er
früher selbst geöffnet hatte; die Flügel zitterten leise im
Vorfrühlingswinde. Die Menschen, die dort oben zurück-
geblieben waren, die lebendigen geradeso wie der Tote, waren ihm in gleicher Weise gespensterhaft unwirklich. Er
selbst erschien sich wie entronnen; nicht so sehr einem Erlebnis als vielmehr einem schwermütigen Zauber, der keine
Macht über ihn gewinnen sollte. Als einzige Nachwirkung

empfand er eine merkwürdige Unlust, sich nach Hause zu begeben. Der Schnee in den Straßen war geschmolzen, links und rechts waren kleine schmutzig-weiße Häuflein aufgeschichtet, die Gasflammen in den Laternen flackerten, von einer nahen Kirche schlug es elf. Fridolin beschloß, vor dem Schlafengehen noch eine halbe Stunde in einer stillen Kaffeehausecke nahe seiner Wohnung zu verbringen, und nahm den Weg durch den Rathauspark. Auf beschatteten Bänken saß da und dort ein Paar eng aneinandergeschmiegt, als wäre wirklich schon der Frühling da und die trügerisch-warme Luft nicht schwanger von Gefahren. Auf einer Bank der Länge nach ausgestreckt, den Hut in die Stirn gedrückt, lag ein ziemlich zerlumpter Mensch. Wenn ich ihn aufweckte, dachte Fridolin, und ihm Geld für ein Nachtlager schenkte? Ach, was wäre damit getan, überlegte er weiter, dann müßte ich morgen auch für eines sorgen, sonst hätte es ja keinen Sinn, und am Ende würde ich noch sträflicher Beziehungen mit ihm verdächtigt. Und er beschleunigte seinen Schritt, wie um jeder Art von Verantwortung und Versuchung so rasch als möglich zu entfliehen. Warum gerade der? fragte er sich, Tausende von solchen armen Teufeln gibt's in Wien allein. Wenn man sich um die alle kümmern wollte, – um die Schicksale aller Unbekannten! Und der Tote fiel ihm ein, den er eben verlassen, und mit einigem Schauer, ja nicht ohne Ekel dachte er daran, daß in dem langdahingestreckten mageren Leib unter der braunen Flanelldecke nach ewigen Gesetzen Verwesung und Zerfall ihr Werk schon begonnen hatten. Und er freute sich, daß er noch lebte, daß für ihn aller Wahrscheinlichkeit nach all diese häßlichen Dinge noch ferne waren; ja daß er noch mitten in seiner Jugend stand, eine reizende und liebenswerte Frau zu eigen hatte und auch noch eine oder mehrere dazu haben konnte, wenn es ihm gerade beliebte. Zu dergleichen hätte freilich mehr Muße gehört, als

ihm vergönnt war; und es fiel ihm ein, daß er morgen um
acht Uhr früh auf der Abteilung sein, von elf bis eins Pri-
vatpatienten besuchen, nachmittags von drei bis fünf Ordination halten mußte und daß ihm auch für die Abendstun-
den noch einige Krankenbesuche bevorstanden. – Nun –
hoffentlich würde er wenigstens nicht wieder mitten in der
Nacht geholt werden, wie es ihm heute geschehen war.

Er überquerte den Rathausplatz, der trüb erglänzte wie
ein bräunlicher Teich, und wandte sich dem heimatlichen
Josefstädter Bezirk zu. Von weitem hörte er dumpfe, regelmäßige Schritte und sah, noch ziemlich entfernt, eben um
eine Straßenecke biegend, einen kleinen Trupp von Couleurstudenten, die, sechs oder acht an der Zahl, ihm entge-
genkamen. Als die jungen Leute in den Schein einer Laterne gerieten, glaubte er die blauen Alemannen in ihnen zu
erkennen. Er selbst hatte nie einer Verbindung angehört,
aber seinerzeit ein paar Säbelmensuren ausgefochten. Im
Zusammenhang mit dieser Erinnerung an seine Studentenzeit fielen ihm die roten Dominos ein, die ihn gestern nacht
in die Loge gelockt und so bald wieder schnöde verlassen
hatten. Die Studenten waren ganz nahe, sie redeten laut
und lachten; – ob er nicht einen oder den andern aus dem
Spitale kennen mochte? Doch bei der unsicheren Beleuchtung war es nicht möglich, die Physiognomien deutlich
auszunehmen. Er mußte sich ganz nahe an die Mauer halten, um nicht mit ihnen zusammenzustoßen; – jetzt waren
sie vorbei; nur der zuletzt ging, ein langer Kerl im offnen
Winterrock, eine Binde über dem linken Auge, schien geradezu absichtlich ein Stückchen zurückzubleiben und stieß
mit seitlich abgestrecktem Ellbogen an ihn an. Es konnte
kein Zufall sein. Was fällt dem Kerl ein, dachte Fridolin und blieb unwillkürlich stehen; der andere nach zwei
Schritten tat desgleichen, und so sahen sie einander einen
Moment lang aus mäßiger Entfernung in die Augen. Plötz-

lich aber wandte Fridolin sich wieder ab und ging weiter.
Er hörte ein kurzes Lachen hinter sich, – fast hätte er sich
nochmals umgewandt, um den Burschen zu stellen, aber er
verspürte ein sonderbares Herzklopfen – ganz wie einmal
vor zwölf oder vierzehn Jahren, als es so heftig an seine Tür
gepocht hatte, während das anmutige junge Ding bei ihm
war, das immer von einem entfernt lebenden, wahrscheinlich gar nicht existierenden Bräutigam zu faseln liebte; es
war auch tatsächlich nur der Briefträger gewesen, der so
drohend gepocht hatte. – Und geradeso wie damals fühlte
er jetzt sein Herz klopfen. Was ist das, fragte er sich ärgerlich und merkte nun, daß ihm die Knie ein wenig zitterten.
Feig –? Unsinn, erwiderte er sich selbst. Soll ich mich mit
einem betrunkenen Studenten herstellen, ich, ein Mann von
fünfunddreißig Jahren, praktischer Arzt, verheiratet, Vater
eines Kindes! – Kontrahage! Zeugen! Duell! Und am Ende
wegen einer solchen dummen Rempelei einen Hieb in den
Arm? Und für ein paar Wochen berufsunfähig? – Oder ein
Auge heraus? – Oder gar Blutvergiftung –? Und in acht Tagen so weit wie der Herr in der Schreyvogelgasse unter der
Bettdecke aus braunem Flanell! Feig –? Drei Säbelmensuren hatte er ausgefochten, und auch zu einem Pistolenduell
war er einmal bereit gewesen, und nicht auf s e i n e Veran-
lassung war die Sache damals gütlich beigelegt worden.
Und sein Beruf! Gefahren von allen Seiten und in jedem
Augenblick, – man vergaß nur immer wieder dran. Wie lange war es denn her, daß das diphtheritiskranke Kind ihm
ins Gesicht gehustet hatte? Drei oder vier Tage, nicht mehr.
Das war immerhin eine bedenklichere Sache als so eine
kleine Säbelfechterei. Und er hatte überhaupt nicht mehr
daran gedacht. Nun, wenn er dem Kerl wieder begegnete,
ließ sich die Angelegenheit immer noch ins reine bringen.
Keineswegs war er verpflichtet, um Mitternacht auf dem
Weg von einem Kranken oder auch zu einem Kranken, das

hätte ja schließlich auch der Fall sein können, – nein, er war wirklich nicht verpflichtet, auf solch eine alberne Studentenrempelei zu reagieren. Wenn jetzt zum Exempel der junge Däne ihm entgegenkäme, mit dem Albertine – ach nein, was fiel ihm denn nur ein? Nun – es war ja doch nicht anders, als wenn sie seine Geliebte gewesen wäre. Schlimmer noch. Ja, der sollte ihm jetzt entgegenkommen. Oh, eine wahre Wonne wäre es, dem irgendwo in einer Waldlichtung gegenüberzustehen und auf die Stirn mit dem glattgestrichenen Blondhaar den Lauf einer Pistole zu richten.

Er fand sich, mit einem Male, schon über sein Ziel hinaus in einer engen Gasse, durch die nur ein paar armselige Dirnen auf nächtlichen Männerfang umherstrichen. Gespenstisch, dachte er. Und auch die Studenten mit den blauen Kappen wurden ihm plötzlich gespenstisch in der Erinnerung, ebenso Marianne, ihr Verlobter, Onkel und Tante, die er sich nun alle, Hand in Hand, um das Totenbett des alten Hofrats gereiht vorstellte; auch Albertine, die ihm nun im Geist als tief Schlafende, die Arme unter dem Nacken verschränkt, vorschwebte, – sogar sein Kind, das jetzt zusammengerollt in dem schmalen weißen Messingbettchen lag, und das rotbäckige Fräulein mit dem Muttermal an der linken Schläfe, – sie alle waren ihm völlig ins Gespenstische entrückt. Und in dieser Empfindung, obzwar sie ihn ein wenig schaudern machte, war zugleich etwas Beruhigendes, das ihn von aller Verantwortung zu befreien, ja aus jeder menschlichen Beziehung zu lösen schien.

Eines der herumstreifenden Mädchen forderte ihn zum Mitgehen auf. Es war ein zierliches, noch ganz junges Geschöpf, sehr blaß mit rotgeschminkten Lippen. Könnte gleichfalls mit Tod enden, dachte er, nur nicht s o rasch! A u c h Feigheit? Im Grunde schon. Er hörte ihre Schritte, bald ihre Stimme hinter sich. »Willst nicht mitkommen, Doktor?«

Unwillkürlich wandte er sich um. »Woher kennst du mich?« fragte er.

»Ich kenn Ihnen nicht«, sagte sie, »aber in dem Bezirk sind ja alle Doktors.«

Seit seiner Gymnasiastenzeit hatte er mit einem Frauenzimmer dieser Art nichts zu tun gehabt. Geriet er plötzlich in seine Knabenjahre zurück, daß dieses Geschöpf ihn reizte? Er erinnerte sich eines flüchtigen Bekannten, eines eleganten jungen Mannes, dem man ein fabelhaftes Glück bei Frauen nachsagte, mit dem er als Student nach einem Ball in einem Nachtlokal gesessen hatte und der, ehe er sich mit einer der gewerbsmäßigen Besucherinnen entfernte, Fridolins etwas verwunderten Blick mit den Worten erwidert hatte: »Es bleibt immer das Bequemste; – und die Schlimmsten sind es auch nicht.«

»Wie heißt du?« fragte Fridolin.

»No, wie wir i denn heißen? Mizzi natürlich.« Schon hatte sie den Schlüssel im Haustor umgedreht, trat in den Flur und wartete, daß Fridolin ihr folgte.

»G'schwind!« sagte sie, als er zögerte. Plötzlich stand er neben ihr, das Tor fiel hinter ihm zu, sie sperrte ab, zündete ein Wachskerzchen an und leuchtete ihm vor. – Bin ich verrückt? fragte er sich. Ich werde sie natürlich nicht anrühren.

In ihrem Zimmer brannte eine Öllampe. Sie drehte den Docht weiter auf, es war ein ganz behaglicher Raum, nett gehalten und jedenfalls roch es da viel angenehmer als zum Beispiel in Mariannens Behausung. Freilich, – hier hatte kein alter Mann monatelang krank gelegen. Das Mädchen lächelte, näherte sich ohne Zudringlichkeit Fridolin, der sie sanft abwehrte. Dann wies sie auf einen Schaukelstuhl, in den er sich gerne sinken ließ.

»Bist gewiß sehr müd«, meinte sie. Er nickte. Und sie, während sie sich ohne Hast entkleidete:

»Na ja, so ein Mann, was der den ganzen Tag zu tun hat.
Da hat's unsereiner leichter.«

Er merkte, daß ihre Lippen gar nicht geschminkt, sondern von einem natürlichen Rot gefärbt waren, und machte
ihr ein Kompliment darüber.

»Ja warum soll ich mich denn schminken?« fragte sie.
»Was glaubst denn du, wie alt ich bin?«

»Zwanzig?« riet Fridolin.

»Siebzehn«, sagte sie, setzte sich auf seinen Schoß und
schlang wie ein Kind den Arm um seinen Nacken.

Wer auf der Welt möchte vermuten, dachte er, daß ich
mich jetzt gerade in diesem Raum befinde? Hätte ich selbst
es vor einer Stunde, vor zehn Minuten für möglich gehalten? Und – warum? Warum? Sie suchte mit ihren Lippen
die seinen, er bog sich zurück, sie sah ihn groß, etwas traurig an, ließ sich von seinem Schoß heruntergleiten. Fast tat
es ihm leid, denn in ihrer Umschlingung war viel tröstende
Zärtlichkeit gewesen.

Sie nahm einen roten Schlafrock, der über der Lehne des
offenen Bettes hing, schlüpfte hinein und preßte die Arme
über der Brust zusammen, so daß ihre ganze Gestalt verhüllt war.

»Ist's dir jetzt recht?« fragte sie ohne Spott, wie schüchtern, als gäbe sie sich Mühe, ihn zu verstehen. Er wußte
kaum, was antworten.

»Du hast es richtig erraten«, sagte er dann, »ich bin wirklich müd, und ich finde es sehr angenehm, hier im Schaukelstuhl zu sitzen und dir einfach zuzuhören. Du hast so
eine liebe, sanfte Stimme. Red nur, erzähl mir was.«

Sie saß auf dem Bett und schüttelte den Kopf.

»Du fürchtest dich halt«, sagte sie leise, – und dann vor
sich hin, kaum vernehmlich, »schad!«

Dieses letzte Wort jagte eine heiße Welle durch sein Blut.
Er trat zu ihr hin, wollte sie umfassen, erklärte ihr, daß sie

ihm völliges Vertrauen einflöße, und sprach damit sogar die Wahrheit. Er zog sie an sich, er warb um sie, wie um ein Mädchen, wie um eine geliebte Frau. Sie widerstand, er schämte sich und ließ endlich ab.

Sie sagte:

»Man kann ja nicht wissen, irgendeinmal muß es ja doch kommen. Du hast ganz recht, wenn du dich fürchten tust. Und wenn was passiert, dann möchtest du mich verfluchen.«

Die Banknoten, die er ihr bot, lehnte sie mit solcher Bestimmtheit ab, daß er nicht weiter in sie dringen konnte. Sie nahm einen schmalen blauen Wollschal um, zündete eine Kerze an, leuchtete ihm, begleitete ihn hinab und sperrte das Tor auf. »Ich bleib heut schon z'Haus«, sagte sie. Er nahm ihre Hand und küßte sie unwillkürlich. Sie sah erstaunt, fast erschrocken zu ihm auf, dann lachte sie verlegen und beglückt. »Wie einer Fräuln«, sagte sie.

Das Tor fiel hinter ihm zu, und Fridolin prägte mit einem raschen Blick seinem Gedächtnis die Hausnummer ein, um in der Lage zu sein, dem lieben armen Ding morgen Wein und Näschereien heraufzuschicken.

IV

Es war indes noch etwas wärmer geworden. Der laue Wind brachte in die enge Gasse einen Duft von feuchten Wiesen und fernem Bergfrühling. Wohin jetzt? dachte Fridolin, als wäre es nicht das Selbstverständliche, endlich nach Hause zu gehen und sich schlafen zu legen. Aber dazu konnte er sich nicht entschließen. Wie heimatlos, wie hinausgestoßen erschien er sich seit der widerwärtigen Begegnung mit den Alemannen ... Oder seit Mariannens Geständnis? – Nein, länger schon – seit dem Abendgespräch mit Albertine rückte er immer weiter fort aus dem gewohnten Bezirk seines Daseins in irgendeine andere, ferne, fremde Welt.

Er wandelte kreuz und quer durch die nächtlichen Straßen, ließ den leichten Föhn um seine Stirne wehen, und endlich, entschlossenen Schritts, als wäre er nun an ein langgesuchtes Ziel gelangt, trat er in ein Kaffeehaus niederen Ranges ein, das altwienerisch gemütlich, nicht besonders geräumig, mäßig beleuchtet und zu dieser späten Stunde nur wenig besucht war.

In einer Ecke spielten drei Herren Karten; ein Kellner, der ihnen bisher zugeschaut hatte, half Fridolin beim Ablegen des Pelzes, nahm seine Bestellung entgegen und legte ihm illustrierte Zeitungen und Abendblätter auf den Tisch. Fridolin erschien sich wie geborgen und begann flüchtig die Journale zu durchblättern. Da und dort blieb sein Blick haften. In irgendeiner böhmischen Stadt waren deutschsprachige Straßentafeln heruntergerissen worden. In Konstantinopel gab es eine Konferenz wegen eines Bahnbaus in Kleinasien, an der auch Lord Cranford teilnahm. Die Firma Benies & Weingruber war insolvent geworden. Die Prostituierte Anna Tiger hatte auf ihre Freundin Hermine Drobizky ein Eifersuchtsattentat mit Vitriol verübt. Heute abend fand ein Heringsschmaus in den Sophiensälen statt. Ein junges Mädchen Marie B., wohnhaft Schönbrunner Hauptstraße 28, hatte sich mit Sublimat vergiftet. – Alle diese Tatsachen, die gleichgültigen und die traurigen, in ihrer trockenen Alltäglichkeit wirkten irgendwie ernüchternd und beruhigend auf Fridolin. Das junge Mädchen, Marie B., tat ihm leid; Sublimat, wie dumm. In dieser Sekunde, während er gemütlich im Café sitzt und Albertine ruhig schläft mit im Nacken verschränkten Armen und der Hofrat schon alles irdische Leid überwunden hat, windet sich Marie B., Schönbrunner Hauptstraße 28, in sinnlosen Schmerzen.

Er blickte von der Zeitung auf. Da sah er von einem gegenüberliegenden Tisch zwei Augen auf sich gerichtet. War
es möglich? Nachtigall –? Der hatte ihn schon erkannt, hob
freudig überrascht beide Arme, trat auf Fridolin zu, ein großer, ziemlich breiter, beinahe plumper, noch junger Mensch
mit langem, leicht gelocktem, blondem, schon etwas grau-
meliertem Haar und einem blonden, in polnischer Art herunterhängenden Schnurrbart. Er trug einen offenen grauen
Havelock, darunter einen etwas speckigen Frack, ein zer-
drücktes Hemd mit drei falschen Brillantknöpfen, einen
zerknitterten Kragen und eine flatternde weiße Seidenkra-
watte. Seine Lider waren gerötet wie von vielen durchwachten Nächten, doch die Augen strahlten heiter und blau.

»Du bist in Wien, Nachtigall?« rief Fridolin.

»Du weißt nicht«, sagte Nachtigall in polnisch weichem
Akzent mit mäßigem jüdischen Beiklang. »Wie weißt du
nicht? Ich bin doch so beriehmt.« Er lachte laut und gutmütig und setzte sich Fridolin gegenüber.

»Wie?« fragte Fridolin. »Vielleicht Professor der Chirur-
gie geworden im geheimen?«

Nachtigall lachte noch heller auf: »Hast du mich jetzt
nicht geheert? Jetzt äben?«

»Wieso gehört? – Ach ja!« Und nun erst kam es Fridolin
zu Bewußtsein, daß er während seines Eintretens, ja schon
früher, als er sich dem Kaffeehaus genähert, aus irgendeiner
Kellertiefe Klavierspiel heraufklingen gehört hatte. »Also
das warst du?« rief er aus.

»Wer denn als ich?« lachte Nachtigall.

Fridolin nickte. Natürlich, – dieser eigentümlich energi-
sche Anschlag, diese sonderbaren, etwas willkürlichen aber
wohlklingenden Harmonien der linken Hand waren ihm ja
gleich so bekannt vorgekommen. »Also du hast dich ganz
darauf verlegt?« meinte er. Er erinnerte sich, daß Nachtigall
das Studium der Medizin schon nach der zweiten, sogar ge-

glückten, wenn auch mit siebenjähriger Verspätung abgelegten Vorprüfung in Zoologie, endgültig aufgegeben hatte. Doch noch durch geraume Zeit hatte er sich in Krankenhaus, Seziersaal, Laboratorien und Hörsälen herumgetrieben, wo er mit seinem blonden Künstlerkopf, seinem stets zerknitterten Kragen, der flatternden, einst weiß gewesenen Krawatte eine auffallende, im heiteren Sinn populäre und nicht nur bei Kollegen sondern auch bei manchen Professoren geradezu beliebte Figur vorgestellt hatte. Sohn eines jüdischen Branntweinschenkers in einem polnischen Nest, war er seinerzeit aus der Heimat nach Wien gekommen, um Medizin zu studieren. Die geringfügigen elterlichen Unterstützungen waren von Anfang an kaum der Rede wert gewesen, und überdies bald gänzlich eingestellt worden, was ihn nicht hinderte, auch weiterhin im Riedhof an einem Stammtisch von Medizinern zu erscheinen, dem auch Fridolin angehörte. Die Bezahlung seiner Zeche hatte von einem gewissen Zeitpunkt an jedesmal ein anderer der wohlhabenderen Kollegen übernommen. Auch Kleidungsstücke erhielt er manchmal zum Geschenk, was er sich gleichfalls gern und ohne falschen Stolz gefallen ließ. Schon in seinem Heimatstädtchen hatte er bei einem dort gestrandeten Pianisten die Anfangsgründe des Klavierspielens gelernt, und in Wien als Studiosus medicinae besuchte er zugleich das Konservatorium, wo er angeblich als vielversprechendes pianistisches Talent galt. Aber auch hier war er nicht ernst und fleißig genug, um sich regelrecht weiter auszubilden; und bald ließ er es sich an seinen musikalischen Erfolgen im Kreise seiner Bekannten, vielmehr an dem Vergnügen, das er ihnen durch sein Klavierspiel bereitete, vollauf genügen. Eine Zeitlang wirkte er in einer vorstädtischen Tanzschule als Pianist. Universitätskollegen und Tischgenossen versuchten ihn in besseren Häusern in gleicher Eigenschaft einzuführen, doch spielte er bei solcher Gelegenheit immer

nur, was ihm eben und solange es ihm beliebte, ließ sich mit
den jungen Damen in Unterhaltungen ein, die von seiner
Seite nicht immer harmlos geführt waren, und trank mehr,
als er vertragen konnte. Einmal spielte er im Hause eines
Bankdirektors zum Tanze auf. Nachdem er schon vor Mitternacht durch anzüglich-galante Bemerkungen die vorbei-
tanzenden jungen Mädchen in Verlegenheit gebracht und
bei ihren Herren Anstoß erregt hatte, fiel es ihm ein, einen
wüsten Cancan zu spielen und mit seinem gewaltigen Baß
ein zweideutiges Couplet dazu zu singen. Der Bankdirek-
tor verwies es ihm heftig. Nachtigall, wie von seliger Hei-
terkeit erfüllt, erhob sich, umarmte den Direktor, dieser,
empört, fauchte, obwohl selbst Jude, dem Pianisten ein lan-
desübliches Schimpfwort ins Gesicht, das Nachtigall unverzüglich mit einer gewaltigen Ohrfeige quittierte – womit
seine Laufbahn in den besseren Häusern der Stadt endgültig abgeschlossen erschien. In intimeren Zirkeln wußte er
sich im allgemeinen anständiger zu betragen, wenn man
auch bei solchen Gelegenheiten in vorgerückten Stunden
manchmal genötigt war, ihn gewaltsam aus dem Lokal zu
entfernen. Doch am nächsten Morgen waren solche Zwi-
schenfälle von allen Beteiligten verziehen und vergessen. –
Eines Tages, seine Kollegen hatten längst alle ihre Studien
beendet, war er plötzlich ohne Abschied aus der Stadt verschwunden. Einige Monate hindurch trafen noch Karten-
grüße von ihm aus verschiedenen russischen und polnischen Städten ein; und einmal, ohne weitere Erklärung,
wurde Fridolin, den Nachtigall stets besonders in sein Herz
geschlossen hatte, nicht nur durch einen Gruß, sondern
durch die Bitte um einen mäßigen Geldbetrag an Nachtigalls Existenz erinnert. Fridolin sandte die Summe unverzüglich ab, ohne jemals einen Dank oder sonst ein Lebens-
zeichen von Nachtigall zu erhalten.

In diesem Augenblick aber, um dreiviertel ein Uhr

nachts, nach acht Jahren, bestand Nachtigall darauf, dieses Versäumnis unverzüglich gutzumachen, und in genau stimmender Anzahl entnahm er Banknoten einer ziemlich defekten Brieftasche, die übrigens leidlich gefüllt war, so daß Fridolin sich die Rückzahlung mit gutem Gewissen durfte gefallen lassen ...

»Also es geht dir gut«, meinte er lächelnd, wie zu seiner eigenen Beruhigung.

»Kann nicht klagen«, erwiderte Nachtigall. Und seine Hand auf Fridolins Arm legend: »Aber jetzt sag einmal, wie kommst du mitten in der Nacht daher?«

Fridolin erklärte seine Anwesenheit zu so später Stunde mit dem dringenden Bedürfnis, nach einem nächtlichen Krankenbesuch noch eine Tasse Kaffee zu sich zu nehmen; verschwieg aber, ohne recht zu wissen warum, daß er seinen Patienten nicht mehr am Leben getroffen. Dann äußerte er sich ganz im allgemeinen über seine ärztliche Tätigkeit an der Poliklinik und seine Privatpraxis und erwähnte, daß er verheiratet, glücklich verheiratet und Vater eines sechsjährigen Mädchens sei.

Nun berichtete Nachtigall. Er hatte sich, wie Fridolin richtig vermutet, die ganzen Jahre über als Pianist in allen möglichen polnischen, rumänischen, serbischen und bulgarischen Städten und Städtchen fortgebracht, in Lemberg lebte ihm eine Frau mit vier Kindern; – und er lachte hell, als wäre es ausnehmend lustig, vier Kinder zu haben, alle in Lemberg und alle von ein und derselben Frau. Seit dem vergangenen Herbst hielt er sich wieder in Wien auf. Das Varieté, das ihn engagiert hatte, war sofort verkracht, nun spielte er in den verschiedensten Lokalen, wie es sich eben fügte, manchmal auch in zweien oder dreien in derselben Nacht, hier unten zum Beispiel, im Keller, – kein sehr vornehmes Etablissement, wie er bemerkte, eigentlich eine Art von Kegelbahn, und was das Publikum anbelangt ... »Aber wenn man für vier Kinder zu sorgen hat und eine Frau in Lemberg« – und er lachte wieder, nicht mehr ganz so lustig wie vorher. »Auch privat habe ich manchmal zu tun«, fügte er rasch hinzu. Und als er ein erinnerndes Lächeln auf Fridolins Antlitz gewahrte, – »nicht bei Bankdirektoren und soo, nein, in allen mäglichen Kreisen, auch gräßere, äffentliche und gehäime.«

»Geheime?«

Nachtigall blickte düster-pfiffig vor sich hin. »Sofort werd ich wieder abgeholt.«

»Wie, heute noch spielst du?«

»Ja, dort fangt es nämlich erst um zwei an.«

»Das ist ja besonders fein«, sagte Fridolin.

»Ja und nein«, lachte Nachtigall, wurde aber gleich wieder ernst.

»Ja und nein –?« wiederholte Fridolin neugierig.

Nachtigall beugte sich über den Tisch zu ihm.

»Ich spielle heute in einem Privathaus, aber wem es gehärt, weiß ich nicht.«

»Du spielst also heute zum erstenmal dort?« fragte Fridolin mit steigendem Interesse.

»Nein, das drittemal. Aber es wird wahrscheinlich wieder ein anderes Haus sein.«

»Das versteh ich nicht.«

»Ich auch nicht«, lachte Nachtigall. »Besser du fragst nicht.«

»Hm«, machte Fridolin.

»Oh, du irrst dich. Nicht was du glaubst. Ich hab schon viel gesehen, man glaubt nicht, in solchen kleinen Städten – besonders Rumänien –, man erläbt vieles. Aber hier …« Er schlug den gelben Fenstervorhang ein wenig zurück, blickte auf die Straße hinaus und sagte wie für sich: »Noch nicht da«, – dann zu Fridolin, erklärend, »nämlich der Wagen. Immer holt mich ein Wagen ab, und immer ein anderer.«

»Du machst mich neugierig, Nachtigall«, meinte Fridolin kühl.

»Här zu«, sagte Nachtigall nach einigem Zögern. »Wenn ich einem auf der Welt vergennte – aber, wie macht man nur –«, und plötzlich: »Hast du Courage?«

»Sonderbare Frage«, sagte Fridolin im Ton eines beleidigten Couleurstudenten.

»Ich meine nicht soo.«

»Also wie meinst du eigentlich? Wozu braucht man bei dieser Gelegenheit so besondere Courage? Was kann einem denn passieren?« Und er lachte kurz und verächtlich.

»M i r kann nichts passieren, heechstens, daß ich zum letzten Male heite – aber das ist vielleicht auch soo.« Er schwieg und blickte wieder durch den Vorhangspalt hinaus.

»Na also?«

»Wie meinst du?« fragte Nachtigall wie aus einem Traum.

»Erzähl doch weiter. Wenn du schon einmal angefangen hast … Geheime Veranstaltung? Geschlossene Gesellschaft? Geladene Gäste?«

»Ich weiß nicht. Neilich waren dreißig Menschen, das erstemal nur sechzehn.«

»Ein Ball?«

»Natürlich ein Ball.« Er schien jetzt zu bereuen, daß er überhaupt gesprochen hatte.

»Und du machst Musik dazu?«

»Wieso dazu? Ich weiß nicht wozu. Wirklich, ich weiß nicht. Ich spiele, ich spiele – mit verbundene Augen.«

»Nachtigall, Nachtigall, was singst du da für ein Lied!«

Nachtigall seufzte leise. »Aber leider nicht ganz verbunden. Nicht so, daß ich gar nichts sehe. Ich seh' nämlich im Spiegel durch das schwarze Seidentuch über meine Augen …« Und wieder schwieg er.

»Mit einem Wort«, sagte Fridolin ungeduldig und verächtlich, fühlte sich aber sonderbar erregt ... »nackte Frauenzimmer.«

»Sag nicht Frauenzimmer, Fridolin«, erwiderte Nachtigall wie beleidigt, »solche Weiber hast du nie gesehen.«

Fridolin räusperte sich leicht. »Und wie hoch ist das Entrée?« fragte er beiläufig.

»Billetts meinst du und soo? Ha, was fallt dir ein.«

»Also wie verschafft man sich Eintritt?« fragte Fridolin mit gepreßten Lippen und trommelte auf die Tischplatte.

»Parolle mußt du kennen, und jedesmal ist eine andere.«

»Und die heutige?«

»Weiß ich noch nicht. Erfahr ich erst vom Kutscher.«

»Nimm mich mit, Nachtigall.«

»Unmeglich, zu gefährlich.«

»Vor einer Minute hattest du doch selbst die Absicht ... mir zu ›vergennen‹. Es wird schon möglich sein.«

Nachtigall betrachtete ihn prüfend. »So wie du bist – kenntest du auf keinen Fall, nämlich alle sind maskiert, Herren und Damen. Hast du eine Maske bei dir und soo? Unmeglich. Vielleicht nächstes Mal. Werde mir was ausspekulieren.« Er horchte auf und blickte wieder durch den Vorhangspalt auf die Straße, und aufatmend: »Da ist der Wagen. Adieu.«

Fridolin hielt ihn beim Arm fest. »So kommst du mir nicht davon. Du wirst mich mitnehmen.«

»Aber Kollega ...«

»Überlaß mir alles Weitere. Ich weiß schon, daß es ›gefährlich‹ ist, – vielleicht lockt mich gerade das.«

»Aber ich sage dir schon – ohne Kostim und Larve –«

»Es gibt Maskenleihanstalten.«

»Um ein Uhr früh –!«

»Hör einmal zu, Nachtigall. Ecke Wickenburgstraße befindet sich so ein Unternehmen. Täglich gehe ich ein paarmal an der Tafel vorbei.« Und hastig, in wachsender Erregung: »Du bleibst hier noch eine Viertelstunde, Nachtigall, ich versuch indessen dort mein Glück. Der Besitzer der Leihanstalt wohnt vermutlich im gleichen Haus. Wenn nicht – dann verzichte ich eben. Das Schicksal soll entscheiden. Im selben Haus ist ein Café, Café Vindobona heißt es, glaube ich. Du sagst dem Kutscher – daß du in dem Café irgend etwas vergessen hast, gehst hinein, ich warte nah der Tür, du sagst mir rasch die Parole, steigst wieder in deinen Wagen; ich, wenn es mir gelungen ist, ein Kostüm zu bekommen, nehme mir rasch einen andern, fahre dir nach – das Weitere muß sich finden. Dein Risiko, Nachtigall, mein Ehrenwort, trage ich in jedem Falle mit.«

Nachtigall hatte einige Male versucht, Fridolin zu unterbrechen, doch vergeblich. Fridolin warf die Zeche auf den Tisch mit einem allzu reichlichen Trinkgeld, wie ihm das in den Stil dieser Nacht zu passen schien, und ging. Draußen stand ein geschlossener Wagen, unbeweglich auf dem Bock saß ein Kutscher, ganz in Schwarz, mit hohem Zylinder; – wie eine Trauerkutsche, dachte Fridolin. Nach wenigen Minuten, im Laufschritt, war er zu dem Eckhaus gelangt, das er suchte, läutete, erkundigte sich beim Hausmeister, ob der Maskenverleiher Gibiser hier im Hause wohnte, und hoffte im stillen, daß es nicht der Fall wäre. Aber Gibiser wohnte tatsächlich hier, im Stockwerk unterhalb der Leihanstalt, der Hausmeister schien nicht einmal sonderlich erstaunt über den späten Besuch, sondern, durch das ansehnliche Trinkgeld Fridolins leutselig gestimmt, bemerkte er, daß während des Faschings gar nicht so selten auch in solcher Nachtstunde Leute kämen, um Kostüme auszuleihen. Er leuchtete von unten aus so lange mit der Kerze, bis Fridolin im ersten Stockwerk geklingelt hatte. Herr Gibiser, als hätte er an der Türe gewartet, öffnete selbst, er war hager, bartlos, kahl, trug einen altmodischen geblümten Schlafrock und eine türkische Mütze mit einer Troddel, so daß er

wie ein lächerlicher Alter auf dem Theater aussah. Fridolin
brachte sein Begehren vor und erwähnte, daß der Preis keine Rolle spiele, worauf Herr Gibiser beinahe wegwerfend
bemerkte: »Ich verlange, was mir zukommt, nicht mehr.«

Er führte Fridolin über eine Wendeltreppe ins Magazin
hinauf. Es roch nach Seide, Samt, Parfüms, Staub und
trockenen Blumen; aus schwimmendem Dunkel blitzte es
silbern und rot; und plötzlich glänzten eine Menge kleiner
Lämpchen zwischen offenen Schränken eines engen, lang-
gestreckten Gangs, der sich rückwärts in Finsternis verlor.
Rechts und links hingen Kostüme aller Art; auf der einen
Seite Ritter, Knappen, Bauern, Jäger, Gelehrte, Orientalen,
Narren, auf der anderen Hofdamen, Ritterfräulein, Bäue-
rinnen, Kammerzofen, Königinnen der Nacht. Oberhalb
der Kostüme waren die entsprechenden Kopfbedeckungen
zu sehen, und es war Fridolin zumute, als wenn er durch
eine Allee von Gehängten schritte, die im Begriffe wären,
sich gegenseitig zum Tanz aufzufordern. Herr Gibiser ging
hinter ihm einher. »Haben der Herr einen besonderen
Wunsch? Louis Quatorze? Directoire? Altdeutsch?«

»Ich brauche eine dunkle Mönchskutte und eine schwarze Larve, nichts weiter.«

In diesem Augenblick tönte vom Ende des Gangs her ein
gläsernes Geklirr. Fridolin sah dem Maskenverleiher erschrocken ins Gesicht, als sei dieser zu sofortiger Aufklärung verpflichtet. Gibiser selbst aber stand starr, tastete
nach einem irgendwo versteckten Schalter – und eine blendende Helle ergoß sich sofort bis zum Ende des Gangs, wo
ein kleines gedecktes Tischchen mit Tellern, Gläsern und
Flaschen zu sehen war. Von zwei Stühlen rechts und links
erhoben sich je ein Femrichter in rotem Talar, während ein
zierliches helles Wesen im selben Augenblick verschwand.
Gibiser stürzte mit langen Schritten hin, griff über den
Tisch und hielt eine weiße Perücke in der Hand, während

zugleich unter dem Tisch sich hervorschlängelnd ein anmu-
tiges, ganz junges Mädchen, fast noch ein Kind, im Pierret-
tenkostüm mit weißen Seidenstrümpfen durch den Gang
bis zu Fridolin gelaufen kam, der sie notgedrungen in seinen Armen auffing. Gibiser hatte die weiße Perücke auf
den Tisch fallen lassen und hielt rechts und links die Femrichter an den Falten ihrer Talare fest. Zugleich rief er zu
Fridolin hin: »Herr, halten Sie mir das Mädel fest.« Die
Kleine preßte sich an Fridolin, als müßte er sie schützen.
Ihr kleines schmales Gesicht war weiß bestäubt, mit einigen
Schönheitspfläserchen bedeckt, von ihren zarten Brüsten
stieg ein Duft von Rosen und Puder auf; – aus ihren Augen
lächelte Schelmerei und Lust.

»Meine Herren«, rief Gibiser, »Sie bleiben hier so lange,
bis ich Sie der Polizei übergeben habe.«

»Was fällt Ihnen ein?« riefen die beiden. Und wie aus einem Munde: »Wir sind einer Einladung des Fräuleins gefolgt.«

Gibiser ließ sie beide los, und Fridolin hörte, wie er zu
ihnen sagte: »Hierüber werden Sie nähere Auskunft zu geben haben. Oder sahen Sie nicht sofort, daß Sie es mit einer
Wahnsinnigen zu tun hatten?« und zu Fridolin gewendet:
»Verzeihen Sie den Zwischenfall, mein Herr.«

»Oh, es tut nichts«, sagte Fridolin. Am liebsten wäre er
dageblieben oder hätte die Kleine gleich mitgenommen,
wohin immer – und was immer daraus gefolgt wäre. Sie sah
lockend und kindlich zu ihm auf, wie gebannt. Die Femrichter am Ende des Ganges unterhielten sich aufgeregt
miteinander, Gibiser wandte sich sachlich an Fridolin mit
der Frage: »Sie wünschen eine Kutte, mein Herr, einen Pilgerhut, eine Larve?«

»Nein«, sagte die Pierrette mit leuchtenden Augen, »einen Hermelinmantel mußt du diesem Herrn geben und ein
rotseidenes Wams.«

»Du rührst dich nicht von meiner Seite«, sagte Gibiser und wies auf eine dunkle Kutte, die zwischen einem Landsknecht und einem venezianischen Senator hing. »Diese entspricht Ihrer Größe, hier der passende Hut, nehmen Sie, rasch.«

Nun meldeten sich von neuem die Femrichter. »Sie werden uns unverzüglich hinauslassen, Herr Chibisier«, sie sprachen den Namen Gibiser zu Fridolins Befremden französisch aus.

»Davon kann keine Rede sein«, erwiderte der Maskenverleiher höhnisch, »vorläufig werden Sie die Freundlichkeit haben, hier meine Rückkehr abzuwarten.«

Indes fuhr Fridolin in die Kutte, band die Enden der herunterhängenden weißen Schnur in einen Knoten, Gibiser reichte ihm, auf einer schmalen Leiter stehend, den schwarzen, breitkrempigen Pilgerhut herunter, und Fridolin setzte ihn auf; doch dies alles tat er wie unter einem Zwang, denn immer stärker empfand er es wie eine Verpflichtung, zu bleiben und der Pierrette in einer drohenden Gefahr beizustehen. Die Larve, die Gibiser ihm nun in die Hand drückte und die er gleich probierte, roch nach einem fremdartigen, etwas widerlichen Parfüm.

»Du gehst mir voran«, sagte Gibiser zu der Kleinen und wies gebieterisch zur Treppe. Pierrette wandte sich um, blickte zum Ende des Gangs und winkte einen wehmütig-heiteren Abschiedsgruß hin. Fridolin folgte ihrem Blick; dort standen keine Femrichter mehr, sondern zwei schlanke junge Herren in Frack und weißer Krawatte, doch beide noch mit den roten Larven über den Gesichtern. Pierrette schwebte die Wendeltreppe hinab, Gibiser ging hinter ihr, ihnen folgte Fridolin. Im Vorzimmer unten öffnete Gibiser eine Tür, die nach den inneren Räumen führte, und sagte zu Pierrette: »Du gehst augenblicklich zu Bette, verworfenes Geschöpf, wir sprechen uns, sobald ich mit den Herren oben abgerechnet habe.«

Sie stand in der Türe, weiß und zart, und schüttelte mit einem Blick auf Fridolin traurig den Kopf. Fridolin erblickte in einem großen Wandspiegel rechts einen hageren Pilger, der niemand anderer war als er selbst, und wunderte sich darüber, mit so natürlichen Dingen es eigentlich zuging.

Pierrette war verschwunden, der alte Maskenverleiher sperrte hinter ihr ab. Dann öffnete er die Wohnungstür und drängte Fridolin ins Stiegenhaus.

»Verzeihen Sie«, sagte Fridolin, meine Schuldigkeit ...«

»Lassen Sie, mein Herr, Bezahlung erfolgt bei Rückstellung, ich traue Ihnen.«

Doch Fridolin rührte sich nicht vom Fleck. »Sie schwören mir, daß Sie dem armen Kind nichts Böses tun werden?«

»Was kümmert Sie das, Herr?«

»Ich hörte, wie Sie die Kleine vorher als wahnsinnig bezeichneten, – und jetzt nannten Sie sie ein verworfenes Geschöpf. Ein auffallender Widerspruch, Sie werden es nicht leugnen.«

»Nun, mein Herr«, entgegnete Gibiser mit einem Ton wie auf dem Theater, »ist der Wahnsinnige nicht verworfen vor Gott?«

Fridolin schüttelte sich angewidert.

»Wie immer«, bemerkte er dann, »es wird sich Rat schaffen lassen. Ich bin Arzt. Wir reden morgen weiter über die Sache.«

Gibiser lachte höhnisch und lautlos. Im Stiegenhaus flammte plötzlich Licht auf, die Türe zwischen Gibiser und Fridolin schloß sich, und sofort wurde der Riegel vorgelegt. Fridolin entledigte sich, während er die Treppe hinunterging, des Huts, der Kutte, der Larve, nahm alles unter den Arm, der Hausbesorger öffnete das Tor, die Trauerkutsche stand gegenüber, mit dem unbeweglichen Lenker auf dem Bock. Nachtigall schickte sich eben an, das Café zu verlassen, und schien nicht sehr angenehm berührt, daß Fridolin pünktlich zur Stelle war.

»Du hast dir also richtig ein Kostüm verschafft?«

»Wie du siehst. Und die Parole?«

»Du bestehst also darauf?«

»Unbedingt.«

»Also – Parole ist Dänemark.«

»Bist du toll, Nachtigall?«

»Weshalb toll?«

»Nichts, nichts. – Ich war zufällig heuer im Sommer an der dänischen Küste. Also steig ein – aber nicht gleich, damit ich Zeit habe, mir drüben einen Wagen zu nehmen.«

Nachtigall nickte, zündete sich gemächlich eine Zigarette an, indes überquerte Fridolin rasch die Straße, nahm einen Fiaker und wies im harmlosen Ton, als handle es sich um einen Scherz, seinen Kutscher an, dem Trauerwagen zu folgen, der sich eben vor ihnen in Bewegung setzte.

Sie fuhren über die Alserstraße, dann unter einem Bahnviadukt der Vorstadt zu und weiter durch schlecht beleuchtete menschenleere Nebengassen. Fridolin erwog die Möglichkeit, daß der Kutscher seines Wagens die Spur des vorderen verlieren könnte; doch so oft er den Kopf durch das offene Fenster in die unnatürlich warme Luft hinaussteckte, immer sah er den anderen Wagen in mäßiger Entfernung vor sich, und unbeweglich saß der Kutscher mit dem hohen schwarzen Zylinder auf dem Bock. Es könnte auch übel ausgehen, dachte Fridolin. Dabei spürte er immer noch den Geruch von Rosen und Puder, der von Pierrettens Brüsten zu ihm aufgestiegen war. An welch einem seltsamen Roman bin ich da vorübergestreift? fragte er sich. Ich hätte nicht fortgehen sollen, vielleicht nicht dürfen. Wo bin ich nun eigentlich?

Zwischen bescheidenen Villen in langsamer Steigung

ging es hinan. Nun glaubte Fridolin sich zurechtzufinden; Spaziergänge hatten ihn vor Jahren manchmal hierherge-führt: es mußte der Galitzinberg sein, den er hinanfuhr. Zur Linken in der Tiefe sah er die in Dunst verschwimmende, von tausend Lichtern flimmernde Stadt. Er hörte Räderrollen hinter sich und blickte aus dem Fenster nach rückwärts. Zwei Wagen fuhren hinter ihm, und das war ihm lieb, so konnte er dem Trauerkutscher in keinem Fall verdächtig sein.

Plötzlich, mit einem sehr heftigen Ruck, bog der Wagen seitlich ab, und zwischen Gittern, Mauern, Abhängen ging es abwärts wie in eine Schlucht. Fridolin fiel es ein, daß es höchste Zeit war, sich zu maskieren. Er zog den Pelz aus, fuhr in die Kutte, geradeso wie er jeden Morgen auf der Spitalabteilung in die Ärmel seines Leinenkittels zu schlüp-fen pflegte; und wie an etwas Erlösendes dachte er daran, daß er in wenigen Stunden schon, wenn alles gut ging, wie jeden Morgen zwischen den Betten seiner Kranken herum-gehen würde – ein hilfsbereiter Arzt.

Der Wagen stand still. Wie wär's, dachte Fridolin, wenn ich gar nicht erst ausstiege – sondern lieber gleich zurück-kehrte? Aber wohin? Zu der kleinen Pierrette? Oder zu dem Dirnchen in der Buchfeldgasse? Oder zu Marianne, der Tochter des Verstorbenen? Oder nach Hause? Und mit einem leichten Schauer empfand er, daß er nirgendshin sich weniger sehnte als gerade dorthin. Oder war es, weil dieser Weg ihn der weiteste dünkte? Nein, ich kann nicht zurück, dachte er bei sich. Weiter meinen Weg, und wär's mein Tod. Er lachte selbst zu dem großen Wort, aber sehr heiter war ihm dabei nicht zumut.

Ein Gartentor stand weit offen. Die Trauerkutsche vor ihm fuhr eben tiefer in die Schlucht hinab oder in das Dun-kel, das ihm so erschien. Nachtigall war also jedenfalls schon ausgestiegen. Fridolin sprang rasch aus dem Wagen,

wies den Kutscher an, oben an jener Biegung seine Rückkehr abzuwarten, so lange es auch dauern sollte. Und um
sich seiner zu versichern, entlohnte er ihn im vorhinein
reichlich und versprach ihm einen gleichen Betrag für die
Rückfahrt. Die Wagen, die dem seinen gefolgt waren, kamen angefahren. Aus dem ersten sah Fridolin eine verhüllte
Frauengestalt steigen; dann trat er in den Garten, nahm die
Larve vor, ein schmaler, vom Hause her beleuchteter Pfad
führte bis zum Tor, zwei Flügel sprangen auf, und Fridolin
befand sich in einer schmalen weißen Vorhalle. Harmoniumklänge tönten ihm entgegen, zwei Diener in dunkler Liv-
ree, die Gesichter grau verlarvt, standen recht und links.

»Parole?« umflüsterte es ihn zweistimmig. Und er erwiderte: »Dänemark.« Der eine Diener nahm seinen Pelz in
Empfang und verschwand damit in einem Nebenraum, der
andere öffnete eine Tür, und Fridolin trat in einen dämmerigen, fast dunklen hohen Saal, der ringsum von schwarzer
Seide umhangen war. Masken, durchaus in geistlicher
Tracht, schritten auf und ab, sechzehn bis zwanzig Personen, Mönche und Nonnen. Die Harmoniumklänge, sanft
anschwellend, eine italienische Kirchenmelodie, schienen
aus der Höhe herabzutönen. In einem Winkel des Saales
stand eine kleine Gruppe, drei Nonnen und zwei Mönche;
von dort aus hatte man sich flüchtig zu ihm hin und gleich
wieder, wie mit Absicht, abgewandt. Fridolin merkte, daß
er als einziger das Haupt bedeckt hatte, nahm den Pilgerhut
ab und wandelte so harmlos als möglich auf und nieder; ein
Mönch streifte seinen Arm und nickte einen Gruß; doch
hinter der Maske bohrte sich ein Blick, eine Sekunde lang,
tief in Friedolins Augen. Ein fremdartiger, schwüler Wohl-
geruch, wie von südländischen Gärten, umfing ihn. Wieder
streifte ihn ein Arm. Diesmal war es der einer Nonne. Wie
die andern hatte auch sie um Stirn, Haupt und Nacken einen schwarzen Schleier geschlungen, unter den schwarzen

Seidenspitzen der Larve leuchtete ein blutroter Mund. Wo
bin ich? dachte Fridolin. Unter Irrsinnigen? Unter Ver-
schwörern? Bin ich in die Versammlung irgendeiner reli-
giösen Sekte geraten? War Nachtigall vielleicht beordert,
bezahlt, irgendeinen Uneingeweihten mitzubringen, den
man zum besten haben wollte? Doch für einen Masken-
scherz schien ihm alles zu ernst, zu eintönig, zu unheimlich. Den Harmoniumklängen hatte sich eine weibliche
Stimme beigesellt, eine altitalienische geistliche Arie tönte
durch den Raum. Alle standen still, schienen zu lauschen,
auch Fridolin gab sich für eine Weile der wundervoll an-
schwellenden Melodie gefangen. Plötzlich flüsterte eine
weibliche Stimme hinter ihm: »Wenden Sie sich nicht nach
mir um. Noch ist es Zeit, daß Sie sich entfernen. Sie gehören nicht hierher. Wenn man es entdeckte, erginge es Ihnen
schlimm.«

Fridolin schrak zusammen. Eine Sekunde lang dachte er
der Warnung zu folgen. Aber die Neugier, die Lockung
und vor allem sein Stolz waren stärker als jedes Bedenken.
Nun bin ich einmal so weit, dachte er, mag es enden, wie es
wolle. Und er schüttelte verneinend den Kopf, ohne sich
umzuwenden.

Da flüsterte die Stimme hinter ihm: »Es täte mir leid um
Sie.«

Jetzt wandte er sich um. Er sah den blutroten Mund
durch die Spitzen schimmern, dunkle Augen sanken in die
seinen. »Ich bleibe«, sagte er in einem heroischen Ton, den
er nicht an sich kannte, und wandte das Antlitz wieder ab.
Der Gesang schwoll wundersam an, das Harmonium tönte
in einer neuen, durchaus nicht mehr kirchlichen Weise,
sondern weltlich, üppig, wie eine Orgel brausend; und um
sich schauend, merkte Fridolin, daß die Nonnen alle verschwunden waren und sich nur mehr Mönche im Saale befanden. Auch die Gesangsstimme war indes aus ihrem

dunklen Ernst über einen kunstvoll ansteigenden Triller ins
Helle und Jauchzende übergegangen, statt des Harmoni-
ums aber hatte irdisch und frech ein Klavier eingesetzt, Fridolin erkannte sofort Nachtigalls wilden, aufreizenden Anschlag, und die vorher so edle weibliche Frauenstimme hatte sich in einem letzten grellen, wollüstigen Aufschrei
gleichsam durch die Decke davongeschwungen in die Un-
endlichkeit. Türen rechts und links hatten sich aufgetan,
auf der einen Seite erkannte Fridolin am Klavier die ver-
dämmernden Umrisse von Nachtigalls Gestalt, der gegen-
überliegende Raum aber strahlte in blendender Helle, und
Frauen standen unbeweglich da, alle mit dunklen Schleiern
um Haupt, Stirn und Nacken, schwarze Spitzenlarven über
dem Antlitz, aber sonst völlig nackt. Fridolins Augen irrten
durstig von üppigen zu schlanken, von zarten zu prangend
erblühten Gestalten; – und daß jede dieser Unverhüllten
doch ein Geheimnis blieb und aus den schwarzen Masken
als unlöslichste Rätsel große Augen zu ihm herüberstrahl-
ten, das wandelte ihm die unsägliche Lust des Schauens in
eine fast unerträgliche Qual des Verlangens. Doch wie ihm
erging es wohl auch den andern. Die ersten entzückten
Atemzüge wandelten sich zu Seufzern, die nach einem tiefen Weh klangen; irgendwo entrang sich ein Schrei; – und
plötzlich, als wären sie gejagt, stürzten sie alle, nicht mehr
in ihren Mönchskutten, sondern in festlichen weißen, gelben, blauen, roten Kavalierstrachten aus dem dämmerigen
Saal zu den Frauen hin, wo ein tolles, beinahe böses Lachen
sie empfing. Fridolin war der einzige, der als Mönch zu-
rückgeblieben war, und schlich sich, einigermaßen ängstlich, in die entfernteste Ecke, wo er sich Nachtigall nahe
befand, der ihm den Rücken zugewendet hatte. Fridolin
sah wohl, daß Nachtigall eine Binde um die Augen trug,
aber zugleich glaubte er zu bemerken, wie hinter dieser
Binde seine Augen in den hohen Spiegel gegenüber sich

bohrten, in dem die bunten Kavaliere mit ihren nackten Tänzerinnen sich drehten.

Plötzlich stand eine der Frauen neben Fridolin und flüsterte – denn niemand, als müßten auch die Stimmen Geheimnis bleiben, sprach ein lautes Wort –: »Warum so einsam? Warum schließest du dich vom Tanze aus?«

Fridolin sah, daß von einer anderen Ecke her ihn zwei Edelleute scharf ins Auge gefaßt hatten, und er vermutete, daß das Geschöpf an seiner Seite – es war knabenhaft und schlank gewachsen – zu ihm gesandt war, ihn zu prüfen und zu versuchen. Trotzdem breitete er die Arme nach ihr aus, um sie an sich zu ziehen, als ein anderes der Weiber sich von ihrem Tänzer löste und geradeswegs zu Fridolin gelaufen kam. Er wußte sofort, daß es seine Warnerin von früher war. Sie stellte sich an, als erblicke sie ihn zum erstenmal, und flüsterte, doch so vernehmlich, daß man sie auch in jener anderen Ecke hören mußte: »Bist du endlich zurück?« Und heiter lachend: »Es ist alles vergeblich, du bist erkannt.« Und zu der Knabenhaften gewandt: »Laß mir ihn nur für zwei Minuten. Dann sollst du ihn gleich wieder, wenn du willst, bis zum Morgen haben.« Und leiser zu ihr, wie freudig: »Er ist es, ja, er.« Die andere erstaunt: »Wirklich?« und schwebte fort in die Ecke zu den Kavalieren.

»Frage nicht«, sprach nun die Zurückbleibende zu Fridolin, »und wundere dich über nichts. Ich versuchte sie irrezuführen, aber ich sage dir gleich: auf die Dauer kann es nicht gelingen. Flieh, ehe es zu spät ist. Und es kann in jedem Augenblick zu spät sein. Und gib acht, daß man deine Spur nicht verfolgt. Niemand darf erfahren, wer du bist. Mit deiner Ruhe, mit dem Frieden deines Daseins wäre es vorbei für immer. Geh!«

»Seh ich dich wieder?«

»Unmöglich.«

»So bleib ich.«

Ein Zittern ging durch ihren nackten Leib, das sich ihm mitteilte und ihm fast die Sinne umnebelte.

»Es kann nicht mehr auf dem Spiel stehen als mein Leben«, sagte er, »und das bist du mir in diesem Augenblick wert.« Er faßte ihre Hände, versuchte sie an sich zu ziehen.

Sie flüsterte wieder, wie verzweifelt: »Geh!«

Er lachte und hörte sich, wie man sich im Traume hört. »Ich sehe ja, wo ich bin. Ihr seid doch nicht nur darum da, ihr alle, damit man von euerm Anblick toll wird! Du treibst nur einen besondern Spaß mit mir, um mich völlig verrückt zu machen.«

»Es wird zu spät, geh!«

Er wollte sie nicht hören. »Es sollte hier keine verschwiegenen Gemächer geben, in die Paare sich zurückziehen, die sich gefunden haben? Werden alle, die hier sind, mit höflichen Handküssen voneinander Abschied nehmen? Sie sehen nicht danach aus.«

Und er wies auf die Paare, die nach den rasenden Klängen des Klaviers in dem überhellen, spiegelnden Nebenraume weitertanzten, glühende, weiße Leiber an blaue, rote, gelbe Seide geschmiegt. Ihm war, als kümmerte sich jetzt niemand um ihn und die Frau neben ihm; sie standen in dem fast dunklen Mittelsaal ganz allein.

»Vergebliche Hoffnung«, flüsterte sie. »Es gibt hier keine Gemächer, wie du sie dir träumst. Es ist die letzte Minute. Flieh!«

»Komme mit mir.«

Sie schüttelte heftig den Kopf, wie verzweifelt.

Er lachte wieder und kannte sein Lachen nicht. »Du hältst mich zum besten. Sind diese Männer und diese Frauen hierher gekommen, nur um einander zu entflammen und dann zu verschmähen? Wer kann dir verbieten, mit mir fortzugehen, wenn du willst?«

Sie atmete tief auf und senkte das Haupt.

»Ah, nun versteh ich«, sagte er. »Es ist die Strafe, die ihr dem bestimmt habt, der sich ungeladen einschleicht. Ihr hättet keine grausamere ersinnen können. Erlasse sie mir. Begnadige mich. Verhänge eine andere Buße über mich. Nur nicht diese, daß ich ohne dich gehen soll!«

»Du bist wahnsinnig. Ich kann nicht mit dir von hier fortgehen, so wenig – wie mit irgendeinem andern. Und wer versuchen wollte, mir zu folgen, hätte sein und mein Leben verwirkt.«

Fridolin war wie trunken, nicht nur von ihr, ihrem duftenden Leib, ihrem rotglühenden Mund, nicht nur von der Atmosphäre dieses Raums, den wollüstigen Geheimnissen, die ihn hier umgaben; – er war berauscht und durstig zugleich von all den Erlebnissen dieser Nacht, deren keines einen Abschluß gehabt hatte; von sich selbst, von seiner Kühnheit, von der Wandlung, die er in sich spürte. Und er rührte mit den Händen an den Schleier, der um ihr Haupt geschlungen war, als wollte er ihn herunterziehen.

Sie ergriff seine Hände. »Es war eine Nacht, da fiel es einem ein, einer von uns im Tanz den Schleier von der Stirn zu reißen. Man riß ihm die Larve vom Gesicht und peitschte ihn hinaus.«

»Und – sie?«

»Du hast vielleicht von einem schönen, jungen Mädchen gelesen … es sind erst wenige Wochen her, die am Tag vor ihrer Hochzeit Gift nahm.«

Er erinnerte sich, auch des Namens. Er nannte ihn. War es nicht ein Mädchen aus fürstlichem Hause, das mit einem italienischen Prinzen verlobt gewesen war?

Sie nickte.

Plötzlich stand einer der Kavaliere da, der vornehmste von allen, der einzige in weißer Tracht; und mit einer kurzen, zwar höflichen, doch zugleich gebieterischen Verneigung forderte er die Frau, mit der Fridolin sprach, zu einem Tanze auf. Es war Fridolin, als zögerte sie einen Augenblick. Doch schon hatte der andere sie umfaßt und wirbelte mit ihr davon zu den andern Paaren im erleuchteten Nebensaal.

Fridolin fand sich allein, und diese plötzliche Verlassenheit überfiel ihn wie Frost. Er sah um sich. In diesem Augenblick schien sich niemand um ihn zu kümmern. Vielleicht war jetzt noch eine letzte Möglichkeit, sich ungestraft zu entfernen. Was ihn trotzdem in seine Ecke gebannt hielt, wo er sich nun ungesehen und unbeachtet fühlen durfte – die Scheu vor einem ruhmlosen und etwas lächerlichen Rückzug, das ungestillte, quälende Verlangen nach dem wundersamen Frauenleib, dessen Duft noch um ihn strich; oder die Erwägung, daß alles, was bisher geschehen, vielleicht eine Prüfung seines Muts bedeutet hätte und daß ihm die herrliche Frau als Preis zufallen würde, – das wußte er selbst nicht. Jedenfalls aber war ihm klar, daß diese Spannung nicht länger zu ertragen war, und daß er auf alle Gefahr hin diesem Zustand ein Ende machen mußte. Wozu immer er sich entschlösse, das Leben konnte es nicht kosten. Er befand sich vielleicht unter Narren, vielleicht unter Wüstlingen, gewiß nicht unter Buben oder Verbrechern. Und es kam ihm der Einfall, unter sie hinzutreten, sich selbst als Eindringling zu bekennen und sich ihnen in ritterlicher Weise zur Verfügung zu stellen. Nur in solcher Art, wie mit einem edeln Akkord, durfte diese Nacht abschließen, wenn sie mehr bedeuten sollte als ein schattenhaft wüstes Nacheinander von düsteren, trübseligen, skurrilen und lüsternen Abenteuern, deren doch keines zu Ende gelebt worden war. Und aufatmend machte er sich bereit.

In diesem Augenblick aber flüsterte es neben ihm: »Parole!« Ein schwarzer Kavalier war unversehens zu ihm hingetreten, und da Fridolin nicht gleich erwiderte, stellte er seine Frage ein zweites Mal. »Dänemark«, sagte Fridolin.

»Ganz recht, mein Herr, dies ist die Parole des Eingangs. Die Parole des Hauses, wenn ich bitten darf?«

Fridolin schwieg.

»Sie wollen nicht die Güte haben, uns die Parole des Hauses zu sagen?« Es klang messerscharf.

Fridolin zuckte die Achseln. Der andere trat in die Mitte des Raumes, erhob die Hand, das Klavierspiel verstummte, der Tanz brach ab. Zwei andere Kavaliere, einer in Gelb, der andere in Rot, traten herzu. »Die Parole, mein Herr«, sagten sie beide gleichzeitig.

»Ich habe sie vergessen«, erwiderte Fridolin mit einem leeren Lächeln und fühlte sich ganz ruhig.

»Das ist ein Unglück«, sagte der Herr in Gelb, »denn es gilt hier gleich, ob Sie die Parole vergessen oder ob Sie sie nie gekannt haben.«

Die andern männlichen Masken strömten herein, die Türen nach beiden Seiten schlossen sich. Fridolin stand allein da im Mönchsgewand mitten unter bunten Kavalieren.

»Die Maske herunter!« riefen einige zugleich. Wie zum Schutz hielt Fridolin die Arme vor sich hingestreckt. Tausendmal schlimmer wäre es ihm erschienen, der einzige mit unverlarvtem Gesicht unter lauter Masken dazustehen, als plötzlich unter Angekleideten nackt. Und mit fester Stimme sagte er: »Wenn einer von den Herren sich durch mein Erscheinen in seiner Ehre gekränkt fühlen sollte, so erkläre ich mich bereit, ihm in üblicher Weise Genugtuung zu geben. Doch meine Maske werde ich nur in dem Falle ablegen, daß Sie alle das gleiche tun, meine Herren.«

»Es handelt sich hier nicht um Genugtuung«, sagte der rotgekleidete Kavalier, der bisher noch nicht gesprochen hatte, »sondern um Sühne.«

»Die Maske herunter!« befahl wieder ein anderer mit einer hellen frechen Stimme, durch die sich Fridolin an den Kommandoton eines Offiziers erinnert fühlte. »Man wird Ihnen ins Gesicht sagen, was Ihrer harrt, und nicht in Ihre Larve.«

»Ich nehme sie nicht ab«, sagte Fridolin in noch schärferem Ton, »und wehe dem, der es wagt, mich zu berühren.« Irgendein Arm griff plötzlich nach seinem Gesicht, wie um ihm die Maske herunterzureißen, als plötzlich die eine Tür sich auftat und eine der Frauen – Fridolin konnte sich nicht im Zweifel darüber befinden, welche es war – dastand, in Nonnentracht, so wie er sie zuerst erblickt hatte. Hinter ihr aber in dem überhellten Raum waren die andern zu sehen, nackt mit verhüllten Gesichtern, aneinandergedrängt, stumm, eine verschüchterte Schar. Doch die Türe schloß sich sofort wieder.

»Laßt ihn«, sagte die Nonne, »ich bin bereit, ihn auszulösen.«

Ein kurzes tiefes Schweigen, als wenn etwas Ungeheueres sich ereignet hätte, dann wandte sich der schwarze Kavalier, der Fridolin zuerst die Parole abverlangt hatte, an die Nonne mit den Worten: »Du weißt, was du damit auf dich nimmst.«

»Ich weiß es.«

Wie ein tiefes Aufatmen ging es durch den Raum.

»Sie sind frei«, sagte der Kavalier zu Fridolin, »verlassen Sie ungesäumt dieses Haus und hüten Sie sich, weiter nach den Geheimnissen zu forschen, in deren Vorhof Sie sich eingeschlichen haben. Sollten Sie irgend jemanden auf unsere Spur zu leiten versuchen, ob es nun glückte oder nicht; – Sie wären verloren.«

Fridolin stand unbeweglich. »Auf welche Weise soll – diese Frau mich auslösen?« fragte er.

Keine Antwort. Einige Arme wiesen der Türe zu, zum Zeichen, er möge sich unverzüglich entfernen.

Fridolin schüttelte den Kopf. »Verhängen Sie über mich, meine Herren, was Ihnen beliebt, ich werde nicht dulden, daß ein anderes menschliches Wesen für mich bezahlt.«

»An dem Los dieser Frau«, sagte der schwarze Kavalier nun ganz sanft, »würden Sie doch nichts mehr ändern. Wenn hier ein Versprechen geleistet wurde, gibt es kein Zurück.«

Die Nonne nickte langsam wie zur Bestätigung. »Geh!« sagte sie zu Fridolin.

»Nein«, erwiderte dieser in erhöhtem Ton. »Das Leben hat keinen Wert mehr für mich, wenn ich ohne dich von hier fortgehen soll. Woher du kommst, wer du bist, ich frage nicht danach. Was kann es Ihnen, meine unbekannten Herren, bedeuten, ob Sie diese Faschingskomödie, und sei sie auch auf einen ernsthaften Schluß angelegt, zu Ende spielen oder nicht. Wer immer Sie sein mögen, meine Herren, Sie führen in jedem Fall noch eine andere Existenz als diese. Ich aber spiele keinerlei Komödie, auch nicht hier, und wenn ich es bisher notgedrungen getan habe, so gebe ich es jetzt auf. Ich fühle, daß ich in ein Schicksal geraten bin, das mit dieser Mummerei nichts mehr zu tun hat, ich will Ihnen meinen Namen nennen, ich will meine Larve abtun und nehme alle Folgen auf mich.«

»Hüte dich!« rief die Nonne aus, »du würdest dich verderben, ohne mich zu retten! Geh!« Und zu den andern gewendet: »Hier bin ich, hier habt ihr mich – alle!«

Die dunkle Tracht fiel wie durch einen Zauber von ihr ab, im Glanz ihres weißen Leibes stand sie da, sie griff nach dem Schleier, der ihr um Stirn, Haupt und Nacken gewunden war, und mit einer wundersamen runden Bewegung wand sie ihn los. Er sank zu Boden, dunkle Haare stürzten ihr über Schultern, Brust und Lenden, – doch ehe noch Fridolin das Bild ihres Antlitzes zu erhaschen vermochte, war er von unwiderstehlichen Armen erfaßt, fortgerissen und zur Türe gedrängt worden; im Augenblick darauf befand er sich im Vorraum, die Türe hinter ihm fiel zu, ein verlarvter Bedienter brachte ihm den Pelz, war ihm beim Anziehen behilflich, und das Haustor öffnete sich. Wie von einer unsichtbaren Gewalt fortgetrieben eilte er weiter, er stand auf der Straße, das Licht hinter ihm erlosch, er blickte sich um und sah das Haus schweigend daliegen mit verschlossenen Fenstern, aus denen kein Schimmer drang. Daß ich mir nur alles genau einpräge, dachte er vor allem. Ich muß das Haus wiederfinden, alles Weitere ergibt sich.

Nacht war um ihn, in einiger Entfernung über ihm, dort, wo der Wagen seiner warten sollte, leuchtete trüb-rötlich eine Laterne. Aus der Tiefe der Gasse fuhr die Trauerkutsche vor, als hätte er nach ihr gerufen. Ein Diener öffnete den Schlag.

»Ich habe meinen Wagen«, sagte Fridolin. Der Bediente schüttelte den Kopf. »Sollte er davongefahren sein, so werde ich zu Fuß nach der Stadt zurückkehren.«

Der Diener antwortete mit einer Handbewegung so wenig bedientenhafter Art, daß sie jeden Widerspruch ausschloß. Der Zylinder des Kutschers ragte lächerlich lang in die Nacht auf. Der Wind blies heftig, über den Himmel hin flogen violette Wolken. Fridolin konnte sich nach seinen bisherigen Erlebnissen nicht darüber täuschen, daß ihm nichts übrigblieb, als in den Wagen zu steigen, der sich auch mit ihm unverzüglich in Bewegung setzte.

Fridolin fühlte sich entschlossen, auf alle Gefahr hin die Aufklärung des Abenteuers, sobald es anging, in Angriff zu nehmen. Sein Dasein, so schien ihm, hatte nicht den geringsten Sinn mehr, wenn es ihm nicht gelang, die unbegreifliche Frau wiederzufinden, die in dieser Stunde den Preis für seine Rettung bezahlte. Was für einen, das war allzu leicht zu erraten. Aber welchen Anlaß hatte sie, sich für ihn zu opfern? Zu opfern –? War sie überhaupt eine Frau,

für die, was ihr nun bevorstand, was sie nun über sich erge-
hen ließ, ein Opfer bedeutete? Wenn sie an diesen Gesell-
schaften teilnahm – und es konnte heute nicht zum erstenm-
mal der Fall sein, da sie sich in die Bräuche so eingeweiht
zeigte –, was mochte ihr daran liegen, einem dieser Kavaliere oder ihnen allen zu Willen zu sein? Ja, konnte sie überhaupt etwas anderes sein als eine Dirne? Konnten alle diese
Weiber etwas anderes sein? Dirnen – kein Zweifel. Auch
wenn sie alle noch irgendein zweites, sozusagen bürger-
liches Leben neben diesem führten, das eben ein Dirnen-
leben war. Und war nicht alles, was er eben erlebt, wahrscheinlich nur ein infamer Spaß gewesen, den man sich mit
ihm erlaubt hatte? Ein Spaß, der für den Fall, daß sich einmal ein Unberufener hier einschleichen sollte, schon vorgesehen, vorbereitet, ja möglicherweise einstudiert war? Und
doch, wenn er nun wieder dieser Frau dachte, die ihn von
Anfang an gewarnt hatte, die nun bereit war, für ihn zu bezahlen – in ihrer Stimme, in ihrer Haltung, in dem königli-
chen Adel ihres unverhüllten Leibes war etwas gewesen,
das unmöglich Lüge sein konnte. Oder hatte vielleicht nur
seine, Fridolins plötzliche Erscheinung als Wunder ge-
wirkt, sie zu verwandeln? Nach allem, was ihm in dieser
Nacht begegnet war, hielt er – und er war sich in diesem
Gedanken keiner Geckerei bewußt – auch ein solches
Wunder nicht für unmöglich. Vielleicht gibt es Stunden,
Nächte, dachte er, in denen solch ein seltsamer, unwider-
stehlicher Zauber von Männern ausgeht, denen unter ge-
wöhnlichen Umständen keine sonderliche Macht über das
andere Geschlecht innewohnt?
     Der Wagen fuhr immer hügelaufwärts, längst hätte er,
wenn's mit rechten Dingen zuging, in die Hauptstraße ein-
biegen müssen. Was hatte man mit ihm vor? Wohin sollte
ihn der Wagen bringen? Sollte die Komödie vielleicht noch
eine Fortsetzung finden? Und welcher Art sollte diese sein?

Aufklärung vielleicht? Heiteres Wiederfinden an anderm Ort? Lohn nach rühmlich bestandener Probe, Aufnahme in die geheime Gesellschaft? Ungestörter Besitz der herrlichen Nonne –? Die Wagenfenster waren geschlossen, Fridolin versuchte hinauszublicken; – sie waren undurchsichtig. Er wollte die Fenster öffnen, rechts, links, es war unmöglich; und ebenso undurchsichtig, ebenso fest verschlossen war die Glaswand zwischen ihm und dem Kutschbock. Er klopfte an die Scheiben, er rief, er schrie, der Wagen fuhr weiter. Er wollte den Wagenschlag öffnen, rechts, links, sie gaben keinem Drucke nach, sein neuerliches Rufen verhallte im Knarren der Räder, im Sausen des Windes. Der Wagen begann zu holpern, fuhr bergab, immer rascher, Fridolin, von Unruhe, von Angst erfaßt, war eben daran, eines der blinden Fenster zu zerschmettern, als der Wagen plötzlich stillstand. Beide Türen öffneten sich gleichzeitig wie durch einen Mechanismus, als wäre nun Fridolin ironischerweise die Wahl zwischen rechts und links gegeben. Er sprang aus dem Wagen, die Türen klappten zu, – und ohne daß der Kutscher sich um Fridolin im geringsten gekümmert hatte, fuhr der Wagen davon, über das freie Feld in die Nacht hinein.

Der Himmel war bedeckt, die Wolken jagten, der Wind pfiff, Fridolin stand im Schnee, der ringsum eine blasse Helligkeit verbreitete. Er stand allein mit offenem Pelz über seinem Mönchsgewand, den Pilgerhut auf dem Kopf, und es war ihm nicht eben heimlich zumute. In einiger Entfernung lief die breite Straße. Eine Prozession von trübflackernden Laternen bezeichnete die Richtung nach der Stadt. Fridolin aber lief geradeaus, den Weg abkürzend, über das mäßig sich senkende, beschneite Feld nach abwärts, um so rasch als möglich unter Menschen zu gelangen. Mit durchnäßten Füßen kam er in ein schmales, fast unbeleuchtetes Gäßchen, schritt zuerst zwischen hohen

Planken hin, die im Sturme ächzten; um die nächste Ecke
geriet er in eine etwas breitere Gasse, wo spärliche kleine
Häuser und leere Bauplätze miteinander abwechselten. Von
einer Turmuhr schlug es drei Uhr morgens. Jemand kam
Fridolin entgegen, in kurzer Jacke, die Hände in den Ho-
sentaschen, den Kopf zwischen die Schultern gezogen, den
Hut tief in die Stirne gedrückt. Fridolin stellte sich wie gegen einen Angriff in Bereitschaft, aber unerwarteterweise
machte der Strolch plötzlich kehrt und lief davon. Was bedeutet das? fragte sich Fridolin. Dann besann er sich, daß er
unheimlich genug aussehen mochte, nahm den Pilgerhut
vom Kopf, knöpfte den Mantel zu, unter dem das Mönchs-
habit bis über die Knöchel schlotterte. Wieder bog er um
eine Ecke; er betrat eine vorortliche Hauptstraße, ein länd-
lich gekleideter Mensch kam an ihm vorüber und grüßte,
wie man einen Priester grüßt. Der Lichtstrahl einer Laterne
fiel auf die Straßentafel des Eckhauses. Liebhartstal, – also
nicht sehr weit von dem Haus, das er vor kaum einer Stunde verlassen. Eine Sekunde lockte es ihn, den Weg zurück
zu nehmen, in der Nähe des Hauses der weiteren Dinge zu
harren. Doch er stand sofort ab, in der Erwägung, daß er
sich in schlimme Gefahr begeben hätte und der Lösung des
Rätsels doch kaum näher gekommen wäre. Die Vorstellung
der Dinge, die sich eben jetzt in der Villa ereignen mochten, erfüllte ihn mit Grimm, Verzweiflung, Beschämung
und Angst. Dieser Gemütszustand war so unerträglich, daß
Fridolin beinahe bedauerte, von dem Strolch, dem er begegnet war, nicht angefallen worden zu sein, ja beinahe bedauerte, nicht mit einem Messerstich zwischen den Rippen
an einer Planke in der verlorenen Gasse zu liegen. So hätte
diese unsinnige Nacht mit ihren läppischen, abgebrochenen
Abenteuern am Ende doch eine Art von Sinn erhalten. So
heimzukehren, wie er nun im Begriff war, erschien ihm geradezu lächerlich. Aber noch war nichts verloren. Morgen

war auch ein Tag. Er schwor sich zu, nicht zu ruhen, ehe er das schöne Weib wiedergefunden, dessen blendende Nacktheit ihn berauscht hatte. Und nun erst dachte er an Albertine, – doch so, als hätte er auch sie erst zu erobern, als könnte sie, als dürfte sie nicht früher wieder die Seine werden, ehe er sie mit all den andern von heute nacht, mit der nackten Frau, mit Pierrette, mit Marianne, mit dem Dirnchen aus der engen Gasse hintergangen. Und sollte er sich nicht auch bemühen, den frechen Studenten ausfindig zu machen, der ihn angerempelt hatte, um ihn auf Säbel, lieber noch auf Pistolen zu fordern? Was lag ihm an eines andern, was an seinem eigenen Leben? Sollte man es immer nur aus Pflicht, aus Opfermut aufs Spiel setzen, niemals aus Laune, aus Leidenschaft oder einfach, um sich mit dem Schicksal zu messen?!

Und wieder fiel ihm ein, daß er möglicherweise schon den Keim einer Todeskrankheit im Leibe trug. Wäre es nicht zu albern, daran zu sterben, daß einem ein diphtheriekrankes Kind ins Gesicht gehustet hatte? Vielleicht war er schon krank. Hatte er nicht Fieber? Lag er in diesem Augenblick nicht daheim zu Bett, – und all das, was er erlebt zu haben glaubte, waren nichts als Delirien gewesen?!

Fridolin riß die Augen so weit auf als möglich, strich sich über Stirn und Wange, fühlte nach seinem Puls. Kaum beschleunigt. Alles in Ordnung. Er war völlig wach.

Er ging die Straße weiter, der Stadt zu. Ein paar Marktwagen kamen hinter ihm, rumpelten vorbei, hin und wieder begegnete er ärmlich angezogenen Leuten, für die der Tag eben anfing. Hinter einem Kaffeehausfenster, an einem Tisch, über dem eine Gasflamme flackerte, saß ein dicker Mensch mit einem Schal um den Hals, den Kopf in die Hände gestützt und schlief. Die Häuser lagen noch im Dunkel, wenige vereinzelte Fenster waren erleuchtet. Fridolin glaubte zu fühlen, wie die Menschen allmählich erwachten, es war ihm, als sähe er sie in ihren Betten sich recken und rüsten zu ihrem armseligen, sauren Tag. Auch ihm stand einer bevor, aber doch nicht armselig und trüb. Und mit einem seltsamen Herzklopfen ward er sich freudig bewußt, daß er in wenigen Stunden schon im weißen Leinenkittel zwischen den Betten seiner Kranken herumgehen würde. An der nächsten Ecke stand ein Einspänner, der Kutscher schlief auf dem Bock, Fridolin weckte ihn, nannte ihm seine Adresse und stieg ein.

V

Es war vier Uhr morgens, als er die Treppe zu seiner Wohnung hinaufschritt. Er begab sich vor allem in sein Sprechzimmer, verschloß das Maskengewand sorgfältig in einen Schrank, und da er es vermeiden wollte, Albertine zu wecken, legte er Schuhe und Kleider ab, noch ehe er ins Schlafzimmer trat. Vorsichtig schaltete er das gedämpfte Licht seiner Nachttischlampe ein. Albertine lag ruhig, die Arme im Nacken verschlungen, ihre Lippen waren halb geöffnet, schmerzliche Schatten zogen rings um sie; es war ein Antlitz, das Fridolin nicht kannte. Er beugte sich über ihre Stirne, die sich sofort, wie unter einer Berührung, in Falten legte, ihre Mienen verzerrten sich sonderbar; und plötzlich, immer noch im Schlafe, lachte sie so schrill auf, daß Fridolin erschrak. Unwillkürlich rief er sie beim Namen. Sie lachte von neuem, wie zur Antwort, in einer völlig fremden, fast unheimlichen Weise. Nochmals und lauter rief Fridolin sie an. Nun öffnete sie die Augen, langsam, mühselig, groß, blickte ihn starr an, als erkenne sie ihn nicht.

»Albertine!« rief er zum dritten Male. Nun erst schien sie sich zu besinnen. Ein Ausdruck der Abwehr, der

Furcht, ja des Entsetzens trat in ihr Auge. Sie streckte die Arme empor, sinnlos und wie verzweifelt, ihr Mund blieb geöffnet.

»Was ist dir?« fragte Fridolin stockenden Atems. Und da sie ihn immer noch wie mit Entsetzen anstarrte, fügte er wie beruhigend hinzu: »Ich bin's, Albertine.« Sie atmete tief, versuchte ein Lächeln, ließ die Arme auf die Bettdecke sinken, und wie aus der Ferne fragte sie: »Ist es schon Morgen?«

»Bald«, erwiderte Fridolin. »Vier Uhr vorüber. Eben erst bin ich nach Hause gekommen.« Sie schwieg. Er fuhr fort: »Der Hofrat ist tot. Er lag schon im Sterben, als ich kam, – und ich konnte natürlich – die Angehörigen nicht gleich allein lassen.«

Sie nickte, schien ihn aber kaum gehört oder verstanden zu haben, starrte wie durch ihn hindurch ins Leere, und ihm war, – so unsinnig ihm selbst der Einfall im gleichen Augenblick erschien, als müßte ihr bekannt sein, was er in dieser Nacht erlebt hatte. Er neigte sich über sie und berührte ihre Stirn. Sie erschauerte leicht.

»Was ist dir?« fragte er wieder.

Sie schüttelte nur langsam den Kopf. Er strich ihr über die Haare. »Albertine, was ist dir?«

»Ich habe geträumt«, sagte sie fern.

»Was hast du denn geträumt?« fragte er mild.

»Ach, so viel. Ich kann mich nicht recht besinnen.«

»Vielleicht doch.«

»Es war so wirr – und ich bin müde. Und du mußt doch auch müde sein?«

»Nicht im geringsten, Albertine, ich werde kaum mehr schlafen. Du weißt ja, wenn ich so spät nach Hause komme – – das Vernünftigste wäre eigentlich, ich setzte mich sofort an den Schreibtisch – gerade in solchen Morgenstunden – –« Er unterbrach sich. »Aber willst du mir nicht doch lieber deinen Traum erzählen?« Er lächelte etwas gezwungen.

Sie antwortete: »Du solltest dich doch noch ein wenig hinlegen.«

Er zögerte eine Weile, dann tat er nach ihrem Wunsch und streckte sich an ihrer Seite aus. Doch er hütete sich, sie zu berühren. Ein Schwert zwischen uns, dachte er in der Erinnerung an eine halb scherzhafte Bemerkung gleicher Art, die einmal bei ähnlicher Gelegenheit von seiner Seite gefallen war. Sie schwiegen beide, lagen mit offenen Augen, fühlten gegenseitig ihre Nähe, ihre Ferne. Nach einer Weile stützte er den Kopf auf seinen Arm, betrachtete sie lange, als vermöchte er mehr zu sehen als nur die Umrisse ihres Antlitzes.

»Deinen Traum!« sagte er plötzlich noch einmal, und es war, als hätte sie diese Aufforderung nur erwartet. Sie streckte ihm eine Hand entgegen; er nahm sie, und gewohnheitsmäßig, mehr zerstreut als zärtlich, hielt er wie spielend ihre schlanken Finger umklammert. Sie aber begann:

»Erinnerst du dich noch des Zimmers in der kleinen Villa am Wörthersee, wo ich mit den Eltern im Sommer unserer Verlobung gewohnt habe?«

Er nickte.

»So fing der Traum nämlich an, daß ich in dieses Zimmer trat, ich weiß nicht woher – wie eine Schauspielerin auf die Szene. Ich wußte nur, daß die Eltern sich auf Reisen befanden und mich allein gelassen hatten. Das wunderte mich, denn morgen sollte unsere Hochzeit sein. Aber das Brautkleid war noch nicht da. Oder irrte ich mich vielleicht? Ich öffnete den Schrank, um nachzusehen, da hingen statt des Brautkleides eine ganze Menge von anderen Kleidern, Kostüme eigentlich, opernhaft, prächtig, orientalisch. Welches soll ich denn nur zur Hochzeit anziehen? dachte ich. Da fiel der Schrank plötzlich wieder zu oder war fort, ich weiß nicht mehr. Das Zimmer war ganz hell, aber draußen vor dem Fenster war finstere Nacht ... Mit einem Male standest du davor, Galeerensklaven hatten dich hergerudert, ich sah sie eben im Dunkel verschwinden. Du warst sehr kostbar gekleidet, in Gold und Seide, hattest einen Dolch mit Silbergehänge an der Seite und hobst mich aus dem Fenster. Ich war jetzt auch herrlich angetan, wie eine Prinzessin, beide standen wir im Freien im Dämmerschein und feine graue Nebel reichten uns bis an die Knöchel. Es war die wohlvertraute Gegend: dort war der See, vor uns die Berglandschaft, auch die Landhäuser sah ich, sie standen da wie aus einer Spielzeugschachtel. Wir zwei aber, du und ich, wir schwebten, nein, wir flogen über die Nebel hin, und ich dachte: Dies ist also unsere Hochzeitsreise. Bald aber flogen wir nicht mehr, wir gingen einen Waldweg hin, den zur Elisabethhöhe, und plötzlich befanden wir uns sehr hoch im Gebirge in einer Art Lichtung, die auf drei Seiten von Wald umfriedet war, während rückwärts eine steile Felswand in die Höhe ragte. Über uns aber war ein Sternenhimmel so blau und weit gespannt, wie er in Wirklichkeit gar nicht existiert, und das war die Decke unseres Brautgemachs. Du nahmst mich in die Arme und liebtest mich sehr.«

»Du mich hoffentlich auch«, meinte Fridolin mit einem unsichtbaren bösen Lächeln.

»Ich glaube, noch viel mehr«, erwiderte Albertine ernst. »Aber, wie soll ich dir das erklären – trotz der innigsten Umarmung war unsere Zärtlichkeit ganz schwermütig wie mit einer Ahnung von vorbestimmtem Leid. Mit einemmal war der Morgen da. Die Wiese war licht und bunt, der Wald ringsum köstlich betaut, und über der Felswand zitterten Sonnenstrahlen. Und wir beide sollten nun wieder zurück in die Welt, unter die Menschen, es war die höchste Zeit. Doch nun war etwas Fürchterliches geschehen. Unsere Kleider waren fort. Ein Entsetzen ohnegleichen erfaßte mich, brennende Scham bis zu innerer Vernichtung, zugleich Zorn gegen dich, als wärst du allein an dem Unglück schuld; – und all das: Entsetzen, Scham, Zorn war an Heftigkeit mit nichts zu vergleichen, was ich jemals im Wachsein empfunden habe. Du aber im Bewußtsein deiner Schuld stürztest davon, nackt wie du warst, um hinabzusteigen und uns Gewänder zu verschaffen. Und als du verschwunden warst, wurde mir ganz leicht zumut. Du tatest mir weder leid, noch war ich in Sorge um dich, ich war nur froh, daß ich allein war, lief glückselig auf der Wiese umher und sang: es war die Melodie eines Tanzes, die wir auf der Redoute gehört haben. Meine Stimme klang wundervoll, und ich wünschte, man sollte mich unten in der Stadt hören. Diese Stadt sah ich nicht, aber ich w u ß t e sie. Sie lag tief unter mir und war von einer hohen Mauer umgeben; eine ganz phantastische Stadt, die ich nicht schildern kann. Nicht orientalisch, auch nicht eigentlich altdeutsch, und doch bald das eine, bald das andere, jedenfalls eine längst und für immer versunkene Stadt. Ich aber lag plötzlich auf der Wiese hingestreckt im Sonnenglanz, – viel schöner, als ich je in Wirklichkeit war, und während ich so dalag, trat aus dem Wald ein Herr, ein junger Mensch hervor, in einem hellen, modernen Anzug, er sah, wie ich jetzt weiß, ungefähr aus wie der Däne, von dem ich dir gestern erzählt habe. Er ging seines Weges, grüßte sehr höflich, als er an mir vorüberkam, beachtete mich aber nicht weiter, ging geradenwegs auf die Felswand zu und betrachtete sie aufmerksam, als überlegte er, wie man sie bezwingen könnte. Zugleich aber sah ich auch dich. Du eiltest in der versunkenen Stadt von Haus zu Haus, von Kaufladen zu Kaufladen, bald unter Laubengängen, bald durch eine Art von türkischem Bazar, und kauftest die schönsten Dinge ein, die du für mich nur finden konntest: Kleider, Wäsche, Schuhe,

Schmuck; – und all das tatest du in eine kleine gelblederne
Handtasche, in der doch alles Platz fand. Immerfort aber
warst du von einer Menschenmenge verfolgt, die ich nicht
wahrnahm, ich hörte nur ihr dumpfes, drohendes Geheul.
Und nun erschien der andere wieder, der Däne, der früher
vor der Felswand stehengeblieben war. Wieder kam er vom
Walde her auf mich zu, – und ich wußte, daß er indessen
um die ganze Welt gewandert war. Er sah anders aus als zuvor, aber doch war er derselbe. Er blieb wie das erstemal
vor der Felswand stehen, verschwand wieder, dann kam er
wieder aus dem Wald hervor, verschwand, kam aus dem
Wald; das wiederholte sich zwei- oder drei- oder hundert-
mal. Es war immer derselbe und immer ein anderer, jedesmal grüßte er, wenn er an mir vorüberkam, endlich aber
blieb er vor mir stehen, sah mich prüfend an, ich lachte ver-
lockend, wie ich nie in meinem Leben gelacht habe, er
streckte die Arme nach mir aus, nun wollte ich fliehen,
doch ich vermochte es nicht, – und er sank zu mir auf die
Wiese hin.«

Sie schwieg. Fridolin war die Kehle trocken, im Dunkel
des Zimmers merkte er, wie Albertine das Gesicht in den
Händen gleichsam verborgen hielt.

»Ein merkwürdiger Traum«, sagte er. »Ist er schon zu
Ende?« Und da sie verneinte: »So erzähl doch weiter.«

»Es ist nicht so leicht«, begann sie wieder. »In Worten
lassen sich diese Dinge eigentlich kaum ausdrücken. Also –
mir war, als erlebte ich unzählige Tage und Nächte, es gab
weder Zeit noch Raum, es war auch nicht mehr die von
Wald und Fels eingefriedete Lichtung, in der ich mich befand, es war eine weit, unendlich weithin gedehnte, blu-
menbunte Fläche, die sich nach allen Seiten in den Hori-
zont verlor. Ich war auch längst – seltsam: dieses längst! –
nicht mehr mit diesem einen Mann allein auf der Wiese.
Aber ob außer mir noch drei oder zehn oder noch tausend

Paare da waren, ob ich sie sah oder nicht, ob ich nur jenem
einen oder auch andern gehörte, ich könnte es nicht sagen.
Aber so wie jenes frühere Gefühl von Entsetzen und
Scham über alles im Wachen Vorstellbare weit hinausging,
so gibt es gewiß nichts in unserer bewußten Existenz, das
der Gelöstheit, der Freiheit, dem Glück gleichkommt, das
ich nun in diesem Traum empfand. Und dabei hörte ich
keinen Augenblick lang auf, von dir zu wissen. Ja, ich sah
dich, ich sah, wie du ergriffen wurdest, von Soldaten, glaube ich, auch Geistliche waren darunter; irgendwer, ein rie-
sengroßer Mensch, fesselte deine Hände, und ich wußte,
daß du hingerichtet werden solltest. Ich wußte es ohne
Mitleid, ohne Schauer, ganz von fern. Man führte dich in
einen Hof, in eine Art von Burghof. Da standest du nun
mit nach rückwärts gefesselten Händen und nackt. Und so
wie ich dich sah, obwohl ich anderswo war, so sahst du
auch mich, auch den Mann, der mich in seinen Armen hielt,
und alle die andern Paare, diese unendliche Flut von
Nacktheit, die mich umschäumte und von der ich und der
Mann, der mich umschlungen hielt, gleichsam nur eine
Welle bedeuteten. Während du nun im Burghof standest,
erschien an einem hohen Bogenfenster zwischen roten Vorhängen eine junge Frau mit einem Diadem auf dem Haupt
und im Purpurmantel. Es war die Fürstin des Landes. Sie
sah hinab zu dir mit einem strenge fragenden Blick. Du
standest allein, die andern, so viele es waren, hielten sich
abseits, an die Mauern gedrückt, ich hörte ein tückisches,
gefahrdrohendes Murmeln und Raunen. Da beugte sich die
Fürstin über die Brüstung. Es wurde still, und die Fürstin
gab dir ein Zeichen, als gebiete sie dir, zu ihr hinaufzukom-
men, und ich wußte, daß sie entschlossen war, dich zu be-
gnadigen. Aber du merktest ihren Blick nicht oder wolltest
ihn nicht bemerken. Plötzlich aber, immer noch mit gefesselten Händen, doch in einen schwarzen Mantel gehüllt,

standest du ihr gegenüber, nicht etwa in einem Gemach, sondern irgendwie in freier Luft, schwebend gleichsam. Sie hielt ein Pergamentblatt in der Hand, dein Todesurteil, in dem auch deine Schuld und die Gründe deiner Verurteilung aufgezeichnet waren. Sie fragte dich – ich hörte die Worte nicht, aber ich wußte es –, ob du bereit seist, ihr Geliebter zu werden, in diesem Fall war dir die Todesstrafe erlassen. Du schütteltest verneinend den Kopf. Ich wunderte mich nicht, denn es war vollkommen in der Ordnung und konnte gar nicht anders sein, als daß du mir auf alle Gefahr hin und in alle Ewigkeit die Treue halten mußtest. Da zuckte die Fürstin die Achseln, winkte ins Leere, und da befandest du dich plötzlich in einem unterirdischen Kellerraum, und Peitschen sausten auf dich nieder, ohne daß ich die Leute sah, die die Peitschen schwangen. Das Blut floß wie in Bächen an dir herab, ich sah es fließen, war mir meiner Grausamkeit bewußt, ohne mich über sie zu wundern. Nun trat die Fürstin auf dich zu. Ihre Haare waren aufgelöst, flossen um ihren nackten Leib, das Diadem hielt sie in beiden Händen dir entgegen – und ich wußte, daß sie das Mädchen vom dänischen Strande war, das du einmal des Morgens nackt auf der Terrasse einer Badehütte gesehen hattest. Sie sprach kein Wort, aber der Sinn ihres Hierseins, ja ihres Schweigens war, ob du ihr Gatte und der Fürst des Landes werden wolltest. Und da du wieder ablehntest, war sie plötzlich verschwunden, ich aber sah zugleich, wie man ein Kreuz für dich aufrichtete; – nicht unten im Burghof, nein, auf der blumenübersäten unendlichen Wiese, wo ich in den Armen eines Geliebten ruhte, unter all den andern Liebespaaren. Dich aber sah ich, wie du durch altertümliche Gassen allein dahinschrittest ohne jede Bewachung, doch wußte ich, daß dein Weg dir vorgezeichnet und jede Flucht unmöglich war. Jetzt gingst du den Waldpfad bergan. Ich erwartete dich mit Spannung, aber ohne jedes Mitgefühl.

Dein Körper war mit Striemen bedeckt, die aber nicht mehr bluteten. Du stiegst immer höher hinan, der Pfad wurde breiter, der Wald trat zu beiden Seiten zurück, und nun standest du am Wiesenrand in einer ungeheuern, unbegreiflichen Ferne. Doch du grüßtest mich lächelnd mit den Augen, wie zum Zeichen, daß du meinen Wunsch erfüllt hattest und mir alles brachtest, wessen ich bedurfte: – Kleider und Schuhe und Schmuck. Ich aber fand dein Gebaren über alle Maßen töricht und sinnlos, und es lockte mich, dich zu verhöhnen, dir ins Gesicht zu lachen, – und gerade darum, weil du aus Treue zu mir die Hand einer Fürstin ausgeschlagen, Foltern erduldet und nun hier heraufgewankt kamst, um einen furchtbaren Tod zu erleiden. Ich lief dir entgegen, auch du schlugst einen immer rascheren Gang ein – ich begann zu schweben, auch du schwebtest in den Lüften; doch plötzlich entschwanden wir einander, und ich wußte: wir waren aneinander vorbeigeflogen. Da wünschte ich, du solltest doch wenigstens mein Lachen hören, gerade während man dich ans Kreuz schlüge. – Und so lachte ich auf, so schrill, so laut ich konnte. Das war das Lachen, Fridolin, – mit dem ich erwacht bin.«

Sie schwieg und blieb ohne jede Regung. Auch er rührte sich nicht und sprach kein Wort. Jedes wäre in diesem Augenblick matt, lügnerisch und feig erschienen. Je weiter sie in ihrer Erzählung fortgeschritten war, um so lächerlicher und nichtiger erschienen ihm seine eigenen Erlebnisse, so weit sie bisher gediehen waren, und er schwor sich zu, sie alle zu Ende zu erleben, sie ihr dann getreulich zu berichten und so Vergeltung zu üben an dieser Frau, die sich in ihrem Traum enthüllt hatte als die, die sie war, treulos, grausam und verräterisch, und die er in diesem Augenblick tiefer zu hassen glaubte, als er sie jemals geliebt hatte.

Nun merkte er, daß er immer noch ihre Finger mit seinen Händen umfaßt hielt und daß er, wie sehr er diese Frau auch zu hassen gewillt war, für diese schlanken, kühlen, ihm so vertrauten Finger eine unveränderte, nur schmerzlicher gewordene Zärtlichkeit empfand; und unwillkürlich, ja gegen seinen Willen, – ehe er diese vertraute Hand aus der seinen löste, berührte er sie sanft mit seinen Lippen.

Albertine öffnete noch immer nicht die Augen, Fridolin glaubte zu sehen, wie ihr Mund, ihre Stirn, ihr ganzes Antlitz mit beglücktem, verklärtem, unschuldsvollem Ausdruck lächelte, und er fühlte einen ihm selbst unbegreiflichen Drang, sich über Albertine zu beugen und auf ihre blasse Stirn einen Kuß zu drücken. Aber er bezwang sich in der Erkenntnis, daß es nur die allzu begreifliche Ermüdung nach den aufwühlenden Ereignissen der letzten Stunden war, die in der trügerischen Atmosphäre des Ehegemachs sich in sehnsüchtige Zärtlichkeit verkleidet hatte.

Doch wie immer es in diesem Augenblick mit ihm stand – zu welchen Entschlüssen er im Laufe der nächsten Stunden gelangen sollte, das dringende Gebot des Augenblicks für ihn war, sich auf eine Weile wenigstens in Schlaf und Vergessen zu flüchten. Auch in der Nacht, die dem Tod seiner Mutter gefolgt war, hatte er geschlafen, hatte tief und traumlos schlafen können, und er sollte es in dieser nicht? Und er streckte sich an der Seite Albertinens hin, die schon eingeschlummert zu sein schien. Ein Schwert zwischen uns, dachte er wieder. Und dann: wie Todfeinde liegen wir hier nebeneinander. Aber es war nur ein Wort.

VI

Das leise Klopfen des Dienstmädchens weckte ihn um sieben Uhr früh. Er warf einen raschen Blick auf Albertine. Manchmal, nicht immer, weckte dieses Klopfen auch sie. Heute schlief sie regungslos, allzu regungslos weiter. Fridolin machte sich rasch fertig. Ehe er fortging, wollte er seine kleine Tochter sehen. Sie lag ruhig in ihrem weißen Bett, die Hände nach Kinderart zu kleinen Fäustchen verkrampft. Er küßte sie auf die Stirn. Und noch einmal, auf den Fußspitzen, schlich er zur Tür des Schlafzimmers, wo Albertine immer noch ruhte, unbeweglich wie vorher. Dann ging er. In seiner schwarzen Arztenstasche, wohl verwahrt, trug er Mönchskutte und Pilgerhut mit sich. Das Programm für den Tag hatte er sorgfältig, ja mit einiger Pedanterie entworfen. An erster Stelle stand ein Besuch ganz in der Nähe bei einem schwerkranken jungen Rechtsanwalt. Fridolin nahm eine sorgfältige Untersuchung vor, fand den Zustand etwas gebessert, gab seiner Befriedigung darüber ehrlich erfreuten Ausdruck und versah ein altes Rezept mit dem üblichen Repetatur. Dann begab er sich unverzüglich nach dem Hause, in dessen Kellertiefen Nachtigall gestern abend Klavier gespielt hatte. Das Lokal war noch gesperrt, doch im Café oben die Kassiererin wußte, daß Nachtigall in einem kleinen Hotel der Leopoldstadt wohne. Eine Viertelstunde darauf fuhr Fridolin dort vor. Es war ein elender Gasthof. Im Flur roch es nach ungelüfteten Betten, schlechtem Fett und Zichorienkaffee. Ein übel aussehender Portier, mit rotgeränderten pfiffigen Augen, stets auf polizeiliche Einvernahme gefaßt, gab bereitwillig Auskunft. Herr Nachtigall sei heute morgen um fünf Uhr in Gesellschaft zweier Herren vorgefahren, die ihr Gesicht durch hochgeschlungene Halstücher vielleicht absichtlich beinahe unkenntlich gemacht hätten. Während Nachtigall sich in sein Zimmer begeben, hätten die Herren seine Rechnung für die letzten vier Wochen bezahlt; als er nach einer halben Stunde nicht wieder erschienen war, hätte ihn der eine Herr persönlich heruntergeholt, worauf alle drei zum Nordbahnhof gefahren wären. Nachtigall hatte einen höchst aufgeregten Eindruck gemacht; ja – warum sollte man einem so vertrauenerweckenden Herrn nicht die ganze Wahrheit sagen – er hatte dem Portier einen Brief zuzustecken versucht, was die beiden Herren aber sofort verhindert hatten. Briefe, die für Herrn Nachtigall kämen, – so hatten die Herren weiter erklärt – würden von einer hierzu legitimierten Person abgeholt werden. Fridolin empfahl sich, es war ihm angenehm, daß er seine Arztenstasche in der Hand trug, als er aus dem Haustor trat; so würde man ihn wohl nicht für einen Bewohner dieses Hotels halten, sondern für eine Amtsperson. Mit Nachtigall war es also vorderhand nichts. Man war recht vorsichtig gewesen und hatte wohl allen Anlaß dazu.

Nun fuhr er zur Maskenverleihanstalt. Herr Gibiser öffnete selbst. »Hier bringe ich das entliehene Kostüm zurück«, sagte Fridolin, »und wünsche meine Schuld zu begleichen.« Herr Gibiser nannte einen mäßigen Betrag, nahm das Geld in Empfang, machte eine Eintragung in ein großes Geschäftsbuch und sah vom Bürotisch einigermaßen verwundert zu Fridolin auf, der keine Miene machte, sich zu entfernen.

»Ich bin ferner hier«, sagte Fridolin im Ton eines Untersuchungsrichters, »um ein Wort wegen Ihres Fräulein Tochter mit Ihnen zu reden.«

Irgend etwas zuckte um die Nasenflügel des Herrn Gibiser; – Unbehagen, Spott oder Ärger, es war nicht recht zu entscheiden.

»Wie meinen der Herr?« fragte er in einem gleichfalls völlig unbestimmbaren Ton.

»Sie bemerkten gestern«, sagte Fridolin, die eine Hand mit gespreizten Fingern auf den Bürotisch gestützt, »daß Ihr Fräulein Tochter geistig nicht ganz normal sei. Die Situation, in der wir sie betrafen, legte diese Vermutung tatsächlich nahe. Und da mich der Zufall nun einmal zum Teilnehmer oder wenigstens zum Zuschauer jener sonderbaren Szene gemacht hat, so möchte ich Ihnen doch nahelegen, Herr Gibiser, einen Arzt zu Rate zu ziehen.«

Gibiser, einen unnatürlich langen Federstiel in der Hand hin und her drehend, maß Fridolin mit einem unverschämten Blick.

»Und Herr Doktor wären vielleicht selbst so gütig, die Behandlung zu übernehmen?«

»Ich bitte mir keine Worte in den Mund zu legen«, erwiderte Fridolin scharf, aber etwas heiser, »die ich nicht ausgesprochen habe.«

In diesem Augenblick öffnete sich die Tür, die nach den Innenräumen führte, und ein junger Herr mit offenem Überzieher über dem Frackanzug trat heraus. Fridolin wußte sofort, daß es niemand anders sein konnte als einer der Femrichter von heute nacht. Kein Zweifel, er kam aus Pierrettens Zimmer. Er schien betreten, als er Fridolins ansichtig wurde, faßte sich aber sofort, grüßte Gibiser flüchtig durch ein Winken mit der Hand, zündete sich dann noch eine Zigarette an, wozu er sich eines auf dem Bürotisch befindlichen Feuerzeugs bediente, und verließ die Wohnung.

»Ach so«, bemerkte Fridolin mit einem verächtlichen Zucken der Mundwinkel und mit einem bitteren Geschmack auf der Zunge.

»Wie meinen der Herr?« fragte Gibiser mit vollkommenem Gleichmut.

»Sie haben also darauf verzichtet, Herr Gibiser«, und er ließ den Blick überlegen von der Wohnungstür nach der andern schweifen, aus der der Femrichter getreten war, »verzichtet, die Polizei zu verständigen.«

»Man hat sich auf anderm Weg geeinigt, Herr Doktor«, bemerkte Gibiser kühl und erhob sich, als wäre eine Audienz beendet. Fridolin wandte sich zum Gehen, Gibiser öffnete beflissen die Türe, und mit unbeweglicher Miene sagte er: »Wenn der Herr Doktor wieder einen Bedarf haben sollten ... Es muß ja nicht gerade ein Mönchsgewand sein.«

Fridolin schlug die Tür hinter sich zu. Dies wäre nun erledigt, dachte er mit einem Gefühl des Ärgers, das ihn selbst unverhältnismäßig dünkte. Er eilte die Treppen hinab, begab sich ohne besondere Eile auf die Poliklinik und telephonierte vor allem nach Hause, um sich zu erkundigen, ob ein Patient nach ihm geschickt habe, ob Post gekommen sei, was es sonst Neues gebe. Das Dienstmädchen hatte kaum ihre Antworten erteilt, als Albertine selbst an den Apparat kam und Fridolin begrüßte. Sie wiederholte alles, ·was das Dienstmädchen schon gesagt, dann erzählte sie unbefangen, daß sie eben erst aufgestanden sei und mit dem Kinde gemeinsam frühstücken wolle. »Gib ihr einen Kuß von mir«, sagte Fridolin, »und laßt es euch gut schmecken.«

Ihre Stimme hatte ihm wohlgetan, und gerade darum läutete er rasch ab. Er hatte eigentlich noch fragen wollen, was Albertine im Laufe dieses Vormittags vorhabe, aber was ging ihn das an? In der Tiefe seiner Seele war er doch fertig mit ihr, wie immer das äußere Leben weitergehen sollte. Die blonde Schwester half ihm aus den Ärmeln seines Rocks und reichte ihm den weißen Ärztekittel. Dabei lächelte sie ihn ein wenig an, wie sie eben alle zu lächeln pflegen, ob man sich um sie kümmerte oder nicht.

Ein paar Minuten darauf war er im Krankensaal. Der Chefarzt hatte melden lassen, daß er eines Konsiliums wegen plötzlich habe verreisen müssen, die Herren Assistenten möchten ohne ihn Visite machen. Fridolin fühlte sich beinahe glücklich, als er, von den Studenten gefolgt, von Bett zu Bett ging, Untersuchungen vornahm, Rezepte schrieb, mit Hilfsärzten und Wärterinnen sich fachlich besprach. Es gab allerlei Neuigkeiten. Der Schlossergeselle

Karl Rödel war in der Nacht gestorben. Sektion nachmittag halb fünf. Im Weibersaal war ein Bett frei geworden, aber schon wieder belegt. Die Frau von Bett siebzehn hatte man auf die chirurgische Abteilung transferieren müssen. Zwischendurch wurden auch Personalfragen berührt. Die Neubesetzung der Augenabteilung sollte übermorgen entschieden werden; Hügelmann, jetzt Professor in Marburg, vor vier Jahren noch zweiter Assistent bei Stellwag, hatte die meisten Chancen. Rasche Karriere, dachte Fridolin. Ich werde nie für die Leitung einer Abteilung in Betracht kommen, schon weil mir die Dozentur fehlt. Zu spät. Warum eigentlich? Man müßte eben wieder wissenschaftlich zu arbeiten anfangen oder manches Begonnene mit größerem Ernst wieder aufnehmen. Die Privatpraxis ließ immer noch Zeit genug.

Er bat Herrn Doktor Fuchstaler, die Ambulanz zu leiten, und mußte sich gestehen, daß er lieber hier geblieben als auf den Galitzinberg gefahren wäre. Und doch, es mußte sein. Nicht nur sich allein gegenüber war er verpflichtet, der Sache weiter nachzugehen; noch allerlei anderes gab es heute zu erledigen. Und so entschloß er sich für alle Fälle, Herrn Doktor Fuchstaler auch mit der Abendvisite zu betrauen. Das junge Mädchen mit dem verdächtigen Spitzenkatarrh dort im letzten Bett lächelte ihm zu. Es war dieselbe, die neulich bei Gelegenheit einer Untersuchung ihre Brüste so zutraulich an seine Wange gepreßt hatte. Fridolin erwiderte ihren Blick ungnädig und wandte sich stirnrunzelnd ab. Eine wie die andere, dachte er mit Bitterkeit, und Albertine ist wie sie alle – sie ist die Schlimmste von allen. Ich werde mich von ihr trennen. Es kann nie wieder gut werden.

Auf der Treppe wechselte er noch ein paar Worte mit einem Kollegen von der chirurgischen Abteilung. Nun, wie stand es eigentlich mit der Frau, die heute nacht hinübertransferiert worden war? Er für seinen Teil glaube nicht recht an die Notwendigkeit einer Operation. Man werde ihm doch das Resultat der histologischen Untersuchung berichten?

»Selbstverständlich, Herr Kollega.«

An der Ecke nahm er einen Wagen. Er zog sein Notizbuch zu Rate, lächerliche Komödie vor dem Kutscher, als müsse er sich jetzt erst entscheiden. »Nach Ottakring«, sagte er dann, »die Straße gegen den Galitzinberg. Ich werde Ihnen sagen, wo Sie zu halten haben.«

Im Wagen kam plötzlich wieder eine schmerzlich-sehnsüchtige Erregung über ihn, ja beinahe ein Schuldbewußtsein, daß er in den letzten Stunden seiner schönen Retterin kaum mehr gedacht hatte. Ob es ihm nun gelingen würde, das Haus zu finden? Nun, das konnte nicht sonderlich schwierig sein. Die Frage war nur: was dann? polizeiliche Anzeige? Das konnte gerade für die Frau, die sich vielleicht für ihn geopfert oder bereit gewesen war, sich für ihn zu opfern, üble Folgen nach sich ziehen. Oder sollte er sich an einen Privatdetektiv wenden? Das erschien ihm ziemlich abgeschmackt und seiner nicht ganz würdig. Aber was blieb ihm sonst noch übrig? Er hatte doch weder die Zeit noch wahrscheinlich das Talent, die nötigen Nachforschungen kunstgerecht durchzuführen. – Eine geheime Gesellschaft? Nun ja, jedenfalls geheim. Aber untereinander kannten sie sich doch? Aristokraten, vielleicht gar Herren vom Hof? Er dachte an gewisse Erzherzöge, denen man dergleichen Scherze schon zutrauen konnte. Und die Damen? Vermutlich … aus Freudenhäusern zusammengetrieben. Nun, das war keineswegs sicher. Jedenfalls ausgesuchte Ware. Aber die Frau, die sich ihm geopfert hatte? Geopfert? Warum er nur immer wieder sich einbilden wollte, daß es wirklich ein Opfer gewesen war! Eine Komödie. Selbstverständlich war das Ganze eine Komödie gewesen.

Eigentlich sollte er froh sein, so leichten Kaufs davongekommen zu sein. Nun ja, er hatte gute Haltung bewahrt. Die Kavaliere konnten wohl merken, daß er nicht der erste beste war. Und sie hatte es jedenfalls auch gemerkt. Wahrscheinlich war er ihr lieber als alle diese Erzherzöge oder was sie sonst gewesen sein mochten.

Am Ende des Liebhartstals, wo der Weg entschiedener nach aufwärts führte, stieg er aus und schickte den Wagen vorsichtshalber wieder fort. Der Himmel war blaßblau, mit weißen Wölkchen, und die Sonne schien frühlingswarm. Er blickte zurück – nichts Verdächtiges war zu sehen. Kein Wagen, kein Fußgänger. Langsam stieg er bergan. Der Mantel wurde ihm schwer; er legte ihn ab und warf ihn um die Schultern. Er kam an die Stelle, wo rechts die Seitenstraße abbiegen mußte, in der das geheimnisvolle Haus stand; er konnte nicht fehlgehen; sie führte nach abwärts, aber keineswegs so steil, als es ihn nachts im Fahren gedünkt hatte. Eine stille Gasse. In einem Vorgarten standen Rosenstöcke, sorgfältig in Stroh gehüllt, in einem nächsten stand ein Kinderwägelchen; ein Bub, ganz in blaue Wolle gekleidet, tollte hin und her, vom Parterrefenster aus schaute eine junge Frau lachend zu. Dann kam ein unbebauter Platz, dann ein wilder eingezäunter Garten, dann eine kleine Villa, dann ein Rasenplatz, und nun, kein Zweifel –, dies hier war das Haus, das er suchte. Es sah keineswegs groß oder prächtig aus, es war eine einstöckige Villa in bescheidenem Empirestil und offenbar vor nicht allzu langer Zeit renoviert. Die grünen Jalousien waren überall heruntergelassen, nichts deutete darauf hin, daß die Villa bewohnt sein könnte. Fridolin blickte rings um sich. Niemand war in der Gasse zu sehen; nur weiter unten gingen, sich entfernend, zwei Knaben mit Büchern unter dem Arm. Er stand vor der Gartentür. Und was nun? Einfach wieder zurückspazieren? Das wäre ihm geradezu lächerlich erschienen. Er suchte nach dem elektrischen Taster. Und wenn man ihm aufschlösse, was sollte er sagen? Nun, ganz einfach – ob das hübsche Landhaus nicht über den Sommer zu vermieten wäre? Doch schon tat sich das Haustor von selbst auf, ein alter Diener in einfacher Morgenlivree trat heraus und ging langsam den schmalen Pfad bis zur Gartentür. Er hielt einen Brief in der Hand und reichte ihn stumm zwischen den Gitterstäben Fridolin, dem das Herz klopfte.

»Für mich?« fragte er stockend. Der Diener nickte, wandte sich, ging, und die Haustür fiel hinter ihm zu. Was bedeutet das? fragte sich Fridolin. Am Ende von ihr? S i e ist es vielleicht selbst, der das Haus gehört –? Rasch schritt er wieder die Straße aufwärts, jetzt erst merkte er, daß auf dem Kuvert sein Name stand in steiler, hoheitsvoller Schrift. An der Ecke öffnete er den Brief; entfaltete ein Blatt und las: »Geben Sie Ihre Nachforschungen auf, die völlig nutzlos sind, und betrachten Sie diese Worte als zweite Warnung. Wir hoffen in Ihrem Interesse, daß keine weitere nötig sein wird.« Er ließ das Blatt sinken.

Diese Botschaft enttäuschte ihn in jeder Hinsicht; jedenfalls aber war es eine andere, als die er törichterweise für möglich gehalten hatte. Immerhin, der Ton war merkwürdig zurückhaltend, gänzlich ohne Schärfe. Er ließ erkennen, daß die Leute, die diese Botschaft gesandt, sich keineswegs sicher fühlten.

Zweite Warnung –? Wieso? Ach ja, in der Nacht war die erste an ihn ergangen. Warum aber z w e i t e – und nicht letzte? Wollten sie seinen Mut nochmals erproben? Sollte er eine Prüfung zu bestehen haben? Und woher kannten sie seinen Namen? Nun, das war weiter nicht sonderbar, wahrscheinlich hatte man Nachtigall gezwungen, ihn zu verraten. Und überdies – er lächelte unwillkürlich über seine Zerstreutheit – im Futter seines Pelzes war sein Monogramm und seine genaue Adresse eingenäht.

Doch wenn er auch nicht weiter war als vorher, – der Brief hatte ihn im ganzen beruhigt – ohne daß er recht zu sagen gewußt hätte, warum. Insbesondere war er überzeugt, daß die Frau, um deren Schicksal er gebangt hatte, sich noch am Leben befand und daß es nur an ihm lag, sie zu finden, wenn er mit Vorsicht und Schlauheit zu Werke ging.

Als er etwas ermüdet, aber in einer seltsam erlösten Stimmung, die er doch zugleich als trügerisch empfand, zu Hause anlangte, hatten Albertine und das Kind schon zu Mittag gegessen, leisteten ihm aber Gesellschaft, während er selbst sein Mahl einnahm. Da saß sie ihm gegenüber, die ihn heute nacht ruhig ans Kreuz hatte schlagen lassen, mit engelhaftem Blick, hausfraulich-mütterlich, und er verspürte zu seiner Verwunderung keinerlei Haß gegen sie. Er ließ es sich schmecken; befand sich in etwas erregter, aber eigentlich heiterer Laune, und nach seiner Art sprach er sehr lebhaft von den kleinen Berufserlebnissen des Tages, insbesondere von den ärztlichen Personalfragen, über die er Albertine immer genau zu unterrichten pflegte. Er erzählte, daß die Ernennung Hügelmanns so gut wie sicher sei und sprach von seinem eigenen Vorsatz, die wissenschaftlichen Arbeiten wieder mit etwas größerer Energie aufzunehmen. Albertine kannte diese Stimmung, wußte, daß sie nicht allzulange anzuhalten pflegte, und ein leises Lächeln verriet ihre Zweifel. Fridolin ereiferte sich, worauf Albertine mit milder Hand ihm beruhigend über die Haare strich. Jetzt zuckte er leicht zusammen und wandte sich dem Kinde zu, wodurch er seine Stirn weiterer peinlicher Berührung entzog. Er nahm die Kleine auf den Schoß, schickte sich eben an, sie auf den Knien zu schaukeln, als das Dienstmädchen meldete, daß schon einige Patienten warteten. Fridolin erhob sich wie befreit, erwähnte noch beiläufig, daß doch Albertine und das Kind die schöne sonnige Nachmittagsstunde zum Spazierengehen benützen sollten, und begab sich in sein Sprechzimmer.

Im Laufe der nächsten zwei Stunden hatte Fridolin sechs alte Patienten und zwei neue vorzunehmen. Er war in jedem einzelnen Fall völlig bei der Sache, untersuchte, machte Notizen, verordnete – und freute sich, daß er nach den zwei letzten, fast ohne Schlaf verbrachten Nächten sich so wunderbar frisch und geistesklar fühlte.

Nach Erledigung der Sprechstunde sah er noch einmal, wie es seine Gewohnheit war, nach Frau und Kind und stellte nicht ohne Befriedigung fest, daß Albertine eben Besuch von ihrer Mutter hatte, sowie daß die Kleine mit dem Fräulein Französisch lernte. Und erst auf der Stiege kam ihm wieder zu Bewußtsein, daß all diese Ordnung, all dies Gleichmaß, all diese Sicherheit seines Daseins nur Schein und Lüge zu bedeuten hatten.

Trotzdem er die Nachmittagsvisite abgesagt hatte, zog es ihn doch unwiderstehlich auf die Abteilung. Es lagen zwei Fälle dort, die für die wissenschaftliche Arbeit, die er vor allem plante, besonders in Betracht kamen, und er beschäftigte sich eine Weile eingehender mit ihnen, als er es bisher getan. Dann hatte er noch einen Krankenbesuch in der inneren Stadt zu erledigen, und so war es sieben Uhr abends geworden, als er vor dem alten Hause in der Schreyvogelgasse stand. Nun erst, da er zu Mariannens Fenster aufblickte, wurde ihm ihr Bild, das indes völlig verblaßt war, noch mehr als das aller anderen wieder lebendig. Nun – hier konnte es ihm nicht fehlen. Ohne Aufwand besonderer Mühe konnte er hier sein Rachewerk beginnen, hier gab es für ihn keine Schwierigkeit, keine Gefahr; und das, wovor andere vielleicht zurückgeschreckt wären, der Verrat an dem Bräutigam, das bedeutete für ihn beinahe einen Anreiz mehr. Ja, verraten, betrügen, lügen, Komödie spielen, da und dort, vor Marianne, vor Albertine, vor diesem guten

Doktor Roediger, vor der ganzen Welt; – eine Art von Doppelleben führen, zugleich der tüchtige, verläßliche, zukunftsreiche Arzt, der brave Gatte und Familienvater sein – und zugleich ein Wüstling, ein Verführer, ein Zyniker, der mit den Menschen, mit Männern und Frauen spielte, wie ihm just die Laune ankam – das erschien ihm in diesem Augenblick als etwas ganz Köstliches; – und das Köstlichste dran war, daß er später einmal, wenn Albertine sich schon längst in der Sicherheit eines ruhigen Ehe- und Familienlebens geborgen wähnte, ihr kühl lächelnd alle seine Sünden eingestehen wollte, um so Vergeltung zu üben für das, was sie ihm in einem Traume Bitteres und Schmachvolles angetan hatte.

Im Hausflur fand er sich dem Doktor Roediger gegenüber, der ihm harmlos herzlich die Hand entgegenreichte.

»Wie geht es Fräulein Marianne?« fragte Fridolin. »Hat sie sich ein wenig beruhigt?«

Doktor Roediger zuckte die Achseln. »Sie war lange genug auf das Ende vorbereitet, Herr Doktor. – Nur als man heute gegen Mittag die Leiche holte – –«

»Ah, ist das schon geschehen?«

Doktor Roediger nickte. »Morgen nachmittag drei Uhr findet das Begräbnis statt ...«

Fridolin sah vor sich hin. »Es sind wohl – die Verwandten bei Fräulein Marianne?«

»Nicht mehr«, erwiderte Doktor Roediger, »jetzt ist sie allein. Es wird sie gewiß freuen, Sie noch zu sehen, Herr Doktor. Morgen bringen wir sie nämlich nach Mödling, meine Mutter und ich«, und auf einen höflich fragenden Blick Fridolins: »Meine Eltern haben nämlich dort ein kleines Häuschen. Auf Wiedersehen, Herr Doktor. Ich habe noch allerlei zu besorgen. Ja, was so ein – Fall zu tun gibt! Ich hoffe, Sie noch oben anzutreffen, Herr Doktor, wenn ich zurückkomme.« Und schon trat er aus dem Haustor auf die Straße.

Fridolin zögerte einen Augenblick, dann schritt er langsam die Treppe hinauf. Er klingelte; und Marianne selbst war es, die ihm öffnete. Sie war schwarz gekleidet, um den Hals trug sie eine schwarze Jettkette, die er noch nie an ihr gesehen. Ihr Antlitz rötete sich leise.

»Sie lassen mich lange warten«, sagte sie mit einem schwachen Lächeln.

»Verzeihen Sie, Fräulein Marianne, ich hatte heute einen besonders angestrengten Tag.«

Er folgte ihr durch das Sterbezimmer, in dem das Bett nun leer stand, in den Nebenraum, wo er gestern unter dem Bilde mit dem weißuniformierten Offizier den Totenschein für den Hofrat geschrieben hatte. Auf dem Schreibtisch brannte schon eine kleine Lampe, so daß Zwielicht im Zimmer war. Marianne wies ihm einen Platz auf dem schwarzen Lederdiwan an, sie selbst setzte sich ihm gegenüber an den Schreibtisch.

»Eben bin ich im Hausflur Herrn Doktor Roediger begegnet. – Also morgen schon fahren Sie aufs Land?«

Marianne sah ihn an, als wundere sie sich über den kühlen Ton seiner Fragen, und ihre Schultern senkten sich, als er mit beinahe harter Stimme fortsetzte: »Ich finde das sehr vernünftig.« Und er erläuterte sachlich, wie günstig die gute Luft, die neue Umgebung auf sie wirken würde.

Sie saß unbeweglich, und Tränen flossen ihr über die Wangen. Er sah es ohne Mitgefühl, eher mit Ungeduld; und die Vorstellung, daß sie vielleicht in der nächsten Minute wieder zu seinen Füßen liegen, ihr gestriges Geständnis wiederholen könnte, erfüllte ihn mit Angst. Und da sie schwieg, stand er brüsk auf. »So leid es mir tut, Fräulein Marianne –« Er sah auf die Uhr.

Sie hob den Kopf, blickte Fridolin an, und ihre Tränen

flossen weiter. Er hätte ihr gern irgendein gutes Wort gesagt und war es nicht imstande.

»Sie bleiben wohl einige Tage auf dem Land«, begann er gezwungen. »Ich hoffe, Sie geben mir Nachricht ... Herr Doktor Roediger sagt mir übrigens, daß die Hochzeit bald stattfinden werde. Erlauben Sie mir schon heute Ihnen meinen Glückwunsch auszusprechen.«

Sie rührte sich nicht, als hätte sie seinen Glückwunsch, seinen Abschied überhaupt nicht zur Kenntnis genommen. Er streckte ihr die Hand entgegen, die sie nicht nahm, und fast in einem Ton des Vorwurfs wiederholte er: »Also, ich hoffe zuversichtlich, Sie geben mir Nachricht über Ihr Befinden. Auf Wiedersehen, Fräulein Marianne.« Sie saß da wie versteinert. Er ging, eine Sekunde lang blieb er in der Türe stehen, als gewähre er ihr noch eine letzte Frist, ihn zurückzurufen, sie schien den Kopf eher wegzuwenden, und nun schloß er die Türe hinter sich. Auf dem Gang draußen verspürte er irgend etwas wie Reue. Einen Augenblick dachte er daran, umzukehren, aber er fühlte, daß das vor allem andern sehr lächerlich gewesen wäre.

Aber was nun? Nach Hause? Wohin sonst! Heute konnte er ja doch nichts mehr unternehmen. Und morgen? Was? Und wie? Er fühlte sich ungeschickt, hilflos, alles zerfloß ihm unter den Händen; alles wurde unwirklich, sogar sein Heim, seine Frau, sein Kind, sein Beruf, ja, er selbst, wie er so mit schweifenden Gedanken die abendlichen Straßen mechanisch weiterging.

Von der Uhr des Rathausturmes schlug es halb acht. Es war übrigens gleichgültig, wie spät es war; die Zeit lag in völliger Überflüssigkeit vor ihm. Nichts, niemand ging ihn an. Er verspürte ein leises Mitleid mit sich selbst. Ganz flüchtig, nicht etwa wie ein Vorsatz, kam ihm der Einfall, zu irgendeinem Bahnhof zu fahren, abzureisen, gleichgültig wohin, zu verschwinden für alle Leute, die ihn gekannt, irgendwo in der Fremde wieder aufzutauchen und ein neues Leben zu beginnen als ein anderer, neuer Mensch. Er besann sich gewisser merkwürdiger Krankheitsfälle, die er aus psychiatrischen Büchern kannte, sogenannter Doppelexistenzen: ein Mensch verschwand plötzlich aus ganz geordneten Verhältnissen, war verschollen, kehrte nach Monaten oder nach Jahren wieder, erinnerte sich selbst nicht, wo er in dieser Zeit gewesen, aber später erkannte ihn irgendwer, der irgendwo in einem fernen Land mit ihm zusammengetroffen war, und der Heimgekehrte wußte gar nichts davon. Solche Dinge kamen freilich selten vor, aber immerhin, sie waren erwiesen. Und in abgeschwächter Form erlebte sie wohl mancher. Wenn man aus Träumen wiederkehrte zum Beispiel? Freilich, man erinnerte sich … Aber gewiß gab es auch Träume, die man völlig vergaß, von denen nichts übrig blieb als irgendeine rätselhafte Stimmung, eine geheimnisvolle Benommenheit. Oder man erinnerte sich erst später, viel später und wußte nicht mehr, ob man etwas erlebt oder nur geträumt hatte. Nur – nur – –!

Und wie er so weiterging und doch unwillkürlich die Richtung nach seiner Wohnung zu nahm, geriet er in die Nähe der dunklen, ziemlich verrufenen Gasse, in der er vor weniger als vierundzwanzig Stunden einem verlorenen Geschöpf nach ihrer armseligen und doch traulichen Behausung gefolgt war. Verloren, gerade die? Und gerade diese Gasse verrufen? Wie man doch immer wieder, durch Worte verführt, Straßen, Schicksale, Menschen in träger Gewohnheit benennt und beurteilt. War dieses junge Mädchen nicht im Grunde von allen, mit denen seltsame Zufälle ihn in der letzten Nacht zusammengeführt, das anmutigste, ja geradezu das reinste gewesen? Er fühlte einige Rührung, wenn er ihrer dachte. Und nun erinnerte er sich auch seines Vorsatzes von gestern; rasch entschlossen kaufte er im nächsten Laden allerlei Eßbares ein; und als er mit dem kleinen Päckchen die

Häusermauern entlangschritt, fühlte er sich geradezu froh in dem Bewußtsein, daß er im Begriffe war, eine zum mindesten vernünftige, vielleicht sogar lobenswerte Handlung zu begehen. Immerhin schlug er den Kragen hoch, als er in den Hausflur trat, nahm beim Treppensteigen einige Stufen auf einmal, die Wohnungsglocke tönte ihm mit unerwünschter Schrille ins Ohr; und als er von einer übel aussehenden Frauensperson den Bescheid erhielt, daß das Fräulein Mizzi nicht zu Hause sei, atmete er auf. Doch ehe die Frau noch Gelegenheit hatte, das Päckchen für die Abwesende in Empfang zu nehmen, trat ein anderes, noch junges, nicht unhübsches Frauenzimmer, in eine Art von Bademantel gehüllt, ins Vorzimmer und sagte: »Wen sucht der Herr? Die Fräuln Mizzi? Die wird so bald nicht z'haus kommen.«

Die Alte gab ihr ein Zeichen, zu schweigen; Fridolin aber, als wünschte er dringend eine Bestätigung zu erhalten für das, was er irgendwie doch schon geahnt hatte, bemerkte einfach: »Sie ist im Spital, nicht wahr?«

»Na, wenn's der Herr eh weiß. Aber mir sein g'sund, Gott sei Dank«, rief sie fröhlich aus und trat ganz nahe an Fridolin heran mit halbgeöffneten Lippen und einem frechen Zurückwerfen ihres üppigen Leibes, so daß der Bademantel sich öffnete. Fridolin sagte ablehnend: »Ich bin nur im Vorbeigehen heraufgekommen, um der Mizzi was zu bringen«, und er erschien sich plötzlich wie ein Gymnasiast. Und in einem neuen, sachlichen Ton fragte er: »Auf welcher Abteilung liegt sie denn?«

Die Junge nannte ihm den Namen eines Professors, auf dessen Klinik Fridolin vor einigen Jahren Sekundararzt gewesen war. Und dann fügte sie gutmütig hinzu: »Geben S' es her, die Packerln, ich bring ihr's morgen. Können sich drauf verlassen, daß ich nichts wegnaschen werde. Und grüßen werd ich sie auch von Ihnen und ihr ausrichten, Sie sein ihr nicht untreu worden.«

Zugleich aber trat sie näher auf ihn zu und lachte ihn an. Doch als er leicht zurückwich, gab sie es sofort auf und bemerkte tröstend: »In sechs, spätestens acht Wochen, hat der Doktor g'sagt, is sie wieder zu Haus.«

Als Fridolin aus dem Haustor auf die Straße trat, fühlte er Tränen in der Kehle; aber er wußte, daß das nicht so sehr Ergriffenheit zu bedeuten hatte als ein allmähliches Versagen seiner Nerven. Er nahm absichtlich einen rascheren und lebhafteren Schritt an, als seiner Stimmung gemäß war. Sollte dieses Erlebnis ein weiteres, ein letztes Zeichen sein, daß ihm alles mißlingen mußte? Warum? Daß er einer so großen Gefahr entgangen war, konnte immerhin auch ein gutes Zeichen bedeuten. Und war es gerade das, worauf es ankam: Gefahren zu entgehen? Allerlei andere standen ihm wohl noch bevor. Er dachte keineswegs daran, die Nachforschungen nach der wunderbaren Frau von heute nacht aufzugeben. Nun war freilich nicht mehr Zeit dazu. Und überdies mußte genau erwogen werden, auf welche Art diese Nachforschungen weiterzuführen waren. Ja, wenn man jemanden hätte, mit dem man sich beraten könnte! Aber er wußte keinen, den er in die Abenteuer der vergangenen Nacht gerne eingeweiht hätte. Seit Jahren war er mit keinem Menschen wirklich vertraut als mit seiner Frau, und mit der konnte er sich in diesem Fall doch kaum beraten, in diesem nicht und in keinem andern. Denn man mochte es nehmen, wie man wollte: heute nacht hatte sie ihn ans Kreuz schlagen lassen.

Und nun wußte er, warum seine Schritte ihn statt in der Richtung seines Hauses unwillkürlich immer weiter in die entgegengesetzte führten. Er wollte, er konnte Albertine jetzt nicht entgegentreten. Das Vernünftigste war es, irgendwo auswärts zur Nacht zu essen, dann auf die Abteilung nach seinen zwei Fällen sehen – und keinesfalls daheim sein – »daheim!« – bevor er sicher sein konnte, Albertine schon schlafend anzutreffen.

Er trat in ein Café, eines der vornehmeren, stilleren in der Nähe des Rathauses, telephonierte nach Hause, daß man ihn zum Abendessen nicht erwarten solle, läutete rasch ab, damit nicht etwa Albertine noch ans Telephon käme, dann setzte er sich an ein Fenster und zog den Vorhang zu. In einer entfernten Ecke nahm eben ein Herr Platz; in dunklem Überzieher, auch sonst ganz unauffällig gekleidet. Fridolin erinnerte sich, diese Physiognomie im Laufe dieses Tages schon irgendwo gesehen zu haben. Das konnte natürlich auch Zufall sein. Er nahm ein Abendblatt zur Hand und las, so wie er es gestern nacht in einem anderen Kaffeehaus getan, da und dort ein paar Zeilen: Berichte über politische Ereignisse, Theater, Kunst, Literatur, über kleine und große Unglücksfälle aller Art. In irgendeiner Stadt Amerikas, deren Namen er niemals gehört hatte, war ein Theater abgebrannt. Der Rauchfangkehrermeister Peter Korand hatte sich zum Fenster hinausgestürzt. Es kam Fridolin irgendwie sonderbar vor, daß auch Rauchfangkehrer sich zuweilen umbrachten, und er fragte sich unwillkürlich, ob der Mann sich vorher ordentlich gewaschen oder schwarz, wie er war, ins Nichts gestürzt hatte. In einem vornehmen Hotel der inneren Stadt hatte sich heute früh eine Frau vergiftet, eine Dame, die unter dem Namen einer Baronin D. vor wenigen Tagen dort abgestiegen war, eine auffallend hübsche Dame. Fridolin fühlte sich sofort ahnungsvoll berührt. Die Dame war morgens um vier Uhr in Begleitung zweier Herren nach Hause gekommen, die am Tore sich von ihr verabschiedeten. Vier Uhr. Gerade zu der Stunde, da auch er nach Hause gekommen war. Und gegen Mittag war sie bewußtlos – so hieß es weiter – mit den Anzeichen einer schweren Vergiftung im Bette aufgefunden worden ... Eine auffallend hübsche junge Dame ... Nun, es gab manche auffallend hübsche junge Damen ... Es war kein Anlaß, anzunehmen, daß die Baronin D., vielmehr die

Dame, die unter dem Namen Baronin D. in dem Hotel abgestiegen war, und eine gewisse andere ein und dieselbe
Person vorstellen. Und doch – ihm klopfte das Herz, und
das Blatt bebte in seiner Hand. In einem vornehmen Stadthotel ... in welchem –? Warum so geheimnisvoll? – So dis-
kret? ...

Er ließ das Blatt sinken und sah, wie zugleich der Herr
dort in der fernen Ecke eine Zeitung, eine große illustrierte
Zeitung, wie einen Vorhang vor sein Gesicht schob. Sofort nahm auch Fridolin sein Blatt wieder zur Hand, und er
wußte in diesem Augenblick, daß die Baronin D. unmöglich jemand anders sein konnte als die Frau von heute
nacht ... In einem vornehmen Stadthotel ... Es gab nicht so
viele, die in Betracht kamen – für eine Baronin D... Und
nun mochte geschehen, was da wolle – diese Spur mußte
verfolgt werden. Er rief nach dem Kellner, zahlte, ging. An
der Tür wandte er sich noch einmal nach dem verdächtigen
Herrn in der Ecke um. Der aber war sonderbarerweise
schon verschwunden ...

Schwere Vergiftung ... Aber sie lebte ... In dem Augenblick, da man sie aufgefunden hatte, lebte sie noch. Und es
war am Ende kein Grund, anzunehmen, daß sie nicht gerettet war. Jedenfalls, ob sie lebte oder tot war – er würde sie
finden. Und er würde sie sehen – in jedem Fall – ob tot oder
lebendig. Sehen würde er sie; kein Mensch auf der Erde
konnte ihn daran hindern, die Frau zu sehen, die seinetwe-
gen, ja, die f ü r i h n in den Tod gegangen war. Er war
schuldig an ihrem Tod – er allein – wenn sie es war. Ja, sie
war es. Um vier Uhr morgens nach Hause gekommen in
Begleitung zweier Herren! Wahrscheinlich derselben, die
ein paar Stunden später Nachtigall zur Bahn gebracht hatten. Sie hatten kein sonderlich reines Gewissen, diese Herren.

Er stand auf dem großen weiten Platz vor dem Rathaus

und blickte nach allen Seiten. Nur wenige Menschen befanden sich innerhalb seiner Sehweite, der verdächtige Herr aus dem Kaffeehaus war nicht unter ihnen. Und wenn auch – die Herren fürchteten sich, der Überlegene war er. Fridolin eilte weiter, auf dem Ring nahm er einen Wagen, ließ sich zuerst zum Hotel Bristol fahren und erkundigte sich bei dem Portier, als wäre er dazu befugt oder beauftragt, ob die Frau Baronin D., die sich heute morgen bekanntlich vergiftet, hier in dem Hotel gewohnt habe. Der Portier schien weiter nicht erstaunt, hielt Fridolin vielleicht für einen Herrn von der Polizei oder sonst eine Amtsperson, in jedem Fall erwiderte er höflich, daß sich der traurige Fall nicht hier, sondern im Hotel Erzherzog Karl zugetragen habe ...

Fridolin fuhr sofort in das bezeichnete Hotel und erhielt dort die Auskunft, daß die Baronin D. unverzüglich nach ihrer Auffindung ins Allgemeine Krankenhaus geschafft worden sei. Fridolin erkundigte sich, auf welche Weise die Entdeckung des Selbstmordversuches erfolgt sei. Was für Anlaß denn vorgelegen habe, sich schon um die Mittagstunde um eine Dame zu kümmern, die doch erst um vier Uhr früh nach Hause gekommen war? Nun, das war ganz einfach: zwei Herren (also wieder zwei Herren!) hatten vormittags um elf Uhr nach ihr gefragt. Da die Dame sich auf wiederholten telephonischen Anruf nicht gemeldet, hatte das Stubenmädchen an die Türe geklopft; da sich darauf wieder nichts gerührt hatte und die Türe von innen verriegelt blieb, war nichts übriggeblieben, als sie aufzusprengen, und da hatte man die Baronin bewußtlos im Bette liegend gefunden. Man hatte sofort Rettungsgesellschaft und Polizei verständigt.

»Und die zwei Herren?« fragte Fridolin scharf und kam sich selbst vor wie ein Geheimpolizist.

Ja, die Herren, das gab freilich zu denken, die waren indes spurlos verschwunden. Im übrigen dürfte es sich keineswegs um eine Baronin Dubieski gehandelt haben, unter welchem Namen die Dame im Hotel gemeldet war. Sie war das erstemal in diesem Hotel abgestiegen, und es gab überhaupt keine Familie dieses Namens, jedenfalls keine adlige.

Fridolin dankte für die Auskunft, entfernte sich ziemlich rasch, da einer der eben hinzugetretenen Hoteldirektoren ihn mit unangenehmer Neugier zu mustern begann, stieg wieder in den Wagen und ließ sich zum Krankenhaus fahren. Wenige Minuten später, in der Aufnahmekanzlei, erfuhr er nicht nur, daß die angebliche Baronin Dubieski auf die zweite interne Klinik eingeliefert worden, sondern daß sie nachmittags um fünf, trotz aller ärztlichen Bemühungen – ohne das Bewußtsein wiedererlangt zu haben – gestorben war.

Fridolin holte tief Atem, so glaubte er, doch es war ein schwerer Seufzer gewesen, der sich ihm entrungen. Der diensthabende Beamte blickte mit einiger Verwunderung zu ihm auf. Fridolin faßte sich gleich wieder, empfahl sich höflich und stand in der nächsten Minute im Freien. Der Krankenhausgarten war fast menschenleer. In einer benachbarten Allee unter einer Laterne ging eben eine Wärterin in blauweiß gestreiftem Kittel und weißem Häubchen. »Tot«, sagte Fridolin vor sich hin. – Wenn sie es ist. Und wenn sie es nicht ist? Wenn sie noch lebt, wie kann ich sie finden?

Wo der Leichnam der Unbekannten sich in diesem Augenblick befand, diese Frage konnte er sich leicht beantworten. Da sie erst vor wenigen Stunden gestorben war, lag sie jedenfalls in der Totenkammer, nur wenige hundert Schritte von hier. Schwierigkeiten für ihn als Arzt, sich auch in dieser späten Stunde dort Eingang zu verschaffen, gab es natürlich nicht. Doch – was wollte er dort? Er kannte ja nur ihren Körper, ihr Antlitz hatte er nie gesehen, nur

eben einen flüchtigen Schimmer davon erhascht in der Sekunde, da er heute nacht den Tanzsaal verlassen hatte oder,
richtiger gesagt, aus dem Saal gejagt worden war. Doch daß
er diesen Umstand bis jetzt gar nicht erwogen, das kam daher, daß er in diesen ganzen letztverflossenen Stunden, seit
er die Zeitungsnotiz gelesen, die Selbstmörderin, deren
Antlitz er nicht kannte, sich mit den Zügen Albertinens
vorgestellt hatte, ja, daß ihm, wie er nun erst erschauernd
wußte, ununterbrochen seine Gattin als die Frau vor Augen
geschwebt war, die er suchte. Und nochmals fragte er sich,
was er eigentlich in der Totenkammer wollte? Ja, hätte er
sie lebend wiedergefunden, heute, morgen – in Jahren,
wann, wo und in welcher Umgebung immer – an ihrem
Gang, ihrer Haltung, ihrer Stimme vor allem hätte er sie, so
war er überzeugt, unwidersprechlich erkannt. Nun aber
sollte er nur den Körper wiedersehen, einen toten Frauen-
körper und ein Antlitz, von dem er nichts kannte als die
Augen – Augen, die nun gebrochen waren. Ja – diese Augen kannte er und die Haare, die sich in jenem letzten Augenblick, ehe man ihn aus dem Saal gejagt, plötzlich gelöst
und die nackte Gestalt verhüllt hatten. Würde das genug
sein, um ihn untrüglich wissen zu lassen, ob sie es sei oder
nicht?

Und langsamen, zögernden Schritts nahm er den Weg
durch die wohlbekannten Höfe nach dem Pathologisch-
anatomischen Institut. Er fand das Tor unverschlossen, so
daß er nicht nötig hatte zu klingeln. Der steinerne Fußboden hallte unter seinen Tritten, als er durch den schwach
beleuchteten Gang schritt. Ein vertrauter, gewissermaßen
heimatlicher Geruch von allerlei Chemikalien, der den an-
gestammten Duft dieses Gebäudes übertönte, umfing Fridolin. Er klopfte an die Tür des histologischen Kabinetts,
wo er wohl noch einen Assistenten bei der Arbeit vermuten durfte. Auf ein etwas unwirsches »Herein« trat Fridolin

in den hohen, geradezu festlich erhellten Raum, in dessen Mitte, das Auge eben vom Mikroskop entfernend, wie Fridolin beinahe erwartet, sein alter Studienkollege, der Assistent des Institutes, Doktor Adler, sich von seinem Stuhl erhob.

»Oh, lieber Kollege«, begrüßte ihn Doktor Adler immer noch etwas unwillig, aber zugleich verwundert, »was verschafft mir die Ehre zu so ungewohnter Stunde?«

»Entschuldige die Störung«, sagte Fridolin. »Du bist gerade mitten in der Arbeit.«

»Allerdings«, erwiderte Adler in dem scharfen Ton, der ihm noch von seiner Burschenzeit eigen war. Und leichter fügte er hinzu: »Was sollte man in diesen heiligen Hallen sonst um Mitternacht zu schaffen haben? Aber du störst mich natürlich nicht im geringsten. Womit kann ich dienen?«

Und da Fridolin nicht gleich antwortete: »Der Addison, den ihr uns heute heruntergeliefert habt, liegt noch in holder Unberührtheit da drüben. Sektion morgen früh acht Uhr dreißig.«

Und auf eine verneinende Bewegung Fridolins: »Ah so – der Pleuratumor! Nun – die histologische Untersuchung hat unwiderleglich Sarkom ergeben. Darüber braucht ihr euch also auch keine grauen Haare wachsen zu lassen.«

Fridolin schüttelte wieder den Kopf. »Es handelt sich um keine – dienstliche Angelegenheit.«

»Na, um so besser«, sagte Adler, »ich hab schon geglaubt, das schlechte Gewissen treibt dich da herunter zu nachtschlafender Zeit.«

»Mit schlechtem Gewissen oder wenigstens mit Gewissen überhaupt hängt es schon eher zusammen«, erwiderte Fridolin.

»Oh!«

»Kurz und gut«, – er befliß sich eines harmlos-trockenen

Tones – »ich möchte gern Auskunft wegen einer Frauensperson, die heute abend auf der zweiten Klinik an Morphiumvergiftung gestorben ist und die jetzt da herunten liegen dürfte, eine gewisse Baronin Dubieski.« Und rascher fuhr er fort: »Ich habe nämlich die Vermutung, daß diese angebliche Baronin Dubieski eine Person ist, die ich vor Jahren flüchtig gekannt habe. Und es würde mich interessieren, ob meine Vermutung stimmt.«

»Suicidium?« fragte Adler.

Fridolin nickte. »Ja. Selbstmord«, übersetzte er, als wünschte er damit der Angelegenheit wieder ihren privaten Charakter zu verleihen.

Adler deutete mit humoristisch gestrecktem Zeigefinger auf Fridolin. »Unglückliche Liebe zu Euer Hochwohlgeboren?«

Fridolin verneinte etwas ärgerlich. »Der Selbstmord dieser Baronin Dubieski hat mit meiner Person nicht das geringste zu tun.«

»Bitte, bitte, ich will nicht indiskret sein. Wir können uns ja sofort überzeugen. Meines Wissens ist heute abend keine Anforderung von der gerichtlichen Medizin gekommen. Also jedenfalls –«

Gerichtliche Obduktion, zuckte es durch Fridolins Hirn. Das könnte wohl noch der Fall sein. Wer weiß, ob ihr Selbstmord überhaupt ein freiwilliger war? Die zwei Herren fielen ihm wieder ein, die so plötzlich aus dem Hotel verschwunden waren, nachdem sie von dem Selbstmordversuch erfahren hatten. Die Angelegenheit könnte sich wohl noch zu einer Kriminalaffäre ersten Ranges entwickeln. Und ob er – Fridolin – nicht gar als Zeuge vorgeladen würde – ja, ob er nicht eigentlich verpflichtet wäre, sich freiwillig bei Gericht zu melden?

Er folgte Doktor Adler über den Gang zu der gegenüberliegenden Türe, die halb offen stand. Der kahle

hohe Raum war durch die zwei offenen, etwas herunterge-
schraubten Flammen eines zweiarmigen Gaslüsters schwach
beleuchtet. Von den zwölf oder vierzehn Leichentischen
waren nur die geringere Anzahl belegt. Einige Körper lagen
nackt da, über die andern waren Leinentücher gebreitet.
Fridolin trat zu dem ersten Tisch gleich an der Türe und
zog vorsichtig das Tuch von dem Kopf der Leiche weg. Ein
greller Lichtschein von der elektrischen Taschenlampe des
Doktor Adler fiel plötzlich hin. Fridolin sah ein gelbes,
graubärtiges Männergesicht und bedeckte es gleich wieder
mit dem Leichentuch. Auf dem nächsten Tisch lag ein hagerer nackter Jünglingsleib. Doktor Adler, von einem anderen Tische her, sagte: »Eine zwischen sechzig und siebzig,
die wird's also wohl auch nicht sein.«

Fridolin aber, wie plötzlich hingezogen, schritt ans Ende
des Saales, von wo ein Frauenleib ihm fahl entgegenleuchte-
te. Der Kopf war zur Seite gesenkt; lange, dunkle Haar-
strähnen fielen fast bis zum Fußboden herab. Unwillkürlich
streckte Fridolin die Hand aus, um den Kopf zurechtzurük-
ken, doch mit einer Scheu, die ihm, dem Arzt, sonst fremd
war, zögerte er wieder. Doktor Adler war herzugetreten
und bemerkte hinter sich deutend: »Kommen alle nicht in
Betracht – – also die?« Und er leuchtete mit der elektrischen Lampe auf den Frauenkopf, den Fridolin eben, seine
Scheu überwindend, mit beiden Händen gefaßt und ein wenig emporgehoben hatte. Ein weißes Antlitz mit halbgeschlossenen Lidern starrte ihm entgegen. Der Unterkiefer
hing schlaff herab, die schmale, hinaufgezogene Oberlippe
ließ das bläuliche Zahnfleisch und eine Reihe weißer Zähne
sehen. Ob dieses Antlitz irgendeinmal, ob es vielleicht gestern noch schön gewesen – Fridolin hätte es nicht zu sagen
vermocht – es war ein völlig nichtiges, leeres, es war ein to-
tes Antlitz. Es konnte ebensogut einer Achtzehnjährigen als
einer Achtunddreißigjährigen angehören.

»Ist sie's?« fragte Doktor Adler.

Fridolin beugte sich unwillkürlich tiefer herab, als könnte sein bohrender Blick den starren Zügen eine Antwort entreißen. Und er wußte doch zugleich, auch wenn es wirklich i h r Antlitz wäre, i h r e Augen, dieselben Augen, die gestern so lebensheiß in die seinen geleuchtet, er wüßte es nicht, könnte es – wollte es am Ende gar nicht wissen. Und sanft legte er den Kopf wieder auf die Platte hin und ließ seinen Blick den toten Körper entlang schweifen, vom wandernden Schein der elektrischen Lampe geleitet. War es ihr Leib? – der wunderbare, blühende, gestern noch so qualvoll ersehnte? Er sah einen gelblichen, faltigen Hals, er sah zwei kleine und doch etwas schlaff gewordene Mädchenbrüste, zwischen denen, als wäre das Werk der Verwesung schon vorgebildet, das Brustbein mit grausamer Deutlichkeit sich unter der bleichen Haut abzeichnete, er sah die Rundung des mattbraunen Unterleibs, er sah, wie von einem dunklen, nun geheimnis- und sinnlos gewordenen Schatten aus wohlgeformte Schenkel sich gleichgültig öffneten, sah die leise auswärts gedrehten Kniewölbungen, die scharfen Kanten der Schienbeine und die schlanken Füße mit den einwärts gekrümmten Zehen. All dies versank nacheinander rasch wieder im Dunkel, da der Lichtkegel der elektrischen Lampe den Weg zurück mit vielfacher Geschwindigkeit zurücklegte, bis er endlich leicht zitternd über dem bleichen Antlitz ruhen blieb. Unwillkürlich, ja wie von einer unsichtbaren Macht gezwungen und geführt, berührte Fridolin mit beiden Händen die Stirne, die Wangen, die Schultern, die Arme der toten Frau; dann schlang er seine Finger wie zu einem Liebesspiel in die der Toten, und so starr sie waren, es schien ihm, als versuchten sie sich zu regen, die seinen zu ergreifen; ja ihm war, als irrte unter den halbgeschlossenen Lidern ein ferner, farbloser Blick nach dem seinen; und wie magisch angezogen beugte er sich herab.

Da flüsterte es plötzlich hinter ihm: »Aber was treibst du denn?«

Fridolin kam jählings zur Besinnung. Er löste seine Finger aus denen der Toten, umklammerte ihre schmalen Handgelenke und legte sorglich, ja mit einer gewissen Pedanterie die eiskalten Arme zu seiten des Rumpfes hin. Und ihm war, als ob jetzt, eben erst in diesem Augenblick, dieses Weib gestorben sei. Dann wandte er sich ab, lenkte die Schritte zur Türe und über den hallenden Gang, trat in das Arbeitskabinett zurück, das man früher verlassen. Doktor Adler folgte ihm schweigend und schloß hinter ihnen ab.

Fridolin trat ans Waschbecken. »Du erlaubst«, sagte er und reinigte seine Hände sorgfältig mit Lysol und Seife. Indes schien Doktor Adler ohne weiteres seine unterbrochene Arbeit wieder aufnehmen zu wollen. Er hatte die entsprechende Lichtvorrichtung neu eingeschaltet, drehte die Mikrometerschraube und blickte ins Mikroskop. Als Fridolin zu ihm trat um sich zu verabschieden, war Doktor Adler völlig in seine Arbeit vertieft.

»Willst du dir das Präparat einmal anschauen?« fragte er.

»Warum?« fragte Fridolin abwesend.

»Nun, zur Beruhigung deines Gewissens«, erwiderte Doktor Adler, – als nähme er doch an, daß Fridolins Besuch nur einen medizinisch-wissenschaftlichen Zweck gehabt hätte.

»Findest du dich zurecht?« fragte er, während Fridolin ins Mikroskop schaute. »Es ist nämlich eine ziemlich neue Färbungsmethode.«

Fridolin nickte, ohne das Auge vom Glas zu entfernen. »Geradezu ideal«, bemerkte er, »ein farbenprächtiges Bild, könnte man sagen.«

Und er erkundigte sich nach verschiedenen Einzelheiten der neuen Technik.

Doktor Adler gab ihm die gewünschten Aufklärungen, und Fridolin äußerte die Ansicht, daß ihm diese neue Methode bei einer Arbeit, die er für die nächste Zeit vorhabe, voraussichtlich gute Dienste leisten würde. Er erbat sich die Erlaubnis, morgen oder übermorgen wiederkommen zu dürfen, um sich weitere Aufschlüsse zu holen.

»Stets gerne zu Diensten«, sagte Doktor Adler, begleitete Fridolin über die hallenden Steinfliesen bis zum Tore, das indessen geschlossen worden war, und sperrte es mit seinem eigenen Schlüssel auf.

»Du bleibst noch?« fragte Fridolin.

»Aber natürlich«, erwiderte Doktor Adler, »das sind ja die allerschönsten Arbeitsstunden – so von Mitternacht bis früh. Da ist man wenigstens vor Störungen ziemlich sicher.«

»Na«, – sagte Fridolin mit einem leisen, wie schuldbewußten Lächeln.

Doktor Adler legte die Hand beruhigend auf Fridolins Arm, dann fragte er mit einiger Zurückhaltung: »Also – war sie's?«

Fridolin zögerte einen Augenblick, dann nickte er wortlos, und war sich kaum bewußt, daß diese Bejahung möglicherweise eine Unwahrheit bedeutete. Denn ob die Frau, die nun da drin in der Totenkammer lag, dieselbe war, die er vor vierundzwanzig Stunden zu den wilden Klängen von Nachtigalls Klavierspiel nackt in den Armen gehalten, oder ob diese Tote irgendeine andere, eine Unbekannte, eine ganz Fremde war, der er niemals vorher begegnet; er wußte: auch wenn das Weib noch am Leben war, das er gesucht, das er verlangt, das er eine Stunde lang vielleicht geliebt hatte, und, wie immer sie dieses Leben weiter lebte; – was da hinter ihm lag in der gewölbten Halle, im Scheine von flackernden Gasflammen, ein Schatten unter andern Schatten, dunkel, sinn- und geheimnislos wie sie –, ihm bedeutete es, ihm konnte es nichts anderes mehr bedeuten als, zu unwiderruflicher Verwesung bestimmt, den bleichen Leichnam der vergangenen Nacht.

VII

Durch die finsteren menschenleeren Gassen eilte er nach Hause, und wenige Minuten später, nachdem er, wie vierundzwanzig Stunden vorher, schon in seinem Ordinationszimmer sich entkleidet hatte, so leise als möglich betrat er das eheliche Schlafgemach.

Er hörte den gleichmäßig-ruhigen Atem Albertinens und sah die Umrisse ihres Kopfes sich auf dem weichen Polster abzeichnen. Ein Gefühl von Zärtlichkeit, ja von Geborgenheit, wie er es nicht erwartet, durchdrang sein Herz. Und er nahm sich vor, ihr bald, vielleicht morgen schon, die Geschichte der vergangenen Nacht zu erzählen, doch so, als wäre alles, was er erlebt, ein Traum gewesen – und dann, erst wenn sie die ganze Nichtigkeit seiner Abenteuer gefühlt und erkannt hatte, wollte er ihr gestehen, daß sie Wirklichkeit gewesen waren. Wirklichkeit? fragte er sich –, und gewahrte in diesem Augenblick, ganz nahe dem Antlitz Albertines auf dem benachbarten, auf s e i n e m Polster etwas Dunkles, Abgegrenztes, wie die umschatteten Linien eines menschlichen Gesichts. Einen Moment nur stand ihm das Herz still, im nächsten schon wußte er, woran er war, griff nach dem Polster hin und hielt die Maske in der Hand, die er während der vorigen Nacht getragen, die ihm, während er heute morgen das Paket zusammengerollt, ohne daß er es bemerkt, entglitten, und von dem Stubenmädchen oder Albertine selbst gefunden sein mochte. So konnte er auch nicht daran zweifeln, daß Albertine nach diesem Fund mancherlei ahnte und vermutlich noch mehr und noch Schlimmeres, als sich tatsächlich ereignet hatte. Doch die Art, wie sie ihm das zu verstehen gab, ihr Einfall, die dunkle Larve neben sich auf das Polster hinzulegen, als hätte sie nun sein, des Gatten, ihr nun rätselhaft gewordenes Antlitz zu bedeuten, diese scherzhafte, fast übermütige Art, in der zugleich eine milde Warnung und die Bereitwilligkeit des Verzeihens ausgedrückt schien, gab Fridolin die sichere Hoffnung, daß sie, wohl in Erinnerung ihres eigenen Traums –, was auch geschehen sein mochte, geneigt war, es nicht allzu schwer zu nehmen. Fridolin aber, mit einem Male am Ende seiner Kräfte, ließ die Maske zu Boden gleiten, schluchzte, sich selbst ganz unerwartet, laut und schmerzlich auf, sank neben dem Bette nieder und weinte leise in die Kissen hinein.

Nach wenigen Sekunden fühlte er eine weiche Hand über seine Haare streichen. Da erhob er sein Haupt, und aus der Tiefe seines Herzens entrang sich's ihm: »Ich will dir alles erzählen.«

Sie hob zuerst, wie in leiser Abwehr die Hand; er faßte sie, behielt sie in der seinen, sah wie fragend und zugleich bittend zu ihr auf, sie nickte ihm zu und er begann.

Der Morgen dämmerte grau durch die Vorhänge, als Fridolin zu Ende war. Nicht ein einziges Mal hatte ihn Albertine mit einer neugierigen oder ungeduldigen Frage unterbrochen. Sie fühlte wohl, daß er ihr nichts verschweigen wollte und konnte. Ruhig lag sie da, die Arme im Nacken verschlungen, und schwieg noch lange, als Fridolin schon längst geendet hatte. Endlich – er lag an ihrer Seite hingestreckt – beugte er sich über sie, und in ihr regungsloses Antlitz mit den großen hellen Augen, in denen jetzt auch der Morgen aufzugehen schien, fragte er zweifelnd und hoffnungsvoll zugleich: »Was sollen wir tun, Albertine?«

Sie lächelte, und nach kurzem Zögern erwiderte sie: »Dem Schicksal dankbar sein, glaube ich, daß wir aus allen

Abenteuern heil davongekommen sind – aus den wirklichen und aus den geträumten.«

»Weißt du das auch ganz gewiß?« fragte er.

»So gewiß, als ich ahne, daß die Wirklichkeit einer Nacht, ja daß nicht einmal die eines ganzen Menschenlebens zugleich auch seine innerste Wahrheit bedeutet.«

»Und kein Traum«, seufzte er leise, »ist völlig Traum.«

Sie nahm seinen Kopf in beide Hände und bettete ihn innig an ihre Brust. »Nun sind wir wohl erwacht«, sagte sie –, »für lange.«

Für immer, wollte er hinzufügen, aber noch ehe er die Worte ausgesprochen, legte sie ihm einen Finger auf die Lippen und, wie vor sich hin, flüsterte sie: »Niemals in die Zukunft fragen.«

So lagen sie beide schweigend, beide wohl auch ein wenig schlummernd und einander traumlos nah – bis es wie jeden Morgen um sieben Uhr an die Zimmertür klopfte, und, mit den gewohnten Geräuschen von der Straße her, einem sieghaften Lichtstrahl durch den Vorhangspalt und einem hellen Kinderlachen von nebenan der neue Tag begann.

Ende

Spiel im Morgengrauen

(1926/27)

I

»Herr Leutnant! ... Herr Leutnant! ... Herr Leutnant!«
Erst beim dritten Anruf rührte sich der junge Offizier,
reckte sich, wandte den Kopf zur Tür; noch schlaftrunken,
aus den Polstern, brummte er: »Was gibt's?« dann, wacher
geworden, als er sah, daß es nur der Bursche war, der in der
umdämmerten Türspalte stand, schrie er: »Zum Teufel, was
gibt's denn in aller Früh?«

»Es ist ein Herr unten im Hof, Herr Leutnant, der den
Herrn Leutnant sprechen will.«

»Wieso ein Herr? Wie spät ist es denn? Hab ich Ihnen
nicht g'sagt, daß Sie mich nicht wecken sollen am Sonntag?«

Der Bursche trat ans Bett und reichte Wilhelm eine Visitenkarte.

»Meinen Sie, ich bin ein Uhu, Sie Schafskopf, daß ich im
Finstern lesen kann? Aufzieh'n!«

Noch ehe der Befehl ausgesprochen war, hatte Joseph die
inneren Fensterflügel geöffnet und zog den schmutzig-wei-
ßen Vorhang in die Höhe. Der Leutnant, sich im Bette halb
aufrichtend, vermochte nun den Namen auf der Karte zu
lesen, ließ sie auf die Bettdecke sinken, betrachtete sie
nochmals, kraute sein blondes, kurz geschnittenes, mor-
gendlich zerrauftes Haar und überlegte rasch: »Abweisen?
– Unmöglich! – Auch eigentlich kein Grund. Wenn man
wen empfängt, das heißt ja noch nicht, daß man mit ihm
verkehrt. Übrigens hat er ja nur wegen Schulden quittieren
müssen. Andere haben halt mehr Glück. Aber was will er
von mir?« – Er wandte sich wieder an den Burschen: »Wie

schaut er denn aus, der Herr Ober –, der Herr von Bogner?«

Der Bursche erwiderte mit breitem, etwas traurigem Lächeln: »Melde gehorsamst, Herr Leutnant, Uniform ist dem Herrn Oberleutnant besser zu G'sicht gestanden.«

Wilhelm schwieg eine Weile, dann setzte er sich im Bett zurecht: »Also, ich laß bitten. Und der Herr – Oberleutnant möcht freundlichst entschuldigen, wenn ich noch nicht fertig angezogen bin. – Und hören S' – für alle Fälle, wenn einer von den anderen Herren fragt, der Oberleutnant Höchster oder der Leutnant Wengler oder der Herr Hauptmann oder sonstwer – ich bin nicht mehr zu Haus – verstanden?«

Während Joseph die Tür hinter sich schloß, zog Wilhelm rasch die Bluse an, ordnete mit dem Staubkamm seine Frisur, trat zum Fenster, blickte in den noch unbelebten Kasernenhof hinab; und als er den einstigen Kameraden unten auf und ab gehen sah, mit gesenktem Kopf, den steifen, schwarzen Hut in die Stirne gedrückt, im offenen, gelben Überzieher, mit braunen, etwas bestaubten Halbschuhen, da wurde ihm beinah weh ums Herz. Er öffnete das Fenster, war nahe daran, ihm zuzuwinken, ihn laut zu begrüßen; doch in diesem Augenblick war eben der Bursche an den Wartenden herangetreten, und Wilhelm merkte den ängstlich gespannten Zügen des alten Freundes die Erregung an, mit der er die Antwort erwartete. Da sie günstig ausfiel, heiterten sich Bogners Mienen auf, er verschwand mit dem Burschen im Tor unter Wilhelms Fenster, das dieser nun schloß, als wenn die bevorstehende Unterredung solche Vorsicht immerhin verlangen könnte. Nun war mit einem Male der Duft von Wald und Frühjahr wieder fort, der in solchen Sonntagmorgenstunden in den Kasernenhof zu dringen pflegte und von dem an Wochentagen sonderbarerweise überhaupt nichts zu bemerken war. Was immer

geschieht, dachte Wilhelm – was soll denn übrigens geschehen?! – nach Baden fahr ich heute unbedingt und speise zu
Mittag in der »Stadt Wien« – wenn sie mich nicht wie neulich bei Keßners zum Essen behalten sollten. »Herein!«
Und mit übertriebener Lebhaftigkeit streckte Wilhelm dem
Eintretenden die Hand entgegen. »Grüß dich Gott, Bogner.
Es freut mich aber wirklich. Willst nicht ablegen? Ja, schau
dich nur um; alles wie früher. Geräumiger ist das Lokal
auch nicht geworden. Aber Raum ist in der kleinsten Hütte
für ein glücklich ...«

Otto lächelte höflich, als merke er Wilhelms Verlegenheit
und wollte ihm darüber weghelfen. »Hoffentlich paßt das
Zitat für die kleine Hütte manchmal besser als in diesem
Augenblick«, sagte er.

Wilhelm lachte lauter, als nötig war. »Leider nicht oft.
Ich leb ziemlich einschichtig. Wenn ich dich versicher,
sechs Wochen mindestens hat diesen Raum kein weiblicher
Fuß betreten. Der Plato ist ein Waisenknabe gegen mich.
Aber nimm doch Platz.« Er räumte Wäschestücke von ei-
nem Sessel aufs Bett. »Und darf ich dich vielleicht zu einem
Kaffee einladen?«

»Danke, Kasda, mach dir keine Umstände. Ich hab schon
gefrühstückt ... Eine Zigarette, wenn du nichts dagegen
hast ...«

Wilhelm ließ nicht zu, daß Otto sich aus der eigenen
Dose bediente, und wies auf das Rauchtischchen, wo eine
offene Pappschachtel mit Zigaretten stand. Wilhelm gab
ihm Feuer, Otto tat schweigend einige Züge, und sein Blick
fiel auf das wohlbekannte Bild, das an der Wand über dem
schwarzen Lederdiwan hing und eine Offizierssteeplechase
aus längst verflossenen Zeiten vorstellte.

»Also, jetzt erzähl«, sagte Wilhelm, »wie geht's dir
denn? Warum hat man so gar nichts mehr von dir gehört?
– Wie wir uns – vor zwei Jahren oder drei – Adieu gesagt

haben, hat du mir doch versprochen, daß du von Zeit zu
Zeit –«

Otto unterbrach ihn: »Es war vielleicht doch besser, daß
ich nichts hab von mir hören und sehen lassen, und ganz bestimmt wär's besser, wenn ich auch heut nicht hätt kommen
müssen.« Und, ziemlich überraschend für Wilhelm, setzte er
sich plötzlich in die Ecke des Sofas, in dessen anderer Ecke
einige zerlesene Bücher lagen –: »Denn du kannst dir denken, Willi«, – er sprach hastig und scharf zugleich – »mein
Besuch heute zu so ungewohnter Stunde – ich weiß, du
schläfst dich gern aus an einem Sonntag –, dieser Besuch hat
natürlich einen Z w e c k, sonst hätte ich mir natürlich
nicht erlaubt – kurz und gut, ich komm, an unsere alte
Freundschaft appellieren – an unsere Kameradschaft darf
ich ja leider nicht mehr sagen. Du brauchst nicht blaß zu
werden, Willi, es ist nicht gar so gefährlich, es handelt sich
um ein paar Gulden, die ich halt morgen früh haben muß,
weil mir sonst nichts übrigbliebe als –« seine Stimme
schnarrte militärisch in die Höhe –, »na – was vielleicht
schon vor zwei Jahren das Gescheiteste gewesen wäre.«

»Aber, was red'st denn da«, meinte Wilhelm im Ton
freundschaftlich-verlegenen Unwillens.

Der Bursche brachte das Frühstück und verschwand
wieder. Willi schenkte ein. Er verspürte einen bitteren Geschmack im Mund und empfand es unangenehm, daß er
noch nicht dazu gekommen war, Toilette zu machen. Übrigens hatte er sich vorgenommen, auf dem Weg zur Eisenbahn ein Dampfbad zu nehmen. Es genügte ja vollkommen, wenn er gegen Mittag in Baden eintraf. Er hatte keine
bestimmte Abmachung; und wenn er sich verspätete, ja,
wenn er gar nicht käme, es würde keinem Menschen sonderlich auffallen, weder den Herren im Café Schopf, noch
dem Fräulein Keßner; vielleicht eher noch ihrer Mutter, die
übrigens auch nicht übel war.

»Bitt' schön, bedien dich doch«, sagte er zu Otto, der die Tasse noch nicht an die Lippen gesetzt hatte. Nun nahm er rasch einen Schluck und begann sofort: »Um kurz zu sein: du weißt ja vielleicht, daß ich in einem Büro für elektrische Installation angestellt bin, als Kassierer, seit einem Vierteljahr. Woher sollst du das übrigens wissen? Du weißt ja nicht einmal, daß ich verheiratet bin und einen Buben hab – von vier Jahren. Er war nämlich schon auf der Welt, wie ich noch bei euch war. Es hat's keiner gewußt. Na also, besonders gut ist es mir die ganze Zeit über nicht gegangen. Kannst dir ja denken. Und besonders im vergangenen Winter – der Bub war krank –, also, die Details sind ja weiter nicht interessant – da hab ich mir etliche Male aus der Kasse was ausleihen müssen. Ich hab's immer rechtzeitig zurückgezahlt. Diesmal ist's ein bissel mehr geworden als sonst, leider, und«, er hielt inne, indes Wilhelm mit dem Löffel in seiner Tasse rührte, »und das Malheur ist außerdem, daß am Montag, morgen also, wie ich zufällig in Erfahrung gebracht habe, von der Fabrik aus eine Revision stattfinden soll. Wir sind nämlich eine Filiale, verstehst du, und es sind ganz geringfügige Beträge, die bei uns ein- und ausgezahlt werden; es ist ja auch wirklich nur eine Bagatelle – die ich schuldig bin –, neunhundertsechzig Gulden. Ich könnte sagen tausend, das käm schon auf eins heraus. Es sind aber neunhundertsechzig. Und die müssen morgen vor halb neun Uhr früh dasein, sonst – na – also, du erwiesest mir einen wirklichen Freundschaftsdienst, Willi, wenn du mir diese Summe –« Er konnte plötzlich nicht weiter. Willi schämte sich ein wenig für ihn, nicht so sehr wegen der kleinen Veruntreuung oder – Defraudation, so mußte man's ja wohl nennen, die der alte Kamerad begangen, sondern vielmehr, weil der ehemalige Oberleutnant Otto von Bogner – vor wenigen Jahren noch ein liebenswürdiger, wohlsituierter und schneidiger Offizier – bleich und ohne Haltung in der Diwanecke lehnte und vor verschluckten Tränen nicht weiterreden konnte.

Er legte ihm die Hand auf die Schulter. »Geh, Otto, man muß ja nicht gleich die Kontenance verlieren«, und da der andere auf diese nicht sehr ermutigende Einleitung hin mit trübem, fast erschrecktem Blick zu ihm aufsah – »nämlich, ich selber bin so ziemlich auf dem trockenen. Mein ganzes Vermögen beläuft sich auf etwas über hundert Gulden. Hundertzwanzig, um ganz so genau zu sein wie du. Die stehen dir natürlich bis auf den letzten Kreuzer zur Verfügung. Aber wenn wir uns ein bißl anstrengen, so müssen wir doch auf einen Modus kommen.«

Otto unterbrach ihn. »Du kannst dir denken, daß alle sonstigen – Modusse bereits erledigt sind. Wir brauchen also die Zeit nicht mit unnützem Kopfzerbrechen zu verlieren, um so weniger, als ich schon mit einem bestimmten Vorschlage komme.«

Wilhelm sah ihm gespannt ins Auge.

»Stell dir einmal vor, Willi, du befändest dich selbst in einer solchen Schwulität. Was würdest du tun?«

»Ich versteh nicht recht«, bemerkte Wilhelm ablehnend.

»Natürlich, ich weiß, in eine fremde Kasse hast du noch nie gegriffen – so was kann einem nur in Zivil passieren. Ja. Aber schließlich, wenn du einmal aus einem – weniger kriminellen Grund eine gewisse Summe dringend benötigtest, an wen würdest du dich wenden?«

»Entschuldige, Otto; darüber hab ich noch nicht nachgedacht, und ich hoffe ... Ich hab ja auch manchmal Schulden gehabt, das leugne ich nicht, erst im vorigen Monat, da hat mir der Höchster mit fünfzig Gulden ausgeholfen, die ich ihm natürlich am Ersten retourniert habe. Drum geht's mir ja diesmal so knapp zusammen. Aber tausend Gulden – tausend – ich wüßte absolut nicht, wie ich mir die verschaffen könnte.«

»Wirklich nicht?« sagte Otto und faßte ihn scharf ins Auge.

»Wenn ich dir sag.«

»Und dein Onkel?«

»Was für ein Onkel?«

»Dein Onkel Robert.«

»Wie – kommst du auf den?«

»Es liegt doch ziemlich nahe. Der hat dir ja manchmal ausgeholfen. Und eine regelmäßige Zulage hast du doch auch von ihm.«

»Mit der Zulage ist es längst vorbei«, erwiderte Willi ärgerlich über den in diesem Augenblick kaum angemessenen Ton des einstigen Kameraden. »Und nicht nur mit der Zulage. Der Onkel Robert, der ist ein Sonderling geworden. Die Wahrheit ist, daß ich ihn mehr als ein Jahr lang mit keinem Aug gesehen habe. Und wie ich ihn das letztemal um eine Kleinigkeit ersucht habe – ausnahmsweise – na, nur, daß er mich nicht hinausgeschmissen hat.«

»Hm, so.« Bogner rieb sich die Stirn. »Du hältst es wirklich für absolut ausgeschlossen?«

»Ich hoffe, du zweifelst nicht«, erwiderte Wilhelm mit einiger Schärfe.

Plötzlich erhob sich Bogner aus der Sofaecke, rückte den Tisch beiseite und trat zum Fenster hin. »Wir müssen's versuchen«, erklärte er dann mit Bestimmtheit. »Jawohl, verzeih, aber wir m ü s s e n. Das Schlimmste, das dir passieren kann, ist, daß er nein sagt. Und vielleicht in einer nicht ganz höflichen Form. Zugegeben. Aber gegen das, was mir bevorsteht, wenn ich bis morgen früh die paar schäbigen Gulden nicht beisammen hab, ist doch das alles nichts als eine kleine Unannehmlichkeit.«

»Mag sein«, sagte Wilhelm, »aber eine Unannehmlichkeit, die vollkommen zwecklos wäre. Wenn nur die geringste Chance bestünde – na, du wirst doch hoffentlich nicht an meinem guten Willen zweifeln. Und zum Teufel, es muß doch noch andere Möglichkeiten geben. Was ist denn zum Beispiel – sei nicht bös, er fällt mir grad ein – mit deinem Cousin Guido, der das Gut bei Amstetten hat?«

»Du kannst dir denken, Willi«, erwiderte Bogner ruhig, »daß es auch mit dem nix ist. Sonst wär ich ja nicht da. Kurz und gut, es gibt auf der ganzen Welt keinen Menschen –«

Willi hob plötzlich einen Finger, als wäre er auf eine Idee gekommen.

Bogner sah ihn erwartungsvoll an.

»Der Rudi Höchster, wenn du's bei dem versuchen würdest. Er hat nämlich eine Erbschaft gemacht vor ein paar Monaten. Zwanzig- oder fünfundzwanzigtausend Gulden, davon muß doch noch was übrig sein.«

Bogner runzelte die Stirn, und etwas zögernd erwiderte er: »An Höchster habe ich – vor drei Wochen einmal, wie es noch nicht so dringend war – geschrieben – um viel weniger als tausend – nicht einmal geantwortet hat er mir. Also du siehst, es gibt nur einen einzigen Ausweg: dein Onkel.« Und auf Willis Achselzucken: »Ich kenn ihn ja, Willi – ein so liebenswürdiger, scharmanter alter Herr. Wir waren ja auch ein paarmal im Theater zusammen und im Riedhof – er wird sich gewiß erinnern! Ja, um Gottes willen, er kann doch nicht plötzlich ein anderer Mensch geworden sein.«

Ungeduldig unterbrach ihn Willi. »Es scheint doch. Ich weiß ja auch nicht, was mit ihm eigentlich vorgegangen ist. Aber das kommt ja vor zwischen Fünfzig und Sechzig, daß sich die Leut so merkwürdig verändern. Ich kann dir nicht m e h r sagen, als daß ich – seit fünfviertel Jahren oder länger sein Haus nicht mehr betreten habe und – kurz und gut – es unter keiner Bedingung je wieder betreten werde.«

Bogner sah vor sich hin. Dann plötzlich hob er den

Kopf, sah Willi wie abwesend an und sagte: »Also, ich bitt dich um Entschuldigung, grüß dich Gott«, nahm den Hut und wandte sich zum Gehen.

»Otto!« rief Willi. »Ich hätt noch eine Idee.«

»Noch eine ist gut.«

»Also hör einmal, Bogner. Ich fahre nämlich heut aufs Land – nach Baden. Da ist manchmal am Sonntag nachmittag im Café Schopf eine kleine Hasardpartie: Einundzwanzig oder Bakkarat, je nachdem. Ich bin natürlich höchst bescheiden daran beteiligt oder auch gar nicht. Drei- oder viermal habe ich mitgetan, aber mehr zum Spaß. Der Hauptmacher ist der Regimentsarzt Tugut, der übrigens eine Mordssau hat, der Oberleutnant Wimmer ist auch gewöhnlich dabei, dann der Greising, von den Siebenundsiebzigern … den kennst du gar nicht. Er ist draußen in Behandlung – wegen einer alten G'schicht, auch ein paar Zivilisten sind dabei, ein Advokat von draußen, der Sekretär vom Theater, ein Schauspieler und ein älterer Herr, ein gewisser Konsul Schnabel. Der hat ein Verhältnis draußen mit einer Operettensängerin, bessere Choristin eigentlich. Das ist die Hauptwurzen. Der Tugut hat ihm vor vierzehn Tagen nicht weniger als dreitausend Gulden auf einem Sitz abgenommen. Bis sechs Uhr früh haben wir gespielt auf der offenen Veranda, die Vögel haben dazu gesungen; die Hundertzwanzig, die ich heut noch hab, verdank ich übrigens auch nur meiner Ausdauer, sonst wär ich ganz blank. Also, weißt du was, Otto, h u n d e r t von den hundertzwanzig werd ich heute für dich riskieren. Ich weiß, die Chance ist nicht überwältigend, aber der Tugut hat sich neulich gar nur mit fünfzig hingesetzt, und mit dreitausend ist er aufgestanden. Und dann kommt noch etwas hinzu: daß ich seit ein paar Monaten nicht das geringste Glück in der Liebe habe. Also vielleicht ist auf ein Sprichwort mehr Verlaß als auf die Menschen.«

Bogner schwieg.

»Nun – was denkst du über meine Idee?« fragte Willi.

Bogner zuckte die Achseln. »Ich dank dir jedenfalls sehr – ich sag natürlich nicht nein – obwohl –«

»Garantieren kann ich selbstverständlich nicht«, unterbrach ihn Willi mit übertriebener Lebhaftigkeit, »aber riskiert ist am End auch nicht viel. Und wenn ich gewinn – respektive von dem, was ich gewinn, gehören dir tausend – m i n d e s t e n s tausend gehören dir. Und wenn ich zufällig einen besonderen Riß machen sollte –«

»Versprich nicht zu viel«, sagte Otto mit trübem Lächeln. – »Aber jetzt will ich dich nicht länger aufhalten. Schon um meinetwillen. Und morgen früh werde ich mir erlauben – vielmehr ... ich warte morgen früh um halb acht drüben vor der Alserkirche.« Und mit bitterem Lachen: »Wir können uns ja auch zufällig begegnet sein.« Den Versuch einer Erwiderung vonseiten Willis wehrte Bogner ab und fügte rasch hinzu: »Übrigens, ich lasse meine Hände unterdessen auch nicht im Schoß liegen. Siebzig Gulden hab ich noch im Vermögen. Die riskier ich heut nachmittag beim Rennen – auf dem Zehn-Kreuzer-Platz natürlich.« Er trat nach dem Fenster, sah in den Kasernenhof hinab –: »Die Luft ist rein«, sagte er, verzog bitter-höhnisch den Mund, schlug den Kragen hoch, reichte Willi die Hand und ging.

Wilhelm seufzte leicht, sann eine Weile nach, dann machte er sich eilig zum Gehen fertig. Mit dem Zustand seiner Uniform war er übrigens nicht sehr zufrieden. Wenn er heute gewinnen sollte, war er entschlossen, sich mindestens einen neuen Waffenrock anzuschaffen. Das Dampfbad gab er in Anbetracht der vorgerückten Stunde auf; in jedem Falle aber wollte er sich einen Fiaker zur Bahn nehmen. Auf die zwei Gulden kam es heute wirklich nicht an.

II

Als er um die Mittagsstunde in Baden den Zug verließ, befand er sich in gar nicht übler Laune. Auf dem Bahnhof in Wien hatte der Oberstleutnant Wositzky – im Dienst ein sehr unangenehmer Herr – sich aufs freundlichste mit ihm unterhalten, und im Coupé hatten zwei junge Mädel so lebhaft mit ihm kokettiert, daß er um seines Tagesprogramms willen beinahe froh war, als sie nicht zugleich mit ihm ausstiegen. In all seiner günstigen Stimmung aber fühlte er sich doch versucht, dem einstigen Kameraden Bogner innerlich Vorwürfe zu machen, nicht einmal so sehr wegen des Eingriffs in die Kasse, der ja durch die unglückseligen äußeren Verhältnisse gewissermaßen entschuldbar war, als vielmehr wegen der dummen Spielgeschichte, mit der er sich vor drei Jahren die Karriere einfach abgeschnitten hatte. Ein Offizier mußte doch am Ende wissen, bis wohin er gehen durfte. Er selbst zum Beispiel war vor drei Wochen, als ihn das Unglück beständig verfolgte, einfach vom Kartentisch aufgestanden, obwohl der Konsul Schnabel ihm in der liebenswürdigsten Weise seine Börse zur Verfügung gestellt hatte. Er hatte überhaupt immer gewußt, Versuchungen zu widerstehen, und jederzeit war es ihm gelungen, mit der knappen Gage und den geringen Zuschüssen auszukommen, die er zuerst vom Vater und, nachdem dieser als Oberstleutnant in Temesvar gestorben war, von Onkel Robert erhalten hatte. Und seit diese Zuschüsse eingestellt waren, hatte er sich eben danach einzurichten gewußt: der Kaffeehausbesuch wurde eingeschränkt, von Neuanschaffungen wurde Abstand genommen, an Zigaretten gespart, und die Weiber durften einen überhaupt nichts mehr kosten. Ein kleines Abenteuer vor drei Monaten, das vielverheißend begonnen hatte, war daran gescheitert, daß Willi buchstäblich nicht in der Lage gewesen wäre, an einem gewissen Abend ein Nachtmahl für zwei Personen zu bezahlen.

Eigentlich traurig, dachte er. Niemals noch war ihm die Enge seiner Verhältnisse so deutlich zum Bewußtsein gekommen als heute – an diesem wunderschönen Frühlingstag, da er in einem leider nicht mehr sehr funkelnden Waffenrock, in drap Beinkleidern, die an den Knien ein wenig zu glänzen anfingen, und mit einer Kappe, die erheblich niedriger war, als die neueste Offiziersmode vorschrieb, durch die duftenden Parkanlagen den Weg zu dem Landhaus nahm, in dem die Familie Keßner wohnte – wenn es nicht gar ihr Besitz war. Zum erstenmal auch geschah es ihm heute, daß er die Hoffnung auf eine Einladung zum Mittagessen oder vielmehr den Umstand, daß ihm diese Erwartung eine Hoffnung bedeutete, als beschämend empfand.

Immerhin gab er sich nicht ungern darein, daß diese Hoffnung sich erfüllte, nicht nur wegen des schmackhaften Mittagessens und des trefflichen Weins, sondern auch darum, weil Fräulein Emilie, die zu seiner Rechten saß, durch freundliche Blicke und zutrauliche Berührungen, die übrigens durchaus als zufällig gelten konnten, sich als sehr angenehme Tischnachbarin erwies. Er war nicht der einzige Gast. Auch ein junger Rechtsanwalt war anwesend, den der Hausherr aus Wien mitgebracht hatte und der das Gespräch in einem fröhlichen, leichten, zuweilen auch etwas ironischen Tone zu führen wußte. Der Hausherr war höflich, aber etwas kühl gegenüber Willi, wie er ja im allgemeinen von den Sonntagsbesuchen des Herrn Leutnants, der seinen Damen im vergangenen Fasching auf einem Ball vorgestellt worden war und eine Aufforderung, gelegentlich einmal zum Tee zu kommen, vielleicht allzu wörtlich aufgefaßt hatte, nicht sonderlich entzückt zu sein schien. Auch die noch immer hübsche Hausfrau hatte offensichtlich keinerlei Erinnerung mehr daran, daß sie vor vierzehn Tagen auf einer etwas abseits gelegenen Gartenbank einer unerwartet kühnen Umarmung des Leutnants sich erst entzogen, als das Geräusch nahender Schritte auf dem Kies vernehmbar geworden war. Bei Tische war zuerst in allerlei für den Leutnant nicht ganz verständlichen Ausdrücken von einem Prozeß die Rede, den der Rechtsanwalt für den Hausherrn in Angelegenheit seiner Fabrik zu führen hatte; dann aber kam das Gespräch auf Landaufenthalte und Sommerreisen, und nun war auch für Willi die Möglichkeit gegeben, sich daran zu beteiligen. Er hatte vor zwei Jahren die Kaisermanöver in den Dolomiten mitgemacht, erzählte von Nachtlagern unter freiem Himmel, von den zwei schwarzlockigen Töchtern eines Kastelruther Wirts, die man wegen ihrer Unnahbarkeit die zwei Medusen genannt hatte, und von einem Feldmarschalleutnant, der sozusagen vor Willis Augen wegen eines mißglückten Reiterangriffs in Ungnade gefallen war. Und wie es ihm beim dritten oder vierten Glas Wein leicht zu geschehen pflegte, wurde er immer unbefangener, frischer, ja beinahe witzig. Er fühlte, wie er allmählich den Hausherrn für sich gewann, wie der Rechtsanwalt im Ton immer weniger ironisch wurde, wie in der Hausfrau eine Erinnerung aufzuschimmern begann; und ein lebhafter Druck von Emiliens Knie an dem seinen gab sich nicht mehr die Mühe, als zufällig zu gelten.

Zum schwarzen Kaffee erschien eine wohlbeleibte, ältere Dame mit ihren zwei Töchtern, denen Willi als »unser Tänzer vom Industriellenball« vorgestellt wurde. Es ergab sich bald, daß die drei Damen sich vor zwei Jahren gleichfalls in Südtirol aufgehalten hatten; und war es nicht der Herr Leutnant gewesen, den sie an einem schönen Sommertag an ihrem Hotel in Seis auf einem Rappen vorbeisprengen gesehen hatten? Willi wollte es nicht geradezu in Abrede stel-

len, obzwar er bei sich sehr gut wußte, daß er, ein kleiner
Infanterieleutnant vom Achtundneunzigsten, niemals auf
einem stolzen Roß durch irgendeine in Tirol oder sonstwo
gelegene Ortschaft gesprengt sein konnte.

Die beiden jungen Damen waren anmutig in Weiß gekleidet; das Fräulein Keßner, hellrosa, in der Mitte, so liefen
sie alle drei mutwillig über den Rasen.

»Wie drei Grazien, nicht wahr?« meinte der Rechtsanwalt. Wieder klang es wie Ironie, und dem Leutnant lag es
auf der Zunge: Wie meinen Sie das, Herr Doktor? Doch es
war um so leichter, diese Bemerkung zu unterdrücken, als
Fräulein Emilie sich eben von der Wiese her umgewandt
und ihm lustig zugewinkt hatte. Sie war blond, etwas größer als er, und es war anzunehmen, daß sie eine nicht unbe-
trächtliche Mitgift erwarten durfte. Aber bis man so weit
war – wenn man überhaupt von solchen Möglichkeiten zu
träumen wagte –, dauerte es noch lange, sehr lange, und die
tausend Gulden für den verunglückten Kameraden mußten
spätestens bis morgen früh beschafft sein.

So blieb ihm nichts übrig, als sich zu empfehlen, dem
einstigen Oberleutnant Bogner zuliebe, gerade als die Unterhaltung im besten Gange war. Man gab sich den An-
schein, als wollte man ihn zurückhalten, er bedauerte sehr;
leider sei er verabredet, und vor allem mußte er einen Kameraden im Garnisonsspitale besuchen, der hier ein altes
rheumatisches Leiden auskurierte. Auch hierzu lächelte der
Rechtsanwalt ironisch. Ob denn dieser Besuch den ganzen
Nachmittag in Anspruch nähme, fragte Frau Keßner, ver-
heißungsvoll lächelnd. Willi zuckte unbestimmt die Achseln. Nun, jedenfalls würde man sich freuen, falls es ihm
gelänge, sich frei zu machen, ihn im Laufe des heutigen
Abends wiederzusehen.

Als er das Haus verließ, fuhren eben zwei elegante junge
Herren im Fiaker vor, was Willi nicht angenehm berührte.

Was konnte in diesem Hause sich nicht alles ereignen, während er genötigt war, für einen entgleisten Kameraden im Kaffeehaus tausend Gulden zu verdienen? Ob es nicht das weitaus Klügere wäre, sich auf die Sache gar nicht einzulassen und in einer halben Stunde etwa, nachdem man angeblich den kranken Freund besucht, wieder in den schönen Garten zu den drei Grazien zurückzukehren? Um so klüger, dachte er mit einiger Selbstgefälligkeit weiter, als seine Chancen für einen Gewinst im Spiel indes erheblich gesunken sein dürften.

III

Von einer Anschlagsäule starrte ihm ein großes, gelbes Rennplakat entgegen, und es fiel ihm ein, daß Bogner in dieser Stunde schon in der Freudenau bei den Rennen, ja vielleicht eben daran war, auf eigene Faust die rettende Summe zu gewinnen. Wie aber, wenn Bogner ihm einen solchen Glücksfall verschwiege, um noch überdies sich der tausend Gulden zu versichern, die Willi indes dem Konsul Schnabel oder dem Regimentsarzt Tugut im Kartenspiel abgewonnen? Nun ja, wenn man einmal tief genug gesunken war, um in eine fremde Kasse zu greifen ... Und in ein paar Monaten oder Wochen würde Bogner wahrscheinlich wieder geradeso weit sein wie heute. Und was dann?

Musik klang zu ihm herüber. Es war irgendeine italienische Ouvertüre von der halb verschollenen Art, wie sie überhaupt nur von Kurorchestern gespielt zu werden pflegen. Willi aber kannte sie gut. Vor vielen Jahren hatte er sie seine Mutter in Temesvar mit irgendeiner entfernten Verwandten vierhändig spielen hören. Er selbst hatte es nie so weit gebracht, der Mutter als Partner im Vierhändigspiel zu dienen, und als sie vor acht Jahren gestorben war,

hatte es auch keine Klavierlektionen mehr gegeben wie
früher manchmal, wenn er zu den Feiertagen von der Kadettenschule nach Hause gekommen war. Leise und etwas rührend klangen die Töne durch die zitternde Frühlingsluft.

Auf einer kleinen Brücke überschritt er den trüben
Schwechatbach, und nach wenigen Schritten schon stand er
vor der geräumigen, sonntäglich überfüllten Terrasse des
Café Schopf. Nahe der Straße an einem kleinen Tischchen
saß Leutnant Greising, der Patient, fahl und hämisch, mit
ihm der dicke Theatersekretär Weiß in kanariengelbem, etwas zerknittertem Flanellanzug, wie immer mit einer Blume im Knopfloch. Nicht ohne Mühe drängte sich Willi
zwischen den Tischen und Stühlen zu ihnen durch. »Wir
sind ja spärlich gesät heute«, sagte er, ihnen die Hand rei-
chend. Und es war ihm eine Erleichterung, zu denken, daß
die Spielpartie vielleicht nicht zusammenkommen würde.
Greising aber klärte ihn auf, daß sie beide, er und der Theatersekretär, nur darum hier im Freien säßen, um sich für die
»Arbeit« zu stärken. Die anderen seien schon drin, am Kartentisch; auch der Herr Konsul Schnabel, der übrigens wie
gewöhnlich im Fiaker aus Wien herausgefahren sei.

Willi bestellte eine kalte Limonade; Greising fragte ihn,
wo er sich denn so sehr erhitzt habe, daß er schon eines
kühlenden Getränkes bedürfe, und bemerkte ohne weiteren
Übergang, daß die Badener Mädel überhaupt hübsch und
temperamentvoll seien. Hierauf berichtete er in nicht sonderlich gewählten Ausdrücken von einem kleinen Abenteuer, das er gestern abend im Kurpark eingeleitet und noch in
derselben Nacht zum erwünschten Abschluß gebracht
habe. Willi trank langsam seine Limonade, und Greising,
der merkte, was jenem durch den Sinn gehen mochte, sagte,
wie zur Antwort, mit einem kurzen Auflachen: »Das ist
der Lauf der Welt, müssen halt andere auch dran glauben.«

Der Oberleutnant Wimmer vom Train, der von Ungebildeten oft für einen Kavalleristen gehalten wurde, stand plötzlich hinter ihnen: »Was glaubt ihr denn eigentlich, meine Herren, sollen wir allein uns mit dem Konsul abplagen?« Und er reichte Willi, der nach seiner Art, obwohl außer Dienst, dem ranghöheren Kameraden stramm salutiert hatte, die Hand.

»Wie steht's denn drin?« fragte Greising mißtrauisch und unwirsch.

»Langsam, langsam«, erwiderte Wimmer. »Der Konsul sitzt auf seinem Geld wie ein Drachen, auf meinem leider auch schon. Also auf in den Kampf, meine Herren Toreros.«

Die anderen erhoben sich. »Ich bin wo eingeladen«, bemerkte Willi, während er sich mit gespielter Gleichgültigkeit eine Zigarette anzündete. »Ich werde nur eine Viertelstunde kiebitzen.«

»Ha«, lachte Wimmer, »der Weg zur Hölle ist mit guten Vorsätzen gepflastert.« – »Und der zum Himmel mit schlechten«, bemerkte der Sekretär Weiß. – »Gut gegeben«, sagte Wimmer und klopfte ihm auf die Schulter.

Sie traten ins Innere des Kaffeehauses. Willi warf noch einen Blick zurück ins Freie, über die Villendächer, zu den Hügeln hin. Und er schwor sich zu, in spätestens einer halben Stunde bei Keßners im Garten zu sitzen.

Mit den anderen trat er in einen dämmerigen Winkel des Lokals, wo von Frühlingsluft und -licht nichts mehr zu merken war. Den Sessel hatte er weit zurückgeschoben, womit er deutlich zu erkennen gab, daß er keineswegs gesonnen sei, sich am Spiel zu beteiligen. Der Konsul, ein hagerer Herr von unbestimmtem Alter, mit englisch gestutztem Schnurrbart, rötlichem, schon etwas angegrautem, dünnem Haupthaar, elegant in Hellgrau gekleidet, gustierte eben mit der ihm eigenen Gründlichkeit eine Karte, die ihm

Doktor Flegmann, der Bankhalter, zugeteilt hatte. Er gewann, und Doktor Flegmann nahm neue Banknoten aus
seiner Brieftasche.

»Zuckt nicht mit der Wimper«, bemerkte Wimmer mit
ironischer Hochachtung.

»Wimperzucken ändert nichts an gegebenen Tatsachen«,
erwiderte Flegmann kühl mit halbgeschlossenen Augen.
Der Regimentsarzt Tugut, Abteilungschef im Badener Gar-
nisonsspital, legte eine Bank mit zweihundert Gulden auf.

Das ist heute wirklich nichts für mich, dachte Willi und
schob seinen Sessel noch weiter zurück.

Der Schauspieler Elrief, ein junger Mensch aus gutem
Hause, berühmter um seiner Beschränktheit als um seines
Talents willen, ließ Willi in die Karten sehen. Er setzte kleine Beträge und schüttelte ratlos den Kopf, wenn er verlor.
Tugut hatte bald seine Bank verdoppelt. Sekretär Weiß
machte bei Elrief eine Anleihe, und Doktor Flegmann
nahm neuerdings Geld aus der Brieftasche. Tugut wollte
sich zurückziehen, als der Konsul, ohne nachzuzählen, sagte: »Hopp, die Bank.« Er verlor, und mit einem Griff in die
Westentasche beglich er seine Schuld, die dreihundert Gulden betrug. »Noch einmal hopp«, sagte er. Der Regimentsarzt lehnte ab, Doktor Flegmann übernahm die Bank und
teilte aus. Willi nahm keine Karte an; nur zum Spaß, auf El-
riefs dringendes Zureden, »um ihm Glück zu bringen«,
setzte er auf dessen Blatt einen Gulden – und gewann. Bei
der nächsten Runde warf Doktor Flegmann auch ihm eine
Karte hin, die er nicht zurückwies. Er gewann wieder, verlor, gewann, rückte seinen Sessel nahe an den Tisch zwischen die andern, die ihm bereitwilligst Platz machten; und
gewann – verlor – gewann – verlor, als könnte sich das
Schicksal nicht recht entscheiden. Der Sekretär mußte ins
Theater und vergaß, Herrn Elrief den entliehenen Betrag
zurückzugeben, obwohl er längst einen weit höheren zu-

rückgewonnen hatte. Willi war ein wenig im Gewinn, aber zu den tausend Gulden fehlten immerhin noch etwa neunhundertundfünfzig.

»Es tut sich nichts«, stellte Greising unzufrieden fest. Nun übernahm der Konsul wieder die Bank, und alle spürten in diesem Augenblick, daß es endlich ernst werden würde.

Man wußte vom Konsul Schnabel nicht viel mehr, als daß er eben Konsul war, Konsul eines kleinen Freistaats in Südamerika und »Großkaufmann«. Der Sekretär Weiß war es, der ihn in die Offiziersgesellschaft eingeführt hatte, und des Sekretärs Beziehungen zu ihm stammten daher, daß der Konsul ihn für das Engagement einer kleinen Schauspielerin zu interessieren gewußt hatte, die sofort nach Antritt ihrer bescheidenen Stellung in ein näheres Verhältnis zu Herrn Elrief getreten war. Gern hätte man sich nach guter alter Sitte über den betrogenen Liebhaber lustig gemacht, aber als dieser kürzlich, während er Karten austeilte, an Elrief, der eben an der Reihe war, ohne aufzublicken, die Zigarre zwischen den Zähnen, die Frage gerichtet hatte: »Na, wie geht's denn unserer gemeinsamen kleinen Freundin?« war es klar, daß man diesem Mann gegenüber mit Spott und Späßen in keiner Weise auf die Kosten kommen würde. Dieser Eindruck befestigte sich, als er dem Leutnant Greising, der einmal spät nachts zwischen zwei Gläsern Kognak eine anzügliche Bemerkung über Konsuln unerforschter Landstriche ins Gespräch warf, mit einem stechenden Blick entgegnet hatte: »Warum frozzeln Sie mich, Herr Leutnant? Haben Sie sich schon erkundigt, ob ich satisfaktionsfähig bin?«

Bedenkliche Stille war nach dieser Erwiderung eingetreten, aber wie nach einem geheimen Übereinkommen wurden keinerlei weitere Konsequenzen gezogen, und man entschloß sich, ohne Verabredung, aber einmütig, nur zu einem vorsichtigeren Benehmen ihm gegenüber.

Der Konsul verlor. Man hatte nichts dagegen, daß er, entgegen sonstiger Gepflogenheit, sofort eine neue Bank und, nach neuerlichem Verlust, eine dritte auflegte. Die übrigen Spieler gewannen, Willi vor allen. Er steckte sein Anfangskapital, die hundertundzwanzig Gulden, ein, die sollten keineswegs mehr riskiert werden. Er legte nun selbst eine Bank auf, hatte sie bald verdoppelt, zog sich zurück, und mit kleinen Unterbrechungen blieb ihm das Glück auch gegen die übrigen Bankhalter treu, die einander rasch ablösten. Der Betrag von tausend Gulden, den er – für einen andern – zu gewinnen unternommen hatte, war um einige hundert überschritten, und da eben Herr Elrief sich erhob, um sich ins Theater zu begeben, zwecks Darstellung einer Rolle, über die er trotz ironisch interessierter Frage Greisings nichts weiter verlauten ließ, benützte Willi die Gelegenheit, sich anzuschließen. Die andern waren gleich wieder in ihr Spiel vertieft; und als Willi an der Tür sich noch einmal umwandte, sah er, daß ihm nur das Auge des Konsuls mit einem kalten, raschen Aufschauen von den Karten gefolgt war.

IV

Nun erst, da er wieder im Freien stand und linde Abendluft um seine Stirn strich, kam er zum Bewußtsein seines Glücks oder, wie er sich gleich verbesserte, zum Bewußtsein von Bogners Glück. Doch auch ihm selbst blieb immerhin so viel, daß er sich, wie er geträumt, einen neuen Waffenrock, eine neue Kappe und ein neues Portepee anschaffen konnte. Auch für etliche Soupers in angenehmer Gesellschaft, die sich nun leicht finden würde, waren die nötigen Fonds vorhanden. Aber abgesehen davon – welche Genugtuung, morgen früh halb acht dem alten Kameraden

vor der Alserkirche die rettende Summe überreichen zu
können, – tausend Gulden, ja, den berühmten blanken Tausender, von dem er bisher nur in Büchern gelesen hatte und
den er nun tatsächlich mit noch einigen Hunderter-Bank-
noten in der Brieftasche verwahrte. So, mein lieber Bogner,
da hast du. Genau die tausend Gulden habe ich gewonnen.
Um ganz präzis zu sein, tausendeinhundertfünfundfünfzig.
Dann hab ich aufgehört. Selbstbeherrschung, was? Und
hoffentlich, lieber Bogner, wirst du von nun ab –– Nein,
nein, er konnte doch dem früheren Kameraden keine Mo-
ralpredigt halten. Der würde es sich schon selbst zur Lehre
dienen lassen und hoffentlich auch taktvoll genug sein, um
aus diesem für ihn so günstig erledigten Zwischenfall nicht
etwa die Berechtigung zu einem weiteren freundschaftli-
chen Verkehr abzuleiten. Vielleicht aber war es doch vorsichtiger oder sogar richtiger, den Burschen mit dem Geld
zur Alserkirche hinüberzuschicken.

Auf dem Weg zu Keßners fragte sich Willi, ob sie ihn
auch zum Nachtmahl dort behalten würden. Ah, auf das
Nachtmahl kam es ihm jetzt glücklicherweise nicht mehr
an. Er war ja jetzt selber reich genug, um die ganze Gesellschaft zu einem Souper einzuladen. Schade nur, daß man
nirgends Blumen zu kaufen bekam. Aber eine Konditorei,
an der er vorüberkam, war geöffnet, und so entschloß er
sich, eine Tüte Bonbons und, an der Tür wieder umkeh-
rend, eine zweite noch größere zu kaufen, und überlegte,
wie er die beiden zwischen Mutter und Tochter richtig zu
verteilen hätte.

Als er bei Keßners in den Vorgarten trat, ward ihm vom
Stubenmädchen die Auskunft, die Herrschaften, ja die ganze Gesellschaft sei ins Helenental gefahren, wahrscheinlich
zur Krainerhütte. Die Herrschaften würden wohl auch auswärts soupieren, wie meistens Sonntag abend.

Gelinde Enttäuschung malte sich in Willis Zügen, und

das Stubenmädchen lächelte mit einem Blick auf die beiden Tüten, die der Leutnant in der Hand hielt. Ja, was sollte man nun damit anfangen! »Ich lasse mich bestens empfehlen und – bitte schön« – er reichte dem Stubenmädchen die Tüten hin –, »die größere ist für die gnädige Frau, die andere für das Fräulein, und ich hab sehr bedauert.« – »Vielleicht, wenn der Herr Leutnant sich einen Wagen nehmen – jetzt sind die Herrschaften gewiß noch in der Krainerhütte.« Willi sah nachdenklich-wichtig auf die Uhr: »Ich werd schaun«, bemerkte er nachlässig, salutierte mit scherzhaft übertriebener Höflichkeit und ging.

Da stand er nun allein in der abendlichen Gasse. Eine fröhliche kleine Gesellschaft von Touristen, Herren und Damen mit bestaubten Schuhen, zog an ihm vorbei. Vor einer Villa auf einem Strohsessel saß ein alter Herr und las Zeitung. Etwas weiter auf einem Balkon eines ersten Stockwerks saß, häkelnd, eine ältere Dame und sprach mit einer andern, die im Haus gegenüber, die gekreuzten Arme auf der Brüstung, am offenen Fenster lehnte. Es schien Willi, als wären diese paar Menschen die einzigen in dem Städtchen, die zu dieser Stunde nicht ausgeflogen waren. Keßners hätten wohl bei dem Stubenmädchen ein Wort für ihn zurücklassen können. Nun, er wollte sich nicht aufdrängen. Im Grunde hatte er das nicht nötig. Aber was tun? Gleich nach Wien zurückfahren? Wäre vielleicht das Vernünftigste! Wie, wenn man die Entscheidung dem Schicksal überließe?

Zwei Wagen standen vor dem Kursalon. »Wie viel verlangen S' ins Helenental?« Der eine Kutscher war bestellt, der andere forderte einen geradezu unverschämten Preis. Und Willi entschied sich für einen Abendgang durch den Park.

Er war zu dieser Stunde noch ziemlich gut besucht. Ehe- und Liebespaare, die Willi mit Sicherheit voneinander zu

unterscheiden sich getraute, auch junge Mädchen und
Frauen, allein, zu zweit, zu dritt, lustwandelten an ihm vorüber, und er begegnete manchem lächelnden, ja ermutigen-
den Blick. Aber man konnte nie wissen, ob nicht ein Vater,
ein Bruder, ein Bräutigam hinterherging, und ein Offizier
war doppelt und dreifach zur Vorsicht verpflichtet. Einer
dunkeläugigen schlanken Dame, die einen Knaben an der
Hand führte, folgte er eine Weile. Sie stieg die Treppe zur
Terrasse des Kursalons hinauf, schien jemanden zu suchen,
anfangs vergeblich, bis ihr von einem entlegenen Tisch aus
lebhaft zugewinkt wurde, worauf sie, mit einem spötti-
schen Blick Willi streifend, inmitten einer größeren Gesellschaft Platz nahm. Auch Willi tat nun, als suchte er einen
Bekannten, trat von der Terrasse aus ins Restaurant, das
ziemlich leer war, kam von dort in die Eingangshalle, dann
in den schon erleuchteten Lesesaal, wo an einem langen,
grünen Tisch als einziger Herr ein pensionierter General in
Uniform saß. Willi salutierte, schlug die Hacken zusammen, der General nickte verdrossen, und Willi machte eilig
wieder kehrt. Draußen vor dem Kursalon stand noch immer der eine von den Fiakern, und der Kutscher erklärte
sich ungefragt bereit, den Herrn Leutnant billig ins Helenental zu fahren. »Ja, jetzt zahlt sich's nimmer aus«, meinte
Willi, und geflügelten Schritts nahm er den Weg zum Café
Schopf.

V

Die Spieler saßen da, als wäre seit Willis Fortgehen keine
Minute vergangen, in gleicher Weise gruppiert wie vorher.
Unter grünem Schirm leuchtete fahl das elektrische Licht.
Um des Konsuls Mund, der als erster seinen Eintritt be-
merkt hatte, glaubte Willi ein spöttisches Lächeln zu ge-

wahren. Niemand äußerte die geringste Verwunderung, als Willi seinen leergebliebenen Sessel wieder zwischen die andern rückte. Doktor Flegmann, der eben Bank hielt, teilte ihm eine Karte zu, als verstünde sich das von selbst. In der Eile setzte Willi eine größere Banknote, als er beabsichtigt hatte, gewann, setzte vorsichtig weiter; das Glück aber wendete sich, und bald kam ein Augenblick, in dem der Tausender ernstlich gefährdet schien. Was liegt daran, dachte sich Willi, ich hätt ja doch nichts davon gehabt. Aber nun gewann er wieder, er hatte es nicht nötig, die Banknote zu wechseln, das Glück blieb ihm treu, und um neun Uhr, als man das Spiel beschloß, fand sich Willi im Besitz von über zweitausend Gulden. Tausend für Bogner, tausend für mich, dachte er. Die Hälfte davon reservier ich mir als Spielfonds für nächsten Sonntag. Aber er fühlte sich nicht so glücklich, als es doch natürlich gewesen wäre.

Man begab sich zum Nachtmahl in die »Stadt Wien«, saß im Garten unter einer dichtbelaubten Eiche, sprach über Hasardspiel im allgemeinen und über berühmt gewordene Kartenpartien mit riesigen Differenzen im Jockeiklub. »Es ist und bleibt ein Laster«, behauptete Doktor Flegmann ganz ernsthaft. Man lachte, aber Oberleutnant Wimmer zeigte Lust, die Bemerkung krumm zu nehmen. Was bei Advokaten vielleicht ein Laster sei, bemerkte er, sei darum noch lange keines bei Offizieren. Doktor Flegmann erklärte höflich, daß man zugleich lasterhaft und doch ein Ehrenmann sein könne, wofür zahlreiche Beispiele seien: Don Juan zum Beispiel oder der Herzog von Richelieu. Der Konsul meinte, ein Laster sei das Spiel nur, wenn man seine Spielschulden zu zahlen nicht imstande sei. Und in diesem Fall sei es eigentlich kein Laster mehr, sondern ein Betrug; nur eine feigere Art davon. Man schwieg ringsum. Glücklicherweise erschien eben Herr Elrief, mit einer Blume im Knopfloch und sieghaften Augen. »Schon den Ovationen entzogen?« fragte Greising. – »Ich bin im vierten Akt nicht beschäftigt«, erwiderte der Schauspieler und streifte nachlässig seinen Handschuh ab in der Art etwa, wie er vorhatte, es in irgendeiner nächsten Novität als Vicomte oder Marquis zu tun. Greising zündete sich eine Zigarre an. »Wär g'scheiter, du tät'st nicht rauchen«, sagte Tugut.

»Aber Herr Regimentsarzt, ich hab ja nix mehr im Hals«, erwiderte Greising.

Der Konsul hatte einige Flaschen ungarischen Weins bestellt. Man trank einander zu. Willi sah auf die Uhr. »Oh, ich muß mich leider verabschieden. Um zehn Uhr vierzig geht der letzte Zug.« – »Trinken Sie nur aus«, sagte der Konsul, »mein Wagen bringt Sie zur Bahn.« – »Oh, Herr Konsul, das kann ich keinesfalls …«

»Kannst schon«, unterbrach ihn Oberleutnant Wimmer.

»Na, was is«, fragte der Regimentsarzt Tugut, »machen wir heut noch was?«

Keiner hatte gezweifelt, daß die Partie nach dem Abendessen ihre Fortsetzung finden werde. Es war jeden Sonntag dasselbe. »Aber nicht lang«, sagte der Konsul. – Die haben's gut, dachte Willi und beneidete sie alle um die Aussicht, sich gleich wieder an den Kartentisch zu setzen, das Glück versuchen, Tausende gewinnen zu können. Der Schauspieler Elrief, dem der Wein sofort zu Kopf stieg, bestellte mit einem etwas dummen und frechen Gesicht dem Konsul einen Gruß von Fräulein Rihoschek, wie ihre gemeinschaftliche Freundin hieß. »Warum haben S' das Fräulein nicht gleich mitgebracht, Herr Mimius?« fragte Greising. – »Sie kommt später ins Kaffeehaus kiebitzen, wenn der Herr Konsul erlaubt«, sagte Elrief. Der Konsul verzog keine Miene.

Willi trank aus und erhob sich. »Auf nächsten Sonntag«, sagte Wimmer, »da werden wir dich wieder etwas leichter machen.« – Da werdet ihr euch täuschen, dachte Willi, man kann überhaupt nicht verlieren, wenn man vorsichtig ist. – »Sie sind so freundlich, Herr Leutnant«, bemerkte der Konsul »und schicken den Kutscher vom Bahnhof gleich wieder zurück zum Kaffeehaus«, und zu den übrigen gewendet: »aber so spät, respektive so früh wie neulich darf's heut nicht werden, meine Herren.«

Willi salutierte nochmals in die Runde und wandte sich zum Gehen. Da sah er zu seiner angenehmen Überraschung an einem der benachbarten Tische die Familie Keßner und die Dame von nachmittag mit ihren zwei Töchtern sitzen. Weder der ironische Advokat war da, noch die eleganten jungen Herren, die im Fiaker bei der Villa vorgefahren waren. Man begrüßte ihn sehr liebenswürdig, er blieb am Tisch stehen, war heiter, unbefangen, – ein fescher, junger Offizier, in behaglichen Umständen, überdies nach drei Gläsern eines kräftigen ungarischen Weins, und in diesem Augenblick ohne Konkurrenten, angenehm »montiert«. Man forderte ihn auf, Platz zu nehmen, er lehnte dankend ab mit einer lässigen Geste zum Ausgang hin, wo der Wagen wartete. Immerhin hatte er noch einige Fragen zu beantworten: wer denn der hübsche junge Mensch in Zivil sei? – Ah, ein Schauspieler? – Elrief? – Man kannte nicht einmal den Namen. Das Theater hier sei überhaupt recht mäßig, höchstens Operetten könne man sich ansehen, so behauptete Frau Keßner. Und mit einem verheißungsvollen Blick regte sie an: wenn der Herr Leutnant nächstens wieder herauskäme, könnte man vielleicht gemeinsam die Arena besuchen. »Das netteste wäre«, meinte Fräulein Keßner, »man nähme zwei Logen nebeneinander«, und sie sandte ein Lächeln zu Herrn Elrief hinüber, der es leuchtend erwiderte. Willi küßte allen Damen die Hand, grüßte noch einmal hinüber zu dem Tisch der Offiziere, und eine Minute drauf saß er im Fiaker des Konsuls. »G'schwind«, sagte er dem Kutscher, »Sie kriegen ein gutes Trinkgeld.« In der

Gleichgültigkeit, mit der der Kutscher dieses Versprechen hinnahm, glaubte Willi einen ärgerlichen Mangel an Respekt zu verspüren. Immerhin liefen die Pferde vortrefflich, und in fünf Minuten war man beim Bahnhof. In dem gleichen Augenblick aber setzte sich auch oben in der Station der Zug, der eine Minute früher eingefahren war, in Bewegung. Willi war aus dem Wagen gesprungen, blickte den erleuchteten Waggons nach, wie sie sich langsam und schwer über den Viadukt fortwälzten, hörte den Pfiff der Lokomotive in der Nachtluft verwehen, schüttelte den Kopf und wußte selbst nicht, ob er ärgerlich oder froh war. Der Kutscher saß gleichgültig auf dem Bock und streichelte das eine Roß mit dem Peitschenstiel. »Da kann man nix machen«, sagte Willi endlich. Und zum Kutscher: »Also fahren wir zurück zum Café Schopf.«

VI

Es war hübsch, so im Fiaker durch das Städtchen zu sausen; aber noch viel hübscher würde es sein, nächstens einmal an einem lauen Sommerabend in Gesellschaft irgendeines anmutigen weiblichen Wesens aufs Land hinaus zu fahren – nach Rodaun oder zum Roten Stadl – und dort im Freien zu soupieren. Ah, welche Wonne, nicht mehr genötigt sein, jeden Gulden zweimal umzudrehen, ehe man sich entschließen durfte, ihn auszugeben. Vorsicht, Willi, Vorsicht, sagte er sich, und er nahm sich fest vor, keineswegs den ganzen Spielgewinn zu riskieren, sondern höchstens die Hälfte. Und überdies wollte er das System Flegmann anwenden: mit einem geringen Einsatz beginnen; – nicht höher gehen, bevor man einmal gewonnen, dann aber niemals das Ganze aufs Spiel setzen, sondern nur dreiviertel des Gesamtbetrages – und so weiter. Doktor Flegmann fing immer mit diesem System an, aber es fehlte ihm an der nötigen Konsequenz, es durchzuführen. So konnte er natürlich auf keinen grünen Zweig kommen.

Willi schwang sich vor dem Kaffeehaus aus dem Wagen, noch ehe dieser hielt, und gab dem Kutscher ein nobles Trinkgeld; so viel, daß auch ein Mietwagen ihn kaum hätte mehr kosten können. Der Dank des Kutschers fiel zwar immer noch zurückhaltend, aber immerhin freundlich genug aus.

Die Spielpartie war vollzählig beisammen, auch die Freundin des Konsuls, Fräulein Mizi Rihoschek, war anwesend; stattlich, mit überschwarzen Augenbrauen, im übrigen nicht allzusehr geschminkt, in hellem Sommerkleid, einen flachkrempigen Strohhut mit rotem Band auf dem braunen, hochgewellten Haar, so saß sie neben dem Konsul, den Arm um die Lehne seines Sessels geschlungen, und schaute ihm in die Karten. Er blickte nicht auf, als Willi an den Tisch trat, und doch spürte der Leutnant, daß der Konsul sofort sein Kommen bemerkt hatte. »Ah, Zug versäumt«, meinte Greising. – »Um eine halbe Minute«, erwiderte Willi. – »Ja, das kommt davon«, sagte Wimmer und teilte Karten aus. Flegmann empfahl sich eben, weil er dreimal hintereinander mit einem kleinen Schlager gegen einen großen verloren hatte. Herr Elrief harrte noch aus, aber er besaß keinen Kreuzer mehr. Vor dem Konsul lag ein Haufen Banknoten. »Das geht ja hoch her«, sagte Willi und setzte gleich zehn Gulden statt fünf, wie er sich eigentlich vorgenommen hatte. Seine Kühnheit belohnte sich: er gewann und gewann immer weiter. Auf einem kleinen Nebentisch stand eine Flasche Kognak. Fräulein Rihoschek schenkte dem Leutnant ein Gläschen ein und reichte es ihm mit schwimmendem Blick. Elrief bat ihn, ihm bis morgen mittag punkt zwölf Uhr fünfzig Gulden leihweise zur Verfügung zu stellen. Willi schob ihm die Banknote hin, eine

Sekunde darauf war sie zum Konsul gewandert. Elrief erhob sich, Schweißtropfen auf der Stirn. Da kam eben im gelben Flanellanzug der Direktionssekretär Weiß, ein leise geführtes Gespräch hatte zur Folge, daß der Sekretär sich entschloß, dem Schauspieler die am Nachmittag von ihm entliehene Summe zurückzuerstatten. Elrief verlor auch dies Letzte, und anders als es der Vicomte getan hätte, den er nächstens einmal zu spielen hoffte, rückte er wütend den Sessel, stand auf, stieß einen leisen Fluch aus und verließ den Raum. Als er nach einer Weile nicht wiederkam, erhob sich Fräulein Rihoschek, strich dem Konsul zärtlich-zerstreut über das Haupt und verschwand gleichfalls.

Wimmer und Greising, sogar Tugut waren vorsichtig geworden, da das Ende der Partie nahe war; nur der Direktionssekretär zeigte noch einige Verwegenheit. Doch das Spiel hatte sich allmählich zu einem Einzelkampf zwischen dem Leutnant Kasda und dem Konsul Schnabel gestaltet. Willis Glück hatte sich gewendet, und außer den tausend für den alten Kameraden Bogner hatte Willi kaum hundert Gulden mehr. Sind die hundert weg, so hör ich auf, unbedingt, schwor er sich zu. Aber er glaubte selbst nicht daran. Was geht mich dieser Bogner eigentlich an? dachte er. Ich habe doch keinerlei Verpflichtung.

Fräulein Rihoschek erschien wieder, trällerte eine Melodie, richtete vor dem großen Spiegel ihre Frisur, zündete sich eine Zigarette an, nahm ein Billardqueue, versuchte ein paar Stöße, stellte das Queue wieder in die Ecke, dann wippte sie bald die weiße, bald die rote Kugel mit den Fingern über das grüne Tuch. Ein kalter Blick des Konsuls rief sie herbei, trällernd nahm sie ihren Platz an seiner Seite wieder ein und legte ihren Arm über die Lehne. Von draußen, wo es schon seit langem ganz still geworden war, erklang nun vielstimmig ein Studentenlied. Wie kommen die heute noch nach Wien zurück? fragte sich Willi. Dann fiel ihm ein, daß es vielleicht Badener Gymnasiasten waren, die draußen sangen. Seit Fräulein Rihoschek ihm gegenübersaß, begann das Glück sich ihm zögernd wieder zuzuwenden. Der Gesang entfernte sich, verklang; eine Kirchturmuhr schlug. »Dreiviertel eins«, sagte Greising. – »Letzte Bank«, erklärte der Regimentsarzt. – »Jeder noch eine«, schlug der Oberleutnant Wimmer vor. – Der Konsul gab durch Nicken sein Einverständnis kund.

Willi sprach kein Wort. Er gewann, verlor, trank ein Glas Kognak, gewann, verlor, zündete sich eine neue Zigarette an, gewann und verlor. Tuguts Bank hielt sich lange. Mit einem hohen Satz des Konsuls war sie endgültig erledigt. Sonderbar genug erschien Herr Elrief wieder, nach beinahe einstündiger Abwesenheit, und, noch sonderbarer, er hatte wieder Geld bei sich. Vornehm lässig, als wäre nichts geschehen, setzte er sich hin, wie jener Vicomte, den er doch niemals spielen würde, und er hatte eine neue Nuance vornehmer Lässigkeit, die eigentlich von Doktor Flegmann herrührte: halb geschlossene, müde Augen. Er legte eine Bank von dreihundert Gulden auf, als verstünde sich das von selbst, und gewann. Der Konsul verlor gegen ihn, gegen den Regimentsarzt und ganz besonders gegen Willi, der sich bald im Besitz von nicht weniger als dreitausend Gulden befand. Das bedeutete: neuer Waffenrock, neues Portepee, neue Wäsche, Lackschuhe, Zigaretten, Nachtmähler zu zweit, zu dritt, Fahrten in den Wienerwald, zwei Monate Urlaub mit Karenz der Gebühren – und um zwei Uhr hatte er viertausendzweihundert Gulden gewonnen. Da lagen sie vor ihm, es war kein Zweifel: viertausendzweihundert Gulden und etwas darüber. Die übrigen alle waren zurückgefallen, spielten kaum mehr. »Es ist genug«, sagte Konsul Schnabel plötzlich. Willi fühlte sich zwiespältig bewegt. Wenn man jetzt aufhörte, so konnte ihm nichts mehr geschehen, und das war gut. Zugleich aber spürte er eine

unbändige, eine wahrhaft höllische Lust, weiterzuspielen,
n o c h einige, alle die blanken Tausender aus der Brieftasche des Konsuls in die seine herüberzuzaubern. D a s
wäre ein Fonds, damit könnte man sein Glück machen. Es
mußte ja nicht immer Bakkarat sein – es gab auch die Wett-
rennen in der Freudenau und den Trabrennplatz, auch
Spielbanken gab es, Monte Carlo zum Beispiel, unten am
Meeresstrand, – mit köstlichen Weibern aus Paris .. Während so seine Gedanken trieben, versuchte der Regimentsarzt den Konsul zu einer letzten Bank zu animieren. Elrief,
als wäre er der Gastgeber, schenkte Kognak ein. Er selbst
trank das achte Glas. Fräulein Mizi Rihoschek wiegte den
Körper und trällerte eine innere Melodie. Tugut nahm die
verstreuten Karten auf und mischte. Der Konsul schwieg.
Dann, plötzlich, rief er nach dem Kellner und ließ zwei
neue, unberührte Spiele bringen. Ringsum die Augen
leuchteten. Der Konsul sah auf die Uhr und sagte: »Punkt
halb drei Schluß, ohne Pardon.« Es war fünf Minuten nach
zwei.

VII

Der Konsul legte eine Bank auf, wie sie in diesem Kreise
noch nicht erlebt worden war, eine Bank von dreitausend
Gulden. Außer der Spielergesellschaft und einem Kellner
befand sich kein Mensch mehr im Café. Durch die offen-
stehende Tür drangen von draußen her morgendliche Vo-
gelstimmen. Der Konsul verlor, aber er hielt sich vorläufig
mit seiner Bank. Elrief hatte sich vollkommen erholt, und
auf einen mahnenden Blick des Fräulein Rihoschek zog er
sich vom Spiel zurück. Die anderen, alle in mäßigem Gewinn, setzten bescheiden und vorsichtig weiter. Noch war
die Bank zur Hälfte unberührt.

»Hopp«, sagte Willi plötzlich und erschrak vor seinem eigenen Wort, ja vor seiner Stimme. Bin ich verrückt geworden? dachte er. Der Konsul deckte »Neun« auf, einen großen Schlager, und Willi war um fünfzehnhundert Gulden ärmer. Nun, in Erinnerung an das System Flegmann, setzte Willi einen lächerlich kleinen Betrag, fünfzig Gulden, und gewann. Zu dumm, dachte er. Das Ganze hätte ich mit einem Schlage zurückgewinnen können! Warum war ich so feig. »Wieder hopp.« Er verlor. »Noch einmal hopp.« Der Konsul schien zu zögern. – »Was fällt dir denn ein, Kasda«, rief der Regimentsarzt. Willi lachte und spürte es wie einen Schwindel in die Stirne steigen. War es vielleicht der Kognak, der ihm die Besinnung trübte? Offenbar. Er hatte sich natürlich geirrt, er hatte nicht im Traum daran gedacht, tausend oder zweitausend auf einmal zu setzen. »Entschuldigen, Herr Konsul, ich habe eigentlich gemeint –«. Der Konsul ließ ihn nicht zu Ende sprechen. Freundlich bemerkte er: »Wenn Sie nicht gewußt haben, welcher Betrag noch in der Bank steht, so nehme ich natürlich Ihren Rückzug zur Kenntnis.« – »Wieso zur Kenntnis, Herr Konsul?« sagte Willi. »Hopp ist hopp.« – War er das selbst, der sprach? Seine Worte? Seine Stimme? Wenn er verlor, dann war es aus mit dem neuen Waffenrock, dem neuen Portepee, den Soupers in angenehmer weiblicher Gesellschaft; – da blieben eben noch die tausend für den Defraudanten, den Bogner – und er selbst war ein armer Teufel wie zwei Stunden vorher.

Wortlos deckte der Konsul sein Blatt auf. Neun. Niemand sprach die Zahl aus, doch sie klang geisterhaft durch den Raum. Willi fühlte eine seltsame Feuchtigkeit auf der Stirne. Donnerwetter, ging das geschwind! Immerhin, er hatte noch tausend Gulden vor sich liegen, sogar etwas darüber. Er wollte nicht zählen, das brachte vielleicht Unglück. Um wieviel reicher war er immer noch als heute mittag da er aus dem Zug gestiegen war. Heute mittag – Und es zwang ihn doch nichts, auf einmal die ganzen tausend Gulden aufs Spiel zu setzen! Man konnte ja wieder mit hundert oder zweihundert anfangen. System Flegmann. Nur leider war so wenig Zeit mehr, kaum zwanzig Minuten. Schweigen ringsum. »Herr Leutnant«, äußerte der Konsul fragend. – »Ach ja«, lachte Willi und faltete den Tausender zusammen. »Die Hälfte, Herr Konsul«, sagte er. – »Fünfhundert? –«

Willi nickte. Auch die anderen setzten der Form wegen. Aber ringsum war schon die Stimmung des Aufbruchs. Der Oberleutnant Wimmer stand aufrecht mit umgehängtem Mantel. Tugut lehnte am Billardbrett. Der Konsul deckte seine Karte auf, »Acht«, und die Hälfte von Willis Tausender war verspielt. Er schüttelte den Kopf, als ginge es nicht mit rechten Dingen zu. »Den Rest«, sagte er und dachte: Bin eigentlich ganz ruhig. Er gustierte langsam. Acht. Der Konsul mußte eine Karte kaufen. Neun. Und fort waren die fünfhundert, fort die tausend. Alles fort. – Alles? Nein. Er hatte ja noch seine hundertzwanzig Gulden, mit denen er mittags angekommen war, und etwas drüber. Komisch, da war man nun plötzlich wirklich ein armer Teufel wie vorher. Und da draußen sangen die Vögel ... wie damals ... als er noch nach Monte Carlo hätte fahren können. Ja, nun mußte er leider aufhören, denn die paar Gulden durfte man doch nicht mehr riskieren ... aufhören, obzwar noch eine Viertelstunde Zeit war. Was für Pech. In einer Viertelstunde konnte man geradeso gut fünftausend Gulden gewinnen, als man sie verloren hatte. »Herr Leutnant«, fragte der Konsul. – »Bedaure sehr«, erwiderte Willi mit einer hellen, schnarrenden Stimme und wies auf die paar armseligen Banknoten, die vor ihm lagen. Seine Augen lachten geradezu, und wie zum Spaß setzte er zehn Gulden auf ein Blatt. Er gewann. Dann zwanzig und gewann wieder. Fünfzig – und

gewann. Das Blut stieg ihm zu Kopf, er hätte weinen mögen vor Wut. Jetzt war das Glück da – und es kam zu spät.
Und mit einem plötzlichen, kühnen Einfall wandte er sich
an den Schauspieler, der hinter ihm neben Fräulein Rihoschek stand. »Herr von Elrief, möchten Sie jetzt vielleicht
so freundlich sein, mir zweihundert Gulden zu leihen?«

»Tut mir unendlich leid«, erwiderte Elrief achselzuckend
vornehm. »Sie haben ja gesehen, Herr Leutnant, ich habe
alles verloren bis auf den letzten Kreuzer.« – Es war eine
Lüge, jeder wußte es. Aber es schien, als fänden es alle
ganz in Ordnung, daß der Schauspieler Elrief den Herrn
Leutnant anlog. Da schob ihm der Konsul lässig einige
Banknoten hinüber, anscheinend ohne zu zählen. »Bitte
sich zu bedienen«, sagte er. Der Regimentsarzt räusperte
vernehmlich. Wimmer mahnte: »Ich möcht jetzt aufhören
an deiner Stelle, Kasda.« Willi zögerte. – »Ich will Ihnen
keineswegs zureden, Herr Leutnant«, sagte Schnabel. Er
hatte die Hand noch leicht über das Geld gebreitet. Da
griff Willi hastig nach den Banknoten, dann tat er, als wollte er sie zählen. »Fünfzehnhundert sind's«, sagte der Konsul, »Sie können sich darauf verlassen, Herr Leutnant.
Wünschen Sie ein Blatt?« – Willi lachte: »Na, was denn?« –
»Ihr Einsatz, Herr Leutnant?« – »Oh, nicht das Ganze«,
rief Willi aufgeräumt, »arme Leute müssen sparen, tausend
für'n Anfang.« Er gustierte, der Konsul gleichfalls mit ge-
wohnter, ja übertriebener Langsamkeit. Willi mußte eine
Karte kaufen, bekam zu seiner Karo-Vier eine Pik-Drei.
Der Konsul deckte auf, auch er hatte sieben. »Ich tät aufhören«, mahnte der Oberleutnant Wimmer nochmals, und
nun klang es fast wie ein Befehl. Und der Regimentsarzt
fügte hinzu: »Jetzt, wo du so ziemlich auf gleich bist.« –
Auf gleich! dachte Willi. Das nennt er: auf gleich. Vor einer
Viertelstunde war man ein wohlhabender junger Mann;
und jetzt ist man ein Habenichts, und das nennen sie »auf

gleich«! Soll ich ihnen das erzählen von Bogner? Vielleicht begriffen sie's dann.

Neue Karten lagen vor ihm. Sieben. Nein, er kaufte nichts. Aber der Konsul fragte nicht danach, er deckte einfach seinen Achter auf. Tausend verloren, brummte es in Willis Hirn. Aber ich gewinn sie zurück. Und wenn nicht, ist es ja doch egal. Ich kann tausend grad so wenig zurückzahlen wie zweitausend. Jetzt ist schon alles eins. Zehn Minuten ist noch Zeit. Ich kann auch die ganzen vier- oder fünftausend von früher zurückgewinnen. – »Herr Leutnant?« fragte der Konsul. Es hallte dumpf durch den Raum; denn alle die anderen schwiegen; schwiegen vernehmlich. Sagte jetzt keiner: Ich möcht aufhören an deiner Stelle? Nein, dachte Willi, keiner traut sich. Sie wissen, es wäre ein Blödsinn, wenn ich jetzt aufhörte. Aber welchen Betrag sollte er setzen? – er hatte nur mehr ein paar hundert Gulden vor sich liegen. Plötzlich waren es mehr. Der Konsul hatte ihm zwei weitere Tausender hingeschoben. »Bedienen Sie sich, Herr Leutnant.« Jawohl, er bediente sich, er setzte tausendfünfhundert und gewann. Nun konnte er seine Schuld bezahlen und behielt immerhin noch einiges übrig. Er fühlte eine Hand auf seiner Schulter. »Kasda«, sagte der Oberleutnant Wimmer hinter ihm. »Nicht weiter.« Es klang hart, streng beinahe. Ich bin ja nicht im Dienst, dachte Willi, kann außerdienstlich mit meinem Geld und mit meinem Leben anfangen, was ich will. Und er setzte, setzte bescheiden nur tausend Gulden und deckte seinen Schlager auf. Acht. Schnabel gustierte noch immer, tödlich langsam, als wenn endlose Zeit vor ihnen läge. Es war auch noch Zeit, man war ja nicht gezwungen, um halb drei aufzuhören. Neulich war es halb sechs geworden. Neulich … Schöne, ferne Zeit. Warum standen sie denn nun alle herum? Wie in einem Traum. Ha, sie waren alle aufgeregter als er; sogar das Fräulein Rihoschek, die ihm gegenüberstand, den Strohhut mit dem roten Band auf der hochgewellten Frisur, hatte sonderbar glänzende Augen. Er lächelte sie an. Sie hatte ein Gesicht wie eine Königin in einem Trauerspiel und war doch kaum etwas Besseres als eine Choristin. Der Konsul deckte seine Karten auf. Eine Königin. Ha, die Königin Rihoschek und eine Pik-Neun. Verdammte Pik, die brachte ihm immer Unglück. Und die tausend wanderten hinüber zum Konsul. Aber das machte ja nichts, er hatte ja noch einiges. Oder war er schon ganz ruiniert? Oh, keine Idee ... Da lagen schon wieder ein paar tausend. Nobel, der Konsul. Nun ja, er war sicher, daß er sie zurückbekam. Ein Offizier mußte ja seine Spielschulden zahlen. So ein Herr Elrief blieb der Herr Elrief in jedem Falle, aber ein Offizier, wenn er nicht gerade Bogner hieß ... »Zweitausend, Herr Konsul.« – »Zweitausend?« – »Jawohl, Herr Konsul.« – Er kaufte nichts, er hatte sieben. Der Konsul aber mußte kaufen. Und diesmal gustierte er nicht einmal, so eilig hatte er's, und bekam zu seiner Eins eine Acht – Pik-Acht –, das waren neun, ganz ohne Zweifel. Acht wären ja auch genug gewesen. Und zwei Tausender wanderten zum Konsul hinüber, und gleich wieder zurück. Oder waren es mehr? Drei oder vier? Besser gar nicht hinsehen, das brachte Unglück. Oh, der Konsul würde ihn nicht betrügen, auch standen ja all die anderen da und paßten auf. Und da er ohnehin nicht mehr recht wußte, was er schon schuldig war, setzte er neuerlich zweitausend. Pik-Vier. Ja da mußte man wohl kaufen. Sechs, Pik-Sechs. Nun war es um eins zu viel. Der Konsul mußte sich gar nicht bemühen und hatte doch nur drei gehabt ... Und wieder wanderten die zweitausend hinüber – und gleich wieder zurück. Es war zum Lachen. Hin und her. Her und hin. Ha, da schlug wieder die Kirchturmuhr – halb. Aber niemand hatte es gehört offenbar. Der Konsul teilte ruhig die Karten aus. Da standen sie alle herum, die Herren, nur der

Regimentsarzt war verschwunden. Ja, Willi hatte schon früher bemerkt, wie er wütend den Kopf geschüttelt und irgend etwas in die Zähne gemurmelt hatte. Er konnte es wohl nicht mitansehen, wie der Leutnant Kasda hier um seine Existenz spielte. Wie ein Doktor nur so schwache Nerven haben konnte!

Und wieder lagen Karten vor ihm. Er setzte – wieviel, wußte er nicht genau. Eine Handvoll Banknoten. Das war eine neue Art, es mit dem Schicksal aufzunehmen. Acht. Nun mußte es sich wenden.

Es wendete sich nicht. Neun deckte der Konsul auf, sah rings im Kreis um sich, dann schob er die Karten von sich fort. Willi riß die Augen weit auf. »Nun, Herr Konsul?« Der aber hob den Finger, deutete nach draußen. »Es hat soeben halb geschlagen, Herr Leutnant.« – »Wie?« rief Willi scheinbar erstaunt. »Aber man könnte vielleicht noch ein Viertelstündchen zugeben –?« Er schaute im Kreis herum, als suche er Beistand. Alle schwiegen. Herr Elrief sah fort, sehr vornehm, und zündete sich eine Zigarette an, Wimmer biß die Lippen zusammen, Greising pfiff nervös, fast unhörbar, der Sekretär aber bemerkte roh, als handelte es sich um eine Kleinigkeit: »Der Herr Leutnant hat aber heut wirklich Pech gehabt.«

Der Konsul war aufgestanden, rief nach dem Kellner – als wäre es eine Nacht gewesen, wie jede andere. Es kamen nur zwei Flaschen Kognak auf seine Rechnung, aber der Einfachheit halber wünschte er die gesamte Zeche zu begleichen. Greising verbat sich's und sagte seinen Kaffee und seine Zigaretten persönlich an. Die anderen ließen sich gleichgültig die Bewirtung gefallen. Dann wandte sich der Konsul an Willi, der immer noch sitzen geblieben war, und wieder mit der Rechten nach draußen weisend, wie vorher, da er den Schlag der Turmuhr nachträglich festgestellt hatte, sagte er: »Wenn's Ihnen recht ist, Herr Leut-

nant, nehm ich Sie in meinem Wagen nach Wien mit.« –
»Sehr liebenswürdig«, erwiderte Willi. Und in diesem Augenblick war es ihm, als sei diese letzte Viertelstunde, ja
die ganze Nacht mit allem, was darin geschehen war, un-
gültig geworden. So nahm es wohl auch der Konsul. Wie
hätte er ihn sonst in seinen Wagen laden können. »Ihre
Schuld, Herr Leutnant«, fügte der Konsul freundlich hinzu, »beläuft sich auf elftausend Gulden netto.« – »Jawohl,
Herr Konsul«, erwiderte Willi in militärischem Ton. –
»Was Schriftliches«, meinte der Konsul, »braucht's wohl
nicht?« – »Nein«, bemerkte der Oberleutnant Wimmer
rauh, »wir sind ja alle Zeugen.« – Der Konsul beachtete
weder ihn noch den Ton seiner Stimme. Willi saß immer
noch da, die Beine waren ihm bleischwer. Elftausend Gulden, nicht übel. Ungefähr die Gage von drei oder vier Jahren, mit Zulagen. Wimmer und Greising sprachen leise
und erregt miteinander. Elrief äußerte zu dem Direktionssekretär wohl irgend etwas sehr Heiteres, denn dieser lachte laut auf. Fräulein Rihoschek stand neben dem Konsul,
richtete eine leise Frage an ihn, die er kopfschüttelnd verneinte. Der Kellner hing dem Konsul den Mantel um, einen weiten, schwarzen, ärmellosen, mit Samtkragen ver-
sehenen Mantel, der Willi schon neulich als sehr elegant,
doch etwas exotisch aufgefallen war. Der Schauspieler Elrief schenkte sich rasch aus der fast leeren Flasche ein letztes Glas Kognak ein. Es schien Willi, als vermieden sie alle,
sich um ihn zu kümmern, ja ihn nur anzusehen. Nun erhob er sich mit einem Ruck. Da stand mit einemmal der
Regimentsarzt Tugut neben ihm, der überraschenderweise
wiedergekommen war, schien zuerst nach Worten zu suchen und bemerkte endlich: »Du kannst dir's doch hoffentlich bis morgen beschaffen.« – »Aber selbstverständlich, Herr Regimentsarzt«, erwiderte Willi und lächelte
breit und leer. Dann trat er auf Wimmer und Greising zu

und reichte ihnen die Hand. »Auf Wiedersehen nächsten Sonntag«, sagte er leicht. Sie antworteten nicht, nickten nicht einmal. – »Ist's gefällig, Herr Leutnant?« fragte der Konsul. – »Stehe zur Verfügung.« Nun verabschiedete er sich noch sehr freundlich und aufgeräumt von den andern; und dem Fräulein Rihoschek – das konnte nicht schaden – küßte er galant die Hand.

Sie gingen alle. Auf der Terrasse die Tische und Sessel glänzten gespenstisch weiß; noch lag die Nacht über Stadt und Landschaft, doch kein Stern mehr war zu sehen. In der Gegend des Bahnhofs begann der Himmelsrand sich leise zu erhellen. Draußen wartete der Wagen des Konsuls, der Kutscher schlief, mit den Füßen auf dem Trittbrett. Schnabel berührte ihn an der Schulter, er wurde wach, lüftete den Hut, sah nach den Pferden, nahm ihnen die Decken ab. Die Offiziere legten nochmals die Hand an die Kappen, dann schlenderten sie davon. Der Sekretär, Elrief und Fräulein Rihoschek warteten, bis der Kutscher fertig war. Willi dachte: Warum bleibt der Konsul nicht in Baden bei Fräulein Rihoschek? Wozu hat er sie überhaupt, wenn er nicht dableibt? Es fiel ihm ein, daß er irgend einmal von einem älteren Herrn erzählen gehört hatte, der im Bett seiner Geliebten vom Schlag getroffen worden war, und er sah den Konsul von der Seite an. Der aber schien sehr frisch und wohlgelaunt, nicht im geringsten zum Sterben aufgelegt, und offenbar um Elrief zu ärgern, verabschiedete er sich eben von Fräulein Rihoschek mit einer handgreiflichen Zärtlichkeit, die zu seinem sonstigen Wesen nicht recht stimmen wollte. Dann lud er den Leutnant in den Wagen ein, wies ihm den Platz auf der rechten Seite an, breitete ihm und sich zugleich eine hellgelbe mit braunem Plüsch gefütterte Decke über die Knie, und nun fuhren sie ab. Herr Elrief lüftete nochmals den Hut mit einer weitausladenden Bewegung, nicht ohne Humor, nach spanischer

Sitte, wie er es irgendwo in Deutschland an einem kleinen Hoftheater als Grande im Laufe der nächsten Saison zu tun gedachte. Als der Wagen über die Brücke bog, wandte der Konsul sich nach den Dreien um, die Arm in Arm, Fräulein Rihoschek in der Mitte, eben davonschlenderten, und winkte ihnen einen Gruß zu; doch diese, in lebhafter Unterhaltung begriffen, merkten es nicht mehr.

VIII

Sie fuhren durch die schlafende Stadt, kein Laut war zu vernehmen als der klappernde Hufschlag der Pferde. »Etwas kühl«, bemerkte der Konsul. Willi verspürte wenig Lust, ein Gespräch zu führen, aber er sah doch die Notwendigkeit ein, irgend etwas zu erwidern, wäre es auch nur, um den Konsul in freundlicher Stimmung zu erhalten. Und er sagte: »Ja, so gegen den Morgen zu, da ist es immer frisch, das weiß unsereins vom Ausrücken her.« – »Mit den vierundzwanzig Stunden«, begann der Konsul nach einer kleinen Pause liebenswürdig, »wollen wir es übrigens nicht so genau nehmen.« Willi atmete auf und ergriff die Gelegenheit. »Ich wollte Sie eben ersuchen, Herr Konsul, da ich die ganze Summe begreiflicherweise im Augenblick nicht flüssig habe –« – »Selbstverständlich«, unterbrach ihn der Konsul abwehrend. Die Hufschläge klapperten weiter, nun tönte ein Widerhall, man fuhr unter einem Viadukt der freien Landschaft zu. »Wenn ich auf den üblichen vierundzwanzig Stunden bestände«, fuhr der Konsul fort, »so wären Sie nämlich verpflichtet, mir spätestens morgen, nachts um halb drei, Ihre Schuld zu bezahlen. Das wäre unbequem für uns beide. So setzen wir denn die Stunde« – anscheinend überlegte er – »auf Dienstag mittag zwölf Uhr fest, wenn es Ihnen recht ist.« Er entnahm seiner Brieftasche eine Visitenkarte, übergab sie Willi, der sie aufmerksam betrachtete. Die Morgendämmerung war schon so weit vorgeschritten, daß er imstande war, die Adresse zu lesen. Helfersdorfer Straße fünf – kaum fünf Minuten weit von der Kaserne, dachte er. »Also morgen, meinen Herr Konsul, um zwölf?« Und er fühlte sein Herz etwas schneller schlagen. »Ja, Herr Leutnant, das meine ich. Dienstag präzise zwölf. Ich bin von neun Uhr ab im Büro.« – »Und wenn ich bis zu dieser Stunde nicht in der Lage wäre, Herr Konsul – wenn ich zum Beispiel erst im Laufe des Nachmittags oder am Mittwoch ...«

Der Konsul unterbrach ihn: »Sie werden sicher in der Lage sein, Herr Leutnant. Da Sie sich an einen Spieltisch setzten, mußten Sie natürlich auch gefaßt sein, zu verlieren, geradeso wie ich darauf gefaßt sein mußte, und, falls Sie über keinen Privatbesitz verfügen, haben Sie jedenfalls allen Grund anzunehmen, daß – Ihre Eltern Sie nicht im Stich lassen werden.« –

»Ich habe keine Eltern mehr«, erwiderte Willi rasch, und da Schnabel ein bedauerndes »Oh« hören ließ – »meine Mutter ist acht Jahre lang tot, mein Vater ist vor fünf Jahren gestorben – als Oberstleutnant in Ungarn.« – »So, Ihr Herr Vater war auch Offizier?« Es klang teilnahmvoll, geradezu herzlich. – »Jawohl, Herr Konsul, wer weiß, ob ich unter anderen Umständen die militärische Karriere eingeschlagen hätte.«

»Merkwürdig«, nickte der Konsul. »Wenn man denkt, wie die Existenz für manche Menschen sozusagen vorgezeichnet daliegt, während andere von einem Jahr, manchmal von einem Tag zum nächsten ...« Kopfschüttelnd hielt er inne. Diesen allgemein gehaltenen, nicht zu Ende gesprochenen Satz empfand Willi sonderbarerweise als beruhigend. Und um die Beziehung zwischen sich und dem Konsul womöglich noch weiter zu befestigen, suchte er

gleichfalls nach einem allgemeinen, gewissermaßen philosophischen Satz; und etwas unüberlegt, wie ihm gleich klar
wurde, bemerkte er, daß es immerhin auch Offiziere gäbe,
die genötigt seien, ihre Karriere zu wechseln.

»Ja«, erwiderte der Konsul, »das stimmt schon, aber
dann geschieht es meistens unfreiwillig, und sie sind, vielmehr sie kommen sich lächerlicherweise deklassiert vor, sie
können auch kaum wieder zurück zu ihrem früheren Beruf.
Hingegen unsereiner – ich meine: Menschen, die durch keinerlei Vorurteile der Geburt, des Standes oder – sonstige
behindert sind – – ich zum Beispiel war schon mindestens
ein halbes dutzendmal oben und wieder unten. Und w i e
tief unten – ha, wenn das Ihre Herren Kameraden wüßten,
w i e tief, sie hätten sich kaum mit mir an einen Spieltisch
gesetzt – sollte man glauben. Darum haben sie wohl auch
vorgezogen, Ihre Herren Kameraden, keine allzu sorgfälti-
gen Recherchen anzustellen.« Willi blieb stumm, er war
höchst peinlich berührt und war unschlüssig, wie er sich zu
verhalten habe. Ja, wenn Wimmer oder Greising hier an
seiner Stelle gesessen wären, die hätten wohl die richtige
Antwort gefunden und finden dürfen. Er, Willi, er mußte
schweigen. Er durfte nicht fragen: Wie meinen das Herr
Konsul, »tief unten«, und wie meinen das mit den »Recherchen«. Ach, er konnte sich's ja denken, wie es gemeint war.
Er war ja nun selber tief unten, so tief, als man nur sein
konnte, tiefer, als er es noch vor wenig Stunden für möglich
gehalten hätte.

Er war angewiesen auf die Liebenswürdigkeit, auf das
Entgegenkommen, auf die Gnade dieses Herrn Konsul, wie
tief unten der auch einmal gewesen sein mochte. Aber würde der auch gnädig sein? Das war die Frage. Würde er ein-
gehen auf Ratenzahlung innerhalb eines Jahres oder – innerhalb fünf Jahren – oder auf eine Revanchepartie nächsten Sonntag? Er sah nicht danach aus – nein, vorläufig sah

er keineswegs danach aus. Und – wenn er nicht gnädig war
– hm, dann blieb nichts anderes übrig als ein Bittgang zu
Onkel Robert. Doch – Onkel Robert! Eine höchst peinliche, eine geradezu fürchterliche Sache, aber versucht mußte
sie werden. Unbedingt ... Und es war doch undenkbar, daß
der ihm seine Hilfe verweigern könnte, wenn tatsächlich
die Karriere, die Existenz, das Leben, ja, ganz einfach das
Leben des Neffen, des einzigen Sohnes seiner verstorbenen
Schwester, auf dem Spiel stand. Ein Mensch, der von seinen
Renten lebte, recht bescheiden zwar, aber doch eben als
Kapitalist, der einfach nur das Geld aus der Kasse zu nehmen brauchte! Elftausend Gulden, das war doch gewiß
nicht der zehnte, nicht der zwanzigste Teil seines Vermö-
gens. Und statt um elf, könnte man ihn eigentlich gleich um
zwölftausend Gulden bitten, das käme schon auf eins heraus. Und damit wäre auch Bogner gerettet. Dieser Gedanke
stimmte Willi zugleich hoffnungsvoller, etwa so, als hätte
der Himmel die Verpflichtung, ihn unverzüglich für seine
edle Regung zu lohnen. Aber das alles kam ja vorläufig nur
in Betracht, wenn der Konsul unerbittlich blieb. Und das
war noch nicht bewiesen. Mit einem raschen Seitenblick
streifte Willi seinen Begleiter. Der schien in Erinnerungen
versunken. Er hatte den Hut auf der Wagendecke liegen,
seine Lippen waren halb geöffnet wie zu einem Lächeln, er
sah älter und milder aus als vorher. Wäre jetzt nicht der
Augenblick –? Aber wie beginnen! Aufrichtig einzugeste-
hen, daß man einfach nicht in der Lage war – daß man sich
unüberlegt in eine Sache eingelassen – daß man den Kopf
verloren, ja, daß man eine Viertelstunde geradezu unzu-
rechnungsfähig gewesen war? Und, hätte er sich denn jemals so weit gewagt, so weit vergessen, wenn der Herr
Konsul – oh, das durfte man schon erwähnen – wenn der
Herr Konsul nicht unaufgefordert, ja ohne die leiseste An-
deutung, ihm das Geld zur Verfügung gestellt, es ihm hin-

geschoben, ihm gewissermaßen, wenn auch in liebenswür-
digster Weise, aufgedrängt hätte?

»Etwas Wundervolles«, bemerkte der Konsul, »eine solche Spazierfahrt am frühen Morgen, nicht wahr?« – »Großartig«, erwiderte beflissen der Leutnant. – »Nur schade«,
fügte der Konsul hinzu, »daß man immer glaubt, sich so etwas um den Preis einer durchwachten Nacht erkaufen zu
müssen, ob man sie nun am Spieltisch verbracht oder noch
was Dümmeres angestellt hat.« – »Oh, was mich betrifft«,
bemerkte der Leutnant rasch, »bei mir kommt es gar nicht
so selten vor, daß ich auch ohne durchwachte Nacht mich
schon zu so früher Stunde im Freien befinde. Vorgestern
zum Beispiel bin ich schon um halb vier Uhr im Kasernenhof gestanden mit meiner Kompagnie. Wir haben eine
Übung im Prater gehabt. Allerdings bin ich nicht im Fiaker
hinuntergefahren.«

Der Konsul lachte herzlich, was Willi wohltat, trotzdem
es etwas künstlich geklungen hatte. – »Ja, so was Ähnliches
habe ich auch etliche Male mitgemacht«, sagte der Konsul,
»freilich nicht als Offizier, nicht einmal als Freiwilliger, so
weit hab ich's nicht gebracht. Denken Sie, Herr Leutnant,
ich habe meine drei Jahre abgedient seinerzeit und bin nicht
weitergekommen als bis zum Korporal. So ein ungebildeter
Mensch bin ich – oder war ich wenigstens. Nun, ich habe
einiges nachgeholt im Laufe der Zeit, auf Reisen hat man ja
dazu Gelegenheit.« – »Herr Konsul sind viel in der Welt
herumgekommen«, bemerkte Willi zuvorkommend. – »Das
kann ich wohl behaupten«, entgegnete der Konsul, »ich
war nahezu überall – nur gerade in dem Land, das ich als
Konsul vertrete, war ich noch nie, in Ecuador. Aber ich
habe die Absicht, nächstens auf den Konsultitel zu verzichten und hinzufahren.« Er lachte, und Willi stimmte, wenn
auch etwas mühselig, ein.

Sie fuhren durch eine langgestreckte, armselige Ortschaft

hin, zwischen ebenerdigen, grauen, wenig gepflegten Häuschen. In einem kleinen Vorgarten begoß ein hemdärmeliger alter Mann das Gesträuch; aus einem früh geöffneten Milchladen trat ein junges Weib in ziemlich abgerissenem Kleid mit einer gefüllten Kanne eben auf die Straße. Willi verspürte einen gewissen Neid auf beide, auf den alten Mann, der sein Gärtchen begoß, auf das Weib, das für Mann und Kinder Milch nach Hause brachte. Er wußte, daß diesen beiden wohler zumute war als ihm. Der Wagen kam an einem hohen, kahlen Gebäude vorüber, vor dem ein Justizsoldat auf und ab schritt; er salutierte dem Leutnant, der höflicher dankte, als es sonst Mannschaftspersonen gegenüber seine Art war. Der Blick, den der Konsul auf dem Gebäude haften ließ, ein verachtungs- und zugleich erinnerungsvoller Blick, gab Willi zu denken. Doch was konnte es ihm in diesem Augenblick helfen, daß des Konsuls Vergangenheit aller Wahrscheinlichkeit nach nicht eben makellos gewesen war? Spielschulden waren Spielschulden, auch ein abgestrafter Verbrecher hatte das Recht, sie einzufordern. Die Zeit verstrich, immer rascher liefen die Pferde, in einer Stunde, in einer halben war man in Wien – und was dann?

»Und Subjekte, wie zum Beispiel diesen Leutnant Greising«, sagte der Konsul, wie zum Beschluß eines inneren Gedankengangs, »läßt man frei herumlaufen.«

Also es stimmt, dachte Willi. Der Mensch ist einmal eingesperrt gewesen. Aber in diesem Augenblick kam es auch darauf nicht an, die Bemerkung des Konsuls bedeutete eine nicht mißzuverstehende Beleidigung eines abwesenden Kameraden. Durfte er sie einfach hingehen lassen, als hätte er sie überhört oder als gäbe er ihre Berechtigung zu? »Ich muß bitten, Herr Konsul, meinen Kameraden Greising aus dem Spiel zu lassen.«

Der Konsul hatte darauf nur eine wegwerfende Handbewegung. »Eigentlich merkwürdig«, sagte er, »wie die Herren, die so streng auf ihre Standesehre halten, einen Menschen in ihrer Mitte dulden dürfen, der mit vollem Bewußtsein die Gesundheit eines anderen Menschen, eines dummen, unerfahrenen Mädels zum Beispiel, in Gefahr bringt, so ein Geschöpf krank macht, möglicherweise tötet –«

»Es ist uns nicht bekannt«, erwiderte Willi etwas heiser, »jedenfalls ist es m i r nicht bekannt.« – »Aber, Herr Leutnant, es fällt mir doch gar nicht ein, Ihnen Vorwürfe zu machen. Sie persönlich sind ja nicht verantwortlich für diese Dinge, und keineswegs stünde es in Ihrer Macht, sie zu ändern.«

Willi suchte vergeblich nach einer Erwiderung. Er überlegte, ob er nicht verpflichtet sei, die Äußerung des Konsuls dem Kameraden zur Kenntnis zu bringen, – oder sollte er mit Regimentsarzt Tugut vorerst einmal außerdienstlich über die Angelegenheit reden? Oder den Oberleutnant Wimmer um Rat fragen? Aber was ging ihn das alles an?! Um i h n handelte es sich, um ihn selbst, um seine eigene Sache – um seine Karriere – um sein Leben! Dort im ersten Sonnenglanz ragte schon das Standbild der Spinnerin am Kreuz. Und noch hatte er kein Wort gesprochen, das geeignet wäre, wenigstens einen Aufschub, einen kurzen Aufschub zu erwirken. Da fühlte er, wie sein Nachbar leise an seinem Arm rührte. »Entschuldigen Sie, Herr Leutnant, wir wollen das Thema lassen, mich kümmert's ja im Grunde nicht, ob der Herr Leutnant Greising oder sonstwer – – um so weniger, als ich ja kaum mehr das Vergnügen haben werde, mit den Herren an einem Tisch zu sitzen.«

Willi gab sich einen Ruck. »Wie ist das zu verstehen, Herr Konsul?« – »Ich verreise nämlich«, erwiderte der Konsul kühl. – »So bald?« – »Ja, Übermorgen – richtiger gesagt: morgen, Dienstag.« – »Auf längere Zeit, Herr Konsul?« – »Vermutlich – so auf drei bis – dreißig Jahre.«

Die Reichsstraße war von Last- und Marktwagen schon

ziemlich belebt. Willi, den Blick gesenkt, sah im Glanz der aufgehenden Sonne die goldenen Knöpfe seines Waffenrocks blitzen. »Ein plötzlicher Entschluß, Herr Konsul, diese Abreise?« fragte er. – »Oh, keineswegs, Herr Leutnant, steht schon lange fest. Ich fahre nach Amerika, vorläufig nicht nach Ecuador – sondern nach Baltimore, wo meine Familie wohnt und wo ich auch ein Geschäft habe. Freilich habe ich mich seit acht Jahren nicht persönlich an Ort und Stelle darum bekümmern können.«

Er hat Familie, dachte Willi. Und was ist es eigentlich mit Fräulein Rihoschek? Weiß sie überhaupt, daß er fortreist? Aber was kümmert mich das! Es ist höchste Zeit. Es geht mir an den Kragen. Und unwillkürlich fuhr er sich mit der Hand an den Hals. »Das ist ja sehr bedauerlich«, sagte er hilflos, »daß der Herr Konsul schon morgen abreisen. Und ich hatte, ja wirklich, ich hatte mit einiger Sicherheit darauf gerechnet«, – er nahm einen leichteren, gewissermaßen scherzhaften Ton an – »daß Herr Konsul mir am nächsten Sonntag eine kleine Revanche geben würden.« – Der Konsul zuckte die Achseln, als wäre der Fall längst abgetan. – Wie mach ich's nur? dachte Willi. Was tu ich? Ihn geradezu – bitten? Was kann ihm denn an den paar tausend Gulden liegen? Er hat eine Familie in Amerika – und das Fräulein Rihoschek –. Er hat ein Geschäft drüben – was bedeuten ihm diese paar tausend Gulden?! Und für mich handelt es sich um Leben oder Tod.

Sie fuhren unter dem Viadukt der Stadt zu. Aus der Südbahnhalle brauste eben ein Zug. Da fahren Leute nach Baden, dachte Willi, und weiter, nach Klagenfurt, nach Triest – und von dort vielleicht übers Meer in einen anderen Weltteil … Und er beneidete sie alle.

»Wo darf ich Sie absetzen, Herr Leutnant?«

»Oh, bitte«, erwiderte Willi, »wo es Ihnen bequem ist. Ich wohne in der Alserkaserne.«

»Ich bringe Sie bis ans Tor, Herr Leutnant.« Er gab dem
Kutscher die entsprechende Weisung.

»Danke vielmals, Herr Konsul, es wäre wirklich nicht
notwendig –«

Die Häuser schliefen alle. Die Gleise der Straßenbahn,
noch unberührt vom Verkehr des Tages, liefen glatt und
glänzend neben ihnen einher. Der Konsul sah auf die Uhr:
»Gut ist er gefahren, eine Stunde und zehn Minuten. Haben Sie heute Ausrückung, Herr Leutnant?« – »Nein«, erwiderte Willi, »heute habe ich Schule zu halten.« – »Na, da
können Sie sich doch noch auf eine Weile hinlegen.« – »Allerdings, Herr Konsul, aber ich glaube, ich werde mir heute
einen dienstfreien Tag machen – werde mich marod melden.« – Der Konsul nickte und schwieg. – »Also, Mittwoch
fahren Herr Konsul ab?« – »Nein, Herr Leutnant«, erwiderte der Konsul mit Betonung jedes einzelnen Wortes,
»morgen, Dienstag abend.«

»Herr Konsul – ich will Ihnen ganz aufrichtig gestehen –, es ist mir ja äußerst peinlich, aber ich fürchte sehr,
daß es mir total unmöglich sein wird in so kurzer Zeit – bis
morgen mittag zwölf Uhr ...« Der Konsul blieb stumm. Er
schien kaum zuzuhören. »Wenn Herr Konsul vielleicht die
besondere Güte hätten, mir eine Frist zu gewähren?« – Der
Konsul schüttelte den Kopf. Willi fuhr fort. »Oh, keine
lange Frist, ich könnte Herrn Konsul vielleicht eine Bestätigung oder einen Wechsel ausstellen, und ich würde mich
ehrenwörtlich verpflichten, innerhalb vierzehn Tagen – es
wird sich gewiß ein Modus finden ...« Der Konsul schüttelte immer nur den Kopf, ohne irgendwelche Erregung,
ganz mechanisch. »Herr Konsul«, begann Willi von neuem,
und es klang flehend, ganz gegen seinen Willen, »Herr
Konsul, mein Onkel, Robert Wilram, vielleicht kennen
Herr Konsul den Namen?« Der andere schüttelte unent-
wegt weiter den Kopf. – »Ich bin nämlich nicht ganz über-

zeugt, daß mein Onkel, auf den ich mich im übrigen durchaus verlassen kann, die Summe augenblicklich flüssig hat. Aber selbstverständlich kann er innerhalb weniger Tage ... er ist ein wohlhabender Mann, der einzige Bruder meiner Mutter, ein Privatier.« – Und plötzlich, mit einer komisch umschlagenden Stimme, die wie ein Lachen klang: »Es ist wirklich fatal, daß Herr Konsul gleich bis Amerika reisen.«
– »Wohin ich reise, Herr Leutnant«, erwiderte der Konsul ruhig, »das kann Ihnen vollkommen gleichgültig sein. Ehrenschulden sind bekanntlich innerhalb vierundzwanzig Stunden zu bezahlen.«

»Ist mir bekannt, Herr Konsul, ist mir bekannt. Aber es kommt trotzdem manchmal vor – ich kenne selbst Kameraden, die in ähnlicher Lage ... Es hängt ja nur von Ihnen ab, Herr Konsul, ob Sie sich vorläufig mit einem Wechsel oder mit meinem Wort zufrieden geben wollen bis – bis zum nächsten Sonntag wenigstens.«

»Ich gebe mich nicht zufrieden, Herr Leutnant, morgen, Dienstag mittag, letzter Termin ... Oder – Anzeige an Ihr Regimentskommando.« –

Der Wagen fuhr über den Ring, am Volksgarten vorbei, dessen Bäume in üppigem Grün über dem vergoldeten Gitter wipfelten. Es war ein köstlicher Frühlingsmorgen, kaum noch ein Mensch auf der Straße zu sehen; nur eine junge, sehr elegante Dame in hochgeschlossenem, drapfarbigem Mantel, mit einem kleinen Hund, spazierte rasch, wie einer Pflicht genügend, längs dem Gitter hin und warf einen gleichgültigen Blick auf den Konsul, der sich nach ihr umwandte, trotz der Gattin in Amerika und des Fräulein Rihoschek in Baden, die freilich mehr dem Schauspieler Elrief gehörte. Was kümmert mich Herr Elrief, dachte Willi, und was kümmert mich das Fräulein Rihoschek. Wer weiß übrigens, wär ich netter mit ihr gewesen, vielleicht hätte sie ein gutes Wort für mich eingelegt. – Und einen Augenblick lang überlegte er ernstlich, ob er nicht noch rasch nach Baden hinausfahren sollte, sie um ihre Fürsprache bitten. Fürsprache beim Konsul? Ins Gesicht würde sie ihm lachen. Sie kannte ihn ja, den Herrn Konsul, sie mußte ihn kennen ... Und die einzige Möglichkeit der Rettung war Onkel Robert. Das stand fest. Sonst blieb nichts übrig als eine Kugel vor die Stirn. Man mußte sich nur klar sein.

Ein regelmäßiges Geräusch wie von dem herannahenden Schritt einer marschierenden Kolonne drang an sein Ohr. Hatten die Achtundneunziger nicht heute eine Übung? Am Bisamberg? Es wäre ihm peinlich gewesen, jetzt im Fiaker Kameraden an der Spitze ihrer Kompagnie zu begegnen. Aber es war kein Militär, das heranmarschiert kam, es war ein Zug von Knaben, offenbar eine Schulklasse, die sich mit ihrem Lehrer auf einen Ausflug begab. Der Lehrer, ein junger, blasser Mensch, streifte mit einem Blick unwillkürlicher Hochachtung die beiden Herren, die zu so früher Stunde im Fiaker an ihm vorüberfuhren. Willi hätte nie geahnt, daß er einen Moment erleben sollte, in dem sogar ein armer Schullehrer ihm als ein beneidenswertes Geschöpf vorkommen würde. Nun überholte der Fiaker eine erste Straßenbahn, in der ein paar Leute im Arbeitsanzug und eine alte Frau als Passagiere saßen. Ein Spritzwagen kam ihnen entgegen, und ein wild aussehender Kerl mit hinaufgekrempelten Hemdärmeln schwang in regelmäßigen Stößen, wie eine Springschnur, den Wasserschlauch, aus dem das Naß die Straße feuchtete. Zwei Nonnen, die Blicke gesenkt, überquerten die Fahrbahn in der Richtung gegen die Votivkirche, die hellgrau mit ihren schlanken Türmen zum Himmel ragte. Auf einer Bank unter einem weißblühenden Baum saß ein junges Geschöpf mit bestaubten Schuhen, den Strohhut auf dem Schoß, lächelnd, wie nach einem angenehmen Erlebnis. Ein geschlossener Wagen mit heruntergelassenen Vorhängen sauste vorüber. Ein dickes, altes

Weib bearbeitete die hohe Fensterscheibe eines Kaffeehauses mit Besen und Scheuertuch. All diese Menschen und
Dinge, die Willi sonst nicht bemerkt hätte, zeigten sich seinem überwachen Auge in beinahe schmerzhaft scharfen
Umrissen. Aber der Mann, an dessen Seite er im Wagen
saß, war ihm indes wie aus dem Gedächtnis geschwunden.
Nun wandte er ihm einen scheuen Blick zu. Zurückgelehnt,
den Hut vor sich auf der Decke, mit geschlossenen Augen,
saß der Konsul da. Wie mild, wie gütig sah er aus! Und der
– trieb ihn in den Tod? Wahrhaftig, er schlief – oder stellte
er sich so? Nur keine Angst, Herr Konsul, ich werde Sie
nicht weiter belästigen. Sie werden Dienstag um zwölf Uhr
Ihr Geld haben. Oder auch nicht. Aber in keinem Falle ...
Der Wagen hielt vor dem Kasernentor, und sofort erwachte
der Konsul – oder er tat wenigstens so, als wenn er eben erwacht wäre, er rieb sich sogar die Augen, eine etwas über-
triebene Geste nach einem Schlaf von zweieinhalb Minuten. Der Posten am Tor salutierte. Willi sprang aus dem
Wagen, gewandt, ohne das Trittbrett zu berühren, und lächelte dem Konsul zu. Er tat noch ein übriges und gab dem
Kutscher ein Trinkgeld; nicht zu viel, nicht zu wenig, als
ein Kavalier, dem es am Ende nichts verschlug, ob er im
Spiel gewonnen oder verloren hatte. »Danke bestens, Herr
Konsul – und auf Wiedersehen.« – Der Konsul reichte Willi
aus dem Wagen heraus die Hand und zog ihn zugleich
leicht an sich heran, als hätte er ihm etwas anzuvertrauen,
das nicht jeder zu hören brauchte. »Ich rate Ihnen, Herr
Leutnant«, meinte er in fast väterlichem Ton, »nehmen Sie
die Angelegenheit nicht leicht, wenn Sie Wert darauf legen ... Offizier zu bleiben. Morgen, Dienstag, zwölf Uhr.«
Dann laut: »Also, auf Wiedersehen, Herr Leutnant.« – Willi lächelte verbindlich, legte die Hand an die Kappe, der
Wagen wendete und fuhr davon.

IX

Von der Alserkirche schlug es dreiviertel fünf. Das große Tor öffnete sich, eine Kompagnie der Achtundneunziger marschierte mit strammer Kopfwendung an Willi vorbei. Willi führte dankend die Hand ein paarmal an die Kappe. – »Wohin, Wieseltier?« fragte er herablassend den Kadetten, der als Letzter kam. – »Feuerwehrwiese, Herr Leutnant.« Willi nickte wie zum Einverständnis und blickte den Achtundneunzigern eine Weile nach, ohne sie zu sehen. Der Posten stand immer noch salutierend, als Willi durch das Tor schritt, das nun hinter ihm geschlossen wurde.

Kommandorufe vom Ende des Hofs her schnarrten ihm ins Ohr. Ein Trupp von Rekruten übte Gewehrgriffe unter der Leitung eines Korporals. Der Hof lag sonnbeglänzt und kahl, da und dort ragten ein paar Bäume in die Luft. Die Mauer entlang schritt Willi weiter; er sah zu seinem Fenster auf, sein Bursche erschien im Rahmen, blickte hinab, stand einen Augenblick stramm und verschwand. Willi eilte die Treppe hinauf; noch im Vorraum, wo der Bursche sich eben anschickte, den Schnellkocher anzuzünden, entledigte er sich des Kragens, öffnete den Waffenrock. – »Herr Leutnant, melde gehorsamst, Kaffee ist gleich fertig.« – »Gut ist's«, sagte Willi, trat ins Zimmer, schloß die Tür hinter sich, legte den Rock ab, warf sich in Hosen und Schuhen aufs Bett.

Vor neun kann ich unmöglich zu Onkel Robert, dachte er. Ich werde ihn für alle Fälle gleich um zwölftausend bitten, kriegt der Bogner auch seine tausend, wenn er sich nicht inzwischen totgeschossen hat. Übrigens, wer weiß, vielleicht hat er wirklich beim Rennen gewonnen und ist sogar imstande, m i c h herauszureißen. Ha, elftausend, zwölftausend, die gewinnen sich nicht so leicht beim Totalisator.

Die Augen fielen ihm zu. Pik-Neun – Karo-Aß – Herz-König – Pik-Acht – Pik-Aß – Treff-Bub – Karo-Vier – so tanzten die Karten an ihm vorüber. Der Bursche brachte den Kaffee, rückte den Tisch näher ans Bett, schenkte ein, Willi stützte sich auf den Arm und trank. »Soll ich Herrn Leutnant vielleicht Stiefel ausziehn?« – Willi schüttelte den Kopf. »Nicht mehr der Müh wert.« – »Soll ich Herrn Leutnant später wecken?« – und da ihn Willi wie verständnislos ansah – »Melde gehorsamst, sieben Uhr Schul.« – Willi schüttelte wieder den Kopf. »Bin marod, muß zum Doktor. Sie melden mich beim Herrn Hauptmann ... marod, verstehen S', Dienstzettel schick ich nach. Bin zu einem Professor bestellt, wegen Augen, um neun Uhr. Ich laß den Herrn Kadettstellvertreter Brill bitten, Schule zu halten. Abtreten. – Halt!« – »Herr Leutnant?« – »Um viertel acht gehn S' hinüber zur Alserkirche, der Herr, der gestern früh da war, ja, der Oberleutnant Bogner, wird dort warten. Er möcht mich freundlichst entschuldigen – habe leider nichts ausgerichtet, verstehen S'?« – »Jawohl, Herr Leutnant.« – »Wiederholen.« – »Herr Leutnant laßt sich entschuldigen, Herr Leutnant haben nichts ausgerichtet.« – »L e i d e r nichts ausgerichtet. – Halt. Wenn vielleicht noch Zeit wär bis heut abend oder morgen früh« – er hielt plötzlich inne. »Nein, nichts mehr. Ich hab leider nichts ausgerichtet und damit Schluß. Verstehn S'?« – »Jawohl, Herr Leutnant.« – »Und wenn Sie zurückkommen von der Alserkirche, so klopfen S' für alle Fälle. Und jetzt machen S' noch das Fenster zu.«
Der Bursche tat, wie ihm geheißen, und ein greller Kommandoruf im Hofe schnitt in der Mitte ab. Als Joseph die Tür hinter sich schloß, streckte sich Willi wieder hin, und die Augen fielen ihm zu. Karo-Aß – Treff-Sieben – Herz-König – Karo-Acht – Pik-Neun – Pik-Zehn – Herz-Dame – verdammte Kanaille, dachte Willi. Denn die Herzdame war eigentlich das Fräulein Keßner. Wär ich nicht bei dem

Tisch stehn geblieben, so wär das ganze Malheur nicht passiert. Treff-Neun – Pik-Sechs – Pik-Fünf – Pik-König – Herz-König – Treff-König – Nehmen Sie's nicht leicht, Herr Leutnant. – Hol ihn der Teufel, das Geld kriegt er, aber dann schick ich ihm zwei Herren – geht ja nicht – er ist ja nicht einmal satisfaktionsfähig – Herz-König – Pik-Bub – Karo-Dame – Karo-Neun – Pik-Aß – so tanzten sie vorüber, Karo-Aß, Herz-Aß ... sinnlos, unaufhaltsam, daß ihn die Augen unter den Lidern schmerzten. Es gab gewiß auf der ganzen Welt nicht so viele Kartenspiele, als vor ihm in dieser Stunde vorüberrasten.

Es klopfte, jäh erwachte er, auch vor seinen offenen Augen noch rasten sie weiter. Der Bursche stand da. »Herr Leutnant, melde gehorsamst, der Herr Oberleutnant laßt sich vielmals bedanken für die Mühe und laßt den Herrn Leutnant schönstens grüßen.« – »So. – Sonst – sonst hat er nix g'sagt?« – »Nein, Herr Leutnant, der Herr Oberleutnant hat sich umgedreht und ist gleich wieder gegangen.« – »So – hat er sich gleich wieder umgedreht ... Und haben S' mich marod gemeldet?« – »Jawohl, Herr Leutnant.« Und da Willi sah, wie der Bursche grinste, fragte er: »Was lachen S' denn so dumm?« – »Melde gehorsamst, wegen dem Herrn Hauptmann.« – »Warum denn? Was hat er denn g'sagt, der Herr Hauptmann?« – Und immer noch grinsend, erzählte der Bursche: »Zum Augenarzt muß der Herr Leutnant, hat der Herr Hauptmann g'sagt, hat sich wahrscheinlich in ein Mädel verschaut, der Herr Leutnant.« – Und da Willi dazu nicht lächelte, fügte der Bursche etwas erschrocken hinzu: »Hat der Herr Hauptmann gesagt, melde gehorsamst.« – »Abtreten«, sagte Willi.

Während er sich fertigmachte, überdachte er bei sich allerlei Sätze, übte innerlich den Tonfall der Reden ein, mit denen er des Onkels Herz zu bewegen hoffte. Zwei Jahre lang hatte er ihn nicht gesehen. Er war in diesem Augen-

blick kaum imstande, sich Wilrams Wesen, ja auch nur dessen Gesichtszüge zu vergegenwärtigen; es tauchte immer
wieder eine andere Erscheinung mit anderem Gesichtsausdruck, anderen Gewohnheiten, einer anderen Art zu reden
vor ihm auf, und er konnte nicht vorherwissen, welcher er
heute gegenüberstehen würde.

Von der Knabenzeit her hatte er den Onkel als einen
schlanken, immer sehr sorgfältig gekleideten, immerhin
noch jungen Mann im Gedächtnis, wenn ihm auch der um
fünfundzwanzig Jahre Ältere damals schon als recht reif erschienen war. Robert Wilram kam immer nur für wenige
Tage zu Besuch in das ungarische Städtchen, wo der
Schwager, damals noch M a j o r Kasda, in Garnison lag.
Vater und Onkel verstanden einander nicht sonderlich gut,
und Willi erinnerte sich sogar dunkel eines auf den Onkel
bezüglichen Wortwechsels zwischen den Eltern, der damit
geendet hatte, daß die Mutter weinend aus dem Zimmer
gegangen war. Von dem Beruf des Onkels war kaum jemals
die Rede gewesen, doch glaubte Willi sich zu besinnen, daß
Robert Wilram eine Staatsbeamtenstelle bekleidet und, früh
verwitwet, wieder aufgegeben hatte. Von seiner verstorbenen Frau erbte er ein kleines Vermögen, lebte seither als
Privatmann und reiste viel in der Welt herum. Die Nachricht vom Tode der Schwester hatte ihn in Italien ereilt, er
traf erst nach dem Begräbnis ein, und es blieb Willis Gedächtnis für immer eingeprägt, wie der Onkel, mit ihm am
Grabe stehend, tränenlos, doch mit einem Ausdruck düsteren Ernstes auf die kaum noch verwelkten Kränze herabge-
sehen hatte. Bald darauf waren sie zusammen aus der kleinen Stadt abgereist; Robert Wilram nach Wien und Willi
zurück nach Wiener-Neustadt in die Kadettenschule. Von
dieser Zeit an besuchte er den Onkel manchmal an Sonn-
und Feiertagen, wurde von ihm ins Theater oder in Restaurants mitgenommen; später, nach des Vaters plötzlich er-

folgtem Tod, nachdem Willi als Leutnant zu einem Wiener Regiment eingeteilt worden war, bestimmte ihm der Onkel aus freien Stücken einen monatlichen Zuschuß, der auch während seiner gelegentlichen Reisen, durch eine Bank, pünktlich an den jungen Offizier ausbezahlt wurde. Von einer dieser Reisen, auf der er gefährlich erkrankt gewesen war, kam Robert Wilram auffällig gealtert zurück, und während der monatliche Zuschuß auch weiterhin regelmäßig an Willis Adresse gelangte, trat im persönlichen Verkehr zwischen Onkel und Neffe manche kürzere und längere Unterbrechung ein, wie denn die Epochen in Robert Wilrams Existenz überhaupt in eigentümlicher Weise abzuwechseln schienen. Es gab Zeiten, in denen er ein heiteres und geselliges Wesen zur Schau trug, mit dem Neffen wie früher Restaurants, Theater und nun auch Vergnügungslokale leichteren Charakters zu besuchen pflegte, bei welchen Gelegenheiten meist auch irgendeine muntere junge Dame anwesend war, die Willi bei diesem Anlaß gewöhnlich zum erstenmal und niemals ein zweites Mal wiedersah. Dann wieder gab es Wochen, in denen der Onkel sich vollkommen aus der Welt und von den Menschen zurückzuziehen schien; und wenn Willi überhaupt vorgelassen wurde, so fand er sich einem ernsten, wortkargen, frühgealterten Mann gegenüber, der in einen dunkelbraunen talarartigen Schlafrock gehüllt, mit der Miene eines vergrämten Schauspielers, in dem nie ganz hellen, hochgewölbten Zimmer auf und ab ging oder auch lesend oder arbeitend bei künstlichem Licht an seinem Schreibtisch saß. Das Gespräch ging dann meistens mühsam und schleppend, als wäre man einander völlig fremd geworden; einmal nur, da zufällig von einem Kameraden Willis die Rede war, der kürzlich aus unglücklicher Liebe seinem Leben ein Ende gemacht hatte, öffnete Robert Wilram eine Schreibtischlade, entnahm ihr zu Willis Verwunderung eine Anzahl beschriebener Blätter und las dem Neffen einige philosophische Bemerkungen über Tod und Unsterblichkeit, auch manches Abfällige und Schwermütige über die Frauen im allgemeinen vor, wobei er der Anwesenheit des Jüngeren, der nicht ohne Verlegenheit und eher gelangweilt zuhörte, völlig zu vergessen schien. Gerade als Willi ein leichtes Gähnen vergeblich zu unterdrücken versuchte, geschah es, daß der Onkel den Blick von dem Manuskript erhob; seine Lippen kräuselten sich zu einem leeren Lächeln, er faltete die Blätter zusammen, tat sie wieder in die Lade und sprach unvermittelt von anderen Dingen, wie sie dem Interesse eines jungen Offiziers näher liegen mochten. Auch nach diesem wenig geglückten Zusammensein gab es immerhin noch eine Anzahl von vergnügten Abenden nach der alten Weise; auch kleine Spaziergänge zu zweit, besonders an schönen Feiertagsnachmittagen, kamen vor; eines Tages aber, da Willi den Onkel aus der Wohnung abholen sollte, kam eine Absage und kurz darauf ein Brief Wilrams, er sei jetzt so dringend beschäftigt, daß er Willi leider bitten müsse, von weiteren Besuchen vorläufig abzusehen. Bald blieben auch die Geldsendungen aus. Eine höfliche, schriftliche Erinnerung wurde nicht beantwortet, einer zweiten erging es ebenso, auf eine dritte erfolgte der Bescheid, daß Robert Wilram zu seinem Bedauern sich genötigt sehe, »wegen grundlegender Veränderung seiner Verhältnisse«, weitere Zuwendungen »selbst an nächststehende Personen« einzustellen. Willi versuchte, den Onkel persönlich zu sprechen. Er wurde zweimal nicht empfangen, ein drittes Mal sah er den Onkel, der sich hatte verleugnen lassen, eben rasch in der Türe verschwinden. So mußte er endlich die Aussichtslosigkeit jeder weiteren Bemühung einsehen, und es blieb ihm nichts übrig, als sich auf das Möglichste einzuschränken. Die geringfügige Erbschaft von der Mutter her, mit der er bisher hausgehalten, war eben erst aufgezehrt, doch hatte er sich seiner Art nach über die Zukunft bisher keinerlei ernste Gedanken gemacht, bis nun mit einemmal, von einem Tag, ja von einer Stunde zur anderen, die Sorge gleich in ihrer drohendsten Gestalt auf seinem Wege stand.

In gedrückter, aber nicht hoffnungsloser Stimmung schritt er endlich die gewundene, stets in Halbdunkel getauchte Offiziersstiege hinab und erkannte den Mann nicht gleich, der ihm mit vorgestreckten Armen den Weg versperrte.

»Willi!« Es war Bogner, der ihn anrief.

»Du bist's?« Was wollte der? »Weißt du denn nicht? Hat dir der Joseph nicht ausgerichtet?«

»Ich weiß, ich weiß, ich will dir nur sagen – für alle Fälle –, daß die Revision auf morgen verschoben ist.«

Willi zuckte die Achseln. Das interessierte ihn wahrhaftig nicht sehr.

»Verschoben, verstehst du!«

»Es ist ja nicht gar so schwer, zu verstehen«, und er nahm eine Stufe nach abwärts.

Bogner ließ ihn nicht weiter. »Das ist doch ein Schicksalszeichen«, rief er. »Das kann ja die Rettung bedeuten. Sei nicht bös, Kasda, daß ich noch einmal – – ich weiß ja, daß du gestern kein Glück gehabt hast –«

»Allerdings«, stieß Willi hervor, »allerdings hab ich kein Glück gehabt.« Und mit einem Auflachen: »Alles hab ich verloren – und noch etwas mehr.« Und unbeherrscht, als stände in Bogner die eigentliche und einzige Ursache seines Unglücks ihm gegenüber: »Elftausend Gulden, Mensch, elftausend Gulden!«

»Donnerwetter, das ist freilich … was gedenkst du …« Er unterbrach sich. Ihre Blicke trafen einander, und Bogners Züge erhellten sich. »Da gehst du ja doch wohl zu deinem Onkel?«

Willi biß sich in die Lippen. Zudringlich! Unverschämt!

dachte er bei sich, und es fehlte nicht viel, so hätte er es ausgesprochen.

»Verzeih – es geht mich ja nichts an – vielmehr, ich darf ja da nichts dreinreden, um so weniger, als ich gewissermaßen mitschuldig – – na ja –, aber wenn du's schon versuchst, Kasda – – ob zwölf- oder elftausend, das kann doch deinem Onkel ziemlich egal sein.«

»Du bist verrückt, Bogner. Ich werd die elftausend so wenig kriegen, als ich zwölf kriegen tät.«

»Aber du gehst doch hin, Kasda!«

»Ich weiß nicht –«

»Willi – –«

»Ich weiß nicht«, wiederholte er ungeduldig. »Vielleicht – vielleicht auch nicht … Adieu.« Er schob ihn beiseite und stürzte die Treppe hinab.

Zwölf oder elf, das war keineswegs gleichgültig. Gerade auf den einen Tausender konnte es ankommen! – Und es summte in seinem Kopf: Elf, zwölf – elf, zwölf – elf, zwölf! Nun, er müßte sich ja nicht früher entscheiden, als er vor dem Onkel stand. Der Moment sollte es ergeben. Jedenfalls war es eine Dummheit, daß er vor Bogner die Summe genannt, daß er sich überhaupt auf der Treppe hatte aufhalten lassen. Was ging ihn der Mensch an? Kameraden – nun ja, aber eigentliche F r e u n d e waren sie doch nie gewesen! Und nun sollte sein Schicksal mit dem Bogners plötzlich unlöslich verbunden sein? Unsinn. Elf, zwölf – elf, zwölf. Zwölf, das klang vielleicht besser als elf, vielleicht brachte es ihm Glück … vielleicht geschah das Wunder – gerade, wenn er zwölf verlangte. Und während des ganzen Weges, von der Alserkaserne durch die Stadt bis zu dem uralten Haus in der engen Straße hinter dem Stefansdom, überlegte er, ob er den Onkel um elf- oder um zwölftausend Gulden bitten sollte – als hinge der Erfolg, als hinge am Ende sein Leben davon ab.

Eine ältliche Person, die er nicht kannte, öffnete auf sein

Klingeln. Willi nannte seinen Namen. Der Onkel – ja, er sei nämlich der Neffe des Herrn Wilram – der Onkel möge entschuldigen, es handle sich um eine sehr dringende Angelegenheit, und er werde keineswegs lange stören. Die Frau, zuerst unschlüssig, entfernte sich, kam merkwürdig rasch mit freundlicherer Miene wieder, und Willi – tief atmete er auf – wurde sofort vorgelassen.

X

Der Onkel stand an einem der beiden hohen Fenster; er trug nicht den talarartigen Schlafrock, in dem Willi ihn anzutreffen erwartet hatte, sondern einen gutgeschnittenen, aber etwas abgetragenen, hellen Sommeranzug und Lackhalbschuhe, die ihren Glanz verloren hatten. Mit einer weitläufigen, aber müden Geste winkte er dem Neffen entgegen. »Grüß dich Gott, Willi. Schön, daß du dich wieder einmal um deinen alten Onkel umschaust. Ich hab geglaubt, du hast mich schon ganz vergessen.«

Die Antwort lag nahe, daß man ihn die letzten Male nicht empfangen und seine Briefe nicht beantwortet hatte, aber er hielt es für geratener, sich vorsichtiger auszudrükken. »Du lebst ja so zurückgezogen«, sagte er, »ich hab nicht wissen können, ob dir ein Besuch auch willkommen gewesen wäre.«

Das Zimmer war unverändert. Auf dem Schreibtisch lagen Bücher und Papiere, der grüne Vorhang vor der Bibliothek war halbseits zugezogen, so daß einige alte Lederbände sichtbar waren; über den Diwan war, wie früher, der Perserteppich gebreitet, und etliche gestickte Kopfkissen lagen darauf. An der Wand hingen zwei vergilbte Kupferstiche, die italienische Landschaften darstellten, und Familienporträts in mattgoldenen Rahmen; das Bild der

Schwester hatte seinen Platz, wie früher, auf dem Schreibtisch, Willi erkannte es an Umriß und Rahmen von rückwärts.

»Willst du dich nicht setzen?« fragte Robert Wilram.

Willi stand, die Kappe in der Hand, mit umgeschnalltem Säbel, stramm, wie zu einer dienstlichen Meldung. Und in einem zu seiner Haltung nicht ganz stimmenden Tone begann er: »Die Wahrheit zu sagen, lieber Onkel, ich wär wahrscheinlich auch heute nicht gekommen, wenn ich nicht – – also, mit einem Wort, es handelt sich um eine sehr, sehr ernste Angelegenheit.«

»Was du nicht sagst«, bemerkte Robert Wilram freundlich, aber ohne besondere Teilnahme.

»Für m i c h wenigstens ernst. Kurz und gut, ohne weitere Umschweife, ich habe eine Dummheit begangen, eine große Dummheit. Ich – habe gespielt und habe mehr verspielt, als ich im Vermögen gehabt habe.«

»Hm, das ist schon ein bißl mehr wie eine Dummheit«, sagte der Onkel.

»Ein Leichtsinn war's«, bestätigte Willi, »ein sträflicher Leichtsinn. Ich will nichts beschönigen. Aber die Sache steht leider so: Wenn ich meine Schuld bis heute abend sieben Uhr nicht bezahlt habe, bin ich – bin ich einfach –« er zuckte die Achseln und hielt inne wie ein trotziges Kind.

Robert Wilram schüttelte bedauernd den Kopf, aber er erwiderte nichts. Die Stille im Raum wurde sofort unerträglich, so daß Willi gleich wieder zu reden anfing. Hastig berichtete er sein gestriges Erlebnis. Er sei nach Baden gefahren, um einen kranken Kameraden zu besuchen, sei dort mit anderen Offizieren, guten alten Bekannten, zusammengetroffen und habe sich zu einer Spielpartie verleiten lassen, die, anfangs ganz solid, im weiteren Verlauf, ohne sein Dazutun, in ein wildes Hasard ausgeartet sei. Die Namen der Beteiligten möchte er lieber verschweigen mit Ausnahme

desjenigen, der sein Gläubiger geworden sei, ein Großkaufmann, ein südamerikanischer Konsul, ein gewisser Herr
Schnabel, der unglücklicherweise morgen früh nach Amerika reise und für den Fall, daß die Schuld nicht bis abends
beglichen sei, mit der Anzeige ans Regimentskommando
gedroht habe. »Du weißt, Onkel, was das zu bedeuten
hat«, schloß Willi und ließ sich plötzlich ermüdet auf den
Diwan nieder.

Der Onkel, den Blick über Willi hinweg auf die Wand
gerichtet, aber immer noch freundlich, fragte: »Um was für
einen Betrag handelt es sich denn eigentlich?«

Wieder schwankte Willi. Zuerst dachte er doch die tausend Gulden für Bogner dazuzuschlagen, dann aber war er
plötzlich überzeugt, daß gerade der kleine Mehrbetrag den
Ausgang in Frage stellen könnte, und so nannte er nur die
Summe, die er für seinen Teil schuldig war.

»Elftausend Gulden«, wiederholte Robert Wilram kopfschüttelnd, und es klang fast ein Ton von Bewunderung
mit.

»Ich weiß«, erwiderte Willi rasch, »es ist ein kleines Vermögen. Ich versuche auch gar nicht, mich zu rechtfertigen.
Es war ein niederträchtiger Leichtsinn, ich glaub der erste –
gewiß aber der letzte meines Lebens. Und ich kann nichts
anderes tun, als dir schwören, Onkel, daß ich in meinem
ganzen Leben keine Karte mehr anrühren, daß ich mich bemühen werde, dir durch ein streng solides Leben meine
ewige Dankbarkeit zu beweisen, ja, ich bin bereit – ich
erkläre feierlich, auf jeden Anspruch für später, der mir
etwa durch unsere Verwandtschaft erwachsen könnte, ein
für allemal zu verzichten, wenn du nur diesmal, dieses eine
Mal – Onkel –«

Nachdem Robert Wilram bisher immer noch keine innere Bewegung gezeigt hatte, schien er nun allmählich in eine
gewisse Unruhe zu geraten. Schon früher hatte er die eine

Hand wie abwehrend erhoben, nahm nun die andere zu Hilfe, als wollte er den Neffen durch eine möglichst ausdrucksvolle Geste zum Schweigen bringen, und mit einer ungewohnt hohen, fast schrillen Stimme unterbrach er ihn. »Bedauere sehr, bedauere aufrichtig, ich kann dir beim besten Willen nicht helfen.« Und da Willi den Mund zu einer Erwiderung auftat: »A b s o l u t nicht helfen; jedes weitere Wort wäre überflüssig, also bemühe dich nicht weiter.« Und er wandte sich dem Fenster zu.

Willi, zuerst wie vor den Kopf geschlagen, besann sich, daß er doch keineswegs hatte hoffen dürfen, den Onkel im ersten Ansturm zu besiegen, und so begann er von neuem: »Ich gebe mich ja keiner Täuschung hin, Onkel, daß meine Bitte eine Unverschämtheit ist, eine Unverschämtheit ohnegleichen; – ich hätte auch nie und nimmer gewagt, an dich heranzutreten, wenn nur die geringste Möglichkeit bestände, das Geld in irgendeiner anderen Weise aufzutreiben. Du mußt dich nur in meine Lage versetzen, Onkel. Alles, alles steht für mich auf dem Spiel, nicht nur meine Existenz als Offizier. Was soll ich, was kann ich denn anderes anfangen? Ich hab ja sonst nichts gelernt, ich versteh ja nichts weiter. Und ich kann doch überhaupt nicht als weggejagter Offizier – grad gestern hab ich zufällig einen früheren Kameraden wiedergetroffen, der auch – nein, nein, lieber eine Kugel vor den Kopf. Sei mir nicht bös, Onkel. Du mußt dir das nur vorstellen. Der Vater war Offizier, der Großvater ist als Feldmarschalleutnant gestorben. Um Gottes willen, es kann doch nicht so mit mir enden. Das wäre doch eine zu harte Strafe für einen leichtsinnigen Streich. Ich bin ja kein Gewohnheitsspieler, das weißt du. Ich hab nie Schulden gemacht. Auch im letzten Jahr nicht, wo es mir ja manchmal recht schwer zusammengegangen ist. Und ich habe mich nie verleiten lassen, obwohl man es mir direkt angetragen hat. Freilich, ein solcher Betrag! Ich glaube, nicht einmal zu Wucherzinsen könnte ich mir je einen solchen Betrag beschaffen. Und wenn schon, was käm dabei heraus? In einem halben Jahr wär ich das Doppelte schuldig, in einem Jahr das Zehnfache – und –«

»Genug, Willi«, unterbrach ihn Wilram endlich mit noch schrillerer Stimme als vorher. »Genug, ich k a n n dir nicht helfen; – ich möcht ja gern, aber ich kann nicht. Verstehst du? Ich hab selber nichts, nicht hundert Gulden hab ich im Vermögen, wie du mich da siehst. Da, da …« Er riß eine Lade nach der andern auf, die Schreibtischladen, die Kommodenladen, als wäre es ein Beweis für die Wahrheit seiner Worte, daß dort freilich keinerlei Banknoten oder Münzen zu sehen waren, sondern nur Papiere, Schachteln, Wäsche, allerlei Kram. Dann warf er auch seine Geldbörse auf den Tisch hin. »Kannst selber nachschauen, Willi, und wenn du mehr findest als hundert Gulden, so kannst du mich meinetwegen halten – wofür du willst.« Und plötzlich sank er in den Stuhl vor dem Schreibtisch hin und ließ die Arme schwer auf die Platte hinfallen, so daß einige Bogen Papier auf den Fußboden flatterten.

Willi hob sie beflissen auf, dann ließ er den Blick durch den Raum schweifen, als müßte er nun doch da oder dort irgendwelche Veränderungen entdecken, die den so unbegreiflich veränderten Verhältnissen des Onkels entsprächen. Aber alles sah genau so aus wie vor zwei oder drei Jahren. Und er fragte sich, ob sich denn wirklich die Dinge so verhalten müßten, wie es der Onkel versicherte. War der sonderbare alte Mann, der ihn vor zwei Jahren so unerwartet, so plötzlich im Stich gelassen hatte, nicht auch imstande, durch eine Lüge, die er durch Komödienspielerei glaubhafter machen wollte, sich vor weiterem Drängen und Flehen des Neffen schützen zu wollen? Wie? Man lebte in einer wohlgehaltenen Wohnung der inneren Stadt mit einer Art von Wirtschafterin, die schönen Ledereinbände

standen wie früher im Bücherschrank, die mattgold ge-
rahmten Bilder hingen noch alle an den Wänden –, und der
Besitzer all dieser Dinge sollte indes zum Bettler geworden
sein? Wo wäre denn sein Vermögen hingekommen im Verlauf dieser letzten zwei oder drei Jahre? Willi glaubte ihm
nicht. Er hatte nicht den geringsten Grund, ihm zu glauben, und noch weniger Grund hatte er, sich einfach geschlagen zu geben, da er doch in keinem Fall mehr etwas
zu verlieren hatte. So entschloß er sich zu einem letzten
Versuch, der aber weniger kühn ausfiel, als er sich vorgenommen; denn mit einemmal, zu seiner eigenen Verwunderung, zu seiner Beschämung stand er vor Onkel Robert
mit gefalteten Händen da und flehte: »Es geht um mein
Leben, Onkel, glaube mir, es geht um mein Leben. Ich bitte dich, ich –« Die Stimme versagte ihm, einer plötzlichen
Eingebung folgend ergriff er die Photographie der Mutter
und hielt sie dem Onkel wie beschwörend entgegen. Der
aber, mit leichtem Stirnrunzeln, nahm ihm das Bild sanft
aus der Hand, stellte es ruhig auf seinen Platz zurück, und
leise, durchaus nicht unwillig, bemerkte er: »Deine Mutter
hat mit der Sache nichts zu tun. Sie kann dir nicht helfen –
so wenig als mir. Wenn ich dir nicht helfen w o l l t e, Willi,
brauchte ich ja keine Ausrede. Verpflichtungen, besonders
in einem solchen Fall, erkenne ich nicht an. Und, meiner
Ansicht nach, kann man immer noch ein ganz anständiger
Mensch sein – und werden, auch in Zivil. Die E h r e verliert man auf andere Weise. Aber so weit, daß du das be-
greifst, kannst du heute noch nicht sein. Und darum sage
ich dir noch einmal: Hätte ich das Geld, verlaß dich drauf,
ich würde es dir geben. Aber ich hab's nicht. N i c h t s hab
ich. Ich hab mein Vermögen nicht mehr. Ich besitze nur
mehr eine Leibrente. Ja, jeden Ersten und Fünfzehnten
kriege ich so und so viel ausgezahlt, und heute« – er wies
mit einem trüben Lächeln auf die Geldbörse –, »heute ist

der Siebenundzwanzigste.« Und da er in Willis Augen plötzlich einen Hoffnungsstrahl erschimmern sah, fügte er gleich hinzu: »Ah, du meinst, auf meine Leibrente könnte ich ein Darlehen aufnehmen. Ja, mein lieber Willi, es kommt eben darauf an, w o h e r man sie hat und unter welchen Bedingungen man sie gekriegt hat.«

»Vielleicht, Onkel, vielleicht wäre es doch möglich, vielleicht könnten wir gemeinsam –«

Robert Wilram aber unterbrach ihn heftig: »Nichts ist möglich, absolut nichts.« Und wie in dumpfer Verzweiflung: »Ich kann dir nicht helfen, glaub mir, ich kann nicht.« Und er wandte sich ab.

»Also«, erwiderte Willi nach kurzem Besinnen, »da kann ich halt nichts tun, als dich um Verzeihung bitten, daß ich – adieu, Onkel.« Er war schon an der Tür, als die Stimme Roberts ihn wieder festbannte. »Willi, komm her, ich will nicht, daß du mich – ich kann's dir ja sagen, also kurz und gut, ich habe nämlich mein Vermögen, gar so viel war es ja nicht mehr, meiner Frau überschrieben.«

»Du bist verheiratet!« rief Willi erstaunt aus, und eine neue Hoffnung erglänzte in seinen Augen. »Also, wenn deine Frau Gemahlin das Geld hat, dann müßte sich doch ein Modus finden lassen – ich meine, wenn du deiner Frau Gemahlin sagst, daß es sich –«

Robert Wilram unterbrach ihn mit einer ungeduldigen Handbewegung. »Gar nichts werde ich ihr sagen. Dring nicht weiter in mich. Wär alles vergeblich.« Er hielt inne.

Willi aber, nicht gewillt, die letzte aufgetauchte Hoffnung gleich wieder aufzugeben, versuchte aufs neue anzuknüpfen und begann: »Deine – Frau Gemahlin lebt wahrscheinlich nicht in Wien?«

»O ja, sie lebt in Wien, aber nicht mit mir zusammen, wie du siehst.« Er ging ein paarmal im Zimmer hin und her, dann, mit einem bitteren Lachen, sagte er: »Ja, ich habe mehr verloren als ein Portepee und lebe auch weiter. Ja, Willi –« er unterbrach sich plötzlich und begann gleich wieder von neuem: »Vor anderthalb Jahren habe ich ihr mein Vermögen überschrieben – freiwillig. Und ich habe es eigentlich mehr um meinetwillen getan als um ihretwillen … Denn ich bin ja nicht sehr haushälterisch angelegt, und sie – sie ist sehr sparsam, das muß man ihr lassen, und auch sehr geschäftstüchtig und hat das Geld vernünftiger angelegt, als ich das je getroffen hätte. Sie hat es in irgendwelchen Unternehmungen investiert – in die näheren Umstände bin ich nicht eingeweiht –, ich verstünde auch nichts davon. Und die Rente, die ich ausbezahlt bekomme, beträgt zwölfeinhalb Prozent, das ist nicht wenig, also beklagen darf ich mich nicht … Zwölfeinhalb Prozent. Aber auch keinen Kreuzer mehr. Und jeder Versuch, den ich anfangs unternommen habe, um gelegentlich einen Vorschuß zu bekommen, war umsonst. Nach dem zweiten Versuch habe ich es übrigens wohlweislich unterlassen. Denn dann habe ich sie sechs Wochen nicht zu sehen bekommen, und sie hat einen Eid geschworen, daß ich sie überhaupt nie wieder zu Gesicht bekomme, wenn ich jemals wieder mit einem solchen Ansinnen an sie herantrete. Und das – das hab ich nicht riskieren wollen. Ich brauch sie nämlich, Willi, ich kann ohne sie nicht existieren. Alle acht Tage sehe ich sie, alle acht Tage kommt sie einmal zu mir. Ja, sie hält unsern Pakt, sie ist überhaupt das ordentlichste Geschöpf von der Welt. Noch nie ist sie ausgeblieben, und auch das Geld war jeden Ersten und Fünfzehnten pünktlich da. Und im Sommer sind wir alljährlich ganze vierzehn Tage irgendwo auf dem Land beisammen. Das steht auch in unserm Kontrakt. Aber die übrige Zeit, die gehört ihr.«

»Und du selbst, Onkel, besuchst sie nie?« fragte Willi einigermaßen verlegen.

»Aber freilich, Willi. Am ersten Weihnachtsfeiertag, am

Ostersonntag und am Pfingstmontag. Der ist heuer am ach-
ten Juni.«

»Und wenn du, verzeih, Onkel, wenn es dir einmal ein-
fiele, an irgendeinem andern Tag – du bist doch schließlich
ihr Mann, Onkel, und wer weiß, ob es ihr nicht eher
schmeicheln würde, wenn du einmal –«

»Kann ich nicht riskieren«, unterbrach ihn Robert Wilram. »Einmal – weil ich dir schon alles gesagt habe – also
einmal bin ich am Abend in ihrer Straße auf und ab gegangen, in der Nähe von ihrem Haus, zwei Stunden lang –«

»Nun und?«

»Sie ist nicht sichtbar geworden. Aber am nächsten Tag
ist ein Brief von ihr gekommen, in dem ist nur gestanden,
daß ich sie in meinem Leben nicht wieder zu sehen bekomme, wenn ich es mir noch einmal einfallen ließe, vor ihrem
Wohnhaus herumzupromenieren. Ja, Willi, so steht's. Und
ich weiß, wenn mein eigenes Leben daran hinge – sie ließ
mich eher zugrunde gehen, als daß sie mir auch nur den
zehnten Teil von dem, was du verlangst, außer der Zeit aus-
bezahlen würde. Da wirst du viel eher den Herrn Konsul
zur Nachgiebigkeit bewegen, als ich jemals das Herz meiner ›Frau Gemahlin‹ zu erweichen imstande wäre.«

»Und – – war sie denn immer so?« fragte Willi.

»Das ist doch egal«, erwiderte Robert Wilram ungeduldig. »Auch wenn ich alles vorausgesehen hätte, es hätte mir
nichts genützt. Ich war ihr verfallen vom ersten Moment
an, wenigstens von der ersten Nacht an, und die war unsere
Hochzeitsnacht.«

»Selbstverständlich«, sagte Willi, wie vor sich hin.

Robert Wilram lachte auf. »Ah, du meinst, sie ist eine anständige junge Dame gewesen aus einer guten bürgerlichen
Familie? Gefehlt, mein lieber Willi, eine Dirne ist sie gewesen. Und wer weiß, ob sie es nicht heut noch ist – für
andere.«

Willi fühlte sich verpflichtet, durch eine Geste seine Zweifel anzudeuten; und er hegte sie wirklich, weil er sich nach dem ganzen Bericht des Onkels dessen Frau unmöglich als ein junges und reizvolles Geschöpf vorzustellen imstande war. Er hatte sie die ganze Zeit über als eine hagere, gelbliche, geschmacklos gekleidete, ältliche Person mit einer spitzen Nase vor sich gesehen, und flüchtig dachte er, ob der Onkel nicht seiner Empörung über die unwürdige Behandlung, die er von ihr erleiden mußte, durch eine bewußt ungerechte Beschimpfung Luft machen wollte. Aber Robert Wilram schnitt ihm jedes Wort ab und sprach gleich weiter. »Also, Dirne ist ja vielleicht zu viel gesagt – Blumenmädel war sie halt damals. Beim ›Hornig‹ hab ich sie zum erstenmal gesehen vor vier oder fünf Jahren; du übrigens auch. Ja, du wirst dich vielleicht noch an sie erinnern.« Und auf Willis fragenden Blick: »Wir waren damals in einer größeren Gesellschaft dort, ein Jubiläum von dem Volkssänger Kriebaum war's, ein knallrotes Kleid hat sie angehabt, einen blonden Wuschelkopf und eine blaue Schleife um den Hals.« Und mit einer Art verbissener Freude setzte er hinzu: »Ziemlich ordinär hat sie ausgesehen. Im nächsten Jahr beim Ronacher, da hat sie schon ganz anders ausgeschaut, da hat sie sich ihre Leute schon aussuchen können. Ich hab leider kein Glück bei ihr gehabt. Mit anderen Worten: ich war ihr halt nicht zahlungsfähig genug im Verhältnis zu meinen Jahren – na, und dann ist es eben gekommen, wie es manchmal zu kommen pflegt, wenn sich ein alter Esel von einem jungen Frauenzimmer den Kopf verdrehen läßt. Und vor zweieinhalb Jahren habe ich das Fräulein Leopoldine Lebus zur Frau genommen.«

Also Lebus hat sie mit dem Zunamen geheißen, dachte Willi. Denn daß das Mädel, von dem der Onkel erzählte, niemand anders sein konnte als die Leopoldine – wenn Willi auch diesen Namen längst wieder vergessen hatte –, das war ihm in demselben Augenblick klar gewesen, da der Onkel den Hornig, das rote Kleid und den blonden Wuschelkopf erwähnt hatte. Natürlich hatte er sich wohl gehütet, sich zu verraten, denn wenn sich der Onkel auch über das Vorleben des Fräulein Leopoldine Lebus keinerlei Illusionen zu machen schien, es wäre ihm doch gewiß recht peinlich gewesen, zu ahnen, wie jener Abend beim Hornig geendet, oder gar zu erfahren, daß Willi nachts um drei, nachdem er den Onkel zuerst nach Hause gebracht, die Leopoldine heimlich wieder getroffen hatte und bis zum Morgen mit ihr zusammengeblieben war. So tat er für alle Fälle so, als könnte er sich des ganzen Abends nicht recht erinnern; und als gälte es, dem Onkel etwas Tröstliches zu sagen, bemerkte er, daß gerade aus solchen Wuschelköpfen manchmal sehr brave Haus- und Ehefrauen würden, während im Gegensatz dazu Mädchen aus guter Familie und mit tadellosem Ruf ihren späteren Gatten zuweilen schon recht schlimme Enttäuschungen bereitet hätten. Er wußte auch ein Beispiel von einer Baronesse, die ein Kamerad geheiratet hatte, also eine junge Dame aus feinster, aristokratischer Familie, und die man kaum zwei Jahre nach der Hochzeit einem andern Kameraden in einem »Salon«, wo »anständige Frauen« zu fixen Preisen zu haben waren, zugeführt hatte. Der ledige Kamerad hatte sich verpflichtet gefühlt, den Ehemann zu verständigen; die Folge: Ehrengericht, Duell, schwere Verwundung des Gatten, Selbstmord der Frau; – der Onkel mußte ja in der Zeitung davon gelesen haben! Die Affäre hatte ja so viel Aufsehen gemacht. Willi sprach sehr lebhaft, als interessiere ihn diese Angelegenheit plötzlich mehr als seine eigene, und es kam ein Augenblick, in dem Robert Wilram einigermaßen befremdet zu ihm aufsah. Willi besann sich, und obwohl doch der Onkel unmöglich auch nur im entferntesten den Plan ahnen konnte, der indes in Willi aufgetaucht und weitergereift

war, hielt er es doch für richtig, den Ton zu dämpfen und
das Thema, das doch eigentlich nicht hierher gehörte, zu
verlassen. Und etwas unvermittelt erklärte er, daß er nach
den Aufschlüssen, die ihm der Onkel gegeben, natürlich
nicht weiter in ihn dringen dürfe, und er ließ sogar gelten,
daß ein Versuch beim Konsul Schnabel immerhin noch
eher Aussicht auf Erfolg haben könnte als bei dem gewesenen Fräulein Leopoldine Lebus; und dann wäre es immerhin nicht undenkbar, daß auch der Oberleutnant Höchster,
der eine kleine Erbschaft gemacht, vielleicht auch ein Regimentsarzt, der gestern an der Spielpartie teilgenommen hatte, sich gemeinsam bereitfänden, ihn aus seiner fürchterli-
chen Situation zu retten. Ja, Höchster müsse er vor allem
aufsuchen, der hatte heute Kasernendienst.

Der Boden brannte ihm unter den Füßen, er sah auf die
Uhr, stellte sich plötzlich noch eiliger an, als er war, reichte
dem Onkel die Hand, schnallte den Säbel fester und ging.

XI

Nun aber kam es vor allem darauf an, Leopoldinens Adresse zu erfahren, und Willi machte sich unverzüglich auf den
Weg zum Meldungsamt. Daß sie ihm seine Bitte abschlagen
könnte, sobald er sie überzeugt hatte, daß sein Leben auf
dem Spiel stand, erschien ihm in diesem Augenblick geradezu unmöglich. Ihr Bild, das im Laufe der seither vergangenen Jahre kaum jemals in ihm aufgetaucht war, jener ganze Abend erstand neu lebendig in seiner Erinnerung. Er sah
den blonden Wuschelkopf auf dem grobleinenen weißen,
rotdurchschimmerten Bettpolster, das blasse, rührend-
kindliche Gesicht, auf das durch die Spalten der schadhaften grünen Holzjalousien das Dämmerlicht des Sommer-
morgens fiel, sah den schmalen Goldreif mit dem Halbedel-

stein auf dem Ringfinger ihrer Rechten, die über der roten Bettdecke lag, das schmale silberne Armband um das Gelenk ihrer Linken, die sie Abschied winkend aus dem Bett hervorstreckte, als er sie verließ. Sie hatte ihm so gut gefallen, daß er sich beim Abschied fest entschlossen glaubte, sie wiederzusehen; es traf sich aber zufällig, daß gerade damals ein anderes weibliches Wesen ältere Rechte an ihn hatte, die ihm als die ausgehaltene Geliebte eines Bankiers keinen Kreuzer kostete, was bei seinen Verhältnissen immerhin in Betracht kam; – und so fügte es sich, daß er sich weder beim Hornig wieder blicken ließ, noch auch von der Adresse ihrer verheirateten Schwester Gebrauch machte, bei der sie wohnte und wohin er ihr hätte schreiben können. So hatte er sie seit jener einzigen Nacht niemals wiedergesehen. Aber was immer sich seither in ihrem Leben ereignet haben mochte, so sehr konnte sie sich nicht verändert haben, daß sie ruhig geschehen ließe – was eben geschehen mußte, wenn sie eine Bitte zurückwies, die zu erfüllen für sie doch so leicht war.

Er hatte immerhin eine Stunde im Meldungsamt zu warten, bis er den Zettel mit Leopoldinens Adresse in der Hand hielt. Dann fuhr er in einem geschlossenen Wagen bis zur Ecke der Gasse, in der Leopoldine wohnte, und stieg aus.

Das Haus war ziemlich neu, vier Stock hoch, nicht übermäßig freundlich anzusehen, und lag gegenüber einem eingezäunten Holzplatz. Im zweiten Stock öffnete ihm ein nettgekleidetes Dienstmädchen; auf seine Frage, ob Frau Wilram zu sprechen sei, betrachtete sie ihn zögernd, worauf er ihr seine Visitenkarte reichte: Wilhelm Kasda, Leutnant im k. u. k. Infanterie-Regiment Nr. 98, Alserkaserne. Das Mädchen kam sofort mit dem Bescheid wieder, die gnädige Frau sei sehr beschäftigt; – was der Herr Leutnant wünsche? Nun erst fiel ihm ein, daß Leopoldine wahrscheinlich seinen Zunamen nicht kannte. Er überlegte, ob er sich einfach als einen alten Freund oder etwa scherzhaft als einen Cousin des Herrn von Hornig ausgeben sollte, als die Tür sich öffnete, ein älterer, dürftig gekleideter Mensch mit einer schwarzen Aktentasche heraustrat und dem Ausgang zuschritt. Dann ertönte eine weibliche Stimme: »Herr Kraßny!« was dieser, schon im Stiegenhaus, nicht mehr zu hören schien, worauf die Dame, die gerufen, persönlich ins Vorzimmer trat und nochmals nach Herrn Kraßny rief, so daß dieser sich umwandte. Leopoldine aber hatte den Leutnant schon erblickt und, wie ihr Blick und ihr Lächeln verriet, sofort wiedererkannt. Sie sah dem Geschöpf nicht im geringsten ähnlich, das er in der Erinnerung bewahrt hatte, war stattlich und voll, ja anscheinend größer geworden, trug eine einfache glatte, beinahe strenge Frisur, und, was das merkwürdigste war, auf der Nase saß ihr ein Zwicker, dessen Schnur sie um das Ohr geschlungen hatte.

»Bitte, Herr Leutnant«, sagte sie. – Und nun merkte er, daß ihre Züge eigentlich ganz unverändert waren. »Bitte nur weiterzuspazieren, ich stehe gleich zur Verfügung.« Sie wies auf die Tür, aus der sie gekommen war, wandte sich Herrn Kraßny zu und schien ihm irgendeinen Auftrag, zwar leise und für Willi unverständlich, aber eindringlich einzuschärfen. Willi trat indes in ein helles und geräumiges Zimmer, in dessen Mitte ein langer Tisch stand, mit Tintenzeug, Lineal, Bleistiften und Geschäftsbüchern; an den Wänden rechts und links ragten zwei hohe Aktenschränke, auf der Rückwand über einem Tischchen mit Zeitungen und Prospekten war eine große Landkarte von Europa ausgespannt, und Willi mußte unwillkürlich an das Reisebüro einer Provinzstadt denken, in dem er einmal zu tun gehabt hatte. Gleich darauf aber sah er das armselige Hotelzimmer vor sich, mit den schadhaften Jalousien und dem durchscheinenden Bettpolster – – und es war ihm sonderbar zumute, beinahe wie in einem Traum.

Leopoldine trat ein, schloß die Tür hinter sich, den Zwicker ließ sie nun in den Fingern hin und her spielen, dann streckte sie dem Leutnant die Hand entgegen, freundlich, aber ohne merkliche Erregung. Er beugte sich über die Hand, als wenn er sie küssen wollte, doch sie entzog sie ihm sofort. »Nehmen Sie doch Platz, Herr Leutnant. Was verschafft mir das Vergnügen?« Sie wies ihm einen bequemen Stuhl an; sie selbst nahm ihren offenbar gewohnten Platz auf einem einfacheren Sessel ihm gegenüber an dem langen Tisch mit den Geschäftsbüchern ein. Willi kam sich vor, als wäre er bei einem Advokaten oder Arzt. – »Womit kann ich dienen?« fragte sie nun mit einem beinahe ungeduldigen Ton, der nicht sehr ermutigend klang.

»Gnädige Frau«, begann Willi nach einem leichten Räuspern, »ich muß vor allem vorausschicken, daß es nicht etwa mein Onkel war, der mir Ihre Adresse gegeben hat.«

Sie blickte verwundert auf. »Ihr Onkel?«

»Mein Onkel Robert Wilram«, betonte Willi.

»Ach ja«, lächelte sie und sah vor sich hin.

»Er weiß selbstverständlich nichts von diesem Besuch«, fuhr Willi etwas hastiger fort. »Ich muß das ausdrücklich bemerken.« Und auf ihren verwunderten Blick: »Ich habe ihn überhaupt schon lange nicht gesehen, aber es war nicht meine Schuld. Erst heute, im Laufe des Gesprächs, teilte er mir mit, daß er sich – in der Zwischenzeit vermählt hätte.«

Leopoldine nickte freundlich. »Eine Zigarette, Herr Leutnant?« Sie wies auf die offene Schachtel, er bediente sich, sie gab ihm Feuer und zündete sich gleichfalls eine Zigarette an. »Also, darf ich nun endlich wissen, welchem Umstand ich das Vergnügen zu verdanken habe –«

»Gnädige Frau, es handelt sich bei meinem Besuch um die gleiche Angelegenheit, die mich – zu meinem Onkel geführt hat. Eine eher – peinliche Angelegenheit, wie ich leider gleich bemerken muß«, – und da ihr Blick sich sofort auffallend verdunkelte – »ich will Ihre Zeit nicht allzusehr in Anspruch nehmen, gnädige Frau. Ganz ohne Umschweife: ich würde Sie nämlich ersuchen, mir auf – drei Monate einen gewissen Betrag vorzustrecken.«

Nun erhellte sich sonderbarerweise ihr Blick wieder. »Ihr Vertrauen ist für mich sehr schmeichelhaft, Herr Leutnant«, sagte sie und streifte die Asche von ihrer Zigarette, »obzwar ich eigentlich nicht recht weiß, wie ich zu dieser Ehre komme. Darf ich in jedem Fall fragen, um welchen Betrag es sich handelt?« Sie trommelte mit ihrem Zwicker leicht auf den Tisch.

»Um elftausend Gulden, gnädige Frau.« Er bereute, daß er nicht zwölf gesagt hatte. Schon wollte er sich verbessern, dann fiel ihm plötzlich ein, daß der Konsul sich vielleicht mit zehntausend zufrieden geben würde, und so ließ er es bei den elf bewenden.

»So«, sagte Leopoldine, »elftausend, das kann man ja wirklich schon einen ›gewissen Betrag‹ nennen.« Sie ließ ihre Zunge zwischen den Zähnen spielen. »Und welche Sicherheit würden Sie mir bieten, Herr Leutnant?«

»Ich bin Offizier, gnädige Frau.«

Sie lächelte – beinahe gütig. »Verzeihen Sie, Herr Leutnant, aber das bedeutet nach geschäftlichen Usancen noch keine Sicherheit. Wer würde für Sie bürgen?«

Willi schwieg und blickte zu Boden. Eine brüske Abweisung hätte ihn nicht minder verlegen gemacht als diese kühle Höflichkeit. »Verzeihen Sie, gnädige Frau«, sagte er. »Die formelle Seite der Angelegenheit habe ich mir freilich noch nicht genügend überlegt. Ich befinde mich nämlich in einer ganz verzweifelten Situation. Es handelt sich um eine Ehrenschuld, die bis morgen acht Uhr früh beglichen werden muß. Sonst ist eben die Ehre verloren und – was bei unsereinem sonst noch dazugehört.« Und da er nun in ihren Augen eine Spur von Teilnahme glaubte schimmern zu sehen, erzählte er ihr, geradeso wie eine Stunde vorher dem Onkel, doch in gewandteren und bewegteren Worten, die Geschichte der vergangenen Nacht. Sie hörte ihn mit immer deutlicheren Anzeichen des Mitgefühls, ja des Bedauerns an. Und als er geendet, fragte sie mit einem verheißungsvollen Augenaufschlag: »Und ich – ich, Willi, bin das einzige menschliche Wesen auf Erden, an das du dich in dieser Situation wenden konntest?«

Diese Ansprache, insbesondere ihr Du, beglückte ihn. Schon hielt er sich für gerettet. »Wär ich sonst da?« fragte er. »Ich habe wirklich keinen andern Menschen.«

Sie schüttelte teilnehmend den Kopf. »Um so peinlicher ist es mir«, erwiderte sie und drückte langsam ihre glimmende Zigarette aus, »daß ich leider nicht in der Lage bin, dir gefällig zu sein. Mein Vermögen ist in verschiedenen Unternehmungen festgelegt. Über nennenswerte Barbeträge verfüge ich niemals. Bedauere wirklich.« Und sie erhob sich von ihrem Sessel, als wäre eine Audienz beendet. Willi, im tiefsten erschrocken, blieb sitzen. Und zögernd, unbeholfen, fast stotternd, gab er ihr zur Erwägung, ob nicht doch bei dem wahrscheinlich sehr günstigen Stand ihrer geschäftlichen Unternehmungen eine Anleihe aus irgendwelchen Kassenbeständen oder die Inanspruchnahme irgendeines Kredites möglich wäre. Ihre Lippen kräuselten sich ironisch, und seine geschäftliche Naivität nachsichtig belächelnd sagte sie: »Du stellst dir diese Dinge etwas einfacher vor, als sie sind, und offenbar hältst du es für ganz selbstverständlich, daß ich mich in deinem Interesse in irgendeine finanzielle Transaktion einließe, die ich in meinem eigenen nie und nimmer unternähme. Und noch dazu ohne jede Sicherstellung! – Wie komm ich eigentlich dazu?« Diese letzten Worte klangen nun wieder so freundlich, ja kokett, als sei sie innerlich doch schon bereit nachzugeben und erwarte nur noch ein bittendes, ein beschwörendes Wort aus seinem Mund. Er glaubte es gefunden zu haben und sagte: »Gnädige Frau – Leopoldine – meine Existenz, mein Leben steht auf dem Spiel.«

Sie zuckte leicht zusammen; er spürte, daß er zu weit gegangen war, und fügte leise hinzu: »Bitte um Verzeihung.«

Ihr Blick wurde undurchdringlich, und nach kurzem Schweigen bemerkte sie trocken: »Keineswegs kann ich eine Entscheidung treffen, ohne meinen Advokaten zu Rate gezogen zu haben.« Und da nun sein Auge in neuer Hoffnung zu leuchten begann, mit einer wie abwehrenden Handbewegung: »Ich habe heute ohnehin eine Besprechung mit ihm – um fünf in seiner Kanzlei. Ich will sehen, was sich machen läßt. Jedenfalls rate ich dir, verlaß dich nicht darauf, nicht im geringsten. Denn eine sogenannte Kabinettsfrage werde ich natürlich nicht daraus machen.« Und mit plötzlicher Härte fügte sie hinzu: »Ich wüßte wirklich nicht, warum.« Dann aber lächelte sie wieder und reichte ihm die Hand. Nun erlaubte sie ihm auch, einen Kuß darauf zu drücken.

»Und wann darf ich mir die Antwort holen?«

Sie schien eine Weile nachzudenken: »Wo wohnst du?«

»Alserkaserne«, erwiderte er rasch, »Offizierstrakt, dritte Stiege, Zimmer vier.«

Sie lächelte kaum. Dann sagte sie langsam: »Um sieben, halb acht werd ich jedenfalls schon wissen, ob ich in der Lage bin oder nicht – «·überlegte wieder eine Weile und schloß mit Entschiedenheit: »Ich werde dir die Antwort zwischen sieben und acht durch eine Vertrauensperson übermitteln lassen.« Sie öffnete ihm die Tür und geleitete ihn in den Vorraum. »Adieu, Herr Leutnant.«

»Auf Wiedersehn«, erwiderte er betroffen. Ihr Blick war kalt und fremd. Und als das Dienstmädchen dem Herrn Leutnant die Tür ins Stiegenhaus auftat, war Frau Leopoldine Wilram schon in ihrem Zimmer verschwunden.

XII

Während der kurzen Zeit, die Willi bei Leopoldine verbracht hatte, war er durch so wechselnde Stimmungen der Entmutigung, der Hoffnung, der Geborgenheit und neuer Enttäuschung gegangen, daß er die Treppe wie benommen hinabstieg. Im Freien erst gewann er einige Klarheit wieder, und nun schien ihm seine Angelegenheit im ganzen nicht ungünstig zu stehen. Daß Leopoldine, wenn sie nur wollte, in der Lage war, sich für ihn das Geld zu verschaffen, war zweifellos; daß es in ihrer Macht lag, ihren Rechtsanwalt zu bestimmen, wie es ihr beliebte, dafür war ihr ganzes Wesen Beweis genug; – daß endlich in ihrem Herzen noch etwas für ihn sprach –, dieses Gefühl wirkte so stark in Willi nach, daß er sich, im Geist eine lange Frist überspringend, plötzlich als Gatten der verwitweten Frau Leopoldine Wilram, nunmehriger Frau Majorin Kasda, zu erblicken glaubte.

Doch dieses Traumbild verblaßte bald, während er in Sommermittagsschwüle durch mäßig belebte Gassen eigentlich ziellos dem Ring zu spazierte. Er erinnerte sich nun wieder des unerfreulichen Büroraums, in dem sie ihn empfangen hatte; und ihr Bild, um das eine Weile hindurch eine gewisse weibliche Anmut geflossen war, nahm wieder den harten, beinahe strengen Ausdruck an, der ihn in manchen Momenten eingeschüchtert hatte. Doch wie immer es kommen sollte, noch viele Stunden der Ungewißheit lagen vor ihm; und auf irgendeine Weise mußten sie hingebracht werden. Es kam ihm der Einfall, sich, wie man das so nennt, einen »guten Tag« zu machen, und wenn – ja g e r a d e wenn es der letzte wäre. Er entschloß sich, das Mittagessen in einem vornehmen Hotelrestaurant einzunehmen, wo er seinerzeit ein paarmal mit dem Onkel gespeist hatte, ließ sich in einer kühlen, dämmerigen Ecke eine vortreffliche Mahlzeit servieren, trank eine Flasche herbsüßen ungarischen Weins dazu und geriet allmählich in einen Zustand von Behaglichkeit, gegen den er sich nicht zu wehren vermochte. Mit einer guten Zigarre saß er noch geraume Zeit, der einzige Gast, in der Ecke des Samtdiwans, duselte vor sich hin, und als ihm der Kellner echte ägyptische Zigaretten zum Kauf anbot, nahm er gleich eine ganze Schachtel; es war ja alles egal, schlimmstenfalls vererbte er sie seinem Burschen.

Als er wieder auf die Straße trat, war ihm nicht anders zumute, als wenn ihm ein einigermaßen bedenkliches, aber doch im wesentlichen interessantes Abenteuer bevorstünde, etwa ein Duell. Und er erinnerte sich eines Abends, einer halben Nacht, die er vor zwei Jahren mit einem Kameraden verbracht hatte, der am nächsten Morgen auf Pistolen antreten sollte; – zuerst in Gesellschaft von ein paar weiblichen Wesen, dann mit ihm allein unter ernsten, gewissermaßen philosophischen Gesprächen. Ja, so ähnlich mußte dem damals zumute gewesen sein; und daß die Sache damals gut ausgegangen war, erschien Willi wie eine günstige Vorbedeutung.

Er schlenderte über den Ring, ein junger, nicht übermäßig eleganter Offizier, aber schlank gewachsen, leidlich hübsch, und den jungen Damen aus verschiedensten Kreisen, die ihm begegneten, wie er an manchem Augenaufschlag bemerkte, ein nicht unerfreulicher Anblick. Vor einem Kaffeehaus im Freien trank er einen Mokka, rauchte Zigaretten, blätterte in illustrierten Zeitungen, musterte die Vorübergehenden, ohne sie eigentlich zu sehen; und allmählich erst, ungern, aber mit Notwendigkeit erwachte er zum klaren Bewußtsein der Wirklichkeit. Es war fünf Uhr. Unaufhaltsam, wenn auch allzu langsam, schritt der Nachmittag weiter vor; nun war es wohl das klügste, sich nach Hause zu begeben und eine Weile der Ruhe zu pflegen, so-

weit das möglich war. Er nahm die Pferdebahn, stieg vor
der Kaserne aus, und ohne irgendwelche unwillkommene
Begegnung gelangte er über den Hof zu seinem Quartier.
Joseph war im Vorzimmer beschäftigt, die Garderobe des
Herrn Leutnant in Ordnung zu bringen, meldete gehor-
samst, daß sich nichts Neues ereignet habe, nur – der Herr
von Bogner sei dagewesen, schon am Vormittag, und habe
seine Visitenkarte dagelassen. »Was brauch ich dem seine
Karten«, sagte Willi unwirsch. Die Karte lag auf dem
Tisch, Bogner hatte seine Privatadresse darauf geschrieben:
Piaristengasse zwanzig. Gar nicht weit, dachte Willi. Was
geht das mich übrigens an, ob er nah oder weit wohnt, der
Narr. Wie ein Gläubiger lief er ihm nach – der zudringliche
Kerl. Willi war nah daran, die Karte zu zerreißen, dann
überlegte er sich's doch –, warf sie nachlässig auf die Kommode hin und wandte sich wieder an den Burschen: Am
Abend zwischen sieben und acht würde jemand nach ihm,
nach dem Herrn Leutnant Kasda fragen, ein Herr, vielleicht ein Herr mit einer Dame, möglicherweise auch eine
Dame allein. »Verstanden?« – »Jawohl, Herr Leutnant.«
Willi schloß die Türe hinter sich, streckte sich auf das Sofa
hin, das etwas zu kurz war, so daß seine Füße über die nie-
dere Lehne herabbaumelten, und sank in den Schlaf wie in
einen Abgrund.

XIII

Es dämmerte schon, als er durch ein unbestimmtes Geräusch erwachte, die Augen aufschlug und eine junge Dame
in einem blau-weiß getupften Sommerkleid vor sich stehen
sah. Schlaftrunken noch erhob er sich, sah, daß mit einem
etwas ängstlichen Blick, wie schuldbewußt, sein Bursche
hinter der jungen Dame stand, und schon vernahm er Leo-

poldinens Stimme. »Verzeihen Sie, Herr Leutnant, daß ich Ihrem – Herrn Burschen nicht erlaubt habe, mich anzumelden, aber ich habe lieber gewartet, bis Sie von selbst aufwachen.«

Wie lang mag sie schon dastehen, dachte Willi, und was ist denn das für eine Stimme? Und wie sieht sie aus? Das ist doch eine ganz andere als die von Vormittag. Sicher hat sie das Geld mitgebracht. Er winkte dem Burschen ab, der gleich verschwand. Und zu Leopoldine gewendet: »Also, gnädige Frau bemühen sich selbst – ich bin sehr glücklich. Bitte, gnädige Frau –« Und er lud sie ein, Platz zu nehmen.

Sie ließ einen hellen, beinahe fröhlichen Blick im Zimmer herumgehen und schien mit dem Raum durchaus einverstanden. In der Hand hielt sie einen weiß-blau gestreiften Schirm, der ihrem blauen, weiß getupften Foulardkleid vortrefflich angepaßt war. Sie trug einen Strohhut von nicht ganz moderner Fasson, breitrandig, nach Florentiner Art, mit herabhängenden, künstlichen Kirschen. »Sehr hübsch haben Sie's da, Herr Leutnant«, sagte sie, und die Kirschen schaukelten an ihrem Ohr hin und her. »Ich habe mir gar nicht vorgestellt, daß Zimmer in einer Kaserne so behaglich und nett ausschauen können.« – »Es sind nicht alle gleich«, bemerkte Willi mit einiger Genugtuung. Und sie ergänzte lächelnd: »Es wird wohl im allgemeinen auf den Bewohner ankommen.«

Willi, verlegen und froh erregt, rückte Bücher auf dem Tisch zurecht, schloß den schmalen Schrank ab, dessen Tür ein wenig geklafft hatte, und plötzlich bot er Leopoldine aus der im Hotel gekauften Schachtel eine Zigarette an. Sie lehnte ab, ließ sich aber leicht in die Ecke des Diwans sinken. Entzückend sieht sie aus, dachte Willi. Eigentlich wie eine Frau aus guten, bürgerlichen Kreisen. Sie erinnerte so wenig an die Geschäftsdame von heute vormittag als an den

Wuschelkopf von einst. Wo mochte sie nur die elftausend
Gulden haben? Als erriete sie seine Gedanken, sah sie lächelnd, spitzbübisch beinahe zu ihm auf und fragte dann
scheinbar harmlos: »Wie leben Sie denn immer, Herr Leutnant?« Und da Willi mit der Antwort auf ihre doch gar zu
allgemein gehaltene Frage zögerte, erkundigte sie sich im
einzelnen, ob sein Dienst leicht oder schwer sei, ob er bald
avancieren werde, wie er mit seinen Vorgesetzten stehe und
ob er oft Ausflüge in die Umgegend unternehme, wie zum
Beispiel am vorigen Sonntag. Willi entgegnete, mit dem
Dienst sei es bald so, bald so, über seine Vorgesetzten habe
er sich im allgemeinen nicht zu beklagen, insbesondere der
Oberstleutnant Wositzky sei sehr nett zu ihm, ein Avance-
ment sei vor drei Jahren nicht zu erwarten, zu Ausflügen
habe er natürlich wenig Zeit, wie sich die gnädige Frau
denken könne, nur eben an Sonntagen – wozu er einen
leichten Seufzer vernehmen ließ. Leopoldine bemerkte darauf, den Blick freundlich zu ihm erhoben – denn er stand
noch immer durch den Tisch von ihr getrennt ihr gegenüber –, sie hoffe, daß er seine Abende auch nützlicher zu
verwenden wisse als am Kartentisch. Und nun hätte sie
wohl ungezwungen anknüpfen können: Ja, richtig, Herr
Leutnant, daß ich nicht vergesse, hier, die Kleinigkeit, um
die Sie mich heute morgen angingen – – Aber kein Wort,
keine Bewegung, die so zu deuten war. Sie sah immer nur
lächelnd, wohlgefällig zu ihm auf, und ihm blieb nichts anderes übrig, als die Unterhaltung mit ihr weiterzuführen, so
gut es ging. So erzählte er von der sympathischen Familie
Keßner und der schönen Villa, in der sie wohnten, von dem
dummen Schauspieler Elrief, von dem geschminkten Fräulein Rihoschek und von der nächtlichen Fiakerfahrt nach
Wien. »In netter Gesellschaft, hoffentlich«, meinte sie. Oh,
keineswegs, er sei mit einem seiner Spielpartner hereinge-
fahren. Nun erkundigte sie sich scherzhaft, ob das Fräulein

Keßner blond oder braun oder schwarz sei. Das wisse er selbst nicht genau, antwortete er. Und sein Ton verriet absichtsvoll, daß es in seinem Leben keinerlei Herzenssachen von irgendwelcher Bedeutung gäbe. »Ich glaube überhaupt, gnädige Frau, Sie stellen sich mein Leben ganz anders vor, als es ist.« Teilnahmvoll, die Lippen halb geöffnet, sah sie zu ihm auf. »Wenn man nicht so allein wär«, fügte er hinzu, »könnten einem so fatale Dinge wohl nicht passieren.« Sie hatte einen unschuldig-fragenden Augenaufschlag, als verstünde sie nicht recht, dann nickte sie ernst, aber auch jetzt benützte sie die Gelegenheit nicht; und statt von dem Geld zu reden, das sie doch jedenfalls mitgebracht hatte, oder einfacher noch, ohne viel Worte, die Banknoten auf den Tisch zu legen, bemerkte sie: »Alleinsein und Alleinsein, das ist zweierlei.« – »Das stimmt«, sagte er. Und da sie darauf nur verständnisvoll nickte und es ihm immer nur banger wurde, wenn die Unterhaltung stockte, entschloß er sich zu der Frage, wie es ihr denn immer gegangen sei, ob sie viel Schönes erlebt habe; und er vermied es, des älteren Herrn Erwähnung zu tun, mit dem sie verheiratet und der sein Onkel war, ebenso wie er es unterließ, vom Hornig zu reden oder gar von einem gewissen Hotelzimmer mit schadhaften Jalousien und rotdurchschimmerten Kissen. Es war ein Gespräch zwischen einem nicht sonderlich gewandten Leutnant und einer hübschen, jungen Frau der bürgerlichen Gesellschaft, die beide wohl allerlei voneinander wußten – recht verfängliche Dinge einer von dem anderen –, die aber beide ihre Gründe haben mochten, an diese Dinge lieber nicht zu rühren, und wäre es auch nur aus dem Grunde, um die Stimmung nicht zu gefährden, die nicht ohne Reiz, ja nicht ohne Verheißungen war. Leopoldine hatte ihren Florentiner Hut abgenommen und vor sich hin auf den Tisch gelegt. Sie trug wohl noch die glatte Frisur von heute morgen, aber seitlich hatten sich ein paar

Locken gelöst und fielen geringelt über die Schläfe hin, was nun ganz von ferne den einstigen Wuschelkopf in Erinnerung brachte.

Es dunkelte immer tiefer. Willi überlegte eben, ob er die Lampe anzünden sollte, die in der Nische des weißen Kachelofens stand; in diesem Augenblick griff Leopoldine wieder nach ihrem Hut. Es sah zuerst aus, als hätte das weiter keine Bedeutung, denn sie war indes in die Erzählung von einem Ausflug geraten, der sie voriges Jahr über Mödling, Lilienfeld, Heiligenkreuz gerade nach Baden geführt hatte, aber plötzlich setzte sie den Florentiner Hut auf, steckte ihn fest, und mit einem höflichen Lächeln bemerkte sie, daß es nun an der Zeit für sie sei, sich zu empfehlen. Auch Willi lächelte; aber es war ein unsicheres, fast erschrockenes Lächeln, das um seine Lippen irrte. Hielt sie ihn zum besten? Oder wollte sie sich nur an seiner Unruhe, an seiner Angst weiden, um ihn endlich im letzten Augenblick mit der Kunde zu beglücken, daß sie das Geld mitgebracht habe? Oder war sie nur gekommen, um sich zu entschuldigen, daß es ihr nicht möglich gewesen war, den gewünschten Betrag für ihn flüssig zu machen? und fand nur die rechten Worte nicht, ihm das zu sagen? Jedenfalls aber, das war unverkennbar, es war ihr ernst mit der Absicht zu gehen; und ihm in seiner Hilflosigkeit blieb nichts übrig, als Haltung zu bewahren, sich zu betragen wie ein galanter junger Mann, der den erfreulichen Besuch einer schönen, jungen Frau erhalten und sich unmöglich darein finden konnte, sie mitten in der besten Unterhaltung einfach gehen zu lassen. »Warum wollen Sie denn schon fort?« fragte er im Ton eines enttäuschten Liebhabers. Und dringender: »Sie werden doch nicht wirklich schon fort wollen, Leopoldine?« – »Es ist spät«, erwiderte sie. Und leicht scherzend fügte sie hinzu: »Du wirst wohl auch etwas Gescheiteres vorhaben an einem so schönen Sommerabend?«

Er atmete auf, da sie ihn nun plötzlich wieder mit dem vertrauten Du ansprach; und es war ihm schwer, eine neu aufsteigende Hoffnung nicht zu verraten. Nein, er habe nicht das Geringste vor, sagte er, und selten hatte er etwas mit gleich gutem Gewissen beteuern können. Sie zierte sich ein wenig, behielt den Hut vorerst noch auf dem Kopf, trat zu dem offenen Fenster hin und blickte wie mit plötzlich erwachtem Interesse in den Kasernenhof hinab. Dort gab es freilich nicht viel zu sehen: drüben vor der Kantine, um einen langen Tisch, saßen Soldaten; ein Offiziersbursche, ein verschnürtes Paket unter dem Arm, eilte quer durch den Hof, ein anderer schob ein Wägelchen mit einem Faß Bier der Kantine zu, zwei Offiziere spazierten plaudernd dem Tore zu. Willi stand neben Leopoldine, ein wenig hinter ihr, ihr blau-weiß getupftes Foulardkleid rauschte leise, ihr linker Arm hing schlaff herab, die Hand blieb erst unbeweglich, als die seine sie berührte; allmählich aber glitten ihre Finger leicht zwischen die seinen. Aus einem Mannschaftszimmer gegenüber, dessen Fenster weit offen standen, drangen melancholisch die Übungsläufe einer Trompete. Schweigen.

»Ein bißl traurig ist es da«, meinte Leopoldine endlich. – »Findest du?« Und da sie nickte, sagte er: »Es müßte aber gar nicht traurig sein.« Sie wandte langsam den Kopf nach ihm um. Er hätte erwartet, ein Lächeln um ihre Lippen zu sehen, doch er gewahrte einen zarten, fast schwermütigen Zug. Plötzlich aber reckte sie sich und sagte: »Jetzt ist es aber wirklich höchste Zeit, meine Marie wird schon mit dem Nachtmahl warten.« – »Haben Gnädigste die Marie noch nie warten lassen?« Und da sie ihn darauf lächelnd ansah, wurde er kühner und fragte sie, ob sie ihm nicht die Freude bereiten und bei ihm zu Abend essen möchte. Er werde den Burschen hinüberschicken in den Riedhof, sie könne ganz leicht noch vor zehn zu Hause sein. Ihre Ein-

wendungen klangen so wenig ernsthaft, daß Willi ohne
weiteres ins Vorzimmer eilte, rasch seinem Burschen die
zweckdienlichen Aufträge erteilte und gleich wieder bei
Leopoldine war, die, noch immer am Fenster stehend, eben
mit einem lebhaften Schwung den Florentiner Hut über
den Tisch auf das Bett fliegen ließ. Und von diesem Augenblick an schien sie eine andere geworden. Sie strich Willi lachend über den glatten Scheitel, er faßte sie um die Mitte
und zog sie neben sich auf das Sofa. Doch als er sie küssen
wollte, wandte sie sich heftig ab, er unterließ weitere Versuche und stellte nun die Frage an sie, wie sie denn eigentlich
ihre Abende zu verbringen pflege. Sie sah ihm ernsthaft ins
Auge. »Ich hab ja tagsüber so viel zu tun«, sagte sie, »und
ich bin ganz froh, wenn ich am Abend meine Ruh hab und
keinen Menschen seh.« Er gestand ihr, daß er sich von ihren Geschäften eigentlich keinen rechten Begriff zu machen
vermöge; und rätselhaft erschiene es ihm, daß sie überhaupt
in diese Art von Existenz geraten sei. Sie wehrte ab. Von
solchen Dingen verstünde er ja doch nichts. Er gab nicht
gleich nach, sie solle ihm doch wenigstens etwas von ihrem
Lebenslauf erzählen, nicht alles natürlich, das könne er
nicht verlangen, aber er möchte doch gern so ungefähr wissen, was sie erlebt seit dem Tage, da – da sie einander zum
letztenmal gesehen. Noch mancherlei wollte sich auf seine
Lippen drängen, auch der Name seines Onkels, aber irgend
etwas hielt ihn zurück, ihn auszusprechen. Und er fragte
sie nur unvermittelt, fast überstürzt, ob sie glücklich sei.

Sie blickte vor sich hin. »Ich glaub schon«, erwiderte sie
dann leise. »Vor allem bin ich ein freier Mensch, das hab ich
mir immer am meisten gewünscht, bin von niemandem abhängig, wie – ein Mann.«

»Das ist aber Gott sei Dank das einzige«, sagte Willi,
»was du von einem Mann an dir hast.« Er rückte näher an
sie, wurde zärtlich. Sie ließ ihn gewähren, doch wie zer-

streut. Und als draußen die Türe ging, rückte sie rasch von ihm fort, stand auf, nahm die Lampe aus der Ofennische und machte Licht. Joseph trat mit dem Essen ein. Leopoldine nahm in Augenschein, was er mitgebracht, nickte zustimmend. »Herr Leutnant müssen einige Erfahrung haben«, bemerkte sie lächelnd. Dann deckte sie gemeinsam mit Joseph den Tisch, gestattete nicht, daß Willi mit Hand anlegte; er blieb auf dem Sofa sitzen, »wie ein Pascha« bemerkte er, und rauchte eine Zigarette. Als alles in Ordnung war und das Vorgericht auf dem Tische stand, wurde Joseph für heute entlassen. Ehe er ging, drückte ihm Leopoldine ein so reichliches Trinkgeld in die Hand, daß er vor Staunen fassungslos war und ehrerbietigst salutierte wie vor einem General.

»Dein Wohl«, sagte Willi und stieß mit Leopoldine an. Beide leerten ihre Gläser, sie stellte das ihre klirrend hin und preßte ihre Lippen heftig an Willis Mund. Als er nun stürmischer wurde, schob sie ihn von sich fort, bemerkte: »Zuerst wird soupiert« und wechselte die Teller.

Sie aß, wie gesunde Geschöpfe zu essen pflegen, die ihr Tagewerk vollbracht haben und es sich nach getaner Arbeit gut schmecken lassen, aß, mit weißen, kraftvollen Zähnen, dabei doch recht fein und manierlich, in der Art von Damen, die immerhin schon manchmal in vornehmen Restaurants mit feinen Herren soupiert haben. Die Weinflasche war bald geleert, und es traf sich gut, daß der Herr Leutnant sich rechtzeitig erinnerte, eine halbe Flasche französischen Kognak, weiß Gott von welcher Gelegenheit her, im Schrank stehen zu haben. Nach dem zweiten Glas schien Leopoldine ein wenig schläfrig zu werden. Sie lehnte sich in die Ecke des Diwans zurück, und als Willi sich über ihre Stirn beugte, ihre Augen, ihre Lippen, ihren Hals küßte, flüsterte sie hingegeben, schon wie aus einem Traum, seinen Namen.

XIV

Als Willi erwachte, dämmerte es, und kühle Morgenluft wehte durch das Fenster herein. Leopoldine aber stand mitten im Zimmer, völlig angekleidet, den Florentiner Hut auf der Frisur, den Schirm in der Hand. Herrgott, muß ich fest geschlafen haben, war Willis erster Gedanke, und sein zweiter: Wo ist das Geld? Da stand sie mit Hut und Schirm, offenbar bereit, in der nächsten Sekunde den Raum zu verlassen. Sie nickte dem Erwachenden einen Morgengruß zu. Da streckte er, wie sehnsüchtig, die Arme nach ihr aus. Sie trat näher, setzte sich zu ihm aufs Bett, mit freundlicher, aber ernster Stirn. Und als er die Arme um sie schlingen, sie an sich ziehen wollte, deutete sie auf ihren Hut, auf ihren Schirm, den sie, fast wie eine Waffe, in der Hand hielt, schüttelte den Kopf: »Keine Dummheiten mehr«, und versuchte, sich zu erheben. – Er ließ es nicht zu. »Du willst doch nicht gehen?« fragte er mit umflorter Stimme.

»Gewiß will ich«, sagte sie und strich ihm schwesterlich übers Haar. »Ein paar Stunden möchte ich mich ordentlich ausruhen, um neun habe ich eine wichtige Konferenz.«

Es ging ihm durch den Sinn, daß dies vielleicht eine Konferenz – wie das Wort klang! – in s e i n e r Angelegenheit sein könne –, die Beratung mit dem Advokaten, zu der sie gestern offenbar keine Zeit mehr gefunden. Und in seiner Ungeduld fragte er sie geradezu: »Eine Besprechung mit deinem Anwalt?« – »Nein«, erwiderte sie unbefangen, »ich erwarte einen Geschäftsfreund aus Prag.« Sie beugte sich zu ihm herab, strich ihm den kleinen Schnurrbart von den Lippen zurück, küßte ihn flüchtig, flüsterte »Adieu« und erhob sich. In der nächsten Sekunde konnte sie bei der Tür draußen sein. Willi stand das Herz still. Sie wollte fort? S o wollte sie fort?! Doch eine neue Hoffnung wachte in ihm auf. Vielleicht hatte sie, aus Diskretion gewissermaßen, das Geld unbemerkt irgendwohin gelegt. Ängstlich, unruhig irrte sein Blick im Zimmer hin und her – über den Tisch, zur Nische des Ofens. – Oder hatte sie es vielleicht, während er schlief, unter die Kissen verborgen? Unwillkürlich griff er hin. Nichts. Oder in sein Portemonnaie gesteckt, das neben seiner Taschenuhr lag? Wenn er nur nachsehen könnte! Und zugleich fühlte, wußte, sah er, wie sie immer seinem Blick, seinen Bewegungen gefolgt war, mit Spott, wenn nicht gar mit Schadenfreude. Den Bruchteil einer Sekunde nur traf sein Blick sich mit dem ihren. Er wandte den seinen ab wie ertappt – da war sie auch schon an der Tür und hatte die Klinke in der Hand. Er wollte ihren Namen rufen, seine Stimme versagte wie unter einem Alpdruck, wollte aus dem Bett springen, zu ihr hin stürzen, sie zurückhalten; ja, er fühlte sich bereit, ihr über die Treppe nachzulaufen, im Hemd – geradeso – er sah das Bild vor sich –, wie er in einem Provinzbordell vor vielen Jahren einmal eine Dirne einem Herrn hatte nachlaufen sehen, der ihr den Liebeslohn schuldig geblieben war ...; sie aber, als hätte sie von seinen Lippen ihren Namen vernommen, den er doch gar nicht ausgesprochen, ohne nur die Klinke aus der Hand zu lassen, griff mit der andern in den Ausschnitt ihres Kleides. »Bald hätt ich vergessen«, sagte sie beiläufig, trat nun näher, ließ eine Banknote auf den Tisch gleiten –, »da« – und war schon wieder bei der Tür.

Willi, mit einem Ruck, saß auf dem Rand des Bettes und starrte auf die Banknote hin. Es war nur e i n e, ein Tausender; Banknoten von höherem Wert gab es nicht, so konnte es nur ein Tausender sein. »Leopoldine«, rief er mit einer fremden Stimme. Doch als sie sich daraufhin nach ihm umwandte, immer die Türklinke in der Hand, mit etwas verwundertem, eiskaltem Blick, überfiel ihn eine Scham, so tief, so peinigend, wie er sie niemals in seinem

Leben verspürt hatte. Aber nun war es zu spät, er mußte weiter, wohin immer, in welche Schmach er noch geriete. Und unaufhaltsam stürzte es von seinen Lippen:

»Das ist ja zu wenig, Leopoldine, nicht um tausend, du hast mich gestern wahrscheinlich mißverstanden, um elf-tausend habe ich dich gebeten.« Und unwillkürlich unter ihrem immer eisigeren Blick zog er die Bettdecke über seine nackten Beine.

Sie sah ihn an, als verstünde sie nicht recht. Dann nickte sie ein paarmal, als werde ihr jetzt erst alles klar: »Ah so«, sagte sie, »du hast gedacht …« Und mit einer verächtlich-flüchtigen Kopfwendung zu der Banknote hin: »Darauf hat das keinen Bezug. Die tausend Gulden, die sind nicht gelie-hen, die gehören dir – für die vergangene Nacht.« Und zwischen ihren halb geöffneten Lippen, ihren blitzenden Zähnen spielte ihre feuchte Zunge hin und her.

Die Decke glitt von Willis Füßen. Aufrecht stand er da, das Blut stieg ihm brennend in Augen und Stirn. Unbe-wegt, wie neugierig, blickte sie ihn an. Und da er nicht ver-mochte, ein Wort herauszubringen – wie fragend: »Ist doch nicht zu wenig? Was hast du dir denn eigentlich vorgestellt? Tausend Gulden! – Von dir hab ich damals nur zehn ge-kriegt, weißt noch?« Er machte ein paar Schritt auf sie zu. Leopoldine blieb ruhig an der Türe stehen. Nun griff er mit einer plötzlichen Bewegung nach der Banknote, zerknitter-te sie, seine Finger bebten, es war, als wollte er ihr das Geld vor die Füße werfen. Da ließ sie die Klinke los, trat ihm ge-genüber, blieb Aug in Aug mit ihm stehen. »Das soll kein Vorwurf sein«, sagte sie. »Ich hab ja auf mehr nicht An-spruch gehabt damals. Zehn Gulden – war ja genug, zu viel sogar.« Und das Auge noch tiefer in das seine: »Wenn man's genau nimmt, gerade um zehn Gulden zu viel.«

Er starrte sie an, senkte den Blick, begann zu verstehen. »Das hab ich nicht wissen können«, kam es tonlos von seinen Lippen. – »Hätt'st schon«, entgegnete sie, »war nicht so schwer.«

Er hob langsam wieder den Blick; und nun, in der Tiefe ihrer Augen, gewahrte er einen seltsamen Schimmer: der gleiche kindlich-holde Schimmer war darin, der ihm auch in jener längst verflossenen Nacht aus ihren Augen erglänzt war. Und neu lebendig stieg Erinnerung in ihm auf – nicht an die Lust nur, die sie ihm gegeben, wie manche andere vor ihr, manche nach ihr – und an die schmeichelnden Koseworte, wie er sie von anderen auch gehört; – auch der wundersamen, niemals sonst erlebten Hingegebenheit erinnerte er sich nun, mit der sie die schmalen Kinderarme um seinen Hals geschlungen, und verklungene Worte tönten in ihm auf, – der Klang und die Worte selbst, wie er sie von keiner andern je vernommen hatte: »Laß mich nicht allein, ich hab dich lieb.« All dies Vergessene, nun wußte er es wieder. Und geradeso, wie s i e es heute getan – auch das wußte er nun –, unbekümmert, gedankenlos, während sie noch in süßer Ermattung zu schlummern schien, hatte e r sich damals von ihrer Seite erhoben, nach flüchtiger Erwägung, ob es nicht auch mit einer kleineren Note getan wäre, nobel einen Zehnguldenschein auf das Nachttischchen hingelegt; – dann, in der Tür schon den schlaftrunkenen und doch bangen Blick der langsam Erwachenden auf sich fühlend, hatte er sich eilig davongemacht, um sich in der Kaserne noch für ein paar Stunden ins Bett zu strecken; und in der Frühe, vor Antritt des Dienstes noch, war das kleine Blumenmädel vom Hornig vergessen.

Indessen aber, während jene längst verflossene Nacht in ihm so unbegreiflich lebendig ward, erlosch allmählich der kindlich-holde Schimmer in Leopoldinens Auge wieder. Kalt, grau, fern starrte es in das seine, und in dem Maße, da nun auch das Bild jener Nacht in ihm verblaßte, stieg Abwehr, Zorn, Erbitterung in ihm auf. Was fiel ihr ein? Was nahm sie sich heraus gegen ihn? Wie durfte sie sich anstellen, als glaubte sie wirklich, daß er für Geld sich ihr angeboten? Ihn behandeln wie einen Zuhälter, der sich seine Gunst bezahlen ließ? Und fügte solchem unerhörten Schimpf noch den frechsten Hohn hinzu, indem sie wie ein von den Liebeskünsten einer Dirne enttäuschter Lüstling einen Preis heruntersetzte, der ausbedungen war? Als zweifelte sie nur im geringsten daran, daß er auch die ganzen elftausend Gulden ihr vor die Füße geschmissen, wenn sie es gewagt hätte, sie ihm als Liebessold anzubieten!

Doch während das Schmähwort, das ihr gebührte, den Weg auf seine Lippen suchte, während er die Faust erhob, als wollte er sie auf die Elende herniedersausen lassen, zerfloß das Wort ihm ungesprochen auf der Zunge, und seine Hand sank langsam wieder herab. Denn plötzlich wußte er, – und hatte er es nicht früher schon geahnt? – daß er auch bereit gewesen war, sich zu v e r k a u f e n. Und nicht ihr allein, auch irgendeiner andern, j e d e r, die ihm die Summe geboten, die ihn retten konnte; – und so – in all dem grausamen und tückischen Unrecht, das ein böses Weib ihm zugefügt –, auf dem Grunde seiner Seele, so sehr er sich dagegen wehrte, begann er eine verborgene und doch unentrinnbare Gerechtigkeit zu verspüren, die sich über das trübselige Abenteuer hinaus, in das er verstrickt war, an sein tiefstes Wesen wandte.

Er blickte auf, er sah rings um sich, es war ihm, als erwache er aus einem wirren Traum. Leopoldine war fort. Er hatte die Lippen noch nicht aufgetan –, und sie war fort. Kaum faßte er, wie sie aus dem Zimmer so plötzlich – so unbemerkt hatte verschwinden können. Er fühlte die zerknitterte Banknote in der immer noch zusammengekrampften Hand, stürzte zum Fenster hin, riß es auf, als wollte er ihr den Tausender nachschleudern. Dort ging sie. Er wollte rufen; doch sie war weit. Längs der Mauer ging sie hin in wiegendem, vergnügtem Schritt, den Schirm in der Hand, mit wippendem Florentiner Hut – ging hin, als käme sie aus irgendeiner Liebesnacht, wie sie wohl schon aus hundert anderen gekommen war. Sie war am Tor. Der Posten salutierte wie vor einer Respektsperson, und sie verschwand.

Willi schloß das Fenster und trat ins Zimmer zurück, sein Blick fiel auf das zerknüllte Bett, auf den Tisch mit den Resten des Mahls, den geleerten Gläsern und Flaschen. Unwillkürlich öffnete sich seine Hand, und die Banknote entsank ihr. Im Spiegel über der Kommode erblickte er sein Bild – mit wirrem Haar, dunklen Ringen unter den Augen; er schauderte, unsäglich widerte es ihn an, daß er noch im Hemde war; er griff nach dem Mantel, der am Haken hing, fuhr in die Ärmel, knöpfte zu, schlug den Kragen hoch. Ein paarmal, sinnlos, lief er in dem kleinen Raum auf und ab. Endlich, wie gebannt, blieb er vor der Kommode stehen. In der mittleren Lade, zwischen den Taschentüchern, er wußte es, lag der Revolver. Ja, nun war er so weit. Geradeso weit wie der andere, der es vielleicht schon überstanden hatte. Oder wartete er noch auf ein Wunder? Nun, immerhin, er, Willi, hatte das Seinige getan, und mehr als das. Und in diesem Augenblick war ihm wirklich, als hätte er sich nur um Bogners willen an den Spieltisch gesetzt, nur um Bogners willen so lange das Schicksal versucht, bis er selbst als Opfer gefallen war.

Auf dem Teller mit der angebrochenen Tortenschnitte lag die Banknote, so wie er sie vor einer Weile aus der Hand hatte sinken lassen, und sah nicht einmal mehr sonderlich zerknittert aus. Sie hatte begonnen, sich wieder aufzurollen; – es dauerte gewiß nicht mehr lange, so war sie glatt, völlig glatt wie irgendein anderes reinliches Papier, und niemand würde ihr mehr ansehen, daß sie eigentlich nichts Besseres war, als was man einen Schandlohn und ein Sündengeld zu nennen pflegt. Nun, wie immer, sie gehörte ihm, zu seiner Verlassenschaft sozusagen. Ein bitteres Lächeln spielte um seine Lippen. Er konnte sie vererben, wem er wollte; und wenn einer darauf Anspruch hatte, Bogner war es mehr als jeder andre. Unwillkürlich lachte er auf. Vortrefflich! Ja, das sollte noch besorgt werden, das in jedem Fall. Hoffentlich hatte Bogner nicht vorzeitig ein Ende gemacht. Für ihn war ja nun das Wunder da! Es kam nur darauf an, es abzuwarten.

Wo blieb nur der Joseph? Er wußte ja, daß heute Ausrückung war. Punkt drei hätte Willi bereit sein müssen, nun war es halb fünf. Das Regiment war jedenfalls längst fort. Er hatte nichts davon gehört, so tief war sein Schlaf gewesen. Er öffnete die Tür in den Vorraum. Da saß er ja, der Bursch, saß auf dem Stockerl neben dem kleinen, eisernen Ofen, und stellte sich stramm: »Melde gehorsamst, Herr Leutnant, ich habe Herrn Leutnant marod gemeldet.«

»Marod? Wer hat Ihnen das g'schafft … Ah so.« – Leopoldine –! Sie hätte auch gleich den Auftrag geben können, ihn tot zu melden, das wäre einfacher gewesen. – »Gut ist's. Machen S' mir einen Kaffee«, sagte er und schloß die Tür.

Wo war die Visitenkarte nur? Er suchte – er suchte in allen Laden, auf dem Fußboden, in allen Winkeln – suchte, als hinge sein eigenes Leben davon ab. Vergeblich. Er fand sie nicht. – So sollte es eben nicht sein. So hatte Bogner eben auch Unglück, so waren ihre Schicksale doch untrennbar miteinander verbunden. – Da plötzlich, in der Ofennische, sah er es weiß schimmern. Die Karte lag da, die Adresse stand darauf: Piaristengasse zwanzig. Ganz nah. – Und wenn's auch weiter gewesen wäre! – Er hatte also doch Glück, dieser Bogner. Wenn die Karte nun überhaupt nicht zu finden gewesen wäre –?!

Er nahm die Banknote, betrachtete sie lange, ohne sie eigentlich zu sehen, faltete sie, tat sie in ein weißes Blatt, überlegte zuerst, ob er ein paar erklärende Worte schreiben sollte, zuckte die Achseln: »Wozu?« und setzte nur die Adresse aufs Kuvert: Herrn Oberleutnant Otto von Bogner. Oberleutnant – ja! – Er gab ihm die Charge wieder, aus eigener Machtvollkommenheit. Irgendwie blieb man doch immer Offizier – da mochte einer angestellt haben, was er wollte –, oder man w u r d e es doch wieder – wenn man seine Schulden bezahlt hatte.

Er rief den Burschen, gab ihm den Brief zur Bestellung. »Aber tummeln S' sich.«

»Is' eine Antwort, Herr Leutnant?«

»Nein. Sie geben's persönlich ab und – es ist keine Antwort. Und in keinem Fall wecken, wenn Sie zurückkommen. Schlafen lassen. Bis ich von selber aufwach.«

»Zu Befehl, Herr Leutnant.« Er schlug die Hacken zusammen, machte kehrt und eilte davon. Auf der Stiege hörte er noch, wie der Schlüssel in der Tür hinter ihm sich drehte.

XV

Drei Stunden später läutete es an der Gangtür. Joseph, der längst wieder zurückgekommen und eingenickt war, schrak auf und öffnete. Bogner stand da, dem er befehlsgemäß vor drei Stunden den Brief seines Herrn überbracht hatte.

»Ist der Herr Leutnant zu Hause?«

»Bitt schön, der Herr Leutnant schlaft noch.«

Bogner sah auf die Uhr. Gleich nach erfolgter Revision, in dem lebhaften Drang, seinem Retter unverzüglich zu danken, hatte er sich für eine Stunde frei gemacht, und er legte Wert darauf, nicht länger auszubleiben. Ungeduldig ging er in dem kleinen Vorraum auf und ab. »Hat der Herr Leutnant keinen Dienst heute?«

»Der Herr Leutnant ist marod.«

Die Tür auf dem Gang stand noch offen, Regimentsarzt Tugut trat ein. »Wohnt hier der Herr Leutnant Kasda?«

»Jawohl, Herr Regimentsarzt.«

»Kann ich ihn sprechen?«

»Herr Regimentsarzt, melde gehorsamst, der Herr Leutnant ist marod. Jetzt schlaft er.«

»Melden S' mich bei ihm, Regimentsarzt Tugut.«

»Bitte gehorsamst, Herr Regimentsarzt, der Herr Leutnant hat befohlen, nicht zu wecken.«

»Es ist dringend. Wecken S' den Herrn Leutnant, auf meine Verantwortung.«

Während Joseph nach unmerklichem Zögern an die Tür pochte, warf Tugut einen mißtrauischen Blick auf den Zivilisten, der im Vorraum stand. Bogner stellte sich vor. Der Name des unter peinlichen Umständen verabschiedeten Offiziers war dem Regimentsarzt nicht unbekannt, doch tat er nichts dergleichen und nannte gleichfalls seinen Namen. Von Händedrücken wurde abgesehen.

Im Zimmer des Leutnants Kasda blieb es still. Joseph klopfte stärker, legte das Ohr an die Tür, zuckte die Achseln, und wie beruhigend sagte er: »Herr Leutnant schlaft immer sehr fest.«

Bogner und Tugut sahen einander an, und eine Schranke zwischen ihnen fiel. Dann trat der Regimentsarzt an die Tür und rief Kasdas Namen. Keine Antwort. »Sonderbar«, sagte Tugut mit gerunzelter Stirn, drückte die Klinke nieder – vergeblich.

Joseph stand blaß mit weitaufgerissenen Augen.

»Holen S' den Regimentsschlosser, aber g'schwind«, befahl Tugut.

»Zu Befehl, Herr Regimentsarzt.«

Bogner und Tugut waren allein.

»Unbegreiflich«, meinte Bogner.

»Sie sind informiert, Herr – von Bogner?« fragte Tugut.

»Von dem Spielverlust, meinen Herr Regimentsarzt?«
Und auf Tuguts Nicken: »Allerdings.«

»Ich wollte sehen, wie die Angelegenheit steht«, begann
Tugut zögernd. – »Ob es ihm gelungen ist, sich die Summe
– wissen Sie etwa, Herr von Bogner –?«

»Mir ist nichts bekannt«, erwiderte Bogner.

Wieder trat Tugut an die Tür, rüttelte, rief Kasdas Namen. Keine Antwort.

Bogner, vom Fenster aus: »Dort kommt schon der Joseph mit dem Schlosser.«

»Sie waren sein Kamerad?« fragte Tugut.

Bogner, mit einem Zucken der Mundwinkel: »Ich bin
schon d e r.«

Tugut nahm von der Bemerkung keine Notiz. »Es
kommt ja vor, daß nach großen Aufregungen«, begann er
wieder, – »es ist ja anzunehmen, daß er auch in der vergangenen Nacht nicht geschlafen hat.«

»Gestern vormittag«, bemerkte Bogner sachlich, »hatte
er das Geld jedenfalls noch nicht beisammen.«

Tugut, als hielte er es für denkbar, daß Bogner vielleicht
einen Teil der Summe mitbrächte, sah ihn fragend an, und
wie zur Antwort sagte dieser: »Mir ist es leider nicht gelungen … den Betrag zu beschaffen.«

Joseph erschien, zugleich der Regimentsschlosser, ein
wohlgenährter, rotbäckiger, ganz junger Mensch, in der
Uniform des Regiments, mit den nötigen Werkzeugen.
Noch einmal klopfte Tugut heftig an die Tür – ein letzter
Versuch, sie standen alle ein paar Sekunden mit angehalte-
nem Atem, nichts rührte sich.

»Also«, wandte sich Tugut mit einer befehlenden Geste
an den Schlosser, der sich sofort an seine Arbeit machte.
Die Mühe war gering. Nach wenigen Sekunden sprang die
Tür auf.

Der Leutnant Willi Kasda, im Mantel mit hochgestelltem Kragen, lehnte in der dem Fenster zugewandten Ecke des schwarzen Lederdiwans, die Lider halb geschlossen, den Kopf auf die Brust gesunken, schlaff hing der rechte Arm über die Lehne, der Revolver lag auf dem Fußboden, von der Schläfe über die Wange sickerte ein schmaler Streifen dunkelroten Bluts, der sich zwischen Hals und Kragen verlor. So gefaßt sie alle gewesen waren, es erschütterte sie sehr. Der Regimentsarzt als erster trat näher, griff nach dem herunterhängenden Arm, hob ihn in die Höhe, ließ ihn los, und sofort hing er wieder wie früher schlaff über die Lehne herab. Dann knöpfte Tugut zum Überfluß noch Kasdas Mantel auf, das zerknitterte Hemd darunter stand weit offen. Bogner bückte sich unwillkürlich, um den Revolver aufzuheben. »Halt!« rief Tugut, das Ohr an der nackten Brust des Toten. »Alles hat zu bleiben, wie es war.« Joseph und der Schlosser standen noch immer regungslos an der offenen Tür, der Schlosser zuckte die Achseln und warf einen verlegen-bangen Blick auf Joseph, als fühlte er sich mitverantwortlich für den Anblick, der sich hinter der von ihm aufgesprengten Tür geboten.

Schritte näherten sich von unten, langsam zuerst, dann immer rascher, bis sie stillestanden. Bogners Blick wandte sich unwillkürlich dem Ausgang zu. Ein alter Herr erschien in der angelehnten Tür in hellem, etwas abgetragenem Sommeranzug, mit der Miene eines vergrämten Schauspielers, und ließ das Auge unsicher in der Runde schweifen.

»Herr Wilram«, rief Bogner. »Sein Onkel«, flüsterte er dem Regimentsarzt zu, der sich eben von der Leiche erhob.

Aber Robert Wilram faßte nicht gleich, was geschehen war. Er sah seinen Neffen in der Diwanecke lehnen mit herabhängendem, schlaffem Arm, wollte auf ihn zu; – ihm ahnte wohl Schlimmes, das er doch nicht gleich glauben wollte. Der Regimentsarzt hielt ihn zurück, legte die Hand auf seinen Arm. »Es ist leider ein Unglück geschehen. Zu machen ist nichts mehr.« Und da der andre ihn wie verständnislos anstarrte: »Regimentsarzt Tugut ist mein Name. Der Tod muß schon vor ein paar Stunden eingetreten sein.« Robert Wilram – und allen erschien die Bewegung höchst sonderbar – griff mit der Rechten in seine Brusttasche, hielt plötzlich ein Kuvert in der Hand und schwang es in der Luft. »Aber ich hab's ja mitgebracht, Willi!« rief er. Und als glaubte er wirklich, daß er ihn damit zum Leben erwecken könnte: »Da ist das Geld, Willi. Heut früh hat sie's mir gegeben. Die ganzen elftausend, Willi. Da sind sie!« Und wie beschwörend zu den andern: »Das ist doch der ganze Betrag, meine Herren. Elftausend Gulden!« – als müßten sie nun, da das Geld herbeigeschafft war, doch wenigstens einen Versuch machen, den Toten wieder zum Leben zu erwecken. »Leider zu spät«, sagte der Regimentsarzt. Er wandte sich an Bogner. »Ich gehe, die Meldung erstatten.« Dann im Kommandoton: »Die Leiche ist in der Stellung zu belassen, in der sie gefunden wurde.« Und endlich mit einem Blick auf den Burschen, streng: »Sie sind dafür verantwortlich, daß alles so bleibt.« Und ehe er ging, sich noch einmal umwendend, drückte er Bogner die Hand.

Bogner dachte: Woher hat er die tausend gehabt – für mich? Jetzt fiel sein Blick auf den vom Diwan weggerückten Tisch. Er sah die Teller, die Gläser, die geleerte Flasche. Zwei Gläser …?! Hat er sich ein Frauenzimmer mitgebracht für die letzte Nacht?

Joseph trat neben den Diwan an die Seite seines toten Herrn. Stramm stand er da wie ein Wachtposten. Trotzdem unternahm er nichts dagegen, als Robert Wilram plötzlich vor den Toten hintrat, mit aufgehobenen, wie flehenden Händen, in der einen immer noch das Kuvert mit dem Geld. »Willi!« Wie verzweifelt schüttelte er den Kopf. Dann sank er vor den Toten hin und war ihm nun so nahe, daß von der nackten Brust, dem zerknitterten Hemd ihm ein Parfüm entgegenwehte, das ihm seltsam bekannt vorkam. Er sog es ein, hob den Blick empor zum Antlitz des Toten, als wäre er versucht, eine Frage an ihn zu richten.

Aus dem Hof tönte der regelmäßige Marschtritt des zurückkehrenden Regiments. Bogner hatte den Wunsch, zu verschwinden, ehe, wie es wahrscheinlich war, frühere Kameraden das Zimmer beträten. Seine Anwesenheit war hier in jedem Fall überflüssig. Einen letzten Abschiedsblick sandte er dem Toten hin, der unbeweglich in der Ecke des Diwans lehnte, dann, von dem Schlosser gefolgt, eilte er die Treppe hinunter. Er wartete im Toreingang, bis das Regiment vorbei war, dann schlich er, an die Wand gedrückt, davon.

Robert Wilram, immer noch auf den Knien vor dem toten Neffen, ließ nun den Blick wieder im Zimmer umherschweifen. Jetzt erst gewahrte er den Tisch mit den Resten des Mahls, die Teller, die Flaschen, die Gläser. Auf dem Grund des einen schimmerte es noch goldgelb und feucht. Er fragte den Burschen: »Hat der Herr Leutnant denn gestern abend noch Besuch gehabt?«

Schritte auf der Treppe. Stimmengewirr; Robert Wilram erhob sich.

»Jawohl«, erwiderte Joseph, der immer noch stramm stand wie ein Wachtposten: »bis spät in die Nacht – – ein Herr Kamerad.«

Und der sinnlose Gedanke, der dem Alten flüchtig durch den Kopf gefahren war, verwehte in nichts.

Die Stimmen, die Schritte kamen näher.

Joseph stand noch strammer als vorher. Die Kommission trat ein.

Ende

Anhang

Zu dieser Ausgabe

Die Texte folgen den jeweiligen Erstdrucken der Buchausgaben:

Lieutenant Gustl. Berlin: S. Fischer, 1901. – Vorabgedr. in: Neue Freie Presse (25. Dezember 1900).

Fräulein Else. Novelle. Berlin/Wien/Leipzig: Zsolnay, 1924. – Vorabgedr. in: Neue Rundschau 35. H. 10 (Oktober 1924).

Traumnovelle. Berlin: S. Fischer, 1926. – Vorabgedr. in: Die Dame 53. H. 6–12 (1. Dezemberheft 1925 – 1. Märzheft 1926).

Spiel im Morgengrauen. Novelle. Berlin: S. Fischer, 1927. – Vorabgedr. in: Berliner Illustrirte Zeitung (5. Dezember 1926 – 9. Januar 1927).

Eingriffe in die Orthographie sind auf ein Minimum begrenzt, Stileigentümlichkeiten und Interpunktion blieben gewahrt. Offensichtliche Druckfehler wurden stillschweigend korrigiert, während Inkonsequenzen – etwa in der Zusammen- und Getrenntschreibung – nur in Ausnahmefällen bereinigt wurden. Insbesondere bei *Lieutenant Gustl* wurde der zeitgenössischen Orthographie weitgehend Rechnung getragen.

Anmerkungen

Lieutenant Gustl

9,3 *Konzert:* Das Konzert findet im Wiener Musikverein am Karlsplatz im I. Wiener Gemeindebezirk statt.

9,7f. *Was ist es denn eigentlich?:* Die fiktive Handlung ist auf den »vierten April« (vgl. 27,20) datiert, d. h. – wenn man das durch mehrere Anspielungen nahe gelegte Jahr 1900 als Handlungsgegenwart ansetzt – auf den Mittwoch vor der Karwoche (1900 fiel Ostern auf den 15./16. April); an diesem Tag führte der Evangelische Singverein im Musikvereinssaal *Paulus. Oratorium nach Worten der heiligen Schrift* von Felix Mendelssohn Bartholdy auf (op. 36, 1836).

10,1 *Fräulein Walker:* Edith Walker (1870–1950), berühmte Oratoriensängerin und Altistin.

10,2 *Fräulein Michalek:* Margarete Merlitschek (1875–1944), geb. Michalek, von 1897 bis 1910 Soubrette an der Hofoper.

10,5f. *»Traviata«:* La Traviata, melodramatische Oper (1853) von Guiseppe Verdi (1813–1901).

10,18 *Singverein:* Der 1818 gegründete Evangelische Singverein bestand bis in die 1920er-Jahre.

10,21f. *»Grünen Tor«:* beliebtes Vergnügungslokal im VIII. Bezirk (d. i. Josefstadt, Lerchenfelder Str. 14).

10,25 *Virginia:* lange Zigarre mit einem Mundstück aus Stroh.

10,34 *vorlamentieren:* jammern.

11,1 *Abschreiberei:* gemeint ist, dass Steffi ihm schriftliche Absagen erteilt.

11,9 *Gartenbaugesellschaft:* beliebter Veranstaltungsort für gesellige Veranstaltungen am Parkring im I. Bezirk.

11,31 *gegiftet:* geärgert.

11,32 *Hundertsechzig Gulden:* durchschnittlicher Monatslohn eines Arbeiters bzw. halber Monatslohn eines kleinen Beamten.

12,9 *Sustentation:* Unterstützung.

12,10 *Kreuzer:* Bis zur Umstellung auf Kronen-/Heller-Währung 1892 kleinste Währungseinheit in Österreich-Ungarn.

12,29 *Madame Sans-Gêne:* 1893 in Paris uraufgeführtes Lustspiel von Victorien Sardou (1831–1908) und Émile Moreau (1852–1922); Wiener Erstaufführung 1894.

12,34 *Ring:* In den 1850er- bis 1870er-Jahren angelegte, von zahlreichen öffentlichen Gebäuden (wie u. a. Universität, Parlament,
Rathaus, Burgtheater, Oper, Börse) gesäumte Prachtstraße, die
auf einer Länge von rund vier Kilometern kreisförmig die Innere
Stadt (I. Bezirk) umschließt.

13,13 *Landwehr:* stehendes Nationalheer, Reserve der k. u. k. Ar-
mee.

13,22 f. *Blödisten:* dumme Menschen (in Analogie zu ›Zivilist‹ gebil-
det).

14,23 *Stockschnupfen:* hartnäckiger Schnupfen.

14,30 *Rock:* Uniform.

15,10 *»Ihr, seine Engel, lobet den Herrn«:* Schlussvers des Schluss-
chors von Mendelssohns Oratorium *Paulus.*

16,13 *Leidinger:* elegantes Gesellschaftsrestaurant im I. Bezirk
(Kärntner Str. 61).

16,21 *Major von Fünfundneunzig:* Major des Galizischen Infante-
rieregiments Nr. 95.

17,22 *stad:* still.

17,26 *rabiat:* wütend.

18,26 *stante pede:* (lat.) stehenden Fußes, sofort.

19,1 *Sechserl:* Sechskreuzermünze; nach der Währungsumstellung
von 1892 wurde das Zwanzighellerstück so genannt.

20,4 *Tapper:* skatähnliches, zu dritt gespieltes Kartenspiel.

20,15 *quittieren:* den Dienst aufgeben.

20,16 *Freiwillige:* Wehrpflichtige Männer mit Abitur, die statt der
üblichen drei Jahre nur ein Jahr zu dienen brauchten, wenn sie
sich ›freiwillig‹ zum Militärdienst meldeten.

21,7 *Reiterkasern':* Kavalleriekaserne beim heutigen Hamerlingplatz
im VIII. Bezirk (Josefstadt).

21,8 f. *satisfaktionsunfähig:* nach dem Ehrenkodex der k. u. k. Ar-
mee nicht duellfähig.

21,13 *Ehrenrat:* aus Offizieren zusammengesetztes Gremium, das
über die Ehre des Offizierstandes wacht.

21,34 *Beisl:* einfaches Gasthaus.

23,22 *Fleischselcher:* ›selchen‹, räuchern.

24,8 *Jagendorfer:* Georg J., seinerzeit bekannter Athlet und Ring-
kämpfer.

24,11 *Aspernbrücke:* Brücke über den Donaukanal.

24,12 f. *Kagran:* Vorort jenseits der Donau im Norden von Wien
(heute Teil des XXII. Bezirks).

24,17 f. *Ronacher:* 1887/88 an der Stelle des abgebrannten Stadtthea-
ters erbautes Vergnügungsetablissement im I. Bezirk; vereinigte
Theater, Ballsaal, Hotel, Restaurant und Kaffeehaus.

24,22 *Stellvertreter:* Offiziersstellvertreter.

24,24 f. *Distinktion:* Auszeichnung, Stand.

24,26 *Was scheer' ich mich:* was kümmere ich mich.

24,27 *Gemeiner:* einfacher Soldat im Mannschaftsrang.

25,11 *Steeple-Chase:* Hindernisrennen, Jagdrennen.

25,19 *Przemysl:* galizische Garnisonsstadt im heutigen Polen, nahe
der ukrainischen Grenze.

25,24 *Sambor:* galizische Kreisstadt, heute ukrainische Grenzstadt
zu Polen.

26,29 *Gußhausstr:* im IV. Bezirk (Wieden), hinter der Karlskirche.

27,5 *Prater:* Vergnügungspark und Naherholungsgebiet an der Donau im Nordosten Wiens.

27,34 *Pflanz:* Schwindel, Großtuerei.

28,3 *das zweite Kaffeehaus:* In der Hauptallee des Praters gab es seit
dem Ende des 18. Jahrhunderts drei Kaffeehäuser.

28,22 *Kappl:* Schirmmütze; Teil der Leutnantsuniform.

29,4 *Leich':* Leichenbegängnis, Beerdigung.

29,6 *Kombattanten:* (Mit)kämpfer; hier: Gegner, Duellant (von frz.
combattant).

29,13 *Kour machen:* den Hof machen (von frz. *cour*).

29,34 *Hascherl:* armes Kind, arme Person (von mhd. *haeschen*
›schluchzen‹).

31,33 *Burschen:* Bursche, Diener eines Offiziers.

32,8 *mit Karenz der Gebühren:* unbezahlt.

32,12 *Gummiradler:* Pferdegespann, Kutsche mit Gummireifen.

32,15 *Zeug'l:* Kutsche, Gespann.

33,32 *Lohengrin:* 1850 uraufgeführte romantische Oper von Richard
Wagner (1813–1883).

34,10 *Fischamend:* Ort donauabwärts von Wien; Fluch in Analogie
zu ›Sakrament‹.

35,2 *Krampen:* Mähre, Gaul.

35,5 *Veigerln:* Veilchen.

35,6 *Schubiak:* Lump, gemeiner Kerl.

35,8 *Weingartl:* Weingarten, Weinlokal.

35,30 *Raunzen:* weinerliche, nörglerische Person.

36,5 *dann wär' Rest:* dann wäre es zu Ende.

36,21 *gespieben:* von *speiben* ›speien, erbrechen‹.

36,27 *Nordbahnhof:* in der zweiten Hälfte des 19. Jahrhunderts in Prater-Nähe für den Zugverkehr in Richtung Brünn erbaut.

36,27 f. *Tegetthoffsäule:* Denkmal auf dem Praterstern zu Ehren des Admirals Wilhelm Freiherr von Tegetthoff (1827–1871), Sieger im Seegefecht bei Helgoland (1864) über die Dänen und bei Lissa (1866) über die Italiener.

36,34–37,1 *nach Bahnzeit oder nach Wiener Zeit:* In diesem Fall, d. h. in Wien, ein nur theoretischer Unterschied: Die Eisenbahn ignorierte die Trennung von Mittel- und Osteuropäischer Zeit und fuhr im gesamten Kaiserreich nach einer einheitlichen, von der Ortszeit in den östlichen Kronländern abweichenden Eisenbahnzeit.

37,7 *Melange:* Milchkaffee.
Kipfel: Kipferl; halbmondförmiges Weißgebäck.

37,9 *Dem wird der Knopf aufgehen:* der wird es begreifen, dem wird ein Licht aufgehen (*Knopf* für ›Knoten‹).

37,13 *Fallot:* Lump, Gauner (von lat. *fallere* ›betrügen‹).

37,34 *Vierundvierziger:* 44. Ungarisches Infanterieregiment.
Schießstätte: ›Elementarschießplatz‹ an der alten Donau im XXI. Bezirk (Floridsdorf; 1871–1945).

38,19 *Praterstraße:* Hauptstraße des II. Bezirks (Leopoldstadt); Schnitzler wurde hier im Haus Nr. 16 (zu dieser Zeit noch ›Jägerzeile‹) geboren.

38,20 *Zug:* kleinste von einem Offizier geführte militärische Untereinheit (drei bis vier Züge zu je drei bis vier Gruppen bilden eine Kompanie).

38,25 *Komfortabelkutscher:* Kutscher einer einspännigen Mietkutsche (*Komfortabel*).

38,28 *Kontenance:* Haltung (von frz. *contenance*).

39,7 *Nachtkastelladel:* Nachttischschublade.

39,13 *Modistin:* Hutmacherin.

39,18 f. *Jänner:* Januar.

39,20 *Zuckerln:* Bonbons.

39,25 *Was mir das schon aufliegt:* was mich das schon kümmert.

39,28 *Makulatur:* Fehldruck; zum Einstampfen bestimmtes Altpapier, wertloser Abfall.

39,30 *»Durch Nacht und Eis«:* Gemeint ist ein Werk des norwegischen Polarforschers und Diplomaten Fridtjof Nansen (1861–1930): *In Nacht und Eis. Die norwegische Polarexpedition 1893–1896.* 2 Bde. Leipzig 1897.

39,33 *Feber:* Februar.

41,28 *Chargen:* Offiziere und Unteroffiziere.

41,28 f. *Britannikas:* Zigarren zu 14 Heller das Stück, etwas billiger als die später erwähnte Trabucco.

41,31 *Rapport:* dienstliche Meldung, Bericht.

41,34 *Burghof:* Innenhof der kaiserlichen Hofburg im I. Bezirk.

42,1 *Bosniaken:* leicht geringschätzige Bezeichnung für Angehörige eines Regiments aus Bosnien-Herzegowina.

42,2 *78er Jahr:* 1878 besetzten österreichisch-ungarische Truppen Bosnien und die Herzegowina und brachten beide Länder unter österreichisch-ungarische Verwaltung.

42,15 *Volksgarten:* Parkanlage zwischen Hofburg und Burgtheater an der Ringstraße.

42,16 f. *Strozzigasse:* im VIII. Bezirk (Josefstadt).

42,31 *es hat's mir ja keiner g'schafft:* es hat es mir ja keiner befohlen.

43,19 *aus guter Familie mit Kaution:* aus finanziell gesicherten Verhältnissen (so dass die junge Frau eine Mitgift in die Ehe einbrachte, die es dem traditionell unzureichend bezahlten Leutnant ermöglichte, die für die Erlaubnis zur Heirat notwendige Kaution zu hinterlegen).

44,1 *Florianigasse:* im VIII. Bezirk (Josefstadt).

44,16 *Tarok:* Kartenspiel für drei oder vier Spieler (auch ›Tarock‹ oder ›Tarot‹ von ital. *tarocco* bzw. frz. *tarot*).

44,21 *schlieft:* schlüpft (von ahd. *sliofan*).

44,30 *Melange mit Haut:* Milchkaffee mit Milchhaut.

45,5 f. *doch kein leerer Wahn:* Anspielung auf die Schlussverse von Friedrich Schillers Ballade *Die Bürgschaft* (1798) (»Und die Treue, sie ist doch kein leerer Wahn«).

45,25 *neben die Herren Offiziere:* österreichischer Akkusativ.

46,6 *Bussel:* Busserl, Kuss.

46,12 *auf'm Fleck:* sofort.

47,1 f. *Feuerburschen:* Einheizer, der die Öfen versorgt.

47,6 *Alles g'hört wieder mein:* alles gehört wieder mir.

47,7 *einbrock':* in den Kaffee eintauche.

47,14 *Trabucco:* bessere Mittelklassezigarre zu 16 Heller das Stück.

47,21 *und wenn's Graz gilt:* um jeden Preis.

47,24 *Krenfleisch:* gekochtes Rindfleisch mit Meerrettich (*Kren*).

Fräulein Else

51,11 *Sweater:* (engl.) Pullover.

51,20 *Matador:* Stierkämpfer.

51,26 *Cimone:* Cimon della Pala, Berg in den Südtiroler Dolomiten, auch das ›Matterhorn der Dolomiten‹ genannt (3185 m); die fiktive Handlung ist in dem zu Füßen des Bergs liegenden Ort San Martino di Castrozza angesiedelt.

52,6 *Mentone:* Menton; Urlaubsort an der Côte d'Azur, nahe der italienischen Grenze.

52,18 ›*Coriolan*‹: Vermutlich 1607/08 entstandene Tragödie von William Shakespeare (1564–1616); hier gemeint ist wohl eine Aufführung des Stücks am Wiener Burgtheater.

53,1 *Van Dyck:* Ernest Van Dyck (1861–1923), seinerzeit berühmter Tenor; verhalf 1890 zusammen mit Marie Renard der ›Opéra-comique‹ *Manon* (1884) von Jules Massenet (1842–1912) an der Wiener Oper zu großem Erfolg. Nimmt man ernst, dass die jetzt neunzehnjährige Else diese Aufführung »mit dreizehn« gesehen hat, so ist die fiktive Handlung auf den 3. September 1896 datiert (vom »dritten September« ist wenig später die Rede).

53,2 *Abbé Des Grieux:* Titelfigur von Abbé Prévosts (1697–1763) legendärem Roman *La Véritable Histoire du Chevalier Des Grieux et de Manon Lescaut* (1731), Vorlage der Oper *Manon* von Massenet.
Renard: Marie Renard (1864–1939), seit 1888 Ensemblemitglied der Wiener Hofoper.

54,3 f. *enragierter:* passionierter, leidenschaftlicher (frz. *en rage*).

54,5 *Marienlyst:* dänischer Badeort an der Ostsee, den Schnitzler von mehreren Besuchen her persönlich kannte.

54,25 f. *Bon soir, Mademoiselle. Vous allez bien?:* (frz.) Guten Abend, mein Fräulein, sind Sie wohlauf?

54,26 *Merci, Mademoiselle. Et vous?:* (frz.) Danke, mein Fräulein, und Sie?

54,30 *A bientôt:* (frz.) bis bald.

54,32 *Bonne:* (frz.) Kindermädchen, Erzieherin.

55,16 *Veronal:* zu Beginn des 20. Jahrhunderts erfundenes Schlafmittel (Barbiturat); galt schon kurz nach seiner Markteinführung als »Selbstmörderwaffe« und war ab 1908 nur noch auf Rezept zu bekommen.

55,31 *Marchesa:* (ital.) Adelstitel; italienische Form der *Marquise*.

56,3 *Buona sera:* (ital.) Guten Abend.

56,10 *Filou:* (frz.) Spitzbube, Draufgänger.

56,13 *Zirbelholz:* aus dem Holz der Zirbelkiefer.

56,22 f. *Apoll von Belvedere:* antike Statue im Vatikan; Inbegriff des klassischen Schönheitsideals.

57,8 *San Martino:* San Martino di Castrozza.

57,9 *Hotel Fratazza:* in den 1890er-Jahren erbautes Hotel in San Martino di Castrozza.

58,13 *Revers:* (frz.) Erklärung, Verpflichtungsschein.

58,34 *Whistpartie:* Whist, Kartenspiel für vier Spieler, Vorläufer des Bridge.

59,15 *Rubens:* Peter Paul Rubens (1577–1640), flämischer Maler.

59,34 *Rancune:* (frz.) Rachsucht, Groll.

60,1 *Mündelgelder:* das von einem Vormund verwaltete Vermögen Minderjähriger.

61,33 *Figaro: Le nozze di Figaro,* 1786 im Wiener Burgtheater uraufgeführte Oper von Wolfgang Amadeus Mozart (1756–1791).

62,1 *Grand Hotel:* Noch heute bestehendes vornehmes Wiener Hotel am Kärtner Ring.

63,10 *Kriminal:* Gefängnis.

63,16 f. *Toilette de circonstance:* (frz.) dem Anlass angemessene Kleidung.

63,19 *nonchalant:* (frz.) lässig.

64,12 *Eperies:* Eperjes: ungarischer Name für Prešov (dt. Preschau); Gebietshauptstadt in der östlichen Slowakei, die bis 1919 zu Ungarn gehörte.

64,14 *Defraudanten:* (lat.) Defraudant: jemand, der eine Defraudation, d. h. einen Betrug bzw. eine Unterschlagung oder Hinterziehung begangen hat.

64,18 *Kasten:* Schrank.

65,10 f. *Pudding à la merveille, fromage et fruits divers:* (frz.) Köstlicher Pudding, Käse und gemischte Früchte.

65,24 *Rembrandt:* Rembrandt Harmensz. van Rijn (1606–1669), niederländischer Maler, Zeichner und Radierer.

66,30 *Vicomte:* (frz) Adelstitel; (Vize-)Graf.

67,4 *Fauteuil:* (frz). Armsessel.

Illustrated News ... Vie parisienne: populäre illustrierte Zeitschriften der Zeit; Mode- und Gesellschaftsmagazine.

67,17 *Tizian:* Tiziano Vecellio (um 1488–1576) italienischer Maler der Renaissance; u. a. für seine Frauenakte berühmt (z. B. die *Venus von Urbino*, 1538).

67,20 *Verveine:* (frz.) Eisenkraut (hier als Parfum).

68,11 ›*Notre Cœur*‹: 1890 erschienener Roman von Guy de Maupassant (1850–93).

68,20 *Stiegenhaus:* Treppenhaus.

68,22 *Gmunden:* oberösterreichischer Luftkurort; Hauptort des Salzkammerguts.

72,19 *Engadin:* Hochtal im schweizerischen Kanton Graubünden.

73,6 *eine Zivilsache geworden:* gemeint ist wohl, dass ein eigentlich auch strafrechtlich relevanter Vorfall nur im Rahmen eines zivilrechtlichen Verfahrens verhandelt wird.

80,12 *Je vous désire:* (frz.) Ich begehre Sie.

85,12 f. *Frauenzimmer von der Kärntnerstraße:* Prostituierte im I. Wiener Bezirk.

86,10 *Bakkarat:* Kartenglücksspiel für zwei Spieler und einen Bankhalter; in großen Casinos auch von nur einem Spieler gegen die Bank gespielt.

86,16 *Stein:* Männerstrafanstalt in Niederösterreich.

86,20 *Lerchenfelderstraße:* Vorstadtstraße im VIII. Bezirk (am Rand der Josefstadt).

86,26 *Temme:* Judocus Donatus Hubertus Temme (1798–1881), Preußischer Jurist und Mitglied der Frankfurter Nationalversammlung; Professor für Kriminal- und Zivilrecht an der Universität Zürich (1852–78); Autor von zahlreichen Kriminalromanen und -novellen.

87,10 f. *Warsdorf ... Burin ... Wertheimstein:* Wiener Bankhäuser.

88,27 f. *Table d'hôtes:* (frz.) gemeinsame Speisetafel im Hotel.

89,8 *Kameliendame:* nach dem gleichnamigen Roman (1848) verfasstes Stück (1852) von Alexandre Dumas dem Jüngeren (1824–1895).

90,25 f. *Schlangen ... in den Fuß:* Anspielung auf den Mythos von Orpheus und Eurydice: Eurydice wurde von einer Schlange in den Fuß gebissen und starb.

100,12 f. *Depesche:* (frz.) Eilnachricht, Telegramm.

100,32 *Plafond:* (frz.) Zimmerdecke.

112,16 *Ja, Karneval: Carnaval:* poetischer Musikzyklus für Klavier von Robert Schumann (1810–1856); zitiert wird »Florestan«, Takt 19–24; »Florestan«, Takt 39–42; »Reconaissance«, Takt 1–8.

113,20 *Sukkurs:* Unterstützung.

117,21 *Plaid:* (engl.) karierte Reisedecke.

125,33 f. *Bartensteinstraße:* eigentlich Bartensteingasse, im I. Bezirk.

126,10 *Enchanté:* (frz.) Sehr erfreut!

126,14 *Hauptallee:* als Achse durch den Prater angelegte Straße.

Traumnovelle

131,2 *Amgiad:* eine der möglichen französischen Umschriften des arabischen Namens ›Amğad‹, die sich erstmals in Antoine Gallands (1646–1715) verbreiteter Übersetzung von *Tausendundeine Nacht* findet (vgl. A. G., *Le cabinet des Fées ou collection choisie de contes de fées et autres contes merveilleux ornés de figures,* Bd. 6, Paris [u. a.] 1785, S. 219 ff.). Zur Bedeutung der am Anfang der *Traumnovelle* zitierten »Geschichte von den Prinzen Amgiad und Assad« für die folgende Erzählung vgl. im vorliegenden »Nachwort«, S. 359.

133,3 *Redoute:* Maskenball.

139,23 *Schreyvogelgasse:* gegenüber der Universität auf den Ring mündende Straße im I. Bezirk.

140,12 *Josefstadt:* VIII. Bezirk westlich des Rathauses und südlich des Allgemeinen Krankenhaus.

143,6 *Spitzenkatarrh:* Schleimhautentzündung der Lungenspitzen.

145,26 *Havelock:* langer Herrenmantel ohne Ärmel, aber mit pelerineartigem Umhang.

147,8 *Rathauspark:* wenige Schritte von der Schreyvogelgasse entfernt; vor dem Rathaus und gegenüber dem Burgtheater.

148,3 f. *Ordination:* Sprechstunde.

149,16 *Kontrahage:* Verabredung zu einem Zweikampf, Duell.

151,3 *Ich kenn Ihnen nicht:* (österr.) Ich kenne Sie nicht.

151,17 *No, wie wir i denn heißen?:* ›wir i‹: werde ich.

153,8 f. *Dann möchtest du mich verfluchen:* ›möchtest‹: würdest.

154,20 *insolvent:* zahlungsunfähig.

154,24 f. *Schönbrunner Hauptstraße 28:* heute Schönbrunnerstraße; führt von Wieden (IV. Bezirk) durch Margareten (V. Bezirk) in Richtung der kaiserlichen Sommerresidenz Schloss Schönbrunn.

154,25 *Sublimat:* Bezeichnung für das hochgiftige Quecksilberdichlorid ($HgCl_2$); findet sich u. a. in Desinfektionsmitteln.

156,15 *Riedhof:* Gastwirtschaft in der Wickenburggasse im VIII. Bezirk (Josefstadt); Schnitzler hat hier in seiner Studentenzeit selbst regelmäßig einen Stammtisch besucht.

157,9 *Cancan:* galoppartiger Tanz im ²/₄-Takt.

157,10 *Couplet:* kleines Lied mit witzigem, satirischem oder pikantem Inhalt.

158,18 *Poliklinik:* von 1888 bis 1893 war Schnitzler selbst als Assistent seines Vaters an der von diesem geleiteten Allgemeinen Poliklinik tätig.

158,24 *Lemberg:* Stadt in der westlichen Ukraine; seinerzeit Hauptstadt des Königreichs Galizien und Lodomerien und viertgrößte Stadt im Habsburgerreich.

161,32 *Wickenburgstraße:* im VIII. Bezirk (Josefstadt), eigentlich Wickenburggasse.

162,5 *Café Vindobona: Vindobona* war der Name eines römischen Lagers im Bereich des heutigen Wien (I. Bezirk).

167,19 *Alserstraße:* führt aus dem Alsergrund (IX. Bezirk) stadtauswärts in Richtung Ottakring.

168,3 *Galitzinberg:* im XVI. Bezirk (Ottakring), auch ›Predigtstuhl‹ und ›Wilhelminenberg‹; der Name geht auf den russischen Botschafter Fürst Demeter von Gallitzin (1721–1793) zurück, der dieses Gelände in den 1780er-Jahren kaufte und dort einen großen Park sowie ein Lustschloss errichten ließ.

168,23 *Buchfeldgasse:* im VIII. Bezirk (Josefstadt), nahe dem Rathaus.

190,23 *Diadem:* Stirn- oder Kopfreif aus Edelmetall, meist mit Edelsteinen oder Perlen besetzt.

194,15 *Repetatur:* (lat., ›soll erneuert bzw. wiederholt werden‹) Anweisung zur Wiederholung eines Rezeptes.

194,19 *Leopoldstadt:* II. Bezirk, jenseits der Donau.

194,33 *Nordbahnhof:* s. oben Anm. zu 36,27 (*Lieutenant Gustl*).

199,3 *histologische Untersuchung:* Gewebeuntersuchung.

199,8 *Ottakring:* Vorort, XVI. Bezirk.

200,7 *Liebhartstal:* Talgraben zwischen Ausläufern des Galitzinbergs (s. Anm. zu 168,3).

208,19 *Aber mir sein g'sund:* ich bin gesund.

208,33 f. *Sie sein ihr nicht untreu worden:* Sie sind ihr nicht untreu geworden.

212,6 *Hotel Bristol:* Noch heute bestehendes vornehmes Hotel gegenüber der Staatsoper an der Ecke Ring- und Kärntnerstraße.

212,13 *Hotel Erzherzog Karl:* Hotel in der Kärntnerstraße (1945 zerstört).

215,13 *in diesen heiligen Hallen:* Anspielung auf Sarastros Arie aus der *Zauberflöte* (II,15; Uraufführung in Wien am 30. September 1791) von Wolfgang Amadeus Mozart.

215,17 *Addison:* Addison-Krankheit, benannt nach dem britischen Mediziner Thomas Addison (1793–1860); seltene Erkrankung durch chronischen Ausfall von mindestens 90% der Nebennierenrinde.

215,22 *Pleuratumor:* ›Pleura‹, Brustfell.

215,23 *Sarkom:* bösartige Geschwulst.

219,14 *Lysol:* Desinfektionsmittel.

Spiel im Morgengrauen

229,9f. *Raum ist in der kleinsten Hütte für ein glücklich …:* »… liebend Paar«; Anspielung auf die Schlusszeilen von Friedrich Schillers Gedicht *Der Jüngling am Bache* (1803).

229,30 *Offizierssteeplechase:* Hindernisrennen, Jagdrennen.

231,30 *Defraudation:* s. oben Anm. zu 64,14 (*Fräulein Else*).

232,4 *Kontenance:* Haltung (frz. *contenance*).

232,20 *Schwulität:* üble Lage.

234,24 *Riedhof:* s. oben Anm. zu 156,15 (*Traumnovelle*).

235,8 *Hasardpartie:* Glückspiel.

235,21 *Hauptwurzen:* ›wurz(e)n‹, Wurzel.

236,10 *besonderen Riß:* besondere Beute.

236,15 *Alserkirche:* volkstümlicher Name für die ›Dreifaltigkeitskirche‹; von den Trinitariern erbaute und nach der Aufhebung des Ordens 1783 von den Minoriten in Besitz genommene Kirche in der Alserstraße am nördlichen Rand des VIII. Bezirks (Josefstadt).

236,21 *Zehn-Kreuzer-Platz:* ›Kreuzer‹: s. oben Anm. zu 12,10; 19,1 (*Lieutenant Gustl*); gemeint ist hier der billigste Platz.

237,25f. *Temesvar:* Stadt am Rand des Großen Ungarischen Tieflands; wirtschaftliches und kulturelles Zentrum des Banat, seinerzeit zu Österreich-Ungarn gehörend, seit 1920 Teil Rumäniens.

238,7 *in drap Beinkleidern:* in sandfarbigen Hosen.

239,33 *Seis:* (ital. Siusi), Seis am Schlern, Ort in den Südtiroler Dolomiten.

241,14 *Freudenau:* Galopprennbahn am südlichen Rand des Praters.

243,12 f. *Also auf in den Kampf, meine Herren Toreros:* Leicht abgewandeltes Zitat aus der Oper *Carmen* (1875) von Georges Bizet (1838–1875) (vgl. II,1 in der Übersetzung: »Auf in den Kampf, Torero«).

245,27 *frozzeln:* sticheln.

246,27 *Portepee:* silberne oder goldene Quaste am Degen, Säbel oder Dolch eines Offiziers.

247,31 *Helenental:* Tal und Spazierweg außerhalb von Baden bei Wien.

252,27 f. *Arena:* Badner Freilichttheater.

253,21 *Rodaun:* Vorort Wiens, heute XXIII. Bezirk.

256,27 *mit Karenz der Gebühren:* unbezahlt; s. oben Anm. zu 32,8 (*Lieutenant Gustl*).

259,17 *gustierte:* ›goutieren‹, gutheißen, billigen, Gefallen finden.

267,4 *Helfersdorfer Straße:* im I. Bezirk.

272,20 f. *Spinnerin am Kreuz:* sagenumwobene gotische Kreuzsäule aus Stein an der südlichen Stadtgrenze an der Triester Straße (X. Bezirk).

272,34 *Reichsstraße:* alte Bezeichnung für Triester Straße.

273,34 *Alserkaserne:* Am Ende des 18. Jahrhunderts unter Joseph II. an der Alserstraße erbaut (heute Otto-Wagner-Platz); nach 1918 abgerissen und durch das Gebäude der Nationalbank ersetzt.

274,13 *marod:* krank.

276,11 *Bisamberg:* Hügel im Nordosten Wiens, jenseits der Donau.

285,31 *Stefansdom:* zwischen dem 12. und 14. Jahrhundert erbauter gotischer Dom im Zentrum von Wien; Wahrzeichen der Stadt.

295,13 *Hornig:* eigentlich Hornik; Vergnügungslokal am Mariahilfer Gürtel, im VI. Bezirk (Mariahilf).

295,22 *Ronacher:* s. oben Anm. zu 24,17 f. (*Lieutenant Gustl*).

303,33 *Stiegenhaus:* s. oben Anm. zu 68,20 (*Fräulein Else*).

306,11 *Piaristengasse:* im VIII. Bezirk (Josefstadt); führt am Theater in der Josefstadt vorbei und liegt wenige Minuten von der Alserkaserne entfernt, in der Willi Kasda stationiert ist.

311,15 *Foulardkleid:* Foulard, leichtes Seidengewebe.

321,4 *Charge:* hier Rang, Dienstgrad.

Literaturhinweise

Bibliographien

Allen, Richard H.: An Annotated Arthur Schnitzler Bibliography. Editions and Criticism in German, French and English. 1879–1965. Chapel Hill 1966.

Berlin, B. Jeffrey: An Annotated Arthur Schnitzler Bibliography 1965–1977. With an Essay on The Meaning of the ›Schnitzler-Renaissance‹. Foreword by Sol Liptzin. München 1978.

Berlin, B. Jeffrey: Arthur Schnitzler Bibliography for 1977–1981. In: Modern Austrian Literature 1 (1982) S. 61–83.

Riedel, Nicolai: Internationale Arthur-Schnitzler-Bibliographie. (Unter besonderer Berücksichtigung der Forschungsliteratur 1982–1997.) In: Arthur Schnitzler. Hrsg. von Heinz Ludwig Arnold. (Text + Kritik. Bd. 138/139.) S. 151–172.

Einführung in Person und Werk sowie kommentierter Forschungsüberblick

Perlmann, Michaela L.: Arthur Schnitzler. Stuttgart 1987.

Fliedl, Konstanze: Arthur Schnitzler. Stuttgart 2005.

Neuere Biographien

Farese, Guiseppe: Arthur Schnitzler. Ein Leben in Wien 1862–1931. Aus dem Ital. von Karin Krieger. München 1999.

Weinzierl, Ulrich: Arthur Schnitzler. Lieben, Träumen, Sterben. Frankfurt a. M. 1994.

Neuere Literatur zum kulturgeschichtlichen Kontext

Gay, Peter: Das Zeitalter des Doktor Arthur Schnitzler: Innenansichten des 19. Jahrhunderts. Frankfurt a. M. 2002.

Simon, Anne-Catherine: Schnitzlers Wien. Wien 2002.

Materialien und Kommentare zu den einzelnen Werken

Polt-Heinzl, Evelyne: Arthur Schnitzler, Leutnant Gustl. Erläuterungen und Dokumente. Stuttgart 2000.

Polt-Heinzl, Evelyne: Arthur Schnitzler, Fräulein Else. Erläuterungen und Dokumente. Stuttgart 2002.

Urbach, Reinhard: Schnitzler-Kommentar zu den erzählenden Schriften und dramatischen Werken. München 1974.

Nachwort

Der vorliegende Band versammelt vier Meisterwerke der Erzählkunst Arthur Schnitzlers (1862–1931) hier in der Reihenfolge ihrer Entstehung zwischen 1900 und 1926. *Lieutenant Gustl* reicht in die Blütezeit der Donaumonarchie und in Schnitzlers Anfänge als bedeutender Erzähler zurück, die anderen Texte sind Spätwerke, die nach dem Ende des Ersten Weltkriegs vollendet wurden und einer neuen Epoche angehören.

Als Schnitzler *Lieutenant Gustl* im Sommer des Jahres 1900 schreibt, ist er vor allem als Dramatiker schon weit über die Grenzen von Wien hinaus bekannt. Stücke wie *Anatol* (1893), *Liebelei* (1896), *Freiwild* (1898) und *Der grüne Kakadu* (1899) haben in Uraufführungen der führenden Bühnen von Wien, Berlin und Prag für Aufsehen gesorgt und werden von zahlreichen, zum Teil auch ausländischen Theatern nachgespielt. Für den aus einer Familie von bedeutenden Medizinern stammenden Autor hat sich mit diesem Erfolg ein Jugendtraum erfüllt: Er kann seinen Brotberuf als Arzt aufgeben und als freier Schriftsteller leben.[1]

Zumindest äußerlich begünstigt wurde Schnitzlers Weg zum viel beachteten Autor dadurch, dass er die literarische Szene des *Fin de siècle* als Teil einer neuen Bewegung betrat. Seit 1890 verkehrt er regelmäßig im ›Café Griensteidl‹, wo er mit Hugo von Hofmannsthal (1874–1929), Felix Salten (1869–1945), Richard Beer-Hofmann (1866–1945) und anderen jungen Leuten eine Reihe von Autoren kennenlernt, die sich um den aus Paris nach Wien zurückgekehrten

---

1 Allgemein zu Schnitzlers familiärem Hintergrund und seiner Biographie vgl. Farese 1999.

Hermann Bahr (1863–1934) zur Gruppe des sogenannten
›Jungen Wien‹ zusammenschließen. Hier, in diesem bald
spöttisch ›Café Größenwahn‹ genannten Kaffeehaus, wird
Anfang der 1890er-Jahre die literarische Revolution einer
neuen Generation ausgerufen, die sich mit großer Emphase
– um mit den von Hermann Bahr verbreiteten Schlagwor-
ten zu sprechen – für ›modern‹ erklärt und die den wissen-
schaftsgläubigen ›Naturalismus‹ mit Hilfe einer neuen, sich
auf die Darstellung von Sinneseindrücken und Bewusst-
seinsvorgängen konzentrierenden ›Nerven‹-Kunst überwin-
den will.[2] Zu den Überzeugungen dieser vom Erkennt-
nisskeptizismus Friedrich Nietzsches (1844–1900) und dem
Empiriokritizismus des Physikers Ernst Mach (1838–1916)
geprägten jungen Generation gehört, dass es keine sogenannten objektiven Wahrheiten gibt und dass auch das
Subjekt keine kohärente Einheit, sondern vielmehr eine Art
fließenden ›Komplex‹ von sich stets wandelnden Empfin-
dungen darstellt.[3]

Mit der Gruppe von ›Jung Wien‹ teilt Schnitzler sowohl
die erklärte Aufmerksamkeit für die Innenwelt des Menschen als auch die Kritik am dogmatischen Wahrheitsbe-
griff der zeitgenössischen positivistischen Wissenschaft –
allerdings in einem besonderen Sinn: denn im Unterschied
zu seinen dem Ästhetizismus huldigenden Künstlerfreun-
den bleibt der naturwissenschaftlich geschulte Schnitzler

2 Vgl. dazu die programmatischen Essays, die Bahr als theoretischer Kopf von
   ›Jung Wien‹ seit Ende der 1880er-Jahre veröffentlicht, wiederabgedruckt in:
   Hermann Bahr, *Zur Überwindung des Naturalismus. Theoretische Schriften
   1887–1904*, ausgew., eingel. und erl. von Gotthart Wunberg, Stuttgart [u. a.]
   1968.
3 Dazu und allgemein zum kulturgeschichtlichen Hintergrund z. B. Gotthart
   Wunberg, »Einleitung«, in: G. W. (Hrsg.), *Die Wiener Moderne. Literatur, Kunst und Musik zwischen 1890 und 1910*, Stuttgart 1981, S. 11–89;
   vgl. außerdem Dagmar Lorenz, *Wiener Moderne*, Stuttgart 1995, bes. S. 58–
   154.

ein Skeptiker, der ein im Ansatz aufklärerisches Ideal vertritt. »Wir sind so rasch mit dem Systemisiren bei der Hand; wir bringen aber eigentlich viel öfter Ordnung in unsere Gedanken als in die Sachen«, schreibt »Dr. Arthur Schnitzler« schon 1891 in der von seinem Vater, dem Direktor der Wiener Poliklinik gegründeten Fachzeitschrift *Internationale klinische Rundschau* und ergänzt: »Wir warten auf die Wahrheit und bekommen wohl bestenfalls nur eine neue Schablone? – Dies ist nun einmal der Weg, den wir gehen. Das letzte Bestreben, die Wahrheit zu finden, müssen wir für eine Zeit als die Wahrheit selbst gelten lassen.«[4] Tatsächlich relativiert Schnitzler das Wahrheitsideal nur insoweit, als er zeit seines Lebens jeden Anspruch auf absolute Wahrheit verwirft. Die unaufhörliche Suche nach Wahrheit jenseits von Dogmen und Systemen, »das letzte Bestreben, die Wahrheit zu finden«, betrachtet er dagegen als ein wesentliches Ziel des menschlichen Denkens und Handelns – und damit auch des eigenen, konsequent als Erkundung der »psychischen Realitäten«[5] angelegten Schreibens.

Nach ersten Ansätzen in der Novelle *Sterben* (1894) und einer Reihe von kleineren Erzählungen ist der im Juli 1900 unmittelbar nach *Berta Garlan* vollendete *Lieutenant Gustl* ein frühes Beispiel dafür, wie kunstvoll Schnitzler seinem Interesse für die innere Wirklichkeit des Menschen erzählerischen Ausdruck verschafft und zugleich einen aufklärerischen Anspruch verfolgt. »Nachm. ›Ltn. Gustl‹ vollendet, in der Empfindung, dass es ein Meisterwerk«,[6] notiert der

---

4 Vgl. *Internationale Klinische Rundschau* 5 (1891) Sp. 22, hier zit. nach: Arthur Schnitzler, *Medizinische Schriften*, hrsg. von Horst Thomé, Wien 1988, S. 234.
5 Vgl. Arthur Schnitzler, »Über Psychoanalyse«, in: *Protokolle* 1976, S. 277–284, hier S. 283.
6 Vgl. Arthur Schnitzler, *Tagebuch 1893–1902*, hrsg. von Werner Welzig [u. a.], Wien 1989, S. 333.

sonst so selbstkritische Autor am 19. Juli 1900 in sein Tagebuch, nachdem er *Lieutenant Gustl* ungewöhnlich schnell innerhalb von nur sechs Tagen niedergeschrieben hat. In der Tat ist es ihm mit diesem Text gelungen, den diagnostischen Blick des Mediziners mit der Gestaltungskraft und dem besonderen Gespür des Künstlers zu verbinden und auf knappem Raum das Charakterbild einer ganzen Epoche zu entwerfen.

Angeregt durch die im Herbst 1898 gelesene Erzählung *Les lauriers sont coupés* (1888) des Franzosen Edouard Dujardin (1861–1949), führt Schnitzler mit *Lieutenant Gustl* eine radikale Neuerung in die deutschsprachige Erzählliteratur ein: Er verzichtet auf jegliche Erzählinstanz und präsentiert ein Geschehen – mit Ausnahme von wenigen, sehr kurzen Dialogpassagen – vollständig in der Form des Inneren Monologs. Ganz im Sinne der von Bahr proklamierten ›Nerven‹-Kunst[7] entsteht auf diese Weise der Eindruck, als ob man unmittelbar und ohne jede Auslassung am Denken und Fühlen des männlichen Protagonisten teilhaben könne. Bedenkt man, wessen Gedanken Schnitzlers Monolog-Novelle in dieser innovativen Form enthüllt, lässt sich nachvollziehen, warum *Lieutenant Gustl* schnell Aufmerksamkeit erregte und sogar einen Skandal auslöste, in dessen Folge ein Offiziersehrenrat den Reserveoffizier Schnitzler seines »Offizierscharakters für verlustig«[8] erklärte.

Mit der Gestalt des jugendlichen Leutnants rückt Schnitzler eine Figur in den Blickpunkt, die der Jahrhundertwendegesellschaft als anerkanntes Vorbild gilt, weil sie

---

7 Zum Bezug auf Bahr und insbesondere seinen Essay »Die neue Psychologie« (1890) vgl. Konstanze Fliedl, »Nachwort«, in: K. F. (Hrsg.), *Lieutnant Gustl*, Stuttgart 2001, S. 69–99, hier S. 72 f.

8 Zit. nach Urbach 1974, S. 103. Zu den Hintergründen im Einzelnen vgl. Ian Foster, »›Leutnant Gustl‹: The military, the press and prose fiction«, in: I. F. / Florian Krobb (Hrsg.), *Arthur Schnitzler: Zeitgenossenschaften/Contemporaneities*, Bern [u. a.] 2002, S. 185–198.

ihre Grundwerte in der Form eines Idealtyps verkörpert. Diese Leitfigur der Epoche lässt ihr Autor nun in eine Situation geraten, in der sie in dem verletzt wird, was ihre herausragende soziale Stellung begründet – in ihrer Männlichkeit und ihrer Ehre. Wie reagiert der Leutnant, den ein körperlich überlegener Bäckermeister bei seinem Säbel als dem martialischen Symbol seines Standes packt und als »dummen Bub« bezeichnet? Versteht man die »Ehre« mit dem Philosophen Hegel als das »schlechthin *Verletzliche*«, das sich nicht zuletzt durch ein »Scheinen« im Innern des einzelnen selbst bestimmt[9], so ist für Schnitzlers Studie von entscheidender Bedeutung, dass die Beleidigung Gustls zwar in einem öffentlichen Raum erfolgt, gleichwohl aber – wie sein Kontrahent mit den Worten »So, hab'n S' keine Angst, 's hat niemand was gehört« (S. 18) betont – nur die beiden Beteiligten zum Zeugen hat. Gustl, der seinen satisfaktionsunfähigen Beleidiger ja nicht zum Duell fordern kann, muss sich in einem inneren Prozess fortan selbst zu seiner ›Ehre‹ ins Verhältnis setzen; das Protokoll seines Denkens nach der Beleidigung ist insofern von besonderer Brisanz. Was sich bei dieser Gelegenheit zeigt, ist alles andere als ehrenhaft und offenbart die innere Unsicherheit und die Minderwertigkeitskomplexe einer auf das Prinzip der Verdrängung eigener Ängste und der Aggression gegen Schwächere gegründeten Existenz. Mithilfe des Inneren Monologs hebt Schnitzler in *Lieutenant Gustl* also die Grenze auf, die im sozialen Leben Innen- und Außenwelt trennt, und führt seinen Lesern vor, in welchem Ausmaß der bloße Schein das Wesen des Leutnants bestimmt. Die von der Gesellschaft verherrlichten Ideale von Ehre und Männlichkeit – und das ist das eigentliche Skandalon dieser Novelle – erscheinen im Rahmen des von Schnitzler in Sze-

9 Vgl. G. W. F. Hegel, *Vorlesungen über die Ästhetik II*, Werke in zwanzig Bänden, Bd. 14, S. 180.

ne gesetzten Gedankenstroms als eine leere Hülle und auf bloße Äußerlichkeiten wie das Tragen einer Uniform und eines Säbels beschränkt. Wie gefährlich der labile und autoritätshörige Charakter[10] ist, der sich hinter dieser Kostümierung verschanzt, zeigt sich spätestens am Ende des Textes, wenn der soeben noch zum Selbstmord entschlossene Gustl über den jähen Tod seines Beleidigers frohlockt und in Gedanken an das ihm bevorstehende Duell seinem harmlosen Gegner, einem im Säbelkampf ungeübten Zivilisten, nunmehr in bester Laune droht: »Na wart', mein Lieber, wart', mein Lieber! Ich bin grad' gut aufgelegt ... Dich hau' ich zu Krenfleisch!«

Berücksichtigt man, dass Schnitzler die 1899 erschienene *Traumdeutung* von Sigmund Freud im März 1900 intensiv gelesen hat, so lässt sich sein *Lieutenant Gustl* zugleich als eine Art erster skeptischer Kommentar zu dem dort errichteten Lehrgebäude der Psychoanalyse verstehen. Das von Freud im systematischen Rahmen eines tiefenpsychologischen Modells erklärte Prinzip der Verdrängung gestaltet Schnitzler im Rahmen seiner literarischen Fiktion *in actu* als einen alltäglichen Prozess, der – jedenfalls in einem durchschnittlichen Fall wie dem des Leutnants Gustl – nicht in die nur noch dem Analytiker zugänglichen Tiefen des Unbewussten, sondern unmittelbar an den Rand des Bewusstseins und damit durchaus noch in den Verfügungs- und Verantwortungsbereich des Verdrängenden gehört. »Das Unbewusste«, so schreibt Schnitzler später im Rahmen seiner kritischen theoretischen Auseinandersetzung mit der Psychoanalyse, »fängt nicht so bald an, als man glaubt, oder manchmal aus Bequemlichkeit zu glauben vorgibt«.[11]

---

10 Zu Gustl als Prototyp eines »autoritären Charakters« vgl. Fliedl, »Nachwort« (s. Anm. 7), bes. S. 90 f.
11 Vgl. Arthur Schnitzler, *Aphorismen und Betrachtungen*, hrsg. von Robert O. Weiss, Frankfurt a. M. 1967, S. 455.

Die Ende 1923 vollendete Monolog-Novelle *Fräulein Else* bildet gewissermaßen ein spätes Gegenstück zu *Lieutenant Gustl*. Noch einmal präsentiert Schnitzler ein Geschehen ohne Erzähler und schafft die Illusion, dass der Leser unmittelbar am Denken und Erleben der Figur teilhaben kann. Dabei wird auch in *Fräulein Else* das Bewusstseinsprotokoll eines repräsentativen Typus in einer besonderen Situation gegeben. An die Stelle des Leutnants als männlichem Vorbild der Jahrhundertwendegesellschaft rückt hier jedoch eine junge Frau, die ihren Platz in dieser Gesellschaft nicht verteidigen, sondern erst noch finden muss.

Fräulein Else ist die neunzehnjährige Tochter eines bekannten jüdischen Advokaten aus Wien. Sie ist klug, schön, sportlich und noch unberührt. Mitten in den Ferien, die Else mit wohlhabenden Verwandten in den italienischen Dolomiten verbringt, lässt Schnitzler dieses »anständige junge Mädchen« (S. 96) aus gutem Hause in eine außerordentliche Situation geraten: Else, so will es ein Expressbrief der im Namen des Vaters schreibenden Mutter, soll die durch die Spielleidenschaft des Vaters plötzlich vor dem Bankrott stehende Familie retten, indem sie von einem zufällig im gleichen Hotel wohnenden Geschäftsfreund schnellstmöglich eine große Geldsumme beschafft. Die »Bitte« des alternden Herrn von Dorsday, Else als Gegengabe nackt betrachten und »eine Viertelstunde dastehen [zu] dürfen in Andacht vor Ihrer Schönheit« (S. 81), stellt diese allerdings vor ein kaum zu lösendes Problem: Um den sozialen Status ihrer Familie und auch ihre eigene Reputation zu erhalten, soll Else sich prostituieren, d. h. sie soll den Anstand und damit genau das verletzen, was ihr Ansehen als gutbürgerliches Mädchen in den Augen der Gesellschaft begründet. Wie in *Lieutenant Gustl* ist auch in diesem Fall von entscheidender Bedeutung, dass der Angriff auf die Integrität der Figur zwar in einem öffentlichen Raum erfolgt (das

Gespräch mit Dorsday findet auf einer Promenade statt, unmittelbar vor dem Foyer des Hotels), gleichwohl aber nur die beiden Beteiligten zum Zeugen hat. Wie der Leutnant Gustl steht Else vor einem Dilemma, und wie Gustl zur Frage der Ehre, muss sich Else zur Frage des Anstands in einem inneren Prozess nunmehr allein ins Verhältnis setzen.

Wenn sich Else schließlich vor den Augen Dorsdays *und* anderer Gäste des mondänen Hotels entblößt, handelt sie aus ihrer Sicht durchaus »vernünftig« (S. 104). Sie zieht den Akt, der die soziale Existenz ihrer Familie retten soll, in die Öffentlichkeit eben der Gesellschaft, deren Doppelmoral von ihr die Preisgabe des Anstands im Verborgenen verlangt. Die wahren Gründe von Elses scheinbar skandalösem Verhalten werden allerdings nicht den beteiligten Figuren, sondern nur dem Leser als Zeugen ihrer Gedanken verständlich. Ihm entdeckt die Geschichte von Elses Enthüllung die Verlogenheit einer ›guten Gesellschaft‹, deren Werte sich im Aufrechterhalten des bloßen Scheins erschöpfen, die ihre Töchter an reiche Männer zur Eheschließung verkauft und die dem Eros der Frau huldigt, ohne ihr eine eigene, autonome Sexualität zu gestatten. In dieser »Schwindelbande« (S. 120) hat eine junge Frau wie Else keinen Platz. Im Unterschied zum Leutnant Gustl, der sich die Kleidung und das Ansehen seines Standes um den Preis der Verdrängung bewahrt, zeigt Schnitzler die auf ihre Integrität bedachte Else daher am Ende nackt und ohne sozialen Schutz. Ohne Lebensraum in der Gesellschaft bleibt seiner Figur als »einzige Rettung« die Flucht in einen hysterischen Anfall und die Zerstörung ihres bewussten Selbst. (Die angesichts der Menge von höchstens sechs »Pulvern« Veronal[12] wiederholt gestellte Frage, ob Schnitzler für Else

---

12 Zunächst heißt es: »Wieviel Pulver braucht man denn? Sechs glaube ich. Aber zehn ist sicherer. Ich glaube, es sind noch zehn« (S. 98), wenig später stellt Else fest: »Sind sie noch alle da? Ja, da sind sie. Eins, zwei, drei, vier,

tatsächlich auch die physische Selbstvernichtung vorgesehen hat, ist in diesem Zusammenhang nur von sekundärem Interesse.)

Vergleicht man die erzählerische Umsetzung des Inneren Monologs in *Lieutenant Gustl* und *Fräulein Else*, zeigt sich überdies Schnitzlers Entwicklung im Rahmen seiner literarischen Erkundungen der menschlichen Psyche. In dem Spätwerk leuchtet Schnitzler tiefer in das Innere seiner Figur hinein. Der Raum des Bewusstseins ist um die Darstellung von Träumen und bildhaften Assoziationen erweitert, das Denken der Figur scheint noch weniger rational gesteuert und radikaler in seiner Inkohärenz erfasst. Außerdem bezieht Schnitzler nunmehr auch das Medium des Textes in seine Gestaltung ein. Der Gegensatz zwischen Innen- und Außenwelt ist durch einen unterschiedlichen Schriftschnitt (›normal‹ vs. ›kursiv‹) markiert, und eine die Linearität des Textes durchbrechende Notenschrift illustriert, wie weit die Auflösung von Elses bewusstem Selbst reicht und in welchem Ausmaß sich dieser psychische Prozess einer diskursiv geordneten Sprache entzieht. Radikaler als in *Lieutenant Gustl* erfüllt Schnitzler hier, was er als ein wesentliches Ziel von Dichtung in seinen *Aphorismen und Betrachtungen* bezeichnet: »Die Begrenzungen zwischen Bewußtem, Halbbewußtem und Unbewußtem so scharf zu ziehen, als es überhaupt möglich ist, darin wird die Kunst des Dichters vor allem bestehen.«[13]

fünf, sechs.« (S. 103) Anschließend bleibt offen, ob sie tatsächlich auch das sechste »Pulver« in ihr Glas tut: »Eins, zwei, – aber ich bringe mich ja sicher nicht um. Fällt mir gar nicht ein. Drei, vier, fünf – davon stirbt man auch noch lange nicht.« (Ebd.) Aus medizinhistorischer Sicht zur ebenso entscheidenden wie nicht eindeutig lösbaren Frage nach der »Pulver«-Größe in *Fräulein Else* (und damit zum Problem der Tödlichkeit der entsprechenden Dosis) vgl. http://home.swipnet.se/PharmHist/Frsvar/veronal.html (mit weiterführenden Links). Aus dem Textzusammenhang heraus ist allerdings anzunehmen, dass Schnitzler den ›wirklichen‹ Tod seiner Figur offenlassen wollte.

13 Schnitzler, *Aphorismen* (s. Anm. 11) S. 455.

Eindrücklich bestätigt *Fräulein Else* aber auch Schnitzlers Bedeutung als ein »Pionier des Frauenrechts«.[14] Elses
ungehörte Verzweiflung findet hier eine Stimme, und mit
Hilfe der Innensicht offenbart Schnitzlers Text das Drama
einer begabten jungen Frau, der die herkömmlichen Frau-
enrollen der Mutter oder Dirne nicht entsprechen, die nach
Alternativen sucht und die mit ihren Bedürfnissen und
Wünschen doch in keines der sozial anerkannten Bilder
von Weiblichkeit passt. Auch wenn die fiktive Geschichte
von *Fräulein Else* äußerlich in die 1890er-Jahre gehört,[15]
sind es doch die Sorgen und Wünsche einer modernen jungen Frau, die Schnitzler in seiner Erzählung reflektiert.
Und nicht nur das: »Ich könnte einen Mann sehr glücklich
machen. Wäre nur der rechte Mann da. Aber Kind will ich
keines haben. Ich bin nicht mütterlich. Marie Weil ist mütterlich. Mama ist mütterlich, Tante Irene ist mütterlich. Ich
habe eine edle Stirn und eine schöne Figur.« (S. 67) In solchen Passagen begründet Schnitzler auch stilistisch einen
neuen Ton, den dann etliche Jahre später zum Beispiel
Irmgard Keun (1910–1982) in ihrem Tagebuchroman *Das
kunstseidene Mädchen* verwendet, um die Geschichte der
sozial entwurzelten, durch die zeitgenössische Großstadt-

14 Vgl. Klara Blum, »Artur (sic!) Schnitzler, ein Pionier des Frauenrechts«, in:
   Arbeiter-Zeitung, 22. 11. 1931. Nachdr. in: K. B., *Kommentierte Auswahl-
   edition*, hrsg. von Zhidong Yang, Wien [u. a.] 2001, S. 446 f. Vgl. in diesem
   Kontext auch Schnitzlers im Wesentlichen zwischen 1924 und 1927 ausgearbeiteten Roman *Therese. Chronik eines Frauenlebens* (1928), den z. B.
   Ruth Klüger zu Recht als einen »Beitrag zur ernsten Frauenliteratur« wür-
   digt, »von dem sich behaupten lässt, dass er auf seine Art unübertroffen ist«
   (R. K., »Nachwort«, in: Arthur Schnitzler, *Therese, Ausgewählte Werke in
   acht Bänden*, hrsg. von Heinz Ludwig Arnold, Frankfurt a. M. 2000,
   S. 305–322, hier S. 321).
15 Zur Datierung der fiktiven Handlung auf den 3. September 1896 vgl. Michaela Perlmann, *Arthur Schnitzler*. Stuttgart 1987, S. 144. Dieser durch Anspielungen nahegelegten Datierung widerspricht allerdings, dass das von
   Else benutzte Schlafmittel Veronal erst nach der Jahrhundertwende erfun-
   den und auf den Markt gebracht worden ist.

gesellschaft der Weimarer Republik irrenden ehemaligen Angestellten Doris zu erzählen.

Anders als im Fall von *Lieutenant Gustl* und *Fräulein Else* hat der Stoff der 1925 fertiggestellten *Traumnovelle* seinen Autor über einen langen Zeitraum hinweg beschäftigt. Der Blick auf eine Tagebuchnotiz von 1907 verdeutlicht die Entwicklung des Sujets, die auch im Zusammenhang mit Schnitzlers eigener, 1903 mit Olga Gussmann (1882–1970) geschlossenen Ehe steht:

> Nachmittags zu Olga über mein Sujet: Der junge Mensch, der von seiner schlafenden Geliebten fort in die Nacht hinaus zufällig in die tollsten Abenteuer verwickelt wird – sie schlafend daheim findet wie er zurückkehrt; sie wacht auf – erzählt einen ungeheuern Traum, wodurch der junge Mensch sich wieder schuldlos fühlt. ›Gutes Geschäft‹ sagte Olga; die den Stoff sehr charakteristisch für mich fand.[16]

Am Ende ist der Stoff, den Schnitzler unmittelbar nach der 1921 vollzogenen Scheidung von Olga ausgearbeitet hat, entscheidend verändert: Im Mittelpunkt steht nicht ein Liebes-, sondern ein Ehepaar, und die Möglichkeit einer ausgeglichenen, über den Augenblick hinausgehenden Gemeinschaft von Mann und Frau wird offenbar bejaht: Auf den Abend und das Dunkel in der Eingangsszene folgen am Schluss ein »sieghafter Lichtstrahl«, ein morgendliches Kinderlachen und die Rückkehr in den bürgerlichen Familienalltag, mit dessen Schilderung die nach dem Muster einer deutlichen Kreisbewegung komponierte Erzählung begann. Obwohl Albertine davon träumte, ihren Ehemann lachend zu betrügen und ihn foltern und ans Kreuz schlagen

16 Vgl. Arthur Schnitzler, *Tagebuch 1903–1908*, hrsg. von Werner Welzig [u. a.], Wien 1991, S. 283.

zu lassen, und trotz Fridolins rachsüchtiger Suche nach sexuellen Abenteuern im nächtlichen Wien, finden die Eheleute wieder zueinander.

Dass Schnitzler sich nach den zermürbenden Auseinandersetzungen mit seiner Frau und inmitten einer schweren persönlichen Krise mit der *Traumnovelle* in einer Art kompensatorischen Bewegung zu entlasten versucht, ist eine mögliche Erklärung für den ungewohnt hoffnungsvollen Schluss seiner Geschichte. Von Interesse für ihr Verständnis aber ist vor allem, wie er diesen Schluss im Rahmen der Fiktion motiviert. Zu Beginn der *Traumnovelle* führt Schnitzler vor, wie die Eheleute sich selbst und ihrem Partner bis dahin unausgesprochene Wünsche entdecken und damit aus der Illusion konventionell begründeter Rollenbilder und eines scheinbar selbstverständlichen Miteinanders erwachen. Im Folgenden betreten sie, was ihr Autor als »eine Art fluktuierendes Zwischenland zwischen Bewusstem und Unbewusstem« bezeichnet hat. (Schnitzler versteht darunter einen Bereich des »Halbbewussten«[17], in dem sich sowohl Elemente von Freuds Über-Ich, wie auch des sogenannten Es versammeln; die schematische Trennung in Ich, Über-Ich und Es hält er dagegen für »geistreich, aber künstlich«.)[18] Für den Aufenthalt in diesem »Zwischenland« sind die beiden Figuren allerdings un-

---

17 Vgl. Schnitzler, *Aphorismen* (s. Anm. 11) S. 455.
18 Vgl. Arthur Schnitzler, »Über Psychoanalyse« (s. Anm. 5) S. 283. Ähnlich skeptisch beurteilt Schnitzler Freuds hohe Bewertung der frühkindlichen Sexualität, die Verallgemeinerung des Ödipuskomplexes und den Entwurf einer Traumsymbolik mit allgemeingültigem Anspruch. Für eine detaillierte Rekonstruktion von Schnitzlers Psychologie vgl. Horst Thomé, *Autonomes Ich und ›Inneres Ausland‹. Studien über Realismus, Tiefenpsychologie und Psychiatrie in deutschen Erzähltexten (1848–1914)*, Tübingen 1993, S. 598–645. Zur vielfach untersuchten Beziehung zwischen Schnitzler und Freud vgl. zuletzt Michael Rohrwasser, »Einmal noch: Psychoanalyse«, in: Konstanze Fliedl (Hrsg.), *Arthur Schnitzler im zwanzigsten Jahrhundert*, Wien 2003, S. 67–91.

gleich gerüstet. Während Albertines Erzählungen von Beginn an dokumentieren, dass sie den Willen und die Fähigkeit zur genauen Selbstbeobachtung besitzt (was die genaue Erzählung ihres Traums bestätigt), vermag der »mit verschleierter, etwas feindseliger Stimme« (S. 135) erzählende Fridolin offenbar weder zu dem Innern seiner Frau noch zu seinem eigenen wirklich Zugang zu finden. In seinem Fall gilt dementsprechend zunächst ähnlich wie in *Lieutenant Gustl* und *Fräulein Else*, dass nur der Leser Einblick in innere Vorgänge erhält, die sich die Figur selbst nicht bewusst machen will oder kann.[19] Mithilfe von erzähltechnischen Mitteln wie der erlebten Rede und Ansätzen des Inneren Monologs kann der Leser mitverfolgen, wie der seiner selbst einst so sichere Arzt »immer weiter fort aus dem gewohnten Bezirk seines Daseins in irgendeine andere, ferne, fremde Welt« (S. 154) entrückt und wie der Aufenthalt in dieser Welt seine starren Denk- und Verhaltensmuster so offensichtlich überfordert, dass er schließlich einsehen muss, was Albertine längst begriffen hat und mit der Platzierung der Maske auf seinem Kopfkissen sinnfällig zum Ausdruck bringt: Nicht nur zu Albertines, sondern auch zu Fridolins alltäglichem Leben gehören »Schein und Lüge« (S. 203) und ein Inneres, das bei näherem Hinsehen voller Widersprüche und Rätsel, voller geheimer Ängste und Wünsche ist.

Er wusste: auch wenn das Weib noch am Leben war, das er gesucht, das er verlangt, das er eine Stunde lang vielleicht geliebt hatte [...]; – was da hinter ihm lag in der ge-

---

19 Zur Behandlung der Innensicht und allgemein dem Problem der medialen Transformation im Rahmen von Stanley Kubricks Verfilmung der Erzählung vgl. Christian Ruschel, *Vom Innen und Außen der Blicke: Aus Arthur Schnitzlers ›Traumnovelle‹ wird Stanley Kubricks ›Eyes wide shut‹*. Diss. Mainz 2002.

wölbten Halle, im Scheine von flackernden Gasflammen, ein Schatten unter andern Schatten, dunkel, sinn- und geheimnislos wie sie –, ihm bedeutete es, ihm konnte es nichts anderes mehr bedeuten als, zu unwiderruflicher Verwesung bestimmt, den bleichen Leichnam der vergangenen Nacht. (S. 220 f.).

So heißt es am Ende, als Fridolin im Pathologisch-anatomischen Institut den toten Körper einer ihm fremden Frau verlässt. Fridolin, der kurz zuvor erschrocken entdeckte, dass er sich die am Tag nach dem Maskenball verzweifelt gesuchte schöne Unbekannte »mit den Zügen Albertinens vorgestellt hatte« (S. 214), verabschiedet hier nicht allein die Illusionen der vergangenen Nacht. Er lässt auch ein Wunschbild hinter sich, das nur zwei Typen des Weiblichen kennt: hier die treu ergebene Gattin, Hausfrau und Mutter, dort das geheimnisvolle, verführerisch lockende Weib. Konsequenterweise verzichtet Fridolin seinerseits auf die imaginierten Rollen des überlegenen Verführers, Retters, Ritters oder Ehebrechers, die er im Verlauf seiner nächtlichen Abenteuer zu keinem Zeitpunkt überzeugend ausgefüllt hat.[20]

Dass Fridolin dann selbst die Funktion eines Erzählers übernimmt, um sich und Albertine seine Erfahrungen im Reich des Halbbewussten bewusst zu machen (»Ich will dir alles erzählen«, S. 222, erklärt er Albertine), ist die psychologisch realistische Bedingung dafür, dass auch er sich dem »Gerechtigkeitsgedanken in der Erotik«[21] öffnet und beide Ehepartner sich am Ende als »erwacht« betrachten können.

20 In den einzelnen Abenteuern spielt Fridolin jeweils mehrere der genannten Rollen, doch sind die Akzente unterschiedlich gesetzt. Gegenüber der Tochter des verstorbenen Hofrats versucht er sich als Verführer, gegenüber der minderjährigen Tochter Gibisers als Retter, auf dem Maskenfest der heimlichen Gesellschaft ausdrücklich als »Ritter« und gegenüber Albertine als Ehebrecher aus Kalkül.

21 Vgl. Blum (s. Anm. 14) S. 447.

Die Fortsetzung der ehelichen Gemeinschaft ermöglicht jedoch nicht allein dieser Bewusstwerdungsprozess, sondern auch die Erfahrung beider Protagonisten, dass die Bindung an den Partner zwar nicht ihrer sexuellen Triebnatur, wohl aber ihren individuellen psychischen Bedürfnissen entspricht. Dabei bleibt ein unerklärlicher Rest: Die von Schnitzler inszenierte vollkommene Parallelität dieser Erfahrung ist ebenso wenig ›realistisch‹ wie etwa die Tatsache, dass Albertines Traum zahlreiche Analogien zu den nächtlichen Erlebnissen Fridolins enthält. Bereits das Kompositum des Titels *Traumnovelle* signalisiert denn auch die Spannung zwischen einer psychologischen und einer ästhetischen Begründung der erzählten Wirklichkeit. In ihrem Sinne ist das längere Märchenzitat am Anfang des Textes als ein Fiktionssignal zu lesen, das auf ein orientalisches Märchen als eine Art Subtext für die in der *Traumnovelle* erzählte Geschichte verweist. Der »Geschichte der Prinzen Amgiad und Assad«, die Schehrezâd in den *Erzählungen aus den Tausendundeinen Nächten* dem König Schehrijâr im Rahmen der »Geschichte von Kamar ez-Zamân« erzählt, entspricht sowohl das versöhnliche Ende als auch die streng symmetrische Komposition der als »Doppelgeschichte« angelegten Erzählung.[22]

22 Vgl. *Die Erzählungen aus den Tausendundeinen Nächten*, nach dem arabischen Urtext der Calcuttaer Ausgabe aus dem Jahre 1839 übertragen von Enno Littmann. Frankfurt a. M. 1976, Bd. 2.2, S. 477 ff. Zur komplexen Beziehung zwischen der *Traumnovelle* und der auch von Hofmannsthal bearbeiteten »Geschichte von den Prinzen Amgiad und Assad« vgl. Michael Scheffel, *Formen selbstreflexiven Erzählens*, Tübingen 1997, S. 175–196, und Ders., »›Ich will dir alles erzählen‹. Von der ›Märchenhaftigkeit des Alltäglichen‹ in Arthur Schnitzlers ›Traumnovelle‹«, in: *Arthur Schnitzler*, hrsg. von Heinz Ludwig Arnold, München 1998 (*Text + Kritik* 138/139), S. 123–137. Zur Bedeutung der um 1900 so populären Sammlung *Tausendundeine Nacht* für andere Wiener Autoren und dazu, dass sich die *Traumnovelle* auch als späte Antwort auf Hofmannsthals *Märchen der 672. Nacht* lesen lässt, vgl. ebd.

Die Systembildungen der Freud'schen Psychoanalyse, aber auch von Religion und Naturwissenschaften im Allgemeinen, hat Schnitzler als eine »Flucht aus der chaotischen Wahrheit [...] in den trügerischen Trost einer willkürlich geordneten Welt«[23] verstanden. In seiner *Traumnovelle* versucht dieser radikale Skeptiker und »Dichter für Schwindelfreie«[24] jeden Trug zu vermeiden. In diesem Sinne bindet er die hier vorgeführte Suche nach Wahrheit und die Entdeckung des alle soziale Bindungen gefährdenden »Abgrunds der Triebwelt«[25] durch Mann und Frau in die Form einer Gegenwelt ein, deren tröstende Ordnung er erkennbar nach den poetologischen Regeln eines Märchens gestaltet.

In der größtenteils zwischen 1923 und 1926 ausgearbeiteten »Badner Novelle«[26] *Spiel im Morgengrauen* greift Schnitzler dann noch einmal die schon aus *Lieutenant Gustl* bekannte Figur des Leutnants auf. Wie Gustl droht auch Willi Kasda der Verlust von Standesehre und sozialem Status. Nach dem Untergang der Donaumonarchie geht es Schnitzler in diesem Spätwerk nun allerdings nicht mehr in erster Linie darum, einen repräsentativen Charakter der Jahrhundertwendegesellschaft bloßzustellen. Das zeigt schon der Ausgang seiner packenden Geschichte.

Der dem Glücksspiel verfallende Willi Kasda vollzieht am Ende den Akt der Selbstvernichtung, den Gustl als die einzig mögliche Lösung seines Problems beschlossen, aber so lange vor sich her geschoben hat, bis er die erlittene Kränkung schließlich verdrängen und unbeschwert weiter-

---

23 Schnitzler, *Aphorismen* (s. Anm. 11) S. 26.
24 Vgl. Schnitzlers Tagebucheintragung vom 23. Dezember 1917, Arthur Schnitzler: *Tagebuch 1917–1919*, hrsg. von Werner Welzig [u. a.], Wien 1985, S. 100.
25 Vgl. Hilde Spiel, »Im Abgrund der Triebwelt oder Kein Zugang zum Fest. Zu Arthur Schnitzlers ›Traumnovelle‹«, in: H. S., *In meinem Garten schlendernd. Essays*, München 1981, S. 128–135.
26 Zu diesem Arbeitstitel vgl. Urbach 1974, S. 133 f.

leben kann. Vom Schluss der erzählten Geschichte her gesehen könnte allerdings auch Leutnant Kasda am Leben
bleiben: Sein Onkel Robert Wilram überbringt die Summe,
die erforderlich ist, um Willis Spielschuld zu begleichen.
Warum also lässt Schnitzler seinen Leutnant schon etliche
Stunden vor Ablauf der ihm gesetzten Frist zum Revolver
greifen?[27]

Blickt man auf die Ereignisse vor Willis Tod, so wird
schnell deutlich, dass die Geschichte des Leutnants Kasda
sehr viel komplexer gestaltet ist als die von Leutnant Gustl.
Dabei sind auch die in *Spiel im Morgengrauen* erzählten
Ereignisse auf einen knappen Zeitraum konzentriert. Die
erzählte Zeit umfasst zwei Tage (Sonntagmorgen bis Diens-
tagmorgen) im Frühjahr eines nicht datierten Jahres. Anfang und Ende der Erzählung sind wie in der *Traumnovelle*
unmittelbar aufeinander bezogen: Die erzählte Geschichte
beginnt und endet in der Offiziersstube, die Willi Kasda in
der Alserkaserne in Wien bewohnt. Hier wird Willi in der
ersten Szene von seinem Burschen aus tiefem Schlaf ge-
weckt, und hier wird sein Leichnam in der letzten Szene
von Joseph stumm bewacht. Was Schnitzlers Novelle zwischen diesen Szenen mit geradezu beklemmendem psychologischen Realismus präsentiert, ist kein außergewöhnlicher
Charakter im Moment des Ausbruchs einer zerstörerischen
Leidenschaft wie das – bei aller Ähnlichkeit in der grandio-
sen Darstellung der Faszination durch das Spiel – etwa
Dostojewskis Roman *Der Spieler* (1867) tut. Am Beispiel
von Kasda wird vielmehr gezeigt, wie scheinbar zwangsläu-

---

27 Tatsächlich erschießt sich Willi schon am frühen Morgen, d. h. auch vor der
gegenüber Leopoldine falsch genannten und von Wilram eingehaltenen
Frist von »acht Uhr früh«. Zu Schnitzlers Varianten dieses Schlusses (ein-
schließlich der Überlegung, Kasda nach Amerika auswandern zu lassen)
vgl. William H. Rey, »Spiel im Morgengrauen«, in: W. H. R., *Arthur
Schnitzler. Die späte Prosa als Gipfel seines Schaffens*, Berlin 1968,
S. 126–154, hier S. 147.

fig ein bestimmter Typus von Mensch in eine existenzielle Krise gerät, die er mit seinen herkömmlichen Verhaltensmustern nicht zu bewältigen vermag.

Die Ereignisse, die von Willis Erwachen bis zu seinem Tod führen, folgen einer einfachen Ordnung. Mit zunehmender Unmittelbarkeit kann man zunächst mitverfolgen, wie den Leutnant Kasda am ersten Tag der erzählten Zeit das Spielfieber packt, so dass er am Ende des Spiels wie aus einem schweren Traum erwacht und realisiert, in wenigen Minuten »ungefähr die Gage von drei oder vier Jahren, mit Zulagen« (S. 264) verloren zu haben. Anschließend stellt Schnitzler Willis verzweifelte Bemühungen dar, im Verlauf des zweiten Tags die Folgen seines Bewusstseinsverlusts[28] wieder gut zu machen und seine Schulden zu bezahlen. Dabei gerät Kasda gewissermaßen systembedingt auf eine ›schiefe Bahn‹ und wird im Rahmen eines »doppelten Kursus«[29], wie ihn auch Fridolin in der *Traumnovelle* durchläuft, mit zwei Gegenspielern konfrontiert, die ihn jeweils in bezeichnender Weise bezwingen.

Weniger die Bitte Bogners als seine eigene, aus dem standestypischen Missverhältnis von Glanzbedürfnis und tatsächlichem materiellen Elend erwachsene Geldnot treibt Kasda an den Spieltisch. Hier erwacht in ihm bald die Sehnsucht nach einem anderen, großartigen Leben und hier versagt er in seiner sozialen Rolle, indem er mit jeglicher Selbstkontrolle genau das verliert, was ihn als Offizier eigentlich auszeichnen sollte.[30] Dabei ist von Bedeutung, dass

---

28 Schnitzlers Gestaltung der psychischen Prozesse Kasdas und ihren Bezug zur zeitgenössischen Psychologie rekonstruiert detailliert Thomé (s. Anm. 18) S. 670–693.

29 Vgl. ebd., S. 673; ausführlich zum symmetrischen Aufbau Hans U. Lindken, *Interpretationen zu Arthur Schnitzler. Drei Erzählungen*, München 1970, S. 15–54.

30 Zum kulturgeschichtlichen Kontext der fiktiven Handlung gehört, dass für den Leutnant im Fall des Spiels wie in dem des Duells eine – eigentlich vor-

Willi ein Kartenspiel spielt, das sich bald zu einem »Einzelkampf« zwischen ihm und einem vermögenden Zivilisten,
dem Konsul Schnabel, entwickelt.[31] Willi unterliegt also
nicht einer anonymen Schicksalsmacht wie der ›Bank‹ beim
Roulette, sondern einem individuellen Gegner, der ihn –
wie der Blick in Willis Gedanken belegt – durch sein Verhalten zum Weiterspielen reizt und der ihm mit wiederhol-
tem Kredit überhaupt erst den Verlust einer entsprechend
hohen Summe ermöglicht.

Im Rahmen der erzählten Welt verkörpert Konsul
Schnabel den Gegentyp zu Leutnant Willi Kasda. Schnabel
verfügt über die Lebensart und das Geld, das Willi gerne
hätte, und im Unterschied zu Willi, der sich von äußeren
Umständen leiten lässt und zu keiner Zeit eine selbständige
Entscheidung trifft, erweist er sich als willensstark und unterschiedlichen Situationen gewachsen.[32] Außerdem bestehen grundlegende Unterschiede in der Art und Weise, wie
der Konsul und der Leutnant wurden, was sie sind: Während für den Offizierssohn Kasda, wie der Konsul bemerkt,
»die Existenz [...] sozusagen vorgezeichnet« war, zählt
Schnabel zu den »Menschen, die durch keinerlei Vorurteile

moderne – Kollision zwischen ständischer Konvention und allgemeinem
Recht besteht: Für den normalen Bürger unterliegt das Spiel strafrechtli-
chen Sanktionen und begründet zivilrechtlich keinerlei Zahlungsverpflich-
tung; für den zur Risikobereitschaft verpflichteten Offizier bedeutet es dagegen die Simulation des Kampfes und die ohne den Verlust seiner Ehre
nicht zu verletzende Verpflichtung, Spielschulden grundsätzlich innerhalb
von vierundzwanzig Stunden zu begleichen. Zur besonderen Rechtssituati-
on des spielenden Offiziers vgl. Klaus Laermann, »Spiel im Morgengrau-
en«, in: *Akten des Internationalen Symposiums ›Arthur Schnitzler und seine
Zeit‹*, hrsg. von Giuseppe Farese, Bern 1985, S. 182–200, hier S. 191–193.

31 Nach einem hohen Gewinn ist es so z. B. Willis größter Wunsch »*noch* einige, alle die blanken Tausender aus der Brieftasche des Konsuls in die seine
herüberzuzaubern«.

32 Dieser Unterschied zeigt sich z. B. auch darin, dass Willi seine Rückkehr
zum Spieltisch zweimal von äußeren Zufällen abhängig macht, während der
aus Willis Sicht jederzeit souverän wirkende Konsul selbständig und konsequent über Anfang und Ende des Spiels entscheidet.

der Geburt, des Standes oder – sonstige behindert« (S. 268) wurden und werden. Dabei schließt diese Art von Freiheit ein, dass Schnabel »mindestens ein halbes Dutzend Mal oben und wieder unten« (ebd.) gewesen ist.

Das »Proteisch-Unfixierbare«[33], das den Konsul auszeichnet und das Willi zunächst reizt und später hilflos macht, gilt auch für den anderen Gegenspieler, dem Willi am zweiten Tag begegnet. Leopoldine Lebus hat ihre körperliche Attraktivität zu nutzen verstanden, um im Unterschied zu Willi (und buchstäblich auf seine Kosten) eine ›gute Partie‹ zu machen und sich das Vermögen seines Onkels überschreiben zu lassen. Leopoldine hat sich auf diese Weise vom ausgehaltenen »Blumenmädel« (S. 317) zu einer ihrerseits Männer aushaltenden Geschäftsfrau gewandelt. Unabhängig davon, ob sie damit wirklich »ein freier Mensch« geworden ist, hat auch sie sich jedenfalls wie der Konsul Schnabel als willensstark, flexibel und geschickt erwiesen und die ihresgleichen zugedachte Rolle eines wohlfeilen »instrument de plaisir«[34] weit hinter sich gelassen.

Wenn Willi von Leopoldine am Ende tausend Gulden als Lohn für eine Liebesnacht erhält, dann bedeutet das die späte Rache des von Willi einst gedankenlos bezahlten und damit zur Ware erniedrigten ›süßen Mädels‹.[35] Für Willi zerschlagen sich bei dieser Gelegenheit alle selbstgefälligen Hoffnungen, die er sich bei der Erinnerung an seine Nacht mit Leopoldine machte. Stattdessen wiederholt sich am Ende dieses zweiten ›Spiels‹ das Gefühl der persönlichen Ohnmacht, das er tags zuvor empfunden hatte. Sowohl im

---

33 Lindken (s. Anm. 29) S. 30.
34 Vgl. Arthur Schnitzler, *Tagebuch 1893–1902* (s. Anm. 6) S. 33.
35 Zum Profil dieses von Schnitzler vielfach gestalteten Typus vgl. z. B. Barbara Gutt, *Emanzipation bei Arthur Schnitzler*, Berlin 1978, S. 85–89. Leopoldine Lebus lässt sich in diesem Spektrum als die Gegenfigur zu Christine Weiring in *Liebelei* lesen.

öffentlichen als auch im privaten Leben macht Willi also die Erfahrung, dass die ihm vertrauten Verhaltensschemata der Wirklichkeit des Daseins außerhalb von Kaserne und militärischem Dienst nicht entsprechen. Da Willi offenbar nicht über die Kraft verfügt, sich für die Wechselfälle des Lebens zu öffnen, entspricht er der militärischen Konvention und bewahrt sich Ehre und Stand auf Kosten seiner Existenz. Dass er den Akt der physischen Selbstvernichtung bereits etliche Stunden vor Ablauf der ihm gesetzten Frist vollzieht und den erhaltenen »Schandlohn« (S. 319) noch fristgerecht an Bogner weiterleitet,[36] verschafft dem tief gedemütigten Kasda dabei erstmals das tröstliche Gefühl, »aus eigener Machtvollkommenheit« zu handeln.

Berücksichtigt man, dass Kasdas Gegenspieler Schnabel nicht in Wien, sondern in der ›Neuen Welt‹ zu Hause ist und die über Geld und Körper frei und sachlich bestimmende Leopoldine wesentliche Züge der ›neuen Frau‹ in sich vereint,[37] so wird deutlich, dass die hier erzählte Geschichte nur vordergründig in die alte Welt der Vorkriegszeit gehört.[38] Nach ihrem historischen Zusammenbruch liefert diese Welt nicht viel mehr als den äußeren Schauplatz für Schnitzlers Geschichten. Indem er die Leitfigur der Jahrhundertwendegesellschaft in seiner zweiten »Leut-

---

36 Zu den zahlreichen, hier nicht ausführbaren Finessen der auch das Verhältnis von Schicksal und Zufall reflektierenden Novelle gehört der ironische Bezug, den dieser Ausgang von Kasdas Abenteuern herstellt zu dem von ihm eingangs im Gespräch mit Bogner ins Feld geführten Spruch ›Pech in der Liebe, Glück im Spiel‹ sowie seiner Kommentierung: »Also vielleicht ist auf ein Sprichwort mehr Verlaß als auf die Menschen«.

37 Zum Bild der ›neuen Frau‹ in den 1920er-Jahren vgl. z. B. die zeitgenössischen Äußerungen männlicher Autoren in: Friedrich M. Huebner (Hrsg.), *Die Frau von Morgen und wie wir sie uns wünschen*, Leipzig 1929; vgl. außerdem Kristine von Soden / Maruta Schmidt, *Neue Frauen. Die zwanziger Jahre*, Berlin 1988.

38 Zu den Bezügen auf die politische Situation in der Nachkriegszeit vgl. Felix W. Tweraser, *Political Dimensions of Arthur Schnitzler's late Fiction*, Columbia 1998, S. 69–96.

nantsnovelle«[39] nunmehr mit den Problemen und den Ver-
tretern einer Neuen Zeit konfrontiert, verhandelt der
»Dichter-Arzt«[40] Schnitzler am Ende seines Schaffens die
Fragen einer Umbruchszeit und damit der Gegenwart der
1920er-Jahre.

---

39 Zu diesem Arbeitstitel der Novelle vgl. Urbach 1974, S. 133.
40 Vgl. Klaus Mann, *Tagebücher 1936–1937*, hrsg. von Joachim Heimannsberg
    [u. a.], München 1990, S. 91.

Klassiker im *Taschenbuch*

»Für einen Autor ist es eine
tröstliche Aussicht, daß alle
Tage neue künftige Leser
geboren werden.«
GOETHE

Mark Twain:
Die Abenteuer des Huckleberry Finn
460 Seiten
RT 20148

400 Seiten | RT 20150

680 Seiten | RT 20155

170 Seiten | RT 20141

Reclam

Klassiker im *Taschenbuch*

Jules Verne
In 80 Tagen
um die Welt

Reclam

»Wir haben Gold, Silber und
Papiergeld, und jedes hat seinen Kurs, aber um jedes zu
würdigen, muss man den Kurs
kennen. Mit der Literatur ist es
nicht anders.«
GOETHE

Jules Verne:
In 80 Tagen um die Welt
200 Seiten
RT 20146

Emile Zola
Thérèse
Raquin

Reclam

290 Seiten | RT 20144

Arthur Conan Doyle
Die Abenteuer
des Sherlock
Holmes

Reclam

390 Seiten | RT 21726

Voltaire
Candide
oder Der Optimismus

Reclam

180 Seiten | RT 21725

Reclam